Seule face aux menaces

Étrange disparition

B.J. DANIELS

Seule face aux menaces

Traduction française de
CATHY RIQUEUR

BLACK ROSE

HARLEQUIN

Collection : BLACK ROSE

Titre original :
SMOKIN' SIX-SHOOTER

Ce roman a déjà été publié en 2014

HARPERCOLLINS FRANCE
83-85, boulevard Vincent-Auriol, 75646 PARIS CEDEX 13
Service Lectrices — Tél. : 01 45 82 47 47 - www.harlequin.fr
ISBN 978-2-2804-8288-2 — ISSN 1950-2753

Composé et édité par HarperCollins France.
Imprimé en octobre 2022 par CPI Black Print (Barcelone)
en utilisant 100% d'électricité renouvelable.
Dépôt légal : novembre 2022.

FSC www.fsc.org
MIXTE
Papier issu de sources responsables
FSC® C159065

Pour limiter l'empreinte environnementale de ses livres, HarperCollins France s'engage à n'utiliser que du papier fabriqué à partir de bois provenant de forêts gérées durablement et de manière responsable.

1

— Il doit y avoir une erreur.

Dulcie Hughes changea de position sur sa chaise, impatiente de fuir le bureau du notaire.

— Nous avons passé en revue tous les biens que mes parents m'ont légués à leur mort.

— Pas cette partie spécifique de votre héritage, lui répondit le notaire en s'éclaircissant la gorge.

Des années durant, Lawrence Brooks senior avait été le notaire des parents de Dulcie mais, après son décès, son fils cadet, Herbert, lui avait succédé à la tête de l'étude. Herbert avait un peu plus de trente ans, soit seulement quelques années de plus que Dulcie. De grande taille, il était atteint d'une calvitie naissante. Ses yeux étaient petits et bruns, et il était animé d'un tic nerveux.

Toutefois, il semblait ce jour-là encore plus nerveux que d'ordinaire, ce qui incita Dulcie à faire preuve d'une attention redoublée lorsqu'il lui tendit les documents.

— De quoi s'agit-il ? s'enquit-elle, fronçant les sourcils.

Ses parents avaient, depuis des années, évoqué avec elle, dans le détail, leurs dispositions financières. Cependant, elle n'avait jamais vu ces documents auparavant.

— Vous avez hérité d'une propriété dans le Montana.

— Dans le *Montana* ? Mes parents n'ont jamais fait

mention d'une propriété qu'ils posséderaient dans le Montana.

Le jeune notaire tenta de calmer l'agitation de ses mains tandis qu'il attendait qu'elle prenne connaissance des documents.

— Qui est Laura Beaumont ? demanda-t-elle après avoir lu le nom inscrit sur l'acte de propriété.

— Vous l'ignorez ?

— Je n'ai jamais entendu ce nom auparavant. Est-ce toute l'information dont vous disposez ?

— Apparemment, la propriété de Laura Beaumont était administrée en fidéicommis pour vous jusqu'au décès de vos parents, toutes les dépenses étant prises en charge. C'est tout ce que je peux vous dire.

Il se leva brusquement, lui signalant la fin de leur entretien.

Dulcie ne bougea pas.

— Entendez-vous par là que c'est tout ce que vous savez ou tout ce que vous êtes autorisé à me révéler ?

— Si vous souhaitez en apprendre davantage, je vous suggérerais de vous faire représenter par votre propre notaire afin de creuser plus avant la question, lui répliqua-t-il, tapotant du bout des doigts sur son bureau tandis qu'il attendait avec une impatience non dissimulée qu'elle s'en aille. Ou de vous rendre en personne dans le Montana.

A l'entendre, cette dernière option apparaissait comme imprudente.

— Je vais peut-être faire cela, rétorqua-t-elle.

Elle se leva et mit les papiers dans son sac.

— Mes fonctions, en tant que notaire de vos parents, s'arrêtent là, reprit Herbert, visiblement soulagé d'en avoir terminé. Au revoir, mademoiselle Hugues.

Durant les quatre derniers mois, Dulcie avait pleuré la mort de ses parents mais elle ne s'était pas le moins du monde préoccupée des aspects financiers liés à leur disparition.

Elle sortit du bureau d'Herbert Brooks, songeuse.

En tant que l'unique héritière de Brad et Kathy Hughes, elle savait qu'elle hériterait d'une fortune conséquente. Non qu'elle en ait un quelconque besoin. A peine son diplôme universitaire obtenu, elle avait ouvert, avec son amie Renada, une boutique qui avait aussitôt pris son essor.

Après en avoir implanté plus d'une douzaine de répliques à travers le pays, Renada et elle avaient vendu leur affaire six mois plus tôt. Elles en avaient retiré assez d'argent pour que Dulcie n'ait plus jamais à travailler si elle investissait ce capital de manière avisée, ce que, bien entendu, elle avait fait.

Elle s'efforçait de décider de ce qu'elle ferait ensuite lorsque son père, âgé de soixante-douze ans, était tombé malade. Sa mère, atteinte d'une défaillance cardiaque, n'avait jamais été vaillante. Mais les perdre tous deux en l'espace de quelques semaines avait été un véritable déchirement.

A présent, elle se sentait encore plus désemparée.

Alors qu'elle quittait l'étude du notaire, son téléphone se mit à sonner.

— Alors, ça y est, c'est terminé ? lui demanda d'une voix hésitante Renada.

Cette dernière avait voulu l'accompagner chez le notaire, sachant à quel point ce serait dur pour elle. Mais Dulcie avait insisté pour s'y rendre seule. Elle devait s'habituer à faire beaucoup de choses par elle-même.

— Tout est réglé, lui répondit-elle en tapotant les papiers qu'elle avait rangés dans son sac.

— Prête pour notre déjeuner alors ?

— Absolument ! Je meurs de faim.

Elle retrouva Renada au restaurant, et ce n'est que lorsqu'elles eurent mangé, et qu'elle se sentit mieux pour la première fois depuis des mois, qu'elle parla à son amie de son rendez-vous pour le moins étrange chez le notaire.

— C'est vraiment bizarre, dit-elle en sortant les documents que lui avait donnés ce dernier. Une femme nommée Laura Beaumont m'a légué une propriété dans le Montana.

— Sérieusement ? De quelle superficie ?

— Apparemment, quatre-vingts hectares à la périphérie de Whitehorse.

— Tu sais où ça se trouve ?

— Je n'en ai pas la moindre idée.

— Tu n'es pas curieuse d'en savoir plus sur cette Laura Beaumont ?

— Si, mais il est vraiment étrange que mes parents n'aient jamais fait mention de cette femme ni de cette propriété, même si Laura Beaumont me l'a léguée il y a des années.

— Tes parents ne sont même jamais allés dans le Montana pour voir ce dont tu avais hérité ?

— Apparemment non. Nous sommes allés au parc de Yellowstone un été. Ne crois-tu pas qu'ils auraient pu me parler de cette propriété ?

— Ou alors t'y emmener. A moins qu'elle ne soit située au milieu de nulle part et qu'elle n'ait pas présenté le moindre intérêt pour eux. Tu vas aller voir à quoi elle ressemble, n'est-ce pas ?

— Bien sûr. Veux-tu m'accompagner ?

Renada secoua la tête avec regret.

— J'adorerais mais je ne peux pas partir maintenant. Je viens d'accepter de donner des cours de stylisme à l'université locale.

— Je suis ravie pour toi ! s'exclama Dulcie avec enthousiasme.

Renada avait toujours parlé de faire quelque chose de ce genre lorsqu'elle en aurait le temps. Leur boutique les avait tellement accaparées qu'elle n'en avait jamais trouvé l'occasion. A présent, plus rien ne l'en empêchait.

— C'est curieux, reprit Dulcie tandis qu'elles quittaient ensemble le restaurant. L'attitude du notaire m'a donné le sentiment qu'il y avait quelque chose de singulier dans cet héritage.

— Comment cela, de singulier ?

— Il y avait une chose dont il ne pouvait pas, ou ne voulait pas, parler.

— Un secret ? chuchota Renada tout excitée. Peut-être ce terrain vaut-il une petite fortune. Ou alors Loïs et Clark ont gravé leur nom dans une roche sur le domaine.

Dulcie éclata de rire.

— N'y compte pas trop. Je suis sûre qu'il s'agit seulement d'une propriété qui est tellement insignifiante que mes parents n'ont pas jugé bon de m'en parler.

— Quatre-vingts hectares dans le Montana, une propriété *insignifiante* ? Quoi qu'il en soit, cela paraît néanmoins bizarre que tu n'aies jamais entendu parler de cette Laura Beaumont. Alors, quand pars-tu pour le Montana ?

— Tout de suite.

En disant cela, elle eut la sensation que c'était une décision dont on l'avait privée longtemps auparavant.

Un vent brûlant et sec agitait doucement les rideaux tandis que la girouette sur le toit de la grange tournait sans relâche, grinçant et gémissant.

L'air à l'intérieur de la maison était si chaud que respirer en devenait douloureux. A l'extérieur de la vieille ferme, la terre brûlée, avec ses touffes d'herbe ocre desséchées, semblait mourir de soif, accablée par les vagues ondoyantes de chaleur qui parcourait la prairie à perte de vue.

Tout comme la terre, elle avait oublié l'odeur de la pluie, elle ne se rappelait pas l'avoir sentie abreuver sa peau. Elle se languissait du martèlement des gouttes de pluie sur le toit, du bruit des pneus dans les flaques de boue lorsqu'un pick-up les traversait.

Elle était étendue, nue, sur le lit de la chambre du haut, le vent chaud caressant son corps lascif, le laissant luisant de transpiration. Trop jeune et ardente pour être déjà veuve, elle aspirait à davantage qu'une brise fraîche pour caresser sa peau.

Le ronronnement du ventilateur brassant l'air de la chambre couvrit le craquement des marches sous les pas lents et déterminés. Quoiqu'elle n'entendît personne, elle dut percevoir un changement dans l'air ambiant lui indiquant qu'elle n'était plus seule dans la maison.

— C'est toi, mon ange ? demanda-t-elle en faisant l'économie de l'énergie que cela lui aurait coûté d'ouvrir les yeux. Je te croyais partie jouer au ruisseau avec ton petit camarade.

Pas de réponse.

Un frisson parcourut son corps, animant d'un frémissement sa peau sans défaut. Saisie d'effroi, elle ouvrit brusquement les yeux comme si elle avait entendu la lame transpercer la chaleur oppressante.

Le premier coup de couteau lui coupa le souffle. Elle tenta de se redresser mais le suivant la cloua sur le lit. Les coups se succédèrent alors plus rapidement, le métal contre la chair, contre l'os, s'enfonçant profondément tandis que des taches de sang maculaient les draps blancs tout propres, le sang coulant, aussi chaud que l'air irrespirable autour d'elle.

Lorsque le couteau s'immobilisa enfin, l'agresseur soufflant comme un bœuf sous l'effort dans la chaleur confinée de cette chambre du premier étage, elle reposait, la tête tournée vers la porte, le regard voilé par la mort, le visage de son meurtrier se reflétant de manière accusatrice dans ses pupilles sombres.

Les pages imprimées glissèrent des mains de Jolene Stevens qui laissa s'échapper le souffle qu'elle retenait depuis la lecture des premières phrases. Elle porta son regard au-delà du halo lumineux de sa lampe de bureau, vers la porte de l'école à classe unique de la vieille ville de Whitehorse.

Elle avait laissé la porte ouverte pour faire entrer la relative fraîcheur de l'air du soir en cette journée printanière. Comme dans le début de l'histoire qu'elle venait de lire, la chaleur était intense depuis des semaines. Il n'y avait pas un souffle d'air frais et peu de chance qu'il pleuve, si l'on en croyait le présentateur de la météo.

Jolene s'éventa à l'aide de son cahier de notes tout en regardant de nouveau les pages qu'elle venait de lire. Le vendredi précédent, elle avait donné à ses élèves un devoir consistant à commencer la rédaction d'une nouvelle qui serait composée de six parties. Elle avait ajouté qu'ils n'auraient pas à indiquer leur nom sur la copie, pensant que cela les désinhiberait.

Chaque élève avait rédigé son texte sur son ordinateur personnel, avec un interligne double, donc toutes les copies se ressemblaient.

Bien qu'elle ait donné la consigne à ses élèves de commencer leur récit par une accroche captivante, avant d'introduire un personnage intéressant, voire un lieu ou un événement original, elle ne s'était attendue à rien d'aussi dérangeant.

Elle passa en revue dans sa tête chacun de ses cinq élèves : Amy Brooks, l'élève précoce de CE2, les deux tire-au-flanc de CM2, Thad Brooks et Luke Raines, la cow-girl de 6e, Codi Fox, et l'adolescent lunatique de 4e en passe de devenir un homme, Mace Carpenter.

Elle n'imaginait aucun d'eux écrivant cela. Reprenant les devoirs, elle les compta. Six ? Cinq élèves et voilà pourtant qu'elle avait ramassé *six* introductions de nouvelles. Etait-il possible que l'un d'entre eux lui ait rendu deux devoirs ?

Pour la première fois depuis qu'elle était arrivée dans la petite ville de Whitehorse afin d'enseigner dans l'école à classe unique, elle se sentit mal à l'aise. Elle avait été engagée à sa sortie de l'université d'Etat du Montana pour combler une vacance de poste lorsque la précédente enseignante était partie sans préavis pour se marier, juste avant la fin de l'année scolaire. Tout ceci était donc nouveau pour elle.

Elle se leva et s'approcha de la porte pour regarder dehors. Les bruits de la nuit étaient portés par la brise, et on entendait surtout les grillons qui chantaient dans les hautes herbes sèches du terrain vague séparant l'école du centre communautaire de Whitehorse. Aucun autre bruit ne troublait ce lundi soir étouffant, étant donné qu'il ne restait pas grand-chose, dans cette partie de la ville, hormis quelques bâtiments anciens.

Sa bicyclette était toujours là où elle l'avait laissée, appuyée contre le mur de l'école. Plus loin, elle distinguait l'équipement de la cour de récréation, dans l'obscurité, derrière les grilles.

Au-delà de la cour de récréation, l'arche surplombant le cimetière sur la colline semblait capter le clair de lune. On l'avait prévenue que d'étranges lueurs apparaissaient, tard le soir, dans le cimetière. La rumeur circulait que l'endroit était hanté.

Elle avait été emballée par cette idée. En fait, tout ce qui concernait cette pittoresque communauté rurale et son premier emploi l'enthousiasmait. Elle adorait la prairie vallonnée et même l'isolement de cet endroit. Elle était une lectrice avide, d'un naturel plutôt timide, et elle appréciait le calme et la tranquillité que lui offrait la vieille ville quasi fantôme de Whitehorse.

Mais l'introduction de cette nouvelle l'avait rendue nerveuse. Elle frissonna, alors même que la soirée était d'une chaleur intolérable. Rien ne bougeait dans l'obscurité qui entourait l'école. La seule lueur provenait de l'un de ces grands luminaires d'extérieur utilisés dans les ranchs qui éclairait la route près de la petite maison de fonction qui lui avait été attribuée avec son poste d'enseignante.

Elle referma la porte, la verrouilla puis resta un moment debout, étudiant les tables et chaises où s'asseyaient ses élèves. La lumière de la lampe se déversait sur le bureau, éclairant les premières scènes restantes qui attendaient d'être lues.

Le lendemain, ses élèves lui rendraient la deuxième partie de leur nouvelle, le devoir se prolongeant encore sur cinq jours dont le dernier serait le lundi suivant. L'étrange récit qu'elle venait de lire aurait-il une suite ?

Elle avait décidé, un peu plus tôt, de rester tard afin de lire ces premières parties sur place, là où elle pensait être plus au frais. Désormais, cette histoire de meurtre étant trop présente à son esprit, elle changea d'avis et, s'approchant du bureau, ramassa les copies pour les ranger dans son sac à dos.

Une chouette hulula de l'autre côté de la fenêtre ouverte et Jolene sursauta. Elle se mit à rire de sa propre bêtise. Elle avait été élevée à la campagne et, en véritable garçon manqué qu'elle était, rien ne l'effrayait. Alors pourquoi laissait-elle ce récit de fiction l'angoisser ?

Parce qu'elle ne pouvait croire que l'un de ses élèves ait écrit cela, se dit-elle tandis qu'elle faisait coulisser la fermeture Eclair de son sac et qu'elle éteignait la lampe. Elle traversa la salle de classe obscure en direction de la porte et sortit.

La chaleur lui fit l'effet d'un coup de poing et, pendant un moment, elle eut du mal à reprendre son souffle. Le climat, ce printemps-là, ressemblait trop à celui de la nouvelle, songea-t-elle tandis qu'elle montait sur sa bicyclette pour dévaler la colline jusqu'à sa petite maison.

Une fois à l'intérieur, elle alluma toutes les lampes, se sentant idiote. Qu'y avait-il dont elle puisse avoir peur dans cette vieille ville presque déserte, située au milieu de nulle part ? Le meurtre décrit dans la nouvelle n'était jamais que l'œuvre de l'imagination débridée de quelqu'un. De son imagination débridée et macabre.

Elle se prépara un sandwich et s'assit pour lire le reste des nouvelles. Toutes correspondaient assez à ce qu'elle attendait de chacun de ses élèves, et elle attribua aisément chaque devoir à son auteur.

Comme elle l'avait soupçonné, aucun d'eux n'avait rédigé cette violente histoire de meurtre. Mais l'un d'entre eux avait dû la lui remettre. Pourquoi ?

La réponse lui parut évidente.

Quelqu'un voulait qu'elle en prenne connaissance.

2

Dulcie arrêta sa voiture de location devant une vieille ferme aux portes et fenêtres condamnées, située au milieu de nulle part.

Etait-ce cela, la mystérieuse propriété du Montana dont elle avait hérité ? Elle ne put s'empêcher d'être déçue.

Elle ne savait pas à quoi s'attendre lorsqu'elle avait atterri à Great Falls puis emprunté ce que l'on appelle « la Hi-Line » jusqu'à Whitehorse.

La petite ville de l'Ouest n'avait toutefois pas été une surprise ; elle venait d'en traverser toute une succession. Tout en suivant la voie ferrée jusqu'à Whitehorse, elle s'était fait la réflexion qu'elle comprenait pourquoi ses parents ne l'y avaient jamais emmenée. Il n'y avait pas grand-chose à voir à moins d'être amateur de cow-boys et de pick-up !

Quelques bars, cafés et magasins de vêtements plus loin, elle avait dû rebrousser chemin afin de trouver une agence immobilière où l'on puisse lui indiquer la route de sa propriété.

Une ravissante blonde nommée April lui avait fait un croquis en déclarant qu'elle ne pouvait pas la manquer. Evidemment, cela s'était révélé faux, étant donné que les terres ainsi que les vieilles fermes se ressemblaient toutes. Par chance, elle disposait des coordonnées G.P.S.

Par ailleurs, à la différence des autres, sa ferme avait

apparemment été condamnée depuis des années. Les mauvaises herbes avaient poussé haut derrière la clôture en fil de fer barbelé. Rien, dans l'aspect de cette maison, ne lui parut le moins du monde engageant.

— Avez-vous peur des chauves-souris ? lui avait demandé April.

— Des chauves-souris ?

— Whitehorse est la destination la plus au nord pour la migration des petites chauves-souris brunes. Elles hibernent dans les Petites Rocheuses et, fin mai, elles arrivent à Whitehorse pour n'en repartir que début septembre. Elles viennent pour les moustiques. J'espère que quelqu'un vous a mise en garde concernant les moustiques. Ainsi que le vent.

— Ne vous inquiétez pas. Je ne resterai pas longtemps. Je suis simplement venue voir la propriété pour satisfaire ma curiosité avant de le mettre en vente.

— Vous pensez donc que vous n'allez pas tomber sous son charme et ne plus jamais vouloir repartir ? lui avait lancé April en riant.

Alors qu'elle traversait le nord de l'Etat, Dulcie n'avait cessé de s'étonner que quiconque sain d'esprit puisse y vivre.

— Je pensais voir des montagnes et des pins, avait-elle répondu.

— Les Petites Rocheuses sont à soixante kilomètres au sud. Là-bas, vous trouverez des pins. Des ponderosa. Votre propriété n'en est pas très éloignée. Je suppose que vous avez manqué le seul pin à la lisière de la ville ainsi que le panneau que quelqu'un y a accroché portant l'inscription « Forêt nationale du comté de Whitehorse ».

C'était amusant. Mais ce genre de chose était probablement tout ce que les habitants du coin trouvaient à faire pour se divertir, avait songé Dulcie tout en prenant la carte qu'avait tracée April et en la remerciant pour son aide, lui promettant de revenir vers elle pour la vente de la propriété.

Propriété qu'elle allait vendre au plus vite, se dit-elle en contemplant la maison délabrée qu'une inconnue lui avait léguée.

Elle saisit son téléphone portable, incapable d'attendre un instant de plus pour appeler Renada et lui donner les dernières nouvelles. Mais alors qu'elle l'ouvrait, elle entendit le grondement d'un moteur et, regardant dans le rétroviseur, elle découvrit un énorme engin agricole à vocation indéterminée qui fonçait sur elle.

Tentant de remettre le contact d'une main tremblante, elle laissa échapper un cri et s'apprêtait à encaisser l'inévitable collision lorsque sa voiture fut soudain enveloppée d'un nuage de poussière.

Sans doute avait-elle fermé les yeux dans l'attente de l'impact car, lorsqu'elle les rouvrit, elle découvrit une paire d'yeux très bleus et très en colère qui la fixait d'un air sévère.

Elle baissa sa vitre, étant donné que le cow-boy penché près de sa voiture semblait lui parler.

— Oui ? s'enquit-elle, son portable toujours à la main pour le cas où elle devrait appeler de l'aide. Y a-t-il un problème ?

L'homme haussa un sourcil.

— En dehors du fait que vous êtes garée au milieu de la route juste après une côte ? Non, c'est à peu près tout.

— Je suis désolée. Laissez-moi dégager la route afin que vous puissiez passer.

— Je crains qu'il ne faille plus que cela pour réussir à faire passer une moissonneuse-batteuse sur cette route étroite.

Une moissonneuse-batteuse. Intéressant.

— Vous êtes perdue ? lui demanda-t-il en repoussant son Stetson gris bosselé pour regarder la ferme par-dessus le toit de sa voiture avant de reporter les yeux sur elle.

Son regard direct était du bleu le plus limpide qu'elle ait jamais vu.

— Non.

Mais elle n'en dit pas plus. Ce qu'elle faisait là ne le regardait pas.

— Je pense que j'ai vu tout ce que je devais voir ici, je vais donc poursuivre mon chemin, ajouta-t-elle.

— La route se termine en cul-de-sac à environ deux kilomètres. Mais si c'est ce que vous voulez faire, je n'y vois aucun inconvénient.

— Dans ce cas, je crois que je vais me contenter de m'arrêter à cette maison et vous laisser continuer votre route, dit-elle en s'apprêtant à ouvrir sa portière.

— Vous voulez de l'aide pour la barrière ? lui demanda-t-il avec une lueur d'amusement dans le regard tandis qu'il reculait pour la laisser se faufiler hors de la voiture.

— Je suis sûre que je m'en sortirai toute seule.

Elle se redressa de toute la hauteur de son mètre quatre-vingts — en comptant les sept centimètres de talon de ses bottes habillées — mais il la dominait toujours.

Lui tournant le dos, elle se dirigea vers la barrière de fil de fer barbelé tirée en travers de la route. Elle sentit qu'il l'observait, et elle regretta de ne pas porter quelque chose de plus approprié.

Renada lui avait conseillé en plaisantant de s'acheter une paire de bottes de cow-boy. Elle avait opté pour un jean de styliste, un chemisier et des bottes noires habillées… à talons. Tandis que l'un de ses talons s'enfonçait dans le sol meuble, elle regretta de ne pas avoir suivi le conseil de son amie. Elle remarqua à l'extrémité de la barrière une fermeture bizarre avec une boucle de fil de fer qui passait autour de son montant. Apparemment, tout ce qu'elle avait à faire pour ouvrir la barrière était d'enlever la boucle de fil de fer de ce montant.

Cependant, la barrière n'avait pas été ouverte depuis longtemps à en juger par la profondeur à laquelle le fil de fer s'était enfoncé dans le bois vermoulu. Elle tenta en vain de le faire glisser vers le haut.

— Vous devez la maintenir serrée, lui expliqua le cow-boy, la frôlant tandis qu'il se penchait pour passer un bras autour du montant de la barrière et l'autre autour du poteau de la clôture afin de les rapprocher.

Lorsqu'ils se rejoignirent, il souleva sans effort la boucle de fil de fer et la dégagea du montant de la barrière.

— Merci.

Elle se glissa sous ses bras et recula pour le regarder tirer la barrière en dehors du passage. Elle se rendit compte alors qu'il n'était pas seulement grand. Les muscles de ses épaules se bandèrent tandis qu'il ouvrait la barrière, tendant le tissu de sa chemise western sur ses larges épaules. Elle eut aussi un bon aperçu de ses fesses, qui, ma foi, n'était pas trop déplaisant.

Les seuls cow-boys qu'elle ait vus à Chicago étaient du type citadin. Aucun d'eux n'avait l'apparence de dur à cuire de cet homme. Et leur jean ne les avantageait pas comme le faisait le sien, ne put-elle s'empêcher de remarquer.

— A votre place, je ferais attention aux crotales, lui lança-t-il lorsqu'elle se retourna pour se diriger vers sa voiture.

Il essayait seulement de l'effrayer, se dit-elle. Mais elle prit soin de retourner à pas lents vers sa voiture, se précipitant à l'intérieur… au grand amusement de son chevalier servant.

Elle remit le moteur en marche et s'engagea sur le terrain de sa propriété, pressée d'être débarrassée de lui.

— Merci, lui dit-elle, en sortant de la voiture.

Il s'appuya contre la barrière pour l'étudier.

— Excusez-moi de vous le dire mais je ne pense pas que ce soit une bonne idée, lui fit-il remarquer. Je ne plaisantais pas concernant les crotales, en particulier aux alentours d'une vieille maison telle que celle-ci. Sans mentionner le fait que vous pénétrez illégalement sur une propriété privée, chose que les habitants du coin n'apprécient guère. Vous pourriez vous faire tirer dessus.

— J'en prends le risque.

Il haussa les épaules.

— Je ne vous aurais pas prise pour l'une de ces personnes.

— Je vous demande pardon ?

— L'une de ces personnes animées par une curiosité morbide.

Elle sentit quelque chose se tendre en elle.

— Je crains d'ignorer ce à quoi vous faites allusion, dit-elle.

— Une femme a été assassinée dans cette maison.

Oh Seigneur ! Cette fois, ce fut tout son corps qui se raidit.

— Vous avez changé d'avis quant au fait de rester ici ? demanda le cow-boy avec un petit sourire.

— N… non.

— Dans ce cas, je dois probablement vous avertir que si vous avez des ennuis ce téléphone portable que vous tenez serré dans votre main ne vous sera d'aucune utilité. Il n'y a pas de réseau ici.

Elle le défia du regard. Il ignorait de quoi il parlait. Elle n'avait jamais eu de difficulté à capter un signal avec son opérateur. Elle ouvrit d'un coup sec son téléphone. Bon sang, il avait raison.

Lorsqu'elle leva les yeux vers lui, il repartait vers sa moissonneuse-batteuse, en marmonnant entre ses dents :

— J'ai mieux à faire que de rester en pleine chaleur à discuter avec une stupide femme de la ville qui n'a pas une once de bon sens.

— Bonjour l'hospitalité de l'Ouest, marmonna-t-elle à son tour avant de se tourner vers la maison.

En dépit de la chaleur, elle fut saisie d'un frisson.

Jolene regarda l'horloge accrochée au mur de la classe. L'air chaud entrant par les fenêtres ouvertes ainsi que le chant des oiseaux et des grillons dans l'herbe distrayaient les élèves qui regardaient tous les cinq avec envie le ciel bleu sans nuages.

— Rendez-moi vos devoirs écrits et vous pourrez rentrer chez vous quelques minutes plus tôt, leur dit-elle, renonçant à lutter pour conserver leur attention. N'oubliez pas que vous devrez rédiger une autre partie de votre nouvelle ce soir. Demain nous parlerons de l'écriture de la partie centrale.

L'air était confiné à l'intérieur de l'école, la brise venant de la fenêtre ouverte aussi brûlante que le souffle d'un dragon sur sa nuque. On se serait cru en été. Elle souleva ses cheveux tandis qu'elle attendait que son élève de 6e, Codi Fox, rassemble tous les devoirs. Elle s'efforça de ne pas laisser deviner son angoisse à ses élèves, non qu'ils y aient prêté attention. Alors que Codi posait la pile de nouvelles sur le coin de son bureau, elle mit un point d'honneur à ne pas les regarder.

Au lieu de cela, elle regarda ses élèves prendre leur sac

à dos, répondit à leurs questions et leur souhaita à tous une bonne soirée. Aucun d'eux ne sembla le moins du monde intéressé par les devoirs qu'ils venaient de lui rendre.

Si l'un des élèves lui apportait la nouvelle supplémentaire, n'aurait-il pas la curiosité de voir sa réaction ? Apparemment non.

Après qu'ils furent tous repartis, elle rangea les chaises, éteignit les lumières et jeta un dernier coup d'œil à la salle de classe. Le petit bus scolaire au nez camus arriva et repartit, emmenant à son bord trois de ses élèves. Elle fit un signe de la main à la vieille dame qui le conduisait puis elle se tint debout à l'ombre du porche tandis que les parents de ses deux derniers élèves passaient les prendre.

Aussitôt que la poussière fut retombée, elle retourna dans la classe et se dirigea vers son bureau. Ses mains tremblaient lorsqu'elle ramassa les devoirs. Elle craignait que l'épisode suivant de l'histoire de meurtre ne se trouve dans la pile et, dans le même temps, elle craignait qu'il ne s'y trouve pas.

Elle compta rapidement les nouvelles. Six. Avec un soupir de soulagement et une certaine appréhension, elle les feuilleta jusqu'à ce qu'elle trouve celle relatant le meurtre.

C'était l'un de ces printemps secs où tous les fidèles du comté de Whitehorse priaient pour qu'il pleuve. La petite communauté agricole était tributaire des pluies printanières et, lorsqu'elles n'arrivaient pas, on pouvait sentir l'anxiété croître comme une impulsion électrique de basse fréquence qui parcourrait le comté, laissant tout le monde sur les nerfs.

Enfin, tout le monde, sauf elle. Elle ne s'inquiétait pas du temps ce jour-là tandis qu'elle étendait ses draps mouillés sur la corde à linge derrière la vieille ferme et qu'elle attendait… non pas la pluie mais le bruit de son pick-up s'engageant dans l'allée.

Jolene déglutit et leva les yeux, s'attendant à ce que quelqu'un franchisse la porte de la salle de classe pour lui faire des remontrances, cette lecture lui procurant une sorte de plaisir coupable. Mais elle était seule. Ramassant les devoirs, elle rangea le tout dans son sac et rentra chez elle à bicyclette.

Une fois arrivée, elle se versa un verre de limonade et, incapable d'attendre davantage, elle reprit la nouvelle.

La chaleur étouffante portée par le vent enroula sa longue jupe autour de ses jambes minces et souleva sa crinière foncée, découvrant sa nuque moite tandis qu'elle fixait la route de terre par-dessus la corde à linge, anticipant l'arrivée de son amant.

Elle avait envoyé sa fille jouer avec son nouvel ami qui vivait de l'autre côté du ruisseau. Un long après-midi de plaisir s'annonçait, et elle se languissait à la perspective d'être comblée par l'homme qui était aussi essentiel à sa survie que l'air qu'elle respirait.

Couvrant le bruit du ventilateur entraîné par le vent dans la grange et le claquement des draps qu'elle attachait à la corde, elle entendit enfin le moteur du véhicule.

Elle releva vivement la tête et elle sourit, soulagée, une pince à linge serrée entre ses dents blanches parfaites, ses bras parsemés de taches de rousseur s'agrippant à la corde comme pour s'y raccrocher, tandis qu'elle le regardait s'engager sur son terrain.

Un nuage de poussière s'éleva dans la clarté aveuglante de cette journée radieuse, le vent brûlant la soulevant et l'entraînant de l'autre côté de la route vers la prairie déserte.

Elle retira la pince à linge de sa bouche, se passant la langue sur les lèvres tandis qu'elle attachait le drap. Elle laissa le reste du linge mouillé dans le panier, s'essuya les mains sur sa jupe et se précipita au-devant de l'homme qui serait sa mort.

Jolene prit une profonde inspiration puis elle relut les pages. Elle n'avait pas plus d'indices quant à l'identité de leur auteur qu'elle n'en avait eu la première fois. Elle n'aurait pas davantage su dire pourquoi ce texte la bouleversait autant. N'était-ce pas, après tout, que de la fiction ?

Mais alors pourquoi la lui donner à lire ? Tout ce qu'elle pouvait imaginer était que l'un des parents de ses élèves avait toujours voulu écrire et qu'il ou elle recherchait des encouragements.

— Ma fille ne parle que de cette nouvelle que vous avez demandé aux élèves d'écrire, lui avait dit la mère d'Amy. Les autres élèves et leur famille en parlent eux aussi. Vous avez mis toute la communauté en effervescence. J'ai entendu dire que les nouvelles seraient ensuite reliées dans une brochure mise en vente au festival de printemps de l'année prochaine.

Visiblement, toute la ville en parlait. Etait-ce ainsi que l'auteur de cette histoire de meurtre avait eu connaissance du sujet du devoir ? Ce qui signifierait qu'il pourrait s'agir de n'importe qui, pas nécessairement de l'un des parents d'élèves. Mais l'un de ses élèves devait forcément l'apporter en classe.

Elle se leva et s'approcha de la fenêtre, espérant un souffle d'air frais. La chaleur s'élevait en vagues sur les herbes folles jaunies s'étendant en direction des Petites Rocheuses.

Qu'est-ce que l'auteur attendait qu'elle fasse de ceci ? Simplement qu'elle le lise ? Qu'elle le critique ? Qu'elle y croie ?

Elle frémit en prenant conscience que, dès les premières lignes de cette histoire, elle y avait effectivement cru. Et alors ? L'objectif de toute bonne fiction n'était-il pas de lever l'incrédulité du lecteur ?

Même si elle savait comment l'histoire se terminait, puisque le récit avait commencé par le meurtre, elle eut le sentiment que l'auteur était loin d'en avoir fini. Du moins l'espérait-elle. Elle ne pourrait supporter l'idée que celui ou celle qui lui envoyait ces textes puisse abandonner en plein milieu du récit et la laisser sur sa faim.

Elle attendait avec impatience de recevoir la prochaine partie de l'histoire, se refusant à penser qu'elle pourrait ne jamais savoir qui la lui avait donnée à lire et pourquoi. Aussi dérangeant que soit ce récit, elle se sentait flattée que l'auteur l'ait choisie pour le lire.

Tandis qu'elle regardait au-dehors, debout près de la fenêtre, une pensée lui traversa l'esprit. Un tel meurtre avait-il été commis dans cette communauté ? Les anciens habitants de la région racontaient des histoires remontant aux premiers colons. Si un meurtre aussi violent avait vraiment eu lieu dans les environs, elle était certaine que quelqu'un s'en souviendrait.

En particulier s'il impliquait une jeune veuve ayant une fille et vivant dans une vieille ferme par un printemps très chaud et sans pluie.

Elle reporta les yeux sur le centre communautaire de Whitehorse, situé un peu plus loin sur la route. Plusieurs pick-up et un S.U.V. étaient stationnés devant pour la réunion du cercle de couture de Whitehorse. Si quelqu'un avait entendu parler d'un meurtre, ce serait sans conteste l'une de ces femmes.

Dulcie attendit que la poussière soulevée par la moissonneuse-batteuse retombe avant de se retourner vers la maison. Son regard fut attiré par la fenêtre du premier étage et par les rideaux jaune pâle.

La couleur était passée au fil des années et elle ne pouvait distinguer le motif de l'imprimé à cette distance, mais quelque chose dans ces rideaux jaunes lui sembla étrangement familier.

Prenant soin de s'assurer qu'aucun crotale ne s'était approché sans bruit pendant qu'elle attendait, elle fit quelques pas hésitants en direction de la maison. Avait-elle vu cette maison aux rideaux jaunes sur une photographie ? Ses parents en avaient certainement une quelque part.

Des planches avaient été clouées en travers de la porte d'entrée et des fenêtres du rez-de-chaussée. Il lui serait impossible de pénétrer dans la maison sans outils. Mais voulait-elle vraiment aller à l'intérieur ?

Elle aperçut une portion de vitre visible sous les planches et elle s'avança avec précaution à travers les herbes hautes afin de mettre ses mains en conque pour regarder à l'intérieur.

Elle cligna les yeux, surprise. L'intérieur de la maison était recouvert de poussière, mais il donnait l'impression que la personne qui y vivait en était simplement partie, un jour, pour ne plus y revenir.

Les meubles paraissaient être restés à leur place exacte, à l'instar du livre posé sur une desserte et du verre à présent couvert de toiles d'araignées et de poussière, là où quelqu'un s'était assis et avait bu. Il y avait des traces indiquant que de petites bestioles s'étaient visiblement installées à demeure mais, en dehors de cela, l'endroit semblait ne pas avoir été dérangé depuis des années.

Depuis le meurtre ?

Elle fut saisie d'un frisson et elle se dit que le cow-boy avait peut-être inventé cela à seule fin de l'effrayer, de la même manière qu'il l'avait mise en garde contre les crotales.

Selon les documents que lui avait remis le notaire, elle avait hérité de la propriété vingt-quatre ans plus tôt. Elle était alors être âgée de… quatre ans !

Qui léguait une propriété à une enfant de quatre ans ? Laura Beaumont apparemment.

Elle retournait à sa voiture lorsqu'elle entendit un étrange gémissement grinçant qui la fit se figer sur place.

Son cœur se mit à battre plus fort lorsqu'elle se rendit compte qu'elle avait déjà entendu exactement le même bruit… Mais quand ? Retrouvant l'usage de ses jambes, elle contourna la maison par le côté pour regarder dans la direction d'où venait le bruit.

Au sommet de la grange, une girouette rouillée en forme de cheval était agitée par la brise, gémissant et grinçant sans relâche.

Elle resta immobile un long moment, figée, la regardant fixement. Ses yeux s'emplirent soudain de larmes. Elle s'était déjà trouvée en ce lieu. A cette pensée, un horrible sentiment de peur l'envahit.

3

Russell Corbett rejoignit l'endroit où il avait laissé son 4x4. Il regretta d'échanger le luxe de la cabine de la moissonneuse-batteuse avec son lecteur de C.D., sa radio satellite et sa climatisation pour le 4x4 bruyant et surchauffé.

De toute manière, il préférait de loin le cheval à tout véhicule.

Il se dirigea vers le Trails West Ranch, et alors qu'il approchait de l'ancienne ferme Beaumont, il lui fut impossible de ne pas penser à la femme dont il avait failli percuter plus tôt la voiture arrêtée au milieu de la route.

— Stupide fille de la ville, marmonna-t-il.

Il n'avait pas tellement prêté attention à elle. Il ne se rappelait même pas la couleur exacte de ses cheveux. Quelque chose entre le brun roux et l'acajou, mais cela lui avait été difficile à déterminer avec la lumière du soleil qui les illuminait de reflets dorés.

Il ignorait également quelle était leur longueur, étant donné la manière dont elle relevait la masse de ses cheveux pour les retenir tirés en arrière. Il se demanda vaguement s'ils tombaient au-delà de ses épaules lorsqu'ils se trouvaient libérés de la luxueuse barrette.

En revanche, il se rappelait sa taille, lorsqu'il s'était approché d'elle pour l'aider à ouvrir la barrière. Pas plus d'un mètre soixante-dix ou soixante-quinze sans ces talons hauts. Il se rappela également avoir eu l'impression que, bien que son corps soit mince, elle arborait des courbes épanouies aux endroits adéquats. Et il avait perçu chez elle une certaine force ou peut-être s'était-il seulement agi d'un entêtement en opposition avec sa stature et son évidente origine citadine.

Prenant conscience du chemin qu'avaient emprunté ses pensées, il les chassa de son esprit comme un chien mouillé qui s'ébroue chasse l'eau de son pelage. Il songea qu'il devait souffrir d'un coup de chaleur. Aucune femme, récemment, n'avait aussi longtemps monopolisé son attention.

Il se dit qu'il n'allait même pas regarder en passant pour voir si elle était toujours garée devant la vieille ferme. Il faisait trop chaud pour la protéger de quoi que ce soit, même si elle avait voulu de son aide.

Mais il regarda pourtant, cherchant à se convaincre que ce qu'il ressentait en constatant qu'elle était repartie n'était pas de la déception. Que c'était du soulagement de ne pas avoir à la sortir d'un mauvais pas où elle se serait trouvée.

Il ralentit en remarquant la barrière gisant par terre. Laissant échapper un juron, il s'arrêta et descendit pour la refermer. Cette femme avait beaucoup à apprendre sur la propriété privée et les barrières à ne pas laisser ouvertes !

Jetant un coup d'œil à la maison, il fut heureux de constater que rien ne semblait différent. Non que cette femme ait pu faire des dégâts. Pas avec ces ongles manucurés.

Il n'avait jamais prêté tellement attention à l'ancienne ferme Beaumont, bien qu'il soit assez souvent passé devant puisque les terres situées juste derrière étaient un champ de blé de la propriété Corbett.

Debout près de la barrière, il regarda fixement la vieille maison, se rappelant que quelqu'un lui avait dit qu'un meurtre y avait été commis, et que depuis la maison était condamnée. La rumeur se plaisait à rendre un tel endroit plus sinistre qu'il ne l'était en réalité. Il fut surpris qu'on ne l'ait pas prétendue hantée !

Mais, même si rien de maléfique n'était tapi derrière ces volets fermés, il se demanda ce que cette femme lui avait trouvé d'aussi intéressant puisque, à en croire son expression de surprise, elle n'était pas au courant du meurtre.

Peut-être, après tout, n'avait-elle jamais vu une vieille ferme auparavant.

Remontant dans son 4x4, il se dit qu'il ne comprendrait jamais rien aux femmes. Il fut toutefois rassuré qu'il ne lui soit rien arrivé de catastrophique. Si tout ce qu'elle avait fait se résumait à avoir laissé la barrière ouverte, il en conclut qu'il n'y avait là rien de mal. De toute façon, elle devait déjà être à des kilomètres de là.

Néanmoins, il ne put s'empêcher de se demander ce qui avait pu, à l'origine, l'amener dans ce coin du Montana. Elle était, à l'évidence, hors de son élément, se dit-il avec un petit rire tandis qu'il retournait au ranch.

Le cercle de couture de Whitehorse était une institution dans le comté. Jolene avait remarqué que lorsque les femmes qui passaient plusieurs jours par semaine à confectionner des patchworks au centre étaient mentionnées, c'était toujours avec révérence. Peut-être aussi avec une certaine crainte.

Ces femmes détenaient clairement le pouvoir dans la communauté. Nombre de décisions devaient être prises entre deux points de couture, et beaucoup d'informations échangées par-dessus le tissu des patchworks.

Ce fut donc avec appréhension qu'elle se rendit au centre et qu'elle ouvrit la porte. Elle y était déjà entrée à plusieurs reprises pour des fêtes depuis qu'elle avait été engagée comme enseignante par la communauté. Dans cet endroit se tenaient toutes les réceptions de mariage, les fêtes d'anniversaire, les festivals et les buffets de funérailles.

Les parquets étaient usés par les bottes qui avaient dansé dessus depuis des décennies, et il était aisé d'imaginer que des cœurs avaient été conquis et perdus dans cette vaste salle. De nombreux événements de la vie de ces personnes s'y étaient déroulés, de la naissance à la mort, en passant par toutes les étapes intermédiaires. Si seulement ces murs pouvaient parler, songea Jolene, se demandant quels récits ils feraient.

Lorsque la porte s'ouvrit, la lumière du soleil inonda le sol, et les femmes regardèrent toutes dans sa direction. Elles étaient réunies dans le fond, autour d'un métier à quilter. Le patchwork était destiné à un bébé, nota Jolene tandis qu'elle laissait la porte se refermer derrière elle.

— Bonjour ! lui lança Pearl Cavanaugh en lui souriant de son sourire légèrement de travers.

Pearl avait eu une attaque, quelque temps auparavant, et Jolene avait entendu dire qu'elle n'était pas encore tout à fait remise. Selon les dires de leurs concitoyens, la mère de Pearl avait créé le cercle de couture de Whitehorse des années plus tôt.

— Bonjour. Je me suis dit que j'allais passer voir ce que vous faisiez, dit Jolene sans grande conviction.

Comment diable allait-elle s'acquitter de la mission qu'elle s'était assignée en entrant dans cette salle ?

Elle savait qu'elle devrait se montrer prudente. Craignant que l'histoire ne s'interrompe, elle voulait éviter que son auteur ne découvre qu'elle se renseignait sur le meurtre.

— Je vous en prie, joignez-vous à nous, lui proposa Pearl.

La femme lui parut redoutable avec son regard acéré, mais son expression était plutôt amicale. Jolene approcha une chaise du cercle et elle observa un instant les mains usées et tordues de rhumatismes faisant les points les plus minuscules et les plus parfaits qu'elle ait jamais vus.

— Ce patchwork est magnifique, s'exclama-t-elle, brisant le silence.

— Merci.

Pearl était manifestement le porte-parole du groupe. Son mari, Titus, faisait plus ou moins office de maire, prêchait au centre le dimanche, s'assurait que le cimetière était entretenu et supervisait le recrutement des professeurs.

— Vous connaissez toutes notre nouvelle enseignante, Jolene Stevens, lança Pearl à la cantonade. Elle nous arrive directement de l'université d'Etat du Montana.

— Ainsi, c'est votre premier poste d'enseignante, enchaîna une petite femme aux cheveux blancs et aux yeux bleus. Je suis Alice White.

— Je me rappelle votre fête d'anniversaire, lui répondit Jolene. Quatre-vingt-douze ans, je crois ?

Alice émit un petit rire.

— Tout le monde doit penser que je vais casser ma pipe sous peu car mes concitoyens sont déterminés à célébrer désormais mon anniversaire chaque année.

Elle fit un clin d'œil à Jolene et ajouta :

— Ce qu'ils ignorent, c'est que je vais être centenaire.

Au milieu des rires qui suivirent cette déclaration, Jolene s'efforça de se détendre.

— Cette région est tellement intéressante, dit-elle. J'apprécie tout particulièrement son histoire.

— Je suis sûre que tout le monde vous a parlé des célèbres hors-la-loi qui se cachaient dans cette région, à la fin du XVIIIe siècle, intervint une femme imposante au visage angélique.

Ella Cavanaugh, une parente éloignée de Pearl et Titus,

se rappela Jolene. A Whitehorse, tout le monde semblait être apparenté d'une manière ou d'une autre.

— Butch Cassidy et Sundance Kid ainsi que Kid Curry, précisa un autre membre du groupe, une dame âgée du nom de Mabel Brown. La loi n'avait alors aucune emprise sur cette région de l'Etat.

— Elle est visiblement devenue assez paisible à présent, déclara Jolene. Pourtant j'ai entendu quelque chose à propos du meurtre d'une jeune veuve qui avait une petite fille, c'est bien cela ?

Elle aurait pu entendre une mouche voler. Plusieurs des couturières furent manifestement décontenancées mais elles se ressaisirent aussitôt.

— Ce fut une regrettable affaire, reprit Ella en lançant un regard apeuré à Pearl.

— Quand cela s'est-il produit ? demanda Jolene.

— Cela fera vingt-quatre ans ce mois-ci, lui répondit Alice, secouant la tête. C'est une chose qu'aucune de nous n'aime à se remémorer.

— Son meurtrier a-t-il été interpellé ? s'enquit Jolene.

L'expression de leur visage lui apporta la réponse.

— Jolene, est-ce que vous cousez ? demanda Pearl, lui signifiant que le sujet était clos. Nous aurions grand besoin d'une nouvelle recrue habile de ses doigts et possédant une bonne vue.

— Je crains que non.

— Nous serions ravies de vous apprendre, proposa Pearl. Nous confectionnons un patchwork pour chaque bébé qui naît dans les environs et ce, depuis des années. C'est une tradition à Whitehorse.

— Une très jolie tradition, convint Jolene.

Elle aurait aimé poser d'autres questions sur le meurtre

mais elle vit que les femmes étaient de nouveau absorbées par leur ouvrage. Visiblement, elle n'en apprendrait pas plus.

— Bien, je ferais mieux de vous laisser à votre travail, déclara-t-elle en se levant pour partir.

— Eh bien, si jamais vous changez d'avis, lui dit Pearl en posant sur elle un regard inquisiteur.

Pearl paraissait troublée, constata Jolene. Sans doute se demandait-elle où une jeune femme nouvellement arrivée en ville avait eu connaissance d'un meurtre non élucidé, survenu vingt-quatre ans plus tôt et pourquoi elle pouvait s'y intéresser.

En partant, elle jeta un regard en arrière. Seule, Pearl Cavanaugh la regardait.

Dulcie revint en ville, plus intriguée encore par son héritage. Elle retourna à l'agence immobilière pour y découvrir qu'April arbitrait un match à l'ancien gymnase du lycée.

Elle s'y rendit aussitôt. Par chance, le match n'avait pas encore commencé, et elle trouva April en uniforme sur la touche.

— Je suis désolée de vous ennuyer de nouveau, s'excusa-t-elle. A qui pourrais-je m'adresser pour connaître l'histoire de la propriété ?

April s'accorda un moment de réflexion.

— Voyons... Interrogez Roselee, au musée. Elle est très âgée mais elle a l'esprit vif. C'est notre historienne locale.

Le petit musée se trouvait à la périphérie de la ville et il retraçait toute l'histoire de cette région du Montana. Roselee était une femme aux cheveux blancs d'un âge indéterminé. Elle sourit lorsque Dulcie franchit la porte, et l'accueillit chaleureusement.

— En fait, je suis surtout intéressée par l'histoire d'une

propriété située au sud d'ici, précisa Dulcie. On m'a indiqué que vous pourriez sans doute m'aider.

Roselee sembla enchantée.

— Eh bien, je suis probablement la plus ancienne habitante de ces lieux, répondit-elle avec un grand sourire. Mon père était l'un des colons à l'origine de la vieille ville de Whitehorse. De quelle propriété parlons-nous ?

— Celle de Laura Beaumont.

Roselee pinça les lèvres, et toute amabilité disparut de sa voix lorsqu'elle jeta :

— Si vous êtes l'une de ces journalistes faisant un nouveau reportage sur le meurtre…

— Ce n'est pas le cas, l'interrompit Dulcie. Mais j'ai besoin de savoir. La victime était-elle Laura Beaumont ?

— Si vous n'êtes pas journaliste, alors quel est votre intérêt dans tout ceci ?

— J'ai hérité de la propriété.

Les yeux de la vieille dame s'agrandirent. Elle chercha à tâtons la chaise derrière elle et s'y laissa tomber lourdement.

Dulcie frémit en voyant l'expression qu'affichait Roselee.

— Qu'y a-t-il ? lui demanda-t-elle, effrayée par la manière dont la vieille dame la dévisageait… comme si elle avait vu un fantôme.

Roselee secoua la tête et se releva péniblement.

— Je suis désolée. Je ne me sens pas bien.

Elle prit la canne appuyée contre le comptoir et se dirigea vers l'arrière du musée, appelant une certaine « Cara ».

— Préférez-vous que je revienne à un autre moment ? lui demanda Dulcie.

Mais Roselee ne lui répondit pas.

Elle se demanda ce que cela pouvait bien signifier lorsqu'une femme beaucoup plus jeune que Roselee s'approcha pour lui demander si elle pouvait lui être utile.

— Avez-vu entendu parler d'une femme nommée Laura Beaumont ? lui demanda Dulcie.

Cara, qui avait à peu près le même âge qu'elle, secoua la tête.

— Le devrais-je ?

— Je l'ignore. Avez-vous une société historique ?

— Vous venez d'en rencontrer la présidente, Roselee. N'a-t-elle pas été en mesure de vous aider ?

— Non. Y a-t-il quelqu'un d'autre dans les parages à qui je puisse parler ?

Elle baissa la voix pour le cas où Roselee serait à l'arrière, les écoutant, et précisa :

— Quelqu'un d'assez âgé qui saurait tout ce qui s'est passé ici, et qui ne craindrait pas d'en parler ?

Une lueur de compréhension anima le regard de Cara, et elle aussi chuchota :

— Il y a une personne qui devrait pouvoir vous aider. Son nom est Arlene Evans. Elle est… loquace.

Jolene consulta sa montre tandis qu'elle quittait le centre communautaire. Si elle se hâtait, elle pourrait arriver à Whitehorse avant que le bureau du journal ne ferme.

A présent qu'elle savait qu'il y avait eu un meurtre, elle était impatiente de consulter les archives du *Milk River Examiner* afin d'y découvrir toute l'information disponible sur ce qui s'était réellement passé, vingt-quatre ans auparavant, et qui semblait toujours mettre la population en émoi — tout au moins les femmes du cercle de couture.

De retour à l'école, elle alla droit à son bureau et elle ouvrit le tiroir où elle avait rangé les nouvelles. Elles y étaient toutes les six. Il lui en restait cinq à lire, elle les mit donc toutes dans son sac à dos.

Se retournant pour quitter la classe, elle sursauta en

découvrant une silhouette sombre qui s'encadrait dans l'embrasure de la porte.

— Désolé, je n'avais pas l'intention de vous effrayer, dit Ben Carpenter en entrant dans la pièce.

C'était un homme de grande taille, qui mettait toujours Jolene un peu mal à l'aise. Elle soupçonnait que c'était dû au fait qu'il souriait rarement. Ben approchait de la cinquantaine et il était le père de Mace, son lunatique élève de 4e. L'adolescent ressemblait à son père, imposant et corpulent. Jolene n'avait vu sa mère, Ronda, qu'une fois. Elle se rappelait une femme menue et réservée.

— Je terminais ma journée, dit-elle. Que puis-je pour vous ?

— Je me suis arrêté pour savoir comment Mace s'en sort. Je le lui ai demandé mais il ne dit pas grand-chose. Vous n'avez pas de problèmes avec lui, dites-moi ? Si c'est le cas, faites-le-moi savoir et je m'en occuperai personnellement.

Jolene n'apprécia pas la menace qu'elle perçut dans le ton de Ben.

— Votre fils s'en sort très bien et non, je n'ai pas le moindre problème avec lui.

— Bien. Je suis heureux de l'entendre. Sa mère a exigé de moi que je me renseigne.

Jolene en douta. Ronda Carpenter semblait être une femme qui exigeait peu de son époux et qui devait en obtenir encore moins.

— Eh bien, vous pouvez absolument la rassurer, dit-elle en souriant. Mace se comporte bien.

Ben hocha la tête. Il sembla vouloir ajouter quelque chose mais il changea d'avis et quitta la salle sans un mot.

Jolene fut soulagée d'entendre son pick-up s'éloigner — Ben semblait toujours sur le point de perdre son calme. Elle se sentit un peu secouée par sa visite. Sa visite avait semblé… préméditée. Etait-il venu pour une autre raison et avait-il ensuite changé d'avis ?

Etait-il possible que ce soit lui, l'auteur de la sixième nouvelle ? Cela lui semblait peu probable, bien que certaines personnes écrivent mieux qu'elles ne parlent.

Fermant la porte à clé derrière elle, elle retourna à bicyclette jusqu'à sa petite maison. Puis, les épisodes de l'histoire de meurtre dans son sac à dos, elle monta dans sa voiture et prit la direction de Whitehorse.

Elle emprunta la route de terre menant à la ville. La vieille ville de Whitehorse avait été la première colonie appelée « Whitehorse ». Elle était plus proche du fleuve Missouri et des Breaks. C'était à l'époque où le ravitaillement se faisait par bateau.

Une fois le chemin de fer installé, à dix kilomètres au nord, la ville avait migré vers la voie ferrée, emportant avec elle le nom de « Whitehorse ».

Tandis que Jolene conduisait, elle se repassa mentalement la conversation avec les femmes du cercle de couture et elle s'interrogea avec encore plus de curiosité sur la raison de leur réticence à parler du meurtre.

Russell trouva son père qui l'attendait lorsqu'il revint au ranch. Grayson Corbett était un homme d'une stature imposante, aux cheveux grisonnants, au sourire et à l'attitude décontractés. Il avait élevé seul ses cinq fils après la mort de sa femme — Russell était encore petit —, et il avait fait de l'excellent travail. En fait, il y avait peu de choses que son père ne soit capable de faire.

Mais depuis quelque temps des rides creusées par l'inquiétude marquaient son visage toujours séduisant et semblaient rendre plus pâle encore le bleu de ses yeux.

Russell sut de quel sujet il voulait l'entretenir dès l'instant où il le vit, et il sentit son estomac se contracter.

— Nous avons pris une décision, annonça Grayson sans préambule. Nous ne pouvons la repousser plus longtemps.

— Tu connais déjà mon sentiment. En ce qui me concerne, je considère que c'est une idiotie et un gaspillage d'argent. Qu'ont dit les autres cultivateurs et propriétaires de ranch à la réunion ?

— Certains sont d'accord avec toi. Mais plus nombreux sont ceux qui sont prêts à tenter n'importe quoi s'il existe une chance de sauver leurs récoltes.

Russell ne répondit pas. Il avait donné son avis sur la question, mais il n'était pas tout seul à décider.

— En ce qui concerne certains d'entre eux, s'il ne pleut pas bientôt, ils perdront tout, poursuivit son père. Je ne pense pas que nous ayons le choix.

— Que leur as-tu dit ?

— Je leur ai répondu que je devais en parler à mon fils. Ce ranch est autant le tien que le mien, plus encore en fait. Le dernier mot t'appartient.

Russell vit que son père s'inquiétait pour les autres, qui avaient le plus à perdre.

— Quel choix avons-nous ? demanda-t-il.

Si son père et lui ne se rangeaient pas à l'avis des autres, il doutait que les quinze mille dollars requis pour engager le faiseur de pluie puissent être rassemblés.

— Je me rangerai à la décision que vous prendrez, dit-il, comme son père ne répondait pas.

Ce dernier parut soulagé bien que l'expression soucieuse ne s'efface pas de son visage. Russell restait persuadé qu'ils jetaient l'argent par les fenêtres, mais si les propriétaires de ranch et les cultivateurs avaient envie de croire qu'un homme pouvait faire pleuvoir, il ne tenterait pas de les en dissuader.

— Merci, fils. Du moins, en engageant un faiseur de pluie, ont-ils le sentiment de faire quelque chose pour éviter la catastrophe.

The Milk River Examiner était le seul journal à des lieues à la ronde. Ses bureaux étaient situés dans un petit bâtiment de la rue principale, face aux voies ferrées.

Andi Blake, l'unique journaliste, une femme amicale et séduisante s'exprimant avec un accent du Sud, se déclara ravie d'aider Jolene.

— Quelle date cherchez-vous ? lui demanda-t-elle.

Jolene lui expliqua que l'événement aurait eu lieu le même mois, vingt-quatre ans plus tôt.

— Je ne suis pas certaine de la date exacte, précisa-t-elle.

— Je n'étais pas présente à l'époque mais je vous invite à regarder. Tout est sur microfiches. Vous savez comment procéder ?

Jolene en avait déjà consulté lorsqu'elle était étudiante. Elle remercia Andi puis elle s'assit au fond du bureau et, tandis que les articles du mois de mai d'il y a vingt-quatre ans commençaient à s'afficher sur l'écran, elle entreprit de les faire défiler.

Elle ralentit aux récits concernant les conditions de sécheresse, les craintes des propriétaires de ranch et des cultivateurs, les discussions quant à la question de faire venir en ville un faiseur de pluie. Quelques éditions plus loin, il y avait un petit article disant qu'un faiseur de pluie venait en ville et expliquant comment les propriétaires de ranch levaient des fonds afin de le rétribuer pour qu'il fasse tomber la pluie.

Saisie d'un frisson, Jolene songea à l'histoire du meurtre,

et elle eut le sentiment que les conditions climatiques étaient beaucoup trop semblables à celles de l'année en cours. Le gros titre de l'édition suivante lui glaça le sang.

UNE FEMME SAUVAGEMENT ASSASSINÉE

Le corps sans vie d'une habitante de la vieille ville de Whitehorse a été retrouvé hier soir à son domicile.

La gorge serrée, Jolene poursuivit sa lecture puis elle revint en arrière en prenant conscience que l'article ne précisait pas qui avait découvert le corps.

Le shérif demandait à toute personne possédant des informations en relation avec le meurtre de Laura Beaumont de prendre contact avec lui.

Si cette Laura Beaumont était la même femme que celle qu'évoquait l'auteur de sa mystérieuse nouvelle, elle avait au moins un amant.

Il y avait forcément eu de l'A.D.N. dans la maison. Mais la police avait-elle connaissance des tests A.D.N., vingt-quatre ans plus tôt ? Ils ne devaient pas être d'un usage très répandu. En tout cas, pas à Whitehorse.

Jolene reprit sa lecture, butant sur le paragraphe suivant.

La victime a été découverte à l'étage, sur son lit. Elle a été poignardée à de nombreuses reprises.

Son amant l'avait-il découverte ? Ou alors…

Les adjoints du shérif recherchent la fillette de la jeune femme, depuis disparue.

Disparue ?

Angel Beaumont est âgée d'environ quatre ou cinq ans, elle a les yeux et les cheveux bruns. Nul ne sait ce qu'elle portait au moment de sa disparition.

Jolene passa rapidement à l'hebdomadaire suivant et

elle chercha du regard un article traitant du meurtre. La fillette était-elle toujours portée disparue ?

L'équipe de recherches passe au peigne fin le ruisseau coulant derrière la ferme mais n'y a trouvé aucun signe du corps de l'enfant. Quiconque ayant des informations sur le lieu où se trouverait la fillette ou sur le meurtre est prié de s'adresser sans délai au bureau du shérif. Tout informateur verra son anonymat préservé.

Quelques éditions plus tard, Jolene trouva l'article de presse consacré à la fille de Laura Beaumont.

Dulcie avala un morceau dans un petit café du centre-ville et elle se demanda si elle ferait mieux d'appeler cette Arlene Evans ou de se rendre jusque chez elle. Elle choisit de s'y présenter sans s'annoncer et de lui parler directement.

Alors qu'elle quittait le café, l'esprit occupé par ce qu'elle dirait une fois arrivée sur place, elle percuta une jeune femme qui sortait d'un bâtiment.

— Pardon, s'excusa-t-elle tandis que la jeune femme, mince, brune et jolie, laissait tomber la chemise qu'elle tenait.

Des papiers volèrent sur le trottoir.

— Je suis vraiment désolée, répéta Dulcie.

Elle se précipita pour l'aider à rassembler les feuillets épars, remarquant au passage qu'il s'agissait de photocopies d'articles de journal. Un gros titre attira son regard.

« *L'ENQUÊTE SUR L'AFFAIRE DE MEURTRE SE POURSUIT* »

— Merci.

Visiblement bouleversée, la jeune femme rangea précipitamment les photocopies dans la pochette et se rua vers sa voiture garée le long du trottoir.

Un meurtre ? Dulcie se demanda combien de meurtres avaient été commis dans une ville telle que Whitehorse et quelles étaient les chances que cet article se réfère à l'assassinat de Laura Beaumont. Elle se dit que, lorsqu'elle aurait plus de temps et de renseignements, elle reviendrait jeter un coup d'œil aux vieux articles de presse.

En remontant dans sa voiture, elle chassa l'incident de son esprit et prit la direction du sud pour se rendre chez Arlene Evans, aux abords de la vieille ville.

Comme partout dans cette région du Montana, les maisons étaient rares et très espacées, séparées par des prairies, de nombreux ravins et de vastes étendues d'armoise.

Il était tard, et Dulcie se demandait toujours comment elle allait présenter sa visite lorsqu'elle frappa à la porte de la ferme.

— Arlene Evans ? demanda-t-elle à la femme grande et mince qui lui ouvrit.

— Oui ?

— Je cherche des informations et j'espérais que vous pourriez m'aider.

— Certainement, je vais m'y employer. Entrez, je viens de préparer de la limonade. En voulez-vous un verre ?

Dulcie fut surprise de la facilité avec laquelle cette femme l'avait laissée entrer chez elle. Si cela avait eu lieu à Chicago et qu'une étrangère avait frappé à sa porte, elle n'aurait pas ouvert et elle l'aurait encore moins invitée à entrer boire une limonade !

Elle remarqua au mur des photographies de jeunes gens qui devaient apparemment être les enfants d'Arlene. La plus âgée, une femme plutôt mal fagotée, semblait avoir dans les trente ans. Une autre femme d'un peu plus de vingt ans posait avec un bébé dans les bras. Un homme jeune, son mari sans doute, se tenait à côté d'elle. Ils paraissaient être fous l'un de l'autre. La troisième photographie était celle d'un jeune homme séduisant mais avec quelque chose de sournois dans le regard.

— Est-ce que cela concerne mon service de rencontres rurales en ligne ? lui lança Arlene depuis la cuisine. Asseyez-vous, ajouta-t-elle en lui désignant le salon contigu tandis qu'elle la rejoignait, un grand verre de limonade à la main.

Celle-ci lui sembla tellement tentante que Dulcie en but une gorgée avant de prendre place.

— Elle est délicieuse, déclara-t-elle en se passant la langue sur les lèvres.

Arlene Evans sourit et s'assit en face d'elle. La maison était étonnamment fraîche, considérant la chaleur suffocante qui régnait au-dehors.

— Un service de rencontres rurales en ligne ? Cela semble intéressant mais je suis ici pour autre chose, reprit Dulcie. Je vais être franche avec vous. Je suis venue ici pour trouver des renseignements sur une propriété.

— Une propriété ?

— J'essaie de découvrir son histoire. J'ai cru comprendre que vous aviez vécu ici toute votre vie et que vous pourriez être en mesure de m'aider.

— Eh bien, comme je vous le disais, je vais m'y employer.

Dulcie remarqua la bague au doigt d'Arlene lorsqu'elle posa son verre de limonade sur le dessous-de-verre protégeant la table basse.

— C'est une bague magnifique, fit-elle remarquer.

— Merci. Je me marie dans quelques mois. Un mariage de Noël.

— Félicitations.

Le diamant était extraordinaire, et Dulcie se demanda si Arlene épousait un riche propriétaire de ranch des environs.

— Alors, où se trouve cette propriété ? demanda Arlene.

— Elle se trouve à la périphérie de la vieille ville de Whitehorse. Je crois que la dernière occupante des lieux s'appelait Laura Beaumont.

— Oh mon Dieu !

L'expression d'Arlene lui confirma qu'elle avait trouvé le bon filon.

— Connaissiez-vous Laura ?

— Pas personnellement. Je savais qu'elle était veuve. Elle n'était pas originaire des environs et elle vivait ici depuis peu. J'ai entendu dire que le terrain appartenait à la famille de son mari et que c'était tout ce qu'elle possédait. Elle n'avait donc pas eu d'autre choix que de vivre ici après son décès. Elle louait toutes les terres arables. Cultiver la terre ou vivre à la campagne ne l'intéressait manifestement pas.

Arlene esquissa un rapide sourire et ajouta :

— Je ne devrais rien dire car je ne la connaissais pas. Vous savez comment naissent les rumeurs.

Apparemment, elle s'efforçait de faire oublier sa réputation de commère.

— Savez-vous d'où venait Laura ? lui demanda Dulcie.

— De Californie. Autre raison pour laquelle c'était bizarre. Beaucoup de Californiens viennent vivre dans le Montana, seulement pas dans cette région, si vous voyez ce que je veux dire.

Dulcie voyait, en effet. Mais quel rapport avec la Californie ? Ce n'était pas la région de Chicago. Comment se faisait-il que ses parents aient connu cette femme ?

— Pouvez-vous me dire ce qui lui est arrivé ?

— Vous l'ignorez ?

— Je vous en prie, j'ai vraiment besoin que vous soyez franche avec moi. J'ai entendu dire qu'il se pourrait qu'elle ait été tuée ?

— Eh bien, ce n'était pas comme si je colportais des ragots. Tout le monde est au courant. Elle a été assassinée dans l'une des chambres à l'étage, il y aura vingt… oh, Seigneur, vingt-quatre ans ce mois-ci !

Cela expliquait-il pourquoi Roselee, au musée, avait été tellement bouleversée ?

— Les meurtres doivent être rares dans cette région, fit remarquer Dulcie, songeant à la femme qu'elle avait heurtée un peu plus tôt et qui transportait des coupures de journaux relatives à un meurtre.

— Ils sont rares, mais ce meurtre…

Arlene secoua la tête, et son regard se perdit un instant dans le vide.

— Ce meurtre était vraiment haineux, reprit-elle. Elle a été poignardée à mort de plus d'une douzaine de coups de couteau et le meurtrier n'a jamais été attrapé.

Dulcie tentait de digérer toute cette information quand Arlene ajouta :

— Ce qui a rendu tout cela encore plus horrible, c'est la petite.

— La petite ?

— Sa fille. Elle n'était encore qu'un petit bout de chou de quatre ou cinq ans, si je me rappelle bien. Ils ont découvert ses empreintes de pieds ensanglantées dans la chambre où elle était entrée. Elle avait dû voir sa mère étendue là et s'enfuir.

4

Au cours du souper, Kate Corbett vit immédiatement que Russell n'était pas lui-même. Le plus tranquille des cinq frères était également celui qui était le mieux dans sa peau.

Lorsque Grayson avait vendu ses terres au Texas puis déménagé dans le Montana, ses fils avaient été choqués et lui en avaient tenu rigueur. Seul, Russell s'était lancé dans l'exploitation du ranch aux côtés de son père dès sa sortie de l'université, et Kate lui en était reconnaissante car Grayson n'aurait pu s'en sortir sans Russell pour gérer le ranch.

Plus tard, lorsque Grayson avait demandé à ses autres fils de venir s'installer dans le Montana pour réunir la famille, ces derniers avaient accepté mais sans grand enthousiasme. Et, peu à peu, les choses avaient évolué.

Lantry, le cadet, était un avocat spécialiste du divorce. Et, bien qu'il soit encore au ranch, Kate ne s'attendait pas à ce qu'il y reste.

Shane était un Texas Ranger en congé maladie. Kate savait que, s'il n'était pas tombé amoureux d'une fille des environs, il serait retourné au Texas. Au lieu de cela, il s'était fait recruter par le bureau du shérif de Whitehorse comme adjoint. Maddie Cavanaugh et lui s'étaient unis récemment au cours d'une triple cérémonie célébrant également les mariages de Jud et Dalton, les jumeaux, petits derniers de la fratrie.

Kate n'avait absolument rien vu venir mais elle n'aurait pu être plus heureuse de constater le bonheur des fils de Grayson.

Maddie et elle avait encore quelques petites choses à mettre au point, mais elles avaient le temps.

Jud était plus jeune, mais seulement de quelques minutes, que son jumeau, Dalton. Jud avait travaillé comme cascadeur à Hollywood mais il était tombé amoureux de Faith Bailey en tournant un film dans le Montana. Ensemble, ils avaient monté une école de *stunt riding* sur son ranch, non loin du Trails West Ranch.

Dalton s'était entiché de la propriétaire de la boutique de tricots locale, Georgia Michaels. Cette fois, cela n'avait pas été une surprise pour Kate, et Grayson et elle n'auraient pu être plus enchantés.

Bien que les trois garçons se soient mariés, ils vivaient au ranch avec leur épouse en attendant que leur maison soit achevée. C'était merveilleux d'avoir une telle assemblée à table, et Juanita, la cuisinière que Grayson avait persuadée d'emménager dans le Montana, adorait cela.

Oui, bien des choses avaient changé, songea Kate, tandis qu'elle contemplait la grande famille dans laquelle elle était entrée en se mariant.

Durant les années qui suivirent le décès de sa femme Rebecca, le laissant seul avec cinq fils à élever, personne ne se serait attendu à ce que Grayson se remarie.

Kate et Rebecca avaient été les meilleures des amies. Elles avaient grandi ensemble au Trails West Ranch dans le Montana jusqu'à ce que le père de Kate tombe malade et décède, perdant le ranch.

Kate avait également perdu de vue son amie Rebecca

qui avait épousé Grayson Corbett et déménagé au Texas. Elle fut très éprouvée par son décès, et c'est en retrouvant quelques vieilles photographies de Rebecca qu'elle avait décidé de rendre visite à Grayson, au Texas.

Il y avait eu une étincelle entre eux dès leur première rencontre. Emportés dans le tourbillon d'une histoire d'amour passionnée, ils s'étaient mariés, et Grayson lui avait fait la surprise d'acheter pour elle le Trails West Ranch et de venir s'installer avec armes et bagages à Whitehorse. Ce fut pour elle le plus beau des cadeaux de mariage.

En s'occupant du déménagement, Grayson avait découvert des lettres que Rebecca avait écrites avant de mourir.

Dans celles qu'elle avait écrites à ses cinq fils, une pour chacun, elle disait que son dernier souhait était que ses fils se marient avant trente-cinq ans… et qu'ils épousent une femme du Montana.

Kate connaissait bien les frères. Lorsqu'elle avait entendu dire qu'ils avaient tiré à la courte paille pour savoir qui comblerait le premier les vœux de leur mère, elle avait compris qu'ils tenteraient de se soustraire à ce pacte. Mais, étonnamment, elle avait vu les vœux de Rebecca se réaliser pour trois de ses fils.

Bien que Lantry n'ait pas la moindre intention de se marier un jour, il n'avait pas quitté le ranch.

Quant à Russell, eh bien, elle croyait qu'il ne rencontrerait jamais une femme qui l'intéresserait suffisamment pour qu'il la courtise !

C'était la raison pour laquelle l'attitude de Russell, ce soir, l'intriguait.

— Comment s'est passée ta journée ? lui demanda-t-elle, curieuse.

Il avait affiché un sourire béat durant tout le repas — fait exceptionnel ! Normalement, il mangeait en vitesse puis retournait travailler, s'excusant en disant qu'il avait trop à faire pour rester assis.

Mais là il semblait perdu dans ses pensées, distrait, alors que son père ainsi que le reste des propriétaires de ranch et des cultivateurs se faisaient un sang d'encre en raison du manque de pluie ce printemps-là.

— Bien, répondit-il.

Il parut soudain embarrassé. Tout comme son père et ses frères, Russell était un homme très séduisant. Il avait hérité des cheveux foncés de Grayson et des yeux d'un bleu intense de Rebecca.

— Il ne s'est rien passé d'inhabituel ? insista Kate.

Russell se rendit compte que tout le monde le regardait fixement, attendant qu'il réponde.

— Rien d'important, non. J'ai seulement failli tuer une citadine égarée aujourd'hui.

— Pardon ? s'exclama Kate.

— Ne t'inquiète pas, elle est indemne.

Répondant aux questions de chacun, il expliqua qu'il arrivait au sommet d'une côte avec la moissonneuse-batteuse et qu'il ne s'attendait pas à trouver quelqu'un sur la route, puisque plus personne n'habitait la ferme Beaumont depuis des années et que cette route se terminait par un cul-de-sac.

— Elle était assise dans sa luxueuse voiture, arrêtée au beau milieu de la route, et elle discutait dans son téléphone portable, déclara-t-il, ponctuant ses propos des mimiques appropriées.

Kate vit qu'il était gêné, n'ayant pas l'habitude d'être le centre d'attention de la famille.

— D'où venait-elle ? lui demanda Grayson.

— Du Midwest, d'après son accent, mais assurément d'une grande ville. Vous auriez dû voir les chaussures qu'elle portait ! Et quand elle a essayé d'ouvrir la barrière…

— D'ouvrir quelle barrière ? voulut savoir Shane.

— Celle de l'ancienne ferme Beaumont, c'est bien ainsi que s'appelle cet endroit ?

— Pourquoi voudrait-elle y entrer ? s'étonna Grayson.

— Est-ce que je sais ? C'était ce qu'elle voulait, j'ai donc ouvert la barrière pour elle. Je l'ai avertie que c'était une propriété privée, mais elle a paru s'en moquer totalement. J'ai même eu l'impression qu'elle a cru que je plaisantais quand je lui ai parlé des crotales.

— Oh ! J'espère qu'elle n'a pas eu de problème, s'inquiéta Kate. Tu l'as laissée seule là-bas ?

Russell se mit à rire, semblant se détendre et même peut-être s'en amuser.

— Bien sûr ! Ce n'est pas comme si j'avais trouvé un chien perdu que j'aurais ramené à la maison.

— Mais si elle était aussi peu dans son élément que tu le dis, elle pourrait s'attirer des ennuis.

— Je suis sûr qu'elle le fera, mais crois-moi, elle ne voulait pas de mon aide. Ni de mes conseils.

Non, songea Kate, à l'évidence cette femme n'en avait pas voulu mais, citadine ou pas, elle avait visiblement fait une forte impression sur Russell… Chose qui n'était pas aisée.

Dulcie frissonna aux mots d'Arlene. La petite fille de Laura Beaumont avait découvert son corps ? Pauvre enfant.

L'horrible appréhension qu'elle avait ressentie plus tôt, à la ferme, l'envahit de nouveau.

Non, elle n'était pas cette petite fille…

Bien sûr qu'elle n'était pas la fille de Laura Beaumont ! Pourquoi avait-elle pensé une telle chose ?

En raison de sa réaction lorsqu'elle avait aperçu les rideaux jaunes et la girouette qui grinçait ? Parce qu'elle ne pouvait se départir de ce sentiment d'appréhension, de peur ?

Elle s'éclaircit la gorge et regarda Arlene avec le plus de calme possible.

— Quel âge avez-vous dit qu'avait cette petite fille ? demanda-t-elle.

— Quatre ou cinq ans, je crois. Je ne suis pas certaine que quiconque l'ait su exactement.

Quatre ou cinq ans, cela impliquerait que l'enfant avait environ vingt-huit ou vingt-neuf ans à ce jour. Dulcie venait de fêter ses vingt-huit ans.

— Comment s'appelait-elle ?

— Angel.

Angel… Dulcie éprouva un soulagement soudain qui ne dura cependant qu'un instant. Le prénom de la petite fille aurait très bien pu être changé si elle avait été adoptée. Il arrivait que ses camarades, à l'école, lui demandent si elle avait été adoptée tant ses parents étaient plus âgés que les leurs. Et puis ce prénom, Angel, c'était celui qu'elle avait donné à son amie imaginaire. Simple coïncidence. Sa mère l'appelait souvent « mon ange ».

De toute façon, si elle avait été adoptée, ses parents le lui auraient dit. Ils ne lui auraient pas dissimulé une telle chose.

Ils lui avaient pourtant dissimulé cette propriété dans le Montana…

Son cœur se mit à battre violemment à l'évocation de ses parents âgés, des années qu'ils avaient passées à tenter d'avoir un enfant, sans succès, de sa mère qui l'avait eue à un âge si avancé. Miracle ? Ou mensonge ?

— Qu'est-il arrivé à la petite fille ?

Il fallait qu'elle sache.

Arlene soupira.

— Elle s'est noyée.

Dulcie sentit une onde de choc parcourir son corps.

— Son corps a été retrouvé dans le ruisseau, sous des broussailles. Elle est enterrée au cimetière de la vieille ville de Whitehorse, près de sa mère.

Dulcie fut si stupéfaite qu'il lui fallut un moment avant de pouvoir parler.

— Elle est morte ?

Donc elle ne pouvait pas être Angel Beaumont.

Arlene hocha la tête avec gravité.

— Ce fut une horrible tragédie, la fille et la mère, toutes deux mortes.

— Soupçonne-t-on le meurtrier de sa mère ?

— Non, lui répondit vivement Arlene. Le shérif a conclu qu'elle était tombée, s'était cogné la tête et qu'elle s'était noyée. Le ruisseau n'était pas très profond, ce printemps-là. Il faisait très chaud et sec.

Dulcie se sentit ébranlée. La mère assassinée, la fille tuée dans un accident improbable. Cela n'expliquait toujours pas pourquoi elle avait hérité de la propriété. Ni pourquoi elle avait réagi de cette manière en voyant les rideaux jaunes à la fenêtre du premier et en entendant le son torturé de la girouette.

Soudain épuisée, elle but d'une traite le verre qu'elle tenait à la main.

— Merci pour la limonade. Elle était délicieuse.

— Alors, allez-vous acheter la propriété ? lui demanda Arlene tandis que Dulcie se levait pour prendre congé.

Elle vit qu'Arlene était curieuse de connaître la véritable raison de son intérêt pour Laura Beaumont et pour sa fille. Et, peut-être davantage encore, de savoir pourquoi elle pouvait vouloir cette propriété.

— J'espère ne pas vous avoir dissuadée, ajouta-t-elle.

— Pas du tout, la rassura Dulcie. Je vais m'accorder une bonne nuit de sommeil. Je serais incapable de prendre une décision, fatiguée comme je le suis.

Elle laissa Arlene et reprit la direction de Whitehorse.

Le soir était tombé, le ciel, passant d'un gris ardoise à un noir d'encre, dépourvu de lune ou d'étoiles comme si la chaleur les avait fait fondre. Se laissant rafraîchir par la climatisation, elle s'efforça de ne pas penser, mais son esprit se mit néanmoins à vagabonder.

Elle n'était pas Angel Beaumont, c'était un fait. Mais cela ne l'apaisait pas pour autant. Laura Beaumont assassinée, sa fille, Angel, noyée dans le ruisseau, la propriété qui lui avait été léguée alors qu'elle n'était qu'une enfant à l'époque. Quelque chose dans tout ceci n'était pas normal.

Alors qu'elle traversait la ville, elle aperçut l'affichage électronique au fronton de la banque qui indiquait 29°. Une nuit affreusement pénible s'annonçait.

Elle choisit le premier motel qu'elle rencontra en périphérie de la ville. Une fois dans sa chambre, elle prit une douche, mit la climatisation en marche et s'allongea sur le lit.

Elle songea à appeler Renada mais elle ne s'en sentit pas le courage bien qu'elle ait reçu un message de son amie. Elle l'appellerait demain, quand elle ne se sentirait plus aussi exténuée, aussi déprimée. Si elle l'appelait maintenant, Renada percevrait combien elle était découragée et elle insisterait pour venir la rejoindre. De toute manière, il était trop tard pour appeler étant donné le décalage horaire avec Chicago.

Fatiguée comme elle l'était, elle s'attendait à sombrer dans un profond sommeil quasi instantanément. Mais quand elle ferma les yeux, elle vit bouger les rideaux jaunes dans la chambre de l'étage et elle entendit le grincement de la girouette sur la grange dans le vent chaud et sec…

Tout ce à quoi elle pouvait penser, c'était à cette petite fille qui s'était noyée.

Jolene s'éveilla en sursaut et se redressa, découvrant qu'elle s'était endormie dans le fauteuil de son salon. Il faisait nuit.

Les pages de la nouvelle qu'elle lisait avant de s'endormir tombèrent tandis qu'elle tendait la main pour allumer la lampe posée près du fauteuil afin de regarder l'heure.

Minuit largement passé. Elle devait être plus fatiguée qu'elle ne le pensait. Elle mit sa lassitude sur le compte de la chaleur implacable qui avait sapé son énergie et l'avait lessivée.

Même à cette heure tardive, l'air dans la petite maison était étouffant. Elle alla relever le store de la fenêtre. Cela ne réussit qu'à faire entrer une bouffée d'air chaud, mais même l'air chaud était préférable à pas d'air du tout.

Alors qu'elle se penchait pour ramasser les nouvelles, elle repensa soudain à ce qu'elle avait appris dans les archives du journal local. Laura Beaumont avait été assassinée vingt-quatre ans plus tôt et, tout comme la femme dans l'histoire de meurtre supposée être une fiction, la jeune veuve avait une petite fille.

Une fille qui avait été retrouvée noyée dans le ruisseau.

La nouvelle devait forcément faire allusion à cette femme et à son enfant. Forcément.

Elle rangea les épisodes agrémentés de critiques dans son sac à dos, bien qu'elle n'ait pas l'intention de les rendre tant que la nouvelle n'aurait pas été achevée et notée.

Elle voulait éviter d'étouffer la créativité de ses élèves avec ses remarques sur leurs devoirs précédents — même si les commentaires en question étaient tous très élogieux. L'idée était de les encourager à écrire librement.

Tout en refermant son sac, elle posa les yeux sur la nouvelle de l'auteur mystérieux qu'elle avait laissée sur le bureau. Pour l'instant, elle la cacherait dans sa maison. Elle ne voulait pas prendre le risque que quelqu'un la trouve à l'école et la lise.

Elle sourit en songeant que l'auteur de cette histoire de meurtre était son meilleur élève. Non seulement il était parvenu à la toucher, mais elle était impatiente de lire la suite. Le seul problème, c'est qu'elle se sentait à présent personnellement impliquée.

Lisant les copies de lundi et de mardi dans l'ordre, elle avait cherché un indice menant à l'identité de l'auteur. Etait-il simplement une personne pourvue d'une imagination fertile ? Ou alors une commère locale qui pensait savoir ce qui était arrivé cet été-là, si effectivement ce récit faisait allusion à Laura Beaumont et à sa fille ?

Il n'y avait rien, dans cette histoire, qui lui donnait à penser qu'elle avait été écrite par l'assassin.

Par conséquent, pourquoi les détails de ce récit la rendaient-ils tellement nerveuse ? Parce que, si elle avait raison, l'auteur avait connu cette femme. Parce qu'il avait observé attentivement cette femme gisant, morte, sur son lit. Tout comme il pourrait bien épier en cet instant sa réaction à elle, songea-t-elle avec un frisson tandis qu'elle éteignait vivement la lumière.

Dulcie se réveilla le mercredi matin après avoir dormi plus tard que cela ne lui était arrivé depuis des années. Elle s'en étonna étant donné la difficulté qu'elle avait eue à s'endormir la veille au soir.

Elle avait dit la vérité à Arlene Evans. Une nuit de sommeil lui avait permis de prendre une décision concernant ce qu'elle allait faire de la propriété.

La raison lui avait dicté de la faire mettre en vente par l'agent immobilier qu'elle avait rencontré, puis de retourner à Chicago afin de commencer sérieusement à chercher dans quelle nouvelle entreprise elle allait se lancer.

Mais, tout en se disant cela, elle sut qu'elle ne pourrait repartir sans être entrée dans cette maison. Ces rideaux jaunes, cette girouette... Il fallait qu'elle sache.

Il lui faudrait acheter des vêtements appropriés pour cette exploration ainsi que des gants, une torche et des outils pour enlever les planches qui condamnaient la porte et les fenêtres. Elle fit une liste et se rendit à la quincaillerie où une certaine Kayla l'écouta non sans un certain étonnement.

— Vous dites que vous allez enlever des planches clouées sur une porte et des fenêtres ? lui demanda cette dernière. Vous aurez besoin, à coup sûr, d'un marteau et d'un pied-de-biche, mais peut-être aussi d'une visseuse-dévisseuse à batterie. Ces grandes planches sont-elles clouées ou vissées ?

Lorsque Dulcie quitta la quincaillerie, elle eut l'impression d'être équipée pour une expédition en Antarctique ! Kayla lui avait suggéré de prendre des gants de protection, un pantalon de toile et une veste ainsi que des bottes.

De retour au motel, elle se changea et, déposant tout son équipement dans le coffre, elle roula en direction du sud. Au moment où la ferme arriva en vue, elle sentit cette impression désormais familière d'appréhension et de peur la submerger.

Elle faillit changer d'avis et faire demi-tour, d'autant plus qu'elle vit que quelqu'un avait refermé cette maudite barrière.

Jolene observa Thad Brooks, l'un de ses élèves de CM2, tandis que ce dernier ramassait les devoirs. Elle s'était sentie nerveuse toute la matinée, attendant l'épisode suivant de l'histoire de meurtre, craignant que ce ne soit le jour où le récit s'interromprait aussi mystérieusement qu'il avait commencé.

Par la fenêtre ouverte, elle entendait le bruissement des herbes sèches dans le vent chaud, et elle s'éventa tandis que Thad déposait la pile de devoirs sur le coin de son bureau.

— Comment avancent vos nouvelles ? demanda-t-elle.

Sa question suscita des plaintes variées allant de la panne d'écriture au fait de s'ennuyer ferme.

— A ce stade, je veux que vous écriviez dix choses qui pourraient arriver ensuite, dit-elle. Si vous êtes bloqués et que vous ne trouvez plus rien à écrire concernant votre personnage, cela vous aidera de faire ce que l'on appelle du brainstorming. Laissez votre imagination vagabonder et écrivez toutes les choses qui pourraient arriver à votre héros ou héroïne.

— Et si on pense à rien ? geignit Luke Raines, son autre élève de CM2.

— Dans ce cas, vous devez vous obliger à réfléchir. Concentrez-vous. Réfléchissez à vos personnages. Pensez au temps qu'il fait. Pensez au stade où vous en êtes de l'histoire. Les parties centrales sont les plus difficiles car vous devez assurer la progression du récit. Cela vous aidera si quelque chose de captivant se produit qui change la direction de votre intrigue. Quelle est la pire chose qui pourrait arriver à vos personnages ? Quelle est la plus grande peur de votre héros ou de votre héroïne ? Par exemple, et s'il y avait une terrible tempête ? Si jamais votre personnage se retrouvait piégé par elle ? Et si quelqu'un d'étranger arrivait en ville ? Si un vieil ennemi arrivait en ville ? Et si votre personnage découvrait un secret ?

Jolene vit Mace Carpenter se mettre à écrire frénétiquement. Amy Brooks s'y mit aussi. Thad et Luke échangeaient des grimaces. Codi Fox fixait le plafond mais Jolene vit que son esprit était à l'œuvre.

— Il me faut la partie suivante de vos nouvelles pour demain, donc ne relâchez pas votre effort.

— Est-ce que nous devons vraiment écrire quelque chose chaque soir de cette semaine ? demanda Thad.

— Oui… et ce week-end vous rédigerez la fin que vous me rendrez lundi, soit un total de six parties de votre nouvelle.

Thad et Luke se mirent à râler.

— C'est la raison pour laquelle vous devez vous creuser les méninges, afin de trouver d'autres idées, reprit-elle. Ouvrez votre esprit à de nouvelles possibilités. Quel genre de problèmes votre personnage peut-il rencontrer ? A présent, faites une liste. Je veux au moins *dix* choses susceptibles d'arriver avant que vous ne repartiez tout à l'heure. Allez ! Au travail !

Elle attendit que ses élèves aient noté au moins dix pistes avant de les laisser sortir en récréation. Elle n'avait prévu de ne lire aucun des récits avant d'être rentrée chez elle. Mais il fallait qu'elle voie si l'histoire de meurtre se trouvait dans la pile.

Elle la feuilleta précipitamment, tâchant de garder un œil sur la porte pour le cas où l'un des parents passerait lui rendre visite. La veille, la visite de Ben Carpenter l'avait effrayée. Et aussi le fait de s'être rendu compte que l'auteur de la nouvelle gardait probablement un œil sur elle tout comme il l'avait fait avec Laura Beaumont, vingt-quatre ans plus tôt.

Elle essayait d'imaginer Ben écrivant cette histoire lorsque, avec un sursaut, elle se rendit compte que le nouvel épisode de l'histoire du meurtre ne se trouvait pas dans la pile. Fébrile, elle feuilleta de nouveau les documents, plus lentement cette fois. A son grand soulagement, elle le découvrit, pris en sandwich entre les devoirs respectifs de ses élèves de 6e et de 4e, Codi Fox et Mace Carpenter.

Son cœur s'emballa. Mace l'avait-il rendu avec le sien ? Elle se rappela alors que Luke Raines avait ramassé les devoirs et qu'il en avait mis certains sur le dessus de la pile et d'autres en dessous.

Elle songea à ramasser elle-même les devoirs le lendemain. Non. Cela pourrait alerter l'élève qui apportait l'épisode supplémentaire. Or elle ne voulait pas attirer l'attention en changeant la procédure. Néanmoins, elle prêterait davantage attention, le lendemain, lorsque l'élève désigné ramasserait les nouvelles.

Elle sortit l'histoire du meurtre, jetant un coup d'œil en direction de la porte avant de lire le nouvel épisode, furtivement, avec un sentiment de culpabilité.

Le crépuscule était tombé sur les terres mais la chaleur accablante persistait alors que son amant quittait furtivement la vieille ferme, persuadé qu'elle l'aimait et qu'elle n'aimait que lui.

Debout à la fenêtre, elle le regarda partir, mais il ne s'était pas tellement éloigné sur la route que déjà un sentiment d'impatience s'empara d'elle.

Elle resserra le peignoir jaune léger autour d'elle. Le jaune, sa couleur favorite. Elle l'aimait parce qu'elle disait qu'elle la faisait se sentir bien.

Les couleurs affectaient ses humeurs, disait-elle. Le vert la calmait. Le bleu la rendait nostalgique. Le rouge… eh bien, le rouge la rendait amoureuse. Comme si elle avait besoin d'encouragements pour cela.

Il n'était pas reparti depuis longtemps lorsqu'elle se fit couler un bain, l'air étant suffocant, la chaleur irradiant de la terre desséchée, cuite par le soleil.

Elle se glissa dans la grande baignoire sur pieds remplie d'eau fraîche et elle ferma les yeux. Elle fit jouer ses doigts dans l'eau autour de son corps tout en rêvant à une autre vie, loin de cette ferme étouffante et poussiéreuse.

Dans la pièce voisine, sa fille jouait en silence, ignorant le bruit du véhicule qui s'arrêta devant la maison, les pas pesants sur les marches de l'escalier, le craquement de la porte de la salle de bains lorsqu'elle s'ouvrit puis se referma.

Tandis que des voix s'élevaient derrière la porte de la salle de bains, où une dispute avait éclaté, la petite fille se couvrit les oreilles et elle chanta une chanson que lui avait apprise sa mère jusqu'à ce qu'elle entende la porte de la salle de bains s'ouvrir brusquement, puis de nouveau les pas furieux sur les marches et enfin les pleurs étouffés de sa mère, de l'autre côté du couloir.

Russell Corbett ne put en croire ses yeux. La voiture de cette femme de la ville était de nouveau garée devant l'ancienne propriété Beaumont.

Mais ce n'était pas ce qui l'avait amené à écraser la pédale du frein avant de s'arrêter.

La femme tenait un pied-de-biche dans ses mains protégées par des gants et elle semblait essayer de retirer les planches qui condamnaient la porte.

— Que diable faites-vous là ? lui lança-t-il en passant à grandes enjambées devant la barrière qui gisait sur l'herbe sèche. Dites-moi que vous n'avez pas sectionné les barbelés de cette barrière pour entrer sur la propriété !

Elle se tourna lentement vers lui et lui jeta un sourire moqueur, sans répondre.

Irrité, il ôta son Stetson gris et le claqua contre sa cuisse.

— Vous ne pouvez pas vous balader dans les environs en découpant les barrières des habitants et en vandalisant leur propriété, même si elle est abandonnée, laissa-t-il tomber d'un ton sec.

Elle pencha la tête comme si elle le voyait pour la première fois. Il commençait à perdre patience lorsqu'elle répliqua d'un ton calme :

— Si, je peux. Cette propriété est à moi.

— Pardon ?

Elle hocha la tête en souriant. Elle semblait apprécier le fait qu'il soit surpris et que cela le laisse sans voix. Ou, plus exactement, elle se fichait carrément de lui.

— Vous avez acheté cette propriété ?

Elle mit les mains sur ses hanches, le pied-de-biche coincé dans sa main droite.

— Excusez-moi, mais j'ai manqué la partie où vous expliquiez en quoi cela vous regarde, dit-elle.

Bien. Cette femme n'avait pas la langue dans sa poche, songea-t-il, laissant errer son regard sur ses lèvres bien dessinées, roses et charnues. Ses propres lèvres tressaillirent lorsqu'il pensa à l'effet que cela ferait d'embrasser cette bouche…

Levant les mains, il se rendit à ses raisons.

— Dans ce cas, je ne vous ennuie pas davantage.

Il fit demi-tour, avec l'intention de regagner d'un pas digne son 4x4, jurant entre ses dents.

— Attendez ! lança-t-elle. Je suis désolée. Mais il fait trop chaud et je ne m'en sors pas avec ces planches.

Elle soupira et ajouta :

— Puisque vous êtes là, est-ce que cela vous ennuierait d'enlever cette dernière planche qui me donne du fil à retordre ?

Il s'arrêta dans son élan. Le ton suave et séducteur de

la jeune femme le tirait en arrière comme un lasso, mais il s'intima l'ordre de continuer à marcher. S'il faisait demi-tour, il le regretterait. Cette femme était les ennuis personnifiés.

Se retournant lentement, il l'observa par-dessous le bord de son chapeau, à la manière dont il aurait regardé un crotale sur le point de frapper. Son changement de ton ne lui inspirait pas confiance. Elle ne parvenait pas à enlever la dernière planche, donc elle recourait à ses charmes en espérant qu'ils agiraient sur lui ?

— Je ne voudrais pas me mêler de vos affaires, dit-il avec un sourire narquois.

Les lèvres magnifiques de la jeune femme esquissèrent un sourire nonchalant. Une main toujours posée sur ses hanches sculpturales, elle l'invita de l'autre à la rejoindre, lui tendant le pied-de-biche.

— Je vous ai dit que j'étais désolée.

Il se sentit faiblir en dépit de son instinct qui le poussait à se tenir à distance de cette femme. Mais il était né et il avait été élevé au Texas, où tout homme vient en aide à une dame.

— Je vous en serais vraiment reconnaissante, insista-t-elle du même ton enjôleur. Cette dernière planche ne veut pas céder.

Il poussa un profond soupir tandis qu'il s'avançait vers elle pour lui prendre, sans un mot, le pied-de-biche des mains et enlever la planche dans un crissement de clous arrachés.

Il la jeta sur le côté, là où étaient entassées les autres et il rendit le pied-de-biche à sa propriétaire. Il s'apprêtait à s'éclipser sans un regard en arrière, lorsque la jeune femme enleva son gant et lui tendit une main parfaitement manucurée.

— Dulcie Hughes.

Il essuya posément sa main sur son jean et la lui tendit à contrecœur en se disant qu'il ne la laisserait pas le mettre à contribution pour autre chose. Après tout, cette femme pouvait mentir en prétendant posséder cette propriété. Peut-être même venait-il de l'aider à commettre un délit.

La main de la jeune femme, lorsqu'elle disparut dans la sienne, lui sembla aussi froide et lisse que de la porcelaine.

— Russell Corbett.

Les yeux couleur caramel de la jeune femme croisèrent les siens. Leur brun chaleureux semblait pétiller de malice.

— Merci, Russell Corbett. Excusez-moi encore pour tout à l'heure. Je déteste ne pas réussir à faire une chose par moi-même. Cela me rend irritable.

Il hocha la tête. Ce sentiment lui était familier.

— Alors, que faites-vous dans le Montana ? lui demanda-t-elle en souriant.

Il se dit qu'il avait du travail qui l'attendait et qu'il n'avait pas le temps de rester debout dans cette chaleur à bavarder, mais jamais il ne se montrerait grossier envers une femme.

— Je suis venu du Texas pour diriger le Trails West Ranch.

Il fit un signe de tête en direction de l'ouest, se demandant pourquoi il ne lui avait pas dit qu'il était copropriétaire du ranch familial. Sans doute parce que cela ne la regardait pas.

— Si je comprends bien, il s'agit du ranch voisin, plus loin sur cette route ? lui demanda-t-elle avec un sourire. Tout, dans cette région, semble être situé un peu plus loin sur la route.

Il n'aurait su dire si elle riait à ses dépens ou non. Quoi qu'il en soit, cela semblait l'amuser, et il se dit qu'elle lui plaisait assez quand elle ne montait pas sur ses grands chevaux.

Elle passa une main sur son front, et laissa une trace sale au-dessus de l'un de ses sourcils délicatement sculpté. Ce détail la fit paraître un peu moins guindée, ce qui n'était pas si désagréable, songea-t-il.

— Cela vous ennuie si je vous demande ce que vous comptez faire ici ? ds'enquit-il en lui désignant la maison.

— Je vais seulement y jeter un coup d'œil, par simple curiosité, avant de la mettre en vente. J'en ai hérité sans l'avoir jamais vue.

— Vous en avez hérité ? Votre famille est-elle originaire des environs ?

— Non. Seriez-vous intéressé par le rachat de la propriété ?

Il remarqua la manière dont elle avait rapidement changé de sujet. Mais c'était son problème à elle, pas le sien.

— Cela se pourrait, répondit-il. Donc, vous n'êtes pas une parente des Beaumont ?

— Connaissiez-vous la femme qui vivait ici ? Celle qui a été assassinée ?

— Non.

Il commençait à en avoir assez qu'elle ne réponde pas à ses questions, mais après tout, qui était-il pour l'interroger ? Il était sur le point de partir mais il ne put s'empêcher d'ajouter :

— Si vous êtes déterminée à entrer là-dedans, vous devez savoir que les planchers sont sans doute complètement vermoulus, que des crotales y ont probablement fait leur nid, sans parler des chauves-souris, des souris et de tous les rongeurs possibles et imaginables.

Elle l'étudia en inclinant la tête.

— Cela vous plaît de me faire peur, n'est-ce pas ?

— J'essaie seulement de vous donner un conseil amical dont, manifestement, vous ne tiendrez aucun compte.

Il fit un pas en arrière, se disant que, quoi qu'elle fasse, il s'en lavait les mains. Il n'était pas responsable d'elle.

— Merci pour le conseil ! lança Dulcie tandis que Russell Corbett s'éloignait.

Le spectacle n'était pas déplaisant. Pour la première fois, elle comprit le sens de l'expression « démarche de cow-boy ».

Cet homme avait été gâté par la nature. Non seulement il était séduisant mais, qui plus est, il était doté d'un physique époustouflant : des épaules larges et puissantes, des hanches minces et de longues jambes. Et sa tenue de cow-boy ne lui seyait-elle pas à merveille ?

Elle ne put se retenir de sourire quand elle le vit frapper du bout de sa botte dans une petite pierre, l'envoyant voler à plusieurs mètres. Sous sourire s'élargit lorsqu'elle l'entendit marmonner entre ses dents tout comme il l'avait fait la fois précédente.

— Revenez quand vous voulez ! ajouta-t-elle.

Souriant toujours, elle le vit remonter dans son 4x4, mettre le moteur en marche et s'éloigner dans un crissement de pneus et un nuage de poussière sans lui répondre ou lui jeter un regard.

Une pensée étrange lui traversa l'esprit. Elle aurait bien aimé voir Russell Corbett à cheval avant de quitter la ville. L'homme était l'archétype même du cow-boy. Que diable faisait-il en 4x4 ? Elle secoua la tête, déçue de voir anéanties ses illusions concernant l'Ouest et les véritables cow-boys.

Le lendemain à cette même heure, elle se trouverait dans l'avion à destination de Chicago. Russell Corbett ne serait plus qu'un souvenir, le seul souvenir agréable qu'elle emporterait du Montana.

Non sans une certaine appréhension, elle revint vers la maison et la tâche qui l'attendait.

Russell Corbett avait tort. Ce n'était pas une forme de curiosité morbide qui la motivait. Elle espéra seulement qu'il avait également tort concernant les planchers vermoulus et les bestioles qui vivaient là !

Au milieu des documents que lui avait remis le notaire de ses parents, elle avait trouvé une clé. Sans doute celle de la porte d'entrée. La sortant de la poche de son pantalon de toile tout neuf, elle l'introduisit dans la serrure. La clé tourna comme si elle avait encore servi la veille… et non vingt-quatre ans plus tôt.

Un silence oppressant s'était imposé avec la chaleur. Pendant un moment, elle ne prêta attention qu'aux battements accélérés de son cœur. Puis, saisissant la poignée, elle l'abaissa lentement et poussa la porte.

5

— Que sais-tu à propos de l'ancienne propriété Beaumont ? demanda Russell à son père, lorsqu'ils se retrouvèrent seuls, tous les deux.

Pendant un moment, Grayson parut distrait, puis il s'arracha à la contemplation du ciel sans nuages.

— Pas grand-chose. Pourquoi me demandes-tu ça ?

— Je viens de rencontrer la propriétaire. Du moins c'est ce qu'elle prétend. Elle m'a dit qu'elle pourrait mettre la propriété en vente.

Grayson l'étudia un instant.

— Elle ? Ne s'agirait-il pas de cette fille de la ville dont tu nous as parlé ?

— En personne. Elle s'y trouve actuellement, occupée à explorer la maison.

Grayson parut inquiet.

— Toute seule ? Fils, crois-tu que ce soit sage ?

Russell émit un grognement méprisant.

— Je pense que c'est pure folie. Mais cette femme n'apprécie guère de recevoir des conseils.

Son père se mit à rire.

— Quelle femme l'apprécie ? On ne doit pas avoir l'art et la manière de les leur donner. Cela dit, si cette femme envisage sérieusement de vendre la propriété, je pense vraiment que nous devrions lui faire une offre. Le terrain est contigu au nôtre et il est resté en jachère toutes ces années. Je pense que nous pourrions y faire une assez bonne récolte de blé, sans parler du fait que la propriété est irriguée. Tu devrais te renseigner sur le prix qu'elle en demande.

Russell ne répondit pas et étudia un moment le visage de son père, à la lumière avare de la grange. Ce dernier semblait préoccupé.

— As-tu parlé aux autres propriétaires de ranch et aux cultivateurs ? demanda-t-il.

— Oui. Et nous continuons à penser qu'il nous faut absolument de la pluie. Il semble faire chaque jour plus chaud et plus sec. S'il ne pleut pas bientôt…

Engager un faiseur de pluie était une mesure de dernier recours et tous deux le savaient. Russell se rappelait avoir vu de prétendus faiseurs de pluie être chassés de la ville après avoir échoué à faire pleuvoir et en arriver à un affrontement violent avec les habitants.

— Ils ont suggéré un faiseur de pluie qui est déjà intervenu ici, reprit Grayson en sortant un morceau de papier de sa poche. J'ai ici son nom et son numéro.

— Je l'appellerai.

Il perçut l'expression de soulagement de son père tandis qu'il lui donnait les informations.

Un centimètre de pluie valait un million de dollars, dans cette région du pays. Quinze mille dollars pour faire pleuvoir, c'était bon marché. Si ce Finnegan Amberst pouvait faire tomber la pluie, alors il justifierait chaque cent dépensé.

— Et renseigne-toi auprès de cette femme, lui rappela Grayson en s'éloignant. Fais-lui une offre qu'elle ne pourra refuser, ajouta-t-il avec un clin d'œil.

Dulcie poussa la porte de la vieille maison jusqu'à l'ouvrir totalement, et elle fut aussitôt assaillie par une bouffée d'air vicié et putride. Elle eut un mouvement de recul. Etait-il vraiment nécessaire qu'elle entre dans cette maison ? Que pouvait-elle espérer apprendre de plus concernant l'ancienne propriétaire et sa fille dans une maison qui était restée inhabitée pendant les vingt-quatre dernières années ?

Elle l'ignorait, mais elle voulait découvrir le lien l'unissant à Laura Beaumont. Si la réponse se trouvait dans cette maison, elle devait aller y jeter un œil. Cette maison était désormais la sienne, après tout.

Rassemblant son courage, elle risqua un pas hésitant à l'intérieur, et fut instantanément aussi fascinée que lorsqu'elle avait regardé par la fenêtre, la veille. La maison semblait avoir été figée dans le temps. Rien ne détonnait. A l'évidence, les techniciens de la police scientifique n'avaient pas mis la maison sens dessus dessous comme elle croyait qu'ils le faisaient toujours sur le lieu d'une scène de crime.

Elle s'avança avec précaution, testant la résistance du plancher en se remémorant les propos de Russell Corbett. Elle esquissa une grimace à cette pensée. Cet homme était exaspérant mais il lui avait permis d'entrer dans la maison ; alors elle lui pardonnait son arrogance tellement machiste.

Le plancher poussiéreux et usé craqua et gémit un peu, mais il lui parut assez solide lorsqu'elle entra dans la pièce. Elle laissa la porte ouverte pour permettre à l'air de se renouveler. Même l'air chaud de l'extérieur était préférable à cette odeur de renfermé. Par ailleurs, la lumière de l'extérieur lui permettait de mieux voir. Cela faisait deux bonnes raisons bien que la vérité soit… qu'elle voulait laisser la porte grande ouverte pour le cas où elle devrait s'enfuir à toutes jambes.

Le salon était tel qu'il lui était apparu à travers la vitre. Elle se déplaça lentement dans la pièce, essayant d'imaginer la femme qui avait vécu là, assise dans ce fauteuil, ce verre et ce livre posés non loin d'elle, sur la table.

Comment était-il possible qu'elle ait hérité de cette propriété et qu'elle ne sache rien de Laura Beaumont et de sa fille ? Ses parents avaient dû être amis avec cette femme. Peut-être lui avaient-ils porté assistance par le biais de quelque association. On ne laissait pas une maison en héritage à une gamine de quatre ans sans raison valable.

Sachant combien ses parents étaient bienveillants et généreux, elle se convainquit qu'ils avaient dû aider cette femme et qu'elle leur en avait été reconnaissante. Et puis ils avaient dû venir ici après le meurtre et l'emmener. Cela expliquerait ces étranges vagues réminiscences qu'elle continuait d'avoir.

Oui. Laura Beaumont, désireuse de s'acquitter de sa dette envers les Hughes, leur avait légué tout ce qu'elle avait en ce monde. C'était un excellent scénario, à l'exception d'un détail : Laura Beaumont n'avait pas légué tous ses biens matériels aux Hugues. Elle avait légué cette maison et ce terrain à elle, Dulcie.

C'était ce détail qui la tracassait. Personne ne lègue ses biens à une enfant de quatre ans, à moins d'en être le parent. Mais la fille de Laura était morte. Donc, il y avait une autre raison. Une raison qu'elle allait trouver.

Arrivée à la porte de la cuisine, elle s'arrêta, choquée par ce qu'elle y vit. La vaisselle toujours posée sur la table. Un bol et une cuillère devant une chaise. Une boîte de céréales renversée et les traces trahissant la présence de ces bestioles dont lui avait parlé Russell Corbett.

Devant l'autre chaise se trouvaient une petite assiette, un couteau posé à côté et une tasse à café. Dulcie imagina deux silhouettes assises à cette table, une petite fille mangeant ses céréales, et sa mère prenant un toast et un café. Aucune d'elles n'ayant la moindre idée de la manière horrible dont cette journée se terminerait.

Dulcie cligna les yeux et battit en retraite.

Elle avait craint que cette maison ne lui paraisse familière, qu'elle ne se rappelle y avoir été présente.

Mais, tandis qu'elle se tenait là, debout, elle se rendit compte qu'elle ne ressentait rien. Elle ne s'était pas trouvée à l'intérieur de cette maison. Du moins pas dans cette partie de la maison.

Revenant sur ses pas, elle s'avança vers l'escalier et leva les yeux vers l'étage. Avec les volets fermés au premier, il faisait beaucoup plus sombre, là-haut. Et puis c'était là que...

Son cœur battit un peu plus vite. Elle avait la réputation d'être intrépide et audacieuse en raison de son succès professionnel, mais dans ce genre de situation elle était loin d'être téméraire. Elle était au contraire terrifiée.

Malheureusement, elle jouissait également d'un naturel obstiné. Et ce trait de caractère, qui l'avait à plusieurs reprises aidée à affronter les difficultés, lui interdisait à présent de quitter les lieux avant d'avoir visité l'étage. Elle ferait donc aussi bien d'en finir tout de suite.

Elle agrippa la rampe puis la lâcha aussitôt, grimaçant tandis qu'elle essuyait sa main couverte de toiles d'araignées sur son pantalon. Testant chacune des marches d'un pas hésitant, elle les gravit dans la pénombre.

Quelques-uns des habitants étaient venus rendre visite à Jolene juste après qu'elle avait été engagée pour finir le trimestre. Ils lui avaient apporté du pain fait maison, des roulés à la cannelle ainsi que des conserves de leur réserve personnelle.

Ces visites et ces présents l'avaient aidée à se sentir la bienvenue.

Mais, en cet instant, en voyant Midge Atkinson s'arrêter devant chez elle, elle eut envie de se cacher et de feindre d'être absente.

Malheureusement, Midge l'avait certainement vue revenir de l'école à bicyclette, quelques instants plus tôt à peine, et elle se résigna à l'accueillir le plus poliment possible.

Par la fenêtre, elle l'observa qui descendait de son S.U.V. en surveillant les alentours comme si elle avait peur d'être attaquée par un chien. Ou que quelqu'un ne l'épie. Tenant un panier en osier à la main, elle frappa à la porte.

Jolene s'assura que l'histoire du meurtre était soigneusement dissimulée dans le tiroir du bas d'un meuble et que la maison était suffisamment en ordre pour recevoir des visiteurs puis elle alla ouvrir.

— Bonjour, Midge.

On l'avait mise en garde contre Midge Atkinson.

John, son mari, possédait la moitié des commerces de la ville et Midge dépensait l'argent qu'il gagnait. Tel était le portrait qu'on lui en avait fait.

— Personne ne s'oppose aux Atkinson, lui avait-on dit. Midge aime exercer son pouvoir. J'imagine que je n'ai pas besoin de vous dire qui porte la culotte dans le ménage.

Jolene avait hoché la tête sans répondre, se gardant de tout commentaire.

— Je vous ai apporté un petit quelque chose, annonça Midge en entrant sans attendre d'y être invitée.

Alors que Jolene refermait la porte, elle remarqua que Midge inspectait les lieux. Son regard se posa sur la table où elle avait laissé les nouvelles de ses élèves qu'il lui restait à lire.

— Laissez-moi vous débarrasser, dit-elle vivement en prenant le panier des mains de Midge.

Elle le déposa sur la table et rangea promptement les nouvelles dans son sac dont elle fit glisser la fermeture Eclair.

— Asseyez-vous, je vous en prie. Que puis-je vous offrir à boire ?

— Je ne peux pas rester longtemps, précisa Midge en prenant un siège près de la fenêtre, à côté du ventilateur. Mais je ne dirais pas non à quelque chose de frais.

— J'ai du thé glacé. Prendrez-vous du sucre ou du citron ?

— Du citron.

Jolene se rendit dans la petite cuisine et, tandis qu'elle prenait le thé ainsi qu'un citron dans le réfrigérateur, elle entendit grincer le fauteuil sur lequel Midge était assise. Elle se retourna à temps pour la voir traverser la pièce.

Elle remplit deux verres et posa sur chacun une rondelle de citron avant de revenir dans le salon. Midge était assise à la table.

— Ce ventilateur est trop bruyant, se plaignit-elle. Je suis mieux ici.

Jolene posa le verre de thé devant son invitée et s'installa à son tour, s'efforçant de ne pas regarder de nouveau en direction de son sac à dos… ouvert.

Elle l'avait pourtant refermé. Mais pourquoi Midge l'ouvrirait-elle ? Une seule personne à part elle pourrait avoir connaissance de l'histoire de meurtre… L'auteur. Et l'élève qui la lui apportait. D'autres, peut-être ?

— Vous n'êtes pas curieuse de savoir ce que je vous ai apporté ? lui demanda Midge, l'air perturbé.

Perturbé parce qu'elle ne l'avait pas encore remerciée ? Ou parce qu'elle n'avait pas trouvé ce qu'elle cherchait dans le sac ?

Tirant le panier vers elle, Jolene vit qu'il était rempli de muffins achetés à l'épicerie. Dans cette région du Montana, offrir quoi que soit qui ne soit pas fait maison était quasiment une insulte.

— Quelle charmante attention, Midge. Merci.

Midge haussa légèrement les épaules.

— Je n'ai pas eu l'occasion de vous souhaiter la bienvenue depuis que vous avez été engagée. Comment cela se passe-t-il ?

— Très bien. Pas de problèmes.

Midge but une gorgée de thé et fit la grimace.

— Il est amer, dit-elle. Je pense que vous l'avez laissé trop longtemps infuser. J'en ai bu assez de toute manière.

Elle repoussa le verre presque plein et se leva.

Jolene se leva également pour la raccompagner, mais avant de se diriger vers la porte Midge se retourna vers elle et lança d'une traite :

— J'ai entendu dire que vous posiez des questions sur une affaire déplaisante survenue il y a des années. Vous ne devriez pas vous préoccuper de ce genre de choses. Nous apprécions que nos enseignants se concentrent sur l'élaboration d'un environnement pédagogique agréable pour nos enfants. Je suggérerais que vous restreigniez vos projets de recherche à la partie de notre histoire dont nous sommes fiers, comme l'établissement de nos premiers colons.

Jolene fut tellement choquée qu'elle fut incapable de répondre sur l'instant, puis elle dut se mordre la langue pour se retenir de dire à Midge Atkinson ce qu'elle pensait de sa suggestion.

— Oh ! Et je voudrais récupérer mon panier lorsque vous aurez terminé les muffins, ajouta Midge.

— Bien sûr.

Tandis que l'agaçante matrone s'éloignait, Jolene ferma la porte et s'appuya contre le battant, se demandant qui, au sein du cercle de couture de Whitehorse, l'avait dénoncée.

Dulcie s'arrêta au sommet de l'escalier. Au premier étage de la ferme, l'air lui sembla encore plus fétide qu'au rez-de-chaussée. Elle examina le couloir menant vers l'avant de la maison. Quatre portes étaient entrebâillées.

Derrière la plus proche, elle aperçut un placard à balais contenant un très vieil aspirateur posé contre un mur ainsi qu'un balai miteux.

S'avançant avec précaution, elle se dirigea vers la porte suivante. La pièce était presque vide à l'exception d'une ancienne machine à coudre à pédale installée contre un mur.

Elle s'approcha de la troisième porte et regarda à l'intérieur de la pièce. La chambre d'une petite fille. Quelqu'un avait peint au plafond un ciel bleu et blanc parsemé de nuages. Sur les murs entourant le lit étaient représentés une demi-douzaine d'anges aux doux visages de chérubins.

Tandis qu'elle entrait dans la chambre, elle vit que l'artiste avait signé de son nom au bas d'un mur, dans l'un des coins de la pièce. M. Atkinson.

Ce nom ne lui évoqua rien. Elle regarda de nouveau la fresque. Une pièce remplie d'anges pour une petite fille prénommée Angel. Elle tenta de s'imaginer la petite fille qui avait vécu là. Garçon manqué ou petite princesse jouant à la poupée ?

Rien dans cette chambre ne lui parut familier. Avec un soupir de soulagement, elle se dit qu'elle ne l'avait jamais vue. Si elle était venue à Whitehorse avec ses parents, pour quelque raison que ce soit, elle devait être restée à l'extérieur de cette maison. A l'extérieur où elle avait pu voir les rideaux jaunes de la fenêtre de la chambre au premier et entendre la girouette, sur le toit de la grange.

Une petite commode, autrefois blanche, était posée dans un coin. Elle ouvrit un tiroir. Vide. Puis un autre. Vide lui aussi. Il était assez étrange que tout, dans cette maison, semble être resté tel que cela avait été vingt-quatre ans plus tôt à l'exception des vêtements d'Angel, qui avaient disparu. Pourquoi emporter les vêtements d'une enfant décédée ?

Russell appela le numéro que son père lui avait donné et fut surpris d'entendre une voix féminine lui répondre. Pendant un instant, il crut avoir composé un mauvais numéro.

— Pourrais-je parler à un certain Finnegan Amberst, je vous prie ?

— Ne quittez pas. Je vous passe mon grand-père.

La ligne resta silencieuse pendant quelques instants, puis une voix rauque et caverneuse demanda qui appelait.

— Russell Corbett, du Trails West Ranch à Whitehorse dans le Montana.

Il entendit un petit rire sardonique.

— Je me demandais quand vous me contacteriez.

— Dans ce cas, vous devez connaître la raison pour laquelle je vous appelle, répliqua Russell, espérant que son père et les autres n'étaient pas sur le point de jeter leur argent par les fenêtres.

Le faiseur de pluie avait vraiment la voix d'un grand-père, d'un très vieux grand-père.

— Vous avez besoin d'un faiseur de pluie, reprit Finnegan Amberst.

— Nous avons besoin de pluie.

L'homme se mit de nouveau à rire.

— Etes-vous intéressé ? demanda Russell qui ne ressentait vraiment aucune sympathie pour cet homme.

— Laissez-moi réfléchir. Si je décide de venir, je serai présent demain. Dans le cas contraire, je vous appellerai.

— Dites-moi au moins si vous pensez être intéressé.

Russell jura. L'homme avait raccroché.

— Tant qu'à perdre son temps..., marmonna-t-il en se dirigeant vers son pick-up, je vais aller négocier avec cette Dulcie Hughes.

Dans la salle de bains, Dulcie distingua une antique baignoire sur pieds contre le mur du fond.

Puis elle s'avança prudemment vers la dernière pièce, la chambre de Laura Beaumont. Par la porte entrebâillée, elle vit les rideaux d'un jaune passé ondulant dans l'air brûlant qui s'infiltrait par la vitre brisée.

Il y avait un fauteuil près de la fenêtre. Un livre gisait, sur ses pages ouvertes, par terre. Comme tout le reste dans cette maison, il était couvert de poussière.

Arrivée sur le seuil de la chambre, elle hésita. Posant sa main sur la porte, elle l'ouvrit complètement. Rien n'en sortit en trottinant mais elle entendit le bruit de petites pattes au-dessus de sa tête.

En entrant, elle vit le papier peint et elle eut un choc. Elle connaissait ce motif désuet à minuscules fleurs jaunes... Il lui parut tellement familier que ses genoux menacèrent de se dérober sous elle tandis qu'elle s'efforçait de lutter contre le mélange d'appréhension et de terreur qui la submergeait.

Elle était déjà venue dans cette chambre. Cette chambre

où Laura Beaumont avait été assassinée. Ses parents ne l'y auraient jamais amenée. Alors, comment était-ce possible ?

Se sentant mal, elle s'agrippa au montant de porte pendant un moment, attendant que le vertige se dissipe.

Elle avait pris soin de ne pas fixer son regard sur le grand lit haut au cadre de fer ancien. Mais soudain, elle ne put s'empêcher de poser les yeux sur le matelas souillé. Avec un mouvement de recul, elle détourna le regard vers une imposante commode contre le mur.

Comme une somnambule, elle traversa la chambre et, ouvrant le tiroir du haut, le trouva rempli de sous-vêtements féminins. Le deuxième tiroir en regorgeait, lui aussi. Les troisième et quatrième contenaient des T-shirts et des chemisiers, des jeans et des pantalons.

Quelqu'un aurait emporté les vêtements de la fillette mais laissé ceux de la mère ?

Elle ouvrit le placard. Des robes couvertes de poussière pendaient mollement à des cintres métalliques. Des chaussures étaient éparpillées sur le sol. Le placard abondait en talons hauts et en jolies robes. Le jaune avait dû être sa couleur préférée.

Dulcie referma la porte du placard, prête à fuir, déstabilisée et souhaitant n'être jamais venue dans cette chambre.

Elle perçut un mouvement de l'autre côté de la chambre et poussa un cri. Elle se calma aussitôt en comprenant ce qu'elle venait de voir : son propre reflet dans le miroir terni d'une coiffeuse.

La coiffeuse était encombrée d'une collection de flacons et de pots, tous recouverts d'une épaisse couche de poussière, d'une brosse.

Elle eut soudain besoin d'air frais, même s'il était d'une chaleur intolérable. En sortant, elle se cogna dans la commode. Quelque chose glissa jusqu'au sol.

Elle recula, prête à crier mais s'interrompit en voyant ce qui était tombé.

S'accroupissant, elle ramassa avec précaution ce qui lui sembla être une photographie.

Elle la prit d'une main tremblante et vit le visage d'une petite fille. Un visage ressemblant tellement au sien qu'il aurait pu être celui de sa jumelle.

6

Dulcie entendit, provenant du rez-de-chaussée, un bruit sourd, comme si quelque chose avait été renversé.

Elle sursauta et, fourrant la photographie dans sa poche, regarda autour d'elle, en quête d'un objet qu'elle puisse utiliser pour se défendre.

Songeant aux bestioles qui avaient élu domicile dans la maison, elle s'avança sans bruit dans le couloir, en direction de l'escalier. Elle saisit le vieux balai entreposé dans le petit placard et se positionna sur l'un des côtés de l'escalier, prête à affronter ce qui le gravissait.

Une marche craqua sous le poids d'un lourd talon de botte. Ce devait être une bestiole de belle taille, songea-t-elle. Russell Corbett ? Etait-il revenu voir si elle avait besoin de protection ? Ou peut-être lui donner de nouveaux conseils ?

Alors que les pas approchaient, elle agrippa le balai à deux mains, projetant de l'utiliser comme une batte de base-ball si nécessaire. Elle s'approcha lentement de l'escalier, armée et prête à se défendre, espérant voir le visage séduisant de Russell Corbett levé vers elle.

Elle n'eut pas cette chance. L'homme était corpulent, son visage rond et charnu, son expression meurtrière. Elle réprima un cri, resserrant sa prise sur le manche du balai, prête à frapper.

— Que diable croyez-vous faire ? lui jeta l'homme, s'arrêtant à mi-chemin dans l'escalier. Vous n'avez rien à faire dans cette maison. Vous êtes sur une propriété privée et vous avez beaucoup de chance que je n'aie pas appelé le shérif.

— Vous montez encore une marche et je ne répondrai pas de ce que je vais faire avec ce balai.

Tous deux sursautèrent en entendant des pas résonner en bas.

— Ben, que faites-vous ici ? lança Russell Corbett du pied de l'escalier, regardant tour à tour le gros homme furieux et Dulcie armée de son balai.

— C'est précisément ce que je demandais à cette intruse, rétorqua le dénommé Ben en décochant à Dulcie un regard méprisant. Je m'apprêtais à lui prendre ce balai.

— A votre place, je reconsidérerais cette décision car vous menacez la propriétaire de ces lieux et vous pourriez vous retrouver vous-même en prison, lui indiqua Russell.

Dulcie, toujours armée de son balai, planta son regard dans celui de l'homme qui redescendit sans un mot. Au bout d'un moment, elle le suivit et retrouva les deux hommes debout dans le salon.

— Il dit que vous possédez cette propriété ? s'enquit Ben en se tournant vers elle. Vous avez une preuve de cela ?

— Absolument.

Il fallut quelques instants pour que l'homme prenne conscience qu'elle n'avait aucunement l'intention de lui montrer cette preuve.

— Et vous êtes… ? lui demanda-t-elle.

— Ben Carpenter. Je passais seulement dans les environs. Vous avez l'intention d'emménager ici ? ajouta-t-il en lui jetant un regard mauvais.

Cette question était tellement saugrenue que même Russell Corbett sembla avoir du mal à garder son sérieux.

— Je l'ignore encore, lui répondit-elle.

Ben secoua la tête.

— Réfléchissez bien. Les gens de votre espèce ne font pas long feu ici, marmonna-t-il.

De son *espèce* ?

— Je pense que vous en avez bien assez dit, Ben, intervint Russell d'un ton sec.

— Ah oui ?

L'homme donna l'impression qu'il pourrait s'énerver, voire donner quelques coups de poing mais, apparemment, il se ravisa.

— Je pense que je vais vous laisser finir ce que vous avez à faire tous les deux, quoi que ce puisse être, déclara-t-il avec un rictus mauvais avant de sortir d'un pas lourd pour regagner un vieux pick-up arrêté sur la route.

— Vous ne manquez jamais de vous faire des amis, où que vous alliez, mademoiselle Hugues, lui lança Russell en repoussant son chapeau avec un sourire.

— C'est un don. Qui est-ce ?

— L'un de nos voisins. Il dirige un ranch situé quelques kilomètres plus loin sur la route dans l'autre direction.

— Il ne faisait donc pas que passer dans les environs.

— Non, reconnut Russell, se caressant la mâchoire d'un air songeur en suivant Ben du regard.

Alors qu'il se retournait vers elle, elle ajouta en souriant :

— Il ne faisait donc probablement pas que passer *comme c'est votre cas*.

Il sourit et jeta un coup d'œil autour de lui.

— Avez-vous trouvé ce que vous cherchiez ?

— Qui a dit que je cherchais quelque chose ?

Il la regarda en souriant.

— Avez-vous dîné ou plutôt, comme on le dit ici, soupé ? demanda-t-il.

— Non. La cuisine est un peu en désordre.

— Je connais un endroit en ville, où le steak n'est pas mauvais. A moins, évidemment, que vous ne soyez l'une de ces végétariennes.

— Ai-je l'air d'une femme qu'une pièce de bœuf effraie ?

— Certainement pas ! Vous semblez être une femme qui ne craint pas grand-chose. Mais que projetiez-vous de faire exactement avec ce balai ?

Jolene fut étonnée et enchantée lorsque Tinker Horton l'appela pour l'inviter à sortir. Elle ne s'attendait pas à ce qu'il revienne avant le week-end.

— Je sais que c'est une invitation de dernière minute, mais je suis en ville et j'espérais vraiment que tu accepterais de souper avec moi, dit-il.

Jolene sourit. Cette perspective illumina instantanément sa journée qui, jusque-là, avait été exécrable. D'ailleurs, manger à l'extérieur était toujours un plaisir.

— J'en serais ravie, lui répondit-elle en riant tandis qu'elle rangeait de nouveau les nouvelles non lues dans son sac à dos.

Au train où allaient les choses, elle ne pourrait les lire et les noter que tard dans la soirée.

— Cela t'ennuie si nous nous retrouvons en ville ? demanda Tinker. J'ai tellement conduit aujourd'hui que je ne me sens pas le courage de reprendre le volant. Je me rattraperai en t'emmenant aux Lumières du Nord.

— Marché conclu ! A quelle heure ?

Ils convinrent d'une heure à laquelle se retrouver, et elle alla prendre une douche et se préparer.

Elle avait rencontré Thomas « Tinker » Horton lors de

sa première semaine à Whitehorse. Ils avaient fait connaissance par hasard au centre communautaire de Whitehorse lorsqu'il l'avait invitée à danser. Tinker écumait les rodéos pour y monter des taureaux. Elle avait le sentiment qu'il ne gagnait pas beaucoup d'argent mais qu'il se délectait de sa notoriété. Il était en effet célèbre dans cette région de l'Etat.

Il semblait revenir souvent chez lui, à Whitehorse, depuis qu'ils s'étaient rencontrés, songea-t-elle avec un sourire.

Tinker avait trente-trois ans, quatre ans de plus qu'elle, mais il ne les paraissait pas. Elle ne voyait pas en lui un petit ami potentiel ; ils s'entendaient bien et semblaient apprécier la compagnie l'un de l'autre. Mais quand il était absent, il ne lui manquait pas, et elle soupçonnait qu'il en était de même pour lui.

Néanmoins, elle décida ce soir-là de porter sa plus jolie robe. Elle était trop habillée, même pour les Lumières du Nord, mais elle était si contente d'échapper à tous ses tracas pour la soirée qu'elle sortit le grand jeu.

La robe avait la couleur des feuilles d'automne et rehaussait les reflets roux de sa chevelure foncée. Elle se regarda dans le miroir, satisfaite. Rien ne pourrait ruiner cette soirée.

Alors qu'elle s'approchait de sa voiture, elle remarqua que quelque chose avait été coincé sous le balai de l'essuie-glace du côté du conducteur. Elle en retira une petite feuille de papier blanc pliée. L'éclairage extérieur était juste suffisant pour lire la note manuscrite sommaire.

« Prends garde. »

— Vous avez fière allure, déclara Russell lorsqu'il passa prendre Dulcie à son motel. Mais les toiles d'araignées ne vous allaient pas si mal.

Elle sourit.

— Je pourrais en dire autant de vous, lui répondit-elle.

Il portait un Stetson gris pâle, une chemise western écossaise rouge, un jean et des bottes. Bien qu'il soit en grande partie vêtu comme la première fois qu'elle l'avait vu, il y avait vraiment quelque chose de différent chez lui, ce soir-là.

Il lui parut intimidé et mal à l'aise. Elle pensa qu'il ne devait pas souvent inviter une femme à sortir et elle trouva cela charmant. Dans ce cas, quelle raison l'avait amené à l'inviter à sortir ? se demanda-t-elle, amusée.

Il lui ouvrit la portière de son pick-up, côté passager, avant de s'installer au volant. Quelle galanterie ! Elle eut l'impression qu'elle se rendait à son premier bal de promo. Cela lui procura un sentiment un peu suranné.

Une musique country passait à la radio lorsqu'il démarra, et elle fut déçue lorsqu'il l'éteignit.

La fête battait son plein à Whitehorse ce soir-là et le restaurant des Lumières du Nord ne faisait pas exception à la règle. Dulcie dénombra deux douzaines de pick-up garés le long de la rue principale. Elle entendit de nouveau de la musique country provenant de l'un des bars de la rue tandis que Russell et elle entraient dans le restaurant bondé.

Elle fut un peu surprise en prenant conscience qu'il avait réservé une table pour eux. Mais Russell Corbett semblait être un homme qui ne laissait pas grand-chose au hasard.

— Alors, voulez-vous me dire quel est le véritable objet de cette invitation ? lui demanda-t-elle, une fois qu'ils furent assis et que la serveuse eut pris leur commande, deux grands steaks dans l'aloyau.

— J'avais envie d'un steak ?

Elle sourit et secoua la tête.

— Je voulais mieux vous connaître ? avança-t-il.

Cela la fit rire.

— Et si je vous disais que je vous ai invitée sur l'impulsion du moment et que je l'ai aussitôt regretté ?

Cette fois, elle éclata de rire.

— Voilà qui est plus convaincant.

Il parut se détendre.

— Mais je vous assure que vous m'intriguez vraiment, précisa-t-il.

— Comment cela ?

— Je ne parviens pas à vous cerner. Vous êtes manifestement une fille de la ville, et pourtant vous avez du cran. Je n'en croyais pas mes yeux lorsque je vous ai vue avec ce pied-de-biche. Peu de femmes seraient entrées dans cette maison.

— Vous voulez entendre une confession ? Je n'en avais pas envie. J'ai failli renoncer.

— Dans ce cas, pourquoi vous l'imposer ? On constate aisément en voyant cette maison qu'elle n'a pas une grande valeur. Tout le potentiel est dans le terrain.

— Je n'étais pas venue faire son estimation, dit-elle, contemplant son visage ouvert, chaleureux et séduisant. C'est compliqué à expliquer.

Il s'adossa à sa chaise comme s'il avait toute la nuit.

Il y avait quelque chose chez lui, une quiétude, une force, une honnêteté et une intégrité qui inspiraient la confiance.

— Comme je vous l'ai dit, j'ai hérité cette propriété, commença-t-elle. Là où se situe le problème, c'est que mes parents, qui étaient âgés, ont insisté, au cours des années qui ont précédé leur décès, pour que je sache tout de leurs biens. Ils ont voulu me rendre les choses les moins douloureuses possible en me donnant autant qu'ils le pouvaient au fil des années.

— Ils semblent avoir été des parents très aimants et responsables.

— Exactement. Donc, imaginez ma surprise quand cette propriété du Montana m'est arrivée du champ gauche.

— Vous aimez le base-ball ?

Elle le regarda sans comprendre.

— L'analogie avec le base-ball ! précisa-t-il. Je me disais que vous seriez peut-être supporter des Cubs ?

Elle se mit à rire.

— Oh ! oui. Je le suis. Mon père m'a emmenée à nombre de leurs matchs.

Russell lui sourit, et elle se dit qu'il l'appréciait un peu plus. Suffisait-il pour cela de partager son enthousiasme de supporter pour les Cubs ?

— Désolé, je n'avais pas l'intention de vous interrompre, dit-il.

— J'avais terminé. Il n'y a pas grand-chose de plus à en dire. Apparemment, j'ai hérité cette propriété de Laura Beaumont, via mes parents. Je n'avais jamais entendu parler d'elle. Par la suite, j'ai découvert qu'elle avait été assassinée et qu'elle avait une fille. Ce qui a soulevé des questions évidentes. Pourquoi sa fille n'a-t-elle pas hérité de la propriété ? A moins qu'elle ne soit décédée… ou alors…

— Ou alors, vous pourriez être cette fille.

Elle hocha la tête, contente qu'il suive le fil de ses pensées.

— Est-ce possible ? demanda-t-il.

— Apparemment non, puisque la petite Angel Beaumont a été retrouvée noyée dans le ruisseau après sa disparition à la suite du meurtre de sa mère. Alors comment expliquer que j'aie hérité, à l'âge de quatre ans, la propriété d'une femme dont je n'ai jamais entendu parler ? Et pourquoi mes parents n'en ont-ils jamais fait mention ? Tout ce que je peux en déduire, c'est qu'il existe un lien entre Laura

Beaumont et moi. Mais quel est-il et pourquoi mes parents m'ont-ils dissimulé tout ceci ?

Il secoua la tête et attendit qu'elle poursuive.

Elle hésita, puis sortit la photographie qu'elle avait trouvée dans la chambre de Laura Beaumont et la lui tendit.

— Et pour ne rien arranger, j'ai trouvé ceci dans la maison aujourd'hui, ajouta-t-elle. Cette enfant est mon portrait craché au même âge.

Il les étudia à tour de rôle, la photographie et elle, puis il la lui rendit.

— Est-il possible que cette petite fille et vous soyez parentes ?

Elle haussa les épaules.

— Enfant, j'avais une amie imaginaire, avoua-t-elle. Je disais à tout le monde qu'elle était ma petite sœur. Je l'appelais Angel. Mais ce n'est qu'une…

Elle leva les yeux vers Russell et, lorsque leurs regards se croisèrent, elle sentit un frisson parcourir son corps.

— Ce n'est sûrement qu'une simple coïncidence, conclut-elle. Ou alors ma vie entière est un mensonge.

Jolene s'efforça d'oublier le stupide mot qu'elle avait trouvé sur sa voiture. C'était probablement Midge qui l'y avait mis.

Excepté que le ton lui semblait bien… menaçant. Mais pourquoi le trouverait-elle menaçant si elle ne croyait pas en secret à cette histoire de meurtre ?

Midge l'avait avertie de ne pas chercher à en apprendre davantage sur le meurtre de Laura Beaumont. Pourquoi cela l'ennuierait-il, s'il n'y avait rien à découvrir ? Et en quoi cela concernait-il Midge si, malgré ce conseil, elle continuait ses recherches sur ce meurtre ?

Elle se remémora sa tentative pour interroger les membres

du cercle de couture de Whitehorse, se rappelant la manière dont Ella Cavanaugh avait regardé Pearl, comme si elle avait craint de trop parler.

Tout en se dirigeant vers Whitehorse, elle eut du mal à admettre la conclusion qui s'imposait à elle : la communauté entière s'était peut-être liguée pour garder le secret sur ce meurtre. Les habitants des environs savaient-ils qui avait tué Laura Beaumont ? Protégeaient-ils cette personne depuis vingt-quatre ans ?

Cela semblait improbable. Peut-être s'agissait-il seulement, comme le lui avait dit Midge, d'une parenthèse déplaisante de l'histoire de la région que la communauté ne souhaitait pas évoquer. Peut-être, en effet. Mais pourquoi ne parvenait-elle pas à y croire ?

Comme dans les livres qu'elle adorait lire, elle reconnaissait un bon mystère quand elle en découvrait un. Elle comprenait également que, dans tout bon mystère, certains indices demandaient à être mis en lumière. Dans ce cas, découvrir ces indices impliquaient de creuser plus avant sur ce meurtre.

La rumeur selon laquelle elle se renseignait sur le meurtre s'était répandue beaucoup trop rapidement, dans cette petite communauté isolée. Quoi qu'elle fasse désormais, elle serait surveillée, et cela mettrait peut-être son poste en danger.

Mais, tandis qu'elle arrivait aux abords de Whitehorse, elle pensa à la prochaine partie de la nouvelle… et elle envisagea de ramasser elle-même les devoirs le jeudi dans l'espoir de découvrir d'où provenait l'histoire du meurtre.

Ce qui l'inquiétait le plus était que quelqu'un l'avait choisie comme destinataire de son récit, qu'il soit ou non véridique. Elle ne pouvait se départir du sentiment que l'auteur lui fournissait ces informations sur le meurtre pour une raison autre que pour avoir son opinion sur ses talents littéraires.

Mais si l'auteur savait quelque chose, pourquoi ne pas transmettre ces renseignements au shérif ? A moins que ce récit ne soit en fait une confession…

Une autre pensée lui vint à l'esprit. Et si l'auteur en avait assez de participer à cette conspiration et qu'il ou elle avait décidé de dire la vérité à une personne étrangère, cette personne étrangère étant quelqu'un de sûr et de digne de confiance tel que, par exemple, l'enseignante de l'école locale fraîchement débarquée ?

Elle avait désespérément envie de parler à quelqu'un de cette histoire de meurtre et de lui soumettre ses théories. Mais, dès l'instant où elle vit le visage de Tinker, elle sut que ce n'est pas à lui qu'elle en parlerait.

— Bonjour ma beauté, dit-il en effleurant sa joue d'un baiser. Tu es à croquer.

Elle sourit.

— J'en déduis que les rodéos ont été un succès.

Il était toujours de bonne humeur lorsqu'il remportait les prix importants.

— Assez pour t'offrir le meilleur repas de ce côté de Miles City !

— Je te prends au mot, grand dépensier, dit-elle en saisissant son bras pour le laisser l'emmener jusqu'au restaurant.

Dulcie fut surprise lorsque Russell posa sa main sur la sienne.

— Je comprends que cela vous bouleverse, dit-il. Mais ne tirez-vous pas de conclusions hâtives sans réel fondement ? Beaucoup d'enfants se ressemblent sans être pour autant apparentés.

— Les femmes ont un don inné pour tirer des conclusions hâtives sans le moindre fondement. C'est dans leurs gènes, plaisanta-t-elle, dissimulant à quel point tout ceci était pour elle important.

— Pas dans les vôtres.

— Et sur quoi vous basez-vous pour décréter cela ?

— Sur le fait de vous avoir côtoyée pendant en tout… cinq minutes.

Elle sourit.

— En principe, vous auriez raison, avoua-t-elle. Mais dans le cas présent, étant donné les sentiments que je ne peux m'empêcher d'éprouver…

Elle avala sa salive pour dissiper la boule qui s'était formée dans sa gorge. C'était une chose de laisser son esprit divaguer dans cette direction, mais c'en était une autre de formuler ses soupçons.

— Quels sentiments ? lui demanda-t-il comme s'il se rendait compte à quel point elle était ébranlée.

— Quand j'ai vu la maison pour la première fois, ou plutôt quand j'ai vu les rideaux jaunes à la fenêtre de l'étage, j'ai eu le sentiment d'être déjà venue dans cet endroit. Dans d'autres pièces de la maison, j'ai éprouvé une terrible appréhension.

Il ne la quittait pas du regard, attendant qu'elle lui en dise plus.

— J'ai entendu dire qu'il était possible que la fille de Laura Beaumont ait découvert son corps, poursuivit-elle, poussée par le besoin désespéré d'énoncer ses pires craintes. Et si elle avait vu l'assassin ?

Elle but une gorgée de vin pour se ressaisir. Elle n'avait même pas parlé de cela à Renada, sa meilleure amie, et voilà qu'elle dévoilait son âme à ce cow-boy qu'elle venait de rencontrer.

— Cela fait beaucoup de « si », fit-il remarquer.

— Des indices ont dû être relevés sur la scène de crime, reprit-elle au bout d'un moment. S'il y a des échantillons d'A.D.N. à comparer…

— Vous pensez être Angel Beaumont ?

— Cela paraît fou car la fillette s'est noyée, mais c'est la seule conclusion logique à laquelle je suis arrivée. Vous comprenez à présent pourquoi je dois découvrir la vérité, d'une manière ou d'une autre ?

Il serra doucement sa main.

— Je comprends, en effet. Mais si tel est le cas, alors je suis certain que vos parents avaient une bonne raison de ne pas vous en parler et qu'ils l'ont fait par amour.

Sa gentillesse fit monter les larmes aux yeux de Dulcie, et elle dut détourner le regard pour ne pas pleurer. Un jeune couple venait de faire son apparition dans le restaurant. L'homme était un séduisant cow-boy, dans le genre m'as-tu-vu. Mais ce fut la femme qui retint l'attention de Dulcie. Elle était grande et ravissante, avec sa crinière de cheveux châtains. Quelque chose chez elle lui parut familier…

— Il doit y avoir une explication toute simple à cette affaire, reprit Russell.

— Merci.

Elle se retourna vers lui et lui sourit.

— J'avais seulement besoin de formuler tout cela à voix haute, dit-elle. Je me sens mieux.

— Heureux d'avoir pu vous aider.

Leurs salades arrivèrent à cet instant, et ils s'absorbèrent dans leur repas, parlant d'autre chose. Elle l'interrogea sur le Texas et sur Whitehorse. Il la questionna sur Chicago et sur les matchs des Cubs.

La soirée se déroula agréablement, mêlant bonne cuisine et bonne compagnie. Les atouts de Russell Corbett allaient bien au-delà de son seul physique, et cela en disait long sur son pouvoir de séduction.

Alors qu'ils quittaient le restaurant, elle remarqua de nouveau le couple qui avait attiré son attention tout à l'heure. Tandis qu'elle passait devant leur table, la jeune femme releva la tête vers elle.

Dulcie l'identifia aussitôt. C'était elle qu'elle avait percutée devant les bureaux du journal, et qui avait laissé tomber les photocopies de l'article relatif à une enquête sur un meurtre.

Ce qui surprit Dulcie, ce fut la peur qu'elle lut sur le visage de la jeune femme lorsque celle-ci la reconnut.

7

Russell remarqua le changement qui s'opéra chez Dulcie tandis qu'ils quittaient le restaurant.

— Un problème ?

— Ce couple devant lequel nous sommes passés en sortant, vous le connaissez ?

— C'est Tinker. Vous ne suivez probablement pas le rodéo. Thomas « Tinker » Horton est plutôt célèbre dans la région, il monte les taureaux.

— J'étais plutôt intéressée par la femme qui l'accompagnait.

Russell lui jeta un regard surpris. La plupart des femmes se seraient davantage intéressées à Tinker.

— C'est la nouvelle enseignante de la vieille ville de Whitehorse, Jolene Stevens.

— Cette minuscule école que j'ai aperçue près du centre communautaire ?

Tout en lui ouvrant la portière du pick-up, il sourit de sa stupéfaction manifeste.

— Il s'agit pourtant de notre école à classe unique, d'un autre âge, c'est vrai. J'ai cru comprendre qu'elle avait cinq élèves cette année, de la classe de CE2 à la 4e.

— Je pensais que les écoles à classe unique appartenaient au passé, fit remarquer Dulcie quand il se fut installé au volant. Donc elle fait la navette pour venir à Whitehorse tous les jours ?

— La communauté lui fournit un logement dans la vieille ville. Il s'agit de cette jolie petite maison blanche située après le centre-ville en direction des collines. Pourquoi toutes ces questions sur notre enseignante locale ?

Elle haussa les épaules.

— Je l'ai bousculée sans faire exprès, l'autre jour à Whitehorse. J'étais simplement curieuse de savoir qui elle était.

Il l'observa un instant sans rien dire, certain qu'il y avait plus que cela.

— Que pourrait-il y avoir d'autre ? lança-t-elle d'un air innocent.

C'était exactement ce qu'il se demandait, mais il abandonna la discussion.

Tandis qu'ils se dirigeaient vers son motel, Dulcie contempla le paysage par sa vitre, manifestement décidée à ne pas lui révéler la véritable raison de son intérêt pour Jolene Stevens.

— Vous ne m'avez toujours pas dit ce que vous faisiez, reprit-il en se garant devant sa chambre de motel.

— Ce que je fais ?

— Comme travail. Je suppose que vous avez un travail, non ?

— Pourquoi ? Vous me croyez tellement riche que je n'aie pas à travailler ?

— Ce sont des choses qui arrivent.

Grâce à la fortune des Corbett, il n'avait jamais eu à travailler de sa vie pour des raisons financières, mais il était convaincu que tout le monde avait besoin d'un travail, d'un but.

— Je possédais une affaire avec une amie, répondit-elle.

Nous venons de la vendre. Je cherche quelque chose d'autre qui puisse m'occuper.

— Ce n'est pas une mince affaire, dit-il en allant lui ouvrir la portière. J'ai apprécié ce dîner, en particulier en vous voyant manger ce steak. Vous êtes une femme comme je les aime, ajouta-t-il tandis qu'elle descendait du pick-up.

— Vraiment ?

Elle inclina la tête en souriant.

— Vous ne flirteriez pas avec moi, n'est-ce pas ?

— Serait-ce si mal ?

Non. A moins qu'il ne soit assez stupide pour donner son cœur à cette fille de la ville. Mais il n'y avait aucun risque. En particulier s'il ne commettait pas l'erreur de l'embrasser sous le ciel étoilé.

Bon sang, c'était pourtant ce qu'elle attendait de lui.

Tinker raccompagna Jolene à sa voiture, redevenu brusquement silencieux. Il adorait parler de lui, et elle n'avait pas pu placer un mot durant tout le dîner.

Mais la soirée touchant à sa fin, elle pensa que ce pourrait être le parfait moment parfait pour lui demander s'il se souvenait du meurtre.

— Tu as vécu à Whitehorse toute ta vie ?

— Je préfère ne pas y penser, plaisanta Tinker en s'appuyant contre la voiture de Jolene avec un grand sourire. Je rentre à présent à la maison uniquement pour te voir.

— Tu n'as pas de famille ici ? lui demanda-t-elle, surprise.

— Ma mère, si. Elle s'est remariée lorsque j'étais encore gamin. Mon beau-père et moi, nous ne nous entendons pas. Mais elle aime ce salaud, donc…

Il se redressa, visiblement peu désireux d'évoquer le sujet.

— Te rappelles-tu un meurtre qui a eu lieu il y a

vingt-quatre ans à la périphérie de la vieille ville de Whitehorse ? enchaîna-t-elle.

Tinker parut surpris puis agacé.

— Pourquoi me demandes-tu ça ?

Elle regretta de l'avoir fait. Pour une raison qu'elle ignorait, sa question avait gâché la bonne humeur de Tinker.

— C'est sans importance. Il s'agit seulement d'une chose qui a éveillé ma curiosité.

— C'est une curiosité plutôt malsaine, laissa-t-il tomber, visiblement furieux.

— Je pensais simplement que tu aurais pu connaître la petite fille, Angel Beaumont. Elle devait être plus jeune que toi, et par…

— Quelqu'un t'a-t-il dit que je la connaissais ? la coupa-t-il sèchement.

— Non, c'est seulement…

— Seulement que tu as entendu dire que mon beau-père dirigeait le ranch Atkinson, de l'autre côté du ruisseau. Eh bien oui, il a été licencié à cause de Laura Beaumont, d'accord ? Nous avons dû déménager dans une vieille maison délabrée et ma mère…

Il secoua la tête, visiblement agité à présent.

— J'ignore ce que certains fouineurs t'ont raconté, marmonna-t-il.

— Personne ne m'a rien dit.

— Alors pourquoi cherches-tu à déterrer cette vieille histoire, après tout ce temps ?

Elle secoua la tête, ne sachant que dire puisqu'elle ne pouvait pas lui parler de l'histoire de meurtre, en particulier à présent.

— Je suis désolée, je…

— Oh ! C'est vrai, tu as Mace dans ta classe.

— Mace Carpenter ?

Elle le regarda sans comprendre.

— Attends une minute, Ben Carpenter est ton beau-père ? voulut-elle savoir.

— Comme si tu ne le savais pas.

— Je l'ignorais. Je te le jure.

Ronda Carpenter était la mère de Tinker ?

Il détourna les yeux un instant, et quand il la regarda de nouveau, ce fut avec une certaine froideur.

— Je connaissais Angel, d'accord ? jeta-t-il. Elle me faisait de la peine. Sa mère était une traînée qui ne faisait pas attention à elle. J'avais déjà traversé l'épreuve du divorce de ma mère et de son remariage avec Ben. Je pouvais comprendre, j'ai donc essayé de veiller sur elle.

Elle ne sut que dire. Tinker était donc le petit camarade mentionné dans l'histoire du meurtre…

— Angel était une petite fille adorable, poursuivit-il. Mais elle n'avait pas la moindre chance. Je n'ai pas été surpris quand sa mère a été assassinée et que la gamine…

Il secoua de nouveau la tête.

— Je n'aime pas parler de tout ça.

— Je suis désolée, Tinker. Je ne savais pas.

Elle aurait pourtant dû le savoir, étant donné la taille restreinte de leur communauté.

Il consulta sa montre.

— Je dois partir.

— Merci pour le souper.

— Pas de quoi.

Il commença à s'éloigner mais il fit demi-tour.

— Si j'étais toi, je ne parlerais de ceci à personne d'autre, dit-il. Les gens des environs n'aiment guère que l'on déterre les mauvais souvenirs.

Elle le regarda s'éloigner, horriblement mal d'avoir gâché leur fin de soirée.

Mais du moins pour l'instant elle en savait un peu plus. Tinker était forcément l'ami mentionné dans la nouvelle. Pourquoi sinon aurait-il été si bouleversé ? Il devait avoir neuf ans, Angel, quatre ou cinq.

Savait-il quelque chose sur ce meurtre ?

Elle frissonna et ne put s'empêcher d'éprouver un sentiment étrange du fait que Tinker lui ait recommandé de n'en parler à personne d'autre.

D'abord, le cercle de couture de Whitehorse, ensuite, Midge, et à présent, Tinker. Sa théorie de la conspiration pointait de nouveau le bout de son nez hideux. Qui s'efforçaient-ils tous de protéger ?

Russell raccompagna Dulcie jusqu'à la porte de sa chambre de motel sous une voûte étoilée avec juste un mince croissant de lune. Les alentours étaient déserts, la nuit semblait retenir son souffle.

Elle fit l'erreur de lever les yeux vers lui. Leurs regards se perdirent l'un dans l'autre.

— Merci, Russell, pour…

Saisissant à pleines mains sa crinière indomptable, il l'attira à lui. Il eut à peine le temps de voir les yeux bruns de Dulcie s'embraser d'une passion qu'il n'avait plus rencontrée depuis longtemps… ni éprouvée depuis plus longtemps encore.

Les lèvres de la jeune femme s'entrouvrirent. Il posa sa bouche sur la sienne, sentant les doux vestiges d'un sourire s'évanouir tandis qu'il l'embrassait…

Comme elle répondait avec ardeur à son baiser, il l'entoura de ses bras, la retenant contre lui alors que leur baiser prenait fin. Lentement, il s'écarta pour la regarder dans les yeux. Le regard de Dulcie était sombre comme la nuit, et éveilla en lui un brûlant désir, ranimant une ardeur restée en sommeil pendant trop longtemps.

Si seulement cela avait été avec une autre femme… n'importe quelle autre femme…

Il la relâcha et allait parler lorsqu'elle lui lança, avec un sourire qu'il ne sut définir :

— Si vous dites que vous êtes désolé de m'avoir embrassée, je vous frappe.

Il éclata de rire car c'était exactement ce qu'il s'apprêtait à faire. De son pouce, il repoussa une mèche de cheveux sur sa joue.

— Qu'allez-vous faire à présent ? demanda-t-il.

— Me mettre au lit.

— Non, je voulais dire…

— Je sais ce que vous vouliez dire.

Elle leva les yeux vers le ciel.

— Je ne prends jamais de décision le soir, en particulier après un énorme steak et… un stupéfiant baiser, précisa-t-elle en posant de nouveau les yeux sur lui. On ne peut se fier à son jugement en de pareils moments.

Il sourit.

— Vous êtes une femme intelligente.

— Vous trouvez aussi, n'est-ce pas ? Bonne nuit, Russell. Faites de beaux rêves.

Elle se retourna et disparut dans sa chambre.

Il la regarda s'éloigner en souriant puis regagna son pick-up. Ce ne fut qu'une fois presque arrivé au ranch qu'il se rendit compte qu'il ne lui avait pas fait d'offre pour ses terres. Il n'avait même pas abordé le sujet.

Mais, après tout, il n'était pas bon de prendre une décision après un énorme steak et un stupéfiant baiser, non ?

Lorsque Jolene s'engagea sur le chemin de l'école, le lendemain matin, elle remarqua un pick-up stationné devant le bâtiment et elle craignit qu'il n'y ait un problème avec l'un de ses élèves. La porte était maintenue ouverte. Tandis qu'elle s'en approchait, elle se demanda qui, en dehors d'elle, avait une clé.

Titus Cavanaugh était assis derrière son bureau, penché en arrière, les yeux fermés. Pendant un moment, elle crut qu'il était endormi.

Titus, un homme imposant, aux cheveux blancs, pourvu d'une voix de stentor et d'une poignée de main robuste, gérait à peu près tout dans la vieille ville de Whitehorse.

Il ouvrit les yeux tandis qu'elle s'avançait.

— Bonjour, dit-il avec un large sourire. Je suis venu avant que la classe ne commence afin de voir comment vous alliez.

— Bien, je pense, lui répondit-elle en se glissant sur la chaise de l'un de ses élèves.

— Tant mieux.

Il croisa les bras et se pencha sur le bureau pour la regarder.

— Pas de problème avec le petit Carpenter ?

— Devrais-je avoir des problèmes avec lui ?

Titus se mit à rire.

— L'enseignante précédente le trouvait… lunatique.

Jolene s'interrogea un instant sur l'étendue de ce qu'elle pouvait confier à Titus. Mais maintenant qu'elle savait que Tinker était le demi-frère de Mace Carpenter et qu'il avait connu Angel Beaumont, peut-être que…

— Je me demande toutefois s'il n'aurait pas des soucis chez lui, avança-t-elle.

— Effectivement, répondit Titus en hochant la tête.

Qu'en est-il de son père ? L'enseignante précédente avait également des problèmes avec lui.

— Ben est passé hier pour me demander comment son fils travaillait en classe. Je lui ai répondu que Mace s'en sortait bien.

— Parfait !

Titus se leva, apparemment satisfait de sa petite enquête.

— Je vous laisse, dit-il. Je voulais simplement m'assurer que vous n'aviez pas de difficultés. Ben se conduit parfois comme un ours. S'il vous cause des ennuis, faites-le-moi savoir.

Ses yeux bleus brillèrent tandis qu'il lui souriait.

— Il semblerait que vous fassiez de l'excellent travail, ajouta-t-il. Oh ! Au fait, la porte était ouverte quand je suis arrivé.

— Je l'ai pourtant fermée à clé hier soir. Du moins aurais-je juré l'avoir fait.

Avait-elle été distraite au point de ne pas l'avoir fermée à clé ?

— Je suppose que des clés ayant appartenu aux anciennes enseignantes peuvent circuler, fit-il remarquer. Ne vous inquiétez pas. Il n'y a pas de mal. Ce n'est pas comme s'il y avait des choses à voler.

Elle le raccompagna jusqu'à la porte. De retour à son bureau, elle remarqua que l'un des tiroirs était partiellement ouvert. L'avait-elle laissé ainsi ?

Ouvrant le tiroir, elle jeta un coup d'œil aux devoirs qu'elle avait déjà lus et notés. Quelqu'un avait feuilleté la pile de copies.

Lorsque Dulcie ouvrit la porte de sa chambre de motel, le lendemain matin, elle découvrit Russell qui l'attendait, appuyé contre son pick-up. Elle se remémora aussitôt leur baiser, et sentit une agréable chaleur parcourir ses veines.

— Un petit déjeuner vous tenterait-il ? lui lança-t-il.

Elle sourit, surprise de la joie qu'elle éprouvait à le revoir. Il ne lui restait plus que quelques jours à passer à Whitehorse et, malgré tous ces mystères et ces angoisses qui entouraient la maison dont elle avait hérité, elle voulait qu'ils soient agréables. Et Russell Corbett avait tout ce qu'il fallait pour les rendre agréables.

— Je suis partante pour le petit déjeuner.

— Tant mieux car j'ai une faim de loup à force d'avoir attendu ici, dit-il en lui ouvrant la portière.

— Vous auriez pu simplement frapper à la porte, lui répondit-elle en se glissant sur le siège passager.

— Et troubler votre sommeil ? Je m'en serais bien gardé ! Je ne pouvais prendre le risque que vous soyez l'une de ces personnes qui se révèle grincheuse si elle n'a pas assez dormi, décréta-t-il, un petit sourire en coin, en mettant le moteur en marche.

Elle sourit tout en l'étudiant du coin de l'œil. Avec ses grandes mains posées sur le volant et son assurance presque arrogante, il était… tout à fait attirant.

— Bien, déclara-t-elle, un peu plus tard, après avoir avalé une épaisse tranche de jambon, deux œufs, des galettes de pomme de terre et un toast. Je vous écoute.

— Que suis-je censé vous dire ?

— Deux repas, des compliments et toute cette galanterie ? Qu'est-ce que tout cela cache ?

— Je ne vois pas ce que vous voulez dire.

— Bien sûr que si. Ce n'est pas votre manière habituelle d'occuper vos matinées et vos soirées, je présume.

Lui prenant la main, elle la retourna, exposant les callosités durcies.

— Sans moi, à cette heure de la matinée, vous seriez en train de travailler, ajouta-t-elle. Alors pourquoi n'est-ce pas le cas ? J'ai remarqué l'expression de votre visage. Vous étiez contrarié en voyant la façon dont j'étais habillée ce matin. Si c'est un moyen de me garder éloignée de la maison, je dois vous dire que vous avez perdu votre temps.

— A présent que vous le dites, lui répondit-il, fronçant les sourcils tandis qu'il retirait sa main, je n'aime pas l'idée que vous y retourniez seule.

— Je suis très touchée, mais que dit votre patron du fait que vous manquiez le travail pour faire du baby-sitting ?

Il hésita juste un peu trop longtemps.

— Qu'y a-t-il ? insista-t-elle.

— Je n'ai pas été totalement honnête avec vous concernant mon travail. Le Trails West Ranch est une exploitation familiale.

— Et vous êtes l'un des membres de la famille qui le possède ?

Elle ne pouvait être fâchée contre lui étant donné qu'elle-même ne lui avait pas vraiment parlé de ses affaires plus que florissantes.

— Nous serions intéressés par l'achat de votre propriété si vous décidiez de la vendre, dit-il enfin.

— Oh. C'était donc cela…

Qu'avait-elle imaginé ? Qu'il aurait pu être intéressé par elle ?

— Pas seulement, précisa-t-il. Il ne faut pas que…

Mais déjà elle s'était levée et ne l'écoutait plus.

— Votre offre sera tout à fait la bienvenue lorsque je vendrai, déclara-t-elle. Je vous en aviserai. Merci pour le petit déjeuner. Non, je vous en prie, restez et dégustez votre café. Je préfère marcher.

— Dulcie…

Elle s'éloigna sans un regard un arrière.

— Pauvre idiote, marmonna-t-elle entre ses dents, furieuse contre elle-même d'avoir montré aussi visiblement combien cela l'avait blessée.

Jolene ramassa les devoirs elle-même, les comptant au fur et à mesure. Elle n'avait pas beaucoup dormi la nuit précédente. Ses pensées n'avaient cessé de s'égarer en direction de sa théorie d'une conspiration autour du meurtre de Laura Beaumont.

Cela n'avait pas non plus arrangé les choses de trouver Titus qui l'attendait ce matin, après que quelqu'un fut entré dans l'école et eut fouillé le tiroir où se trouvaient les nouvelles.

Sur le chemin du retour vers la vieille ville de Whitehorse, la veille au soir, elle avait repensé au mot qu'elle avait trouvé sur son pare-brise. Elle avait fait le tour de sa petite maison, contrôlant toutes les portes et fenêtres afin de s'assurer qu'elles étaient verrouillées et vérifiant que les placards n'abritaient pas d'intrus.

Cela paraissait idiot, mais elle ne pouvait se défaire du sentiment qu'il y avait derrière cela davantage que le souhait d'un écrivain en herbe d'obtenir d'elle une critique gratuite de son œuvre.

Le matin même, elle avait fini par reconnaître sa pire crainte : que l'assassin de Laura Beaumont ait refait surface, si toutefois il avait vraiment disparu, et que, à présent, il écrive son histoire exclusivement à son intention.

Soudain, elle s'arrêta au milieu de la classe et elle compta les devoirs qu'elle avait ramassés. Il n'y en avait que cinq.

Elle les compta de nouveau. Tout comme elle l'avait craint, l'histoire du meurtre ne se trouvait pas parmi eux.

— Vous ne voulez pas celui-ci ? lui demanda son élève de CE2, Amy Brooks.

Elle se retourna et regarda la fillette. Amy lui désignait du doigt le coin d'une table, dans le fond de la classe, où était posée, à l'envers, une liasse de feuilles agrafées.

— Quelqu'un sait-il qui a laissé cela ici ? demanda-t-elle à la classe, regardant chacun de ses élèves à tour de rôle.

Mais tous semblaient l'ignorer.

— Ce devoir s'est-il trouvé là chaque fois que vous avez ramassé les copies ? insista-t-elle.

Amy hocha la tête.

— Il ne vient pas de votre autre élève ? demanda-t-elle.

— Mon autre élève ? répéta Jolene.

— Vous n'avez pas un élève qui ne peut pas venir en classe et qui envoie des choses ? Vous savez, comme un élève en ligne.

— Un élève fantôme, s'exclama en riant son frère Thad, l'élève de CM2.

— C'est ça, ouhhhhh, renchérit Luke. Des fantômes…

— Très bien, ça suffit, les coupa Jolene. Nous sommes jeudi, ce qui signifie qu'il nous reste une journée pour écrire le milieu de la nouvelle et vous aurez ensuite le week-end pour terminer la rédaction.

Un grognement s'éleva de la gorge des deux CM2.

— Vous êtes sur le point de conclure votre récit, les encouragea-t-elle. Qu'avez-vous d'autre à raconter à votre lecteur avant la fin ? C'est ce à quoi vous devrez penser lorsque vous écrirez ce soir.

Elle ramassa les pages sur le petit bureau du fond et les retourna. La suite de l'histoire du meurtre. Elle sentit son pouls s'accélérer sous l'effet à la fois du soulagement… et de l'appréhension. Le lundi suivant, tout ceci prendrait fin.

Mais comment ?

Le vent brûlant soufflait, tel un démon, sur la terre sans vie. La météo ne prévoyant pas de pluie, la tension était à son comble. Tout le monde attendait, sachant que ce n'était qu'une question de temps avant que quelque chose n'arrive subitement.

Un sentiment croissant de panique se développait parmi les propriétaires de ranch et les cultivateurs. Les hommes discutaient entre eux, habités par un désespoir muet. Les femmes tâchaient d'empêcher les enfants d'agacer leur père.

Une peur non formulée s'était étendue sur la région. S'il ne pleuvait pas rapidement, il n'y aurait ni récolte ni argent. Ils avaient tous déjà traversé des moments difficiles, mais cela risquait de mettre le feu aux poudres.

Tandis qu'elle s'éventait, qu'elle surveillait la route et qu'elle s'acquittait des tâches ménagères qu'elle ne pouvait remettre à plus tard, le reste de la communauté retenait son souffle, priait, pestait et s'inquiétait.

Non qu'elle soit insensible à la tension grandissante qui s'était emparée du pays et des personnes qui l'entouraient. Elle en faisait partie. Elle ressentait cette pression qui pousse certains à des extrémités car elle devenait morose et agitée. Son amant devait le sentir car il avait changé, ces derniers temps.

La journée était la plus torride de ce printemps. Elle leva la tête, comme humant l'air. Un vieux pick-up s'avança sur la route en cliquetant, les conduits métalliques qu'il transportait sur son plateau produisant une mélopée similaire au chant d'une sirène. L'aperçut-il debout à la fenêtre de sa chambre, qui relevait ses longs cheveux brillants, dégageant son cou gracile ?

Ou alors la vit-il pour la première fois sur sa terrasse, légèrement vêtue, en quête d'une brise rafraîchissante ?

Au cours des jours suivants, alors qu'il s'efforçait de pratiquer son art dans la prairie près de la ferme, il observa à la fois le ciel et elle.

Les choses auraient pu être différentes si le faiseur de pluie lui avait résisté. Ou si la pluie n'était pas venue trop tard.

Quelle chance toutefois que la petite fille ait un ami qu'elle puisse retrouver au ruisseau. Il était plus âgé. C'était l'une de ces âmes perdues qui avait vu trop de choses au cours de sa jeune existence et qui s'attendait à voir pire avant qu'elle ne soit terminée.

Il aimait la fillette et éprouvait le besoin de la protéger. Il surveillait la ferme et il savait ce qui s'y passait. Ce fut la raison pour laquelle, en cette journée horriblement torride, il avait entraîné l'enfant loin de la maison. Pas pour aider l'auteur du meurtre, mais pour sauver son amie.

Si seulement il avait pu l'empêcher de retourner chez elle, de trouver sa mère dans cet état, de voir la personne qui l'avait tuée... et d'être vue d'elle.

— Dois-je conclure que tu n'as pas eu plus de chance ce matin que tu n'en avais eu hier soir ? demanda Grayson à son fils lorsque ce dernier entra d'un pas raide dans la maison, l'air renfrogné.

— Cette femme est impossible, marmonna-t-il en se servant un café.

Kate lui sourit.

— Comment s'est passé le souper aux Lumières du Nord ?

— Bien.

Il ne souhaitait pas parler de ce rendez-vous.

— Elle retourne à la maison aujourd'hui, enchaîna-t-il. Si cette idiote ne se brise pas le cou avant, peut-être irai-je essayer de lui insuffler un peu de bon sens.

— Peut-être devrais-tu t'en tenir strictement au plan des affaires, lui suggéra son père.

— Ou peut-être l'inviter de nouveau à sortir, renchérit Kate.

Russell secoua la tête.

— Je doute que l'un ou l'autre me réussisse. Je devrais

peut-être simplement te laisser t'en charger, dit-il en se tournant vers son père. Tu pourrais avoir plus de chance avec elle.

— Pas sûr. Kate a probablement raison. Une femme aime être courtisée… même en affaires.

— Les fleurs sont toujours un geste apprécié, observa Kate.

Russell haussa les épaules. Il n'avait déjà que trop courtisé Dulcie Hughes quand il l'avait embrassée, la veille au soir, devant sa chambre de motel.

Pas étonnant qu'elle se soit emportée, ce matin au petit déjeuner. Elle avait pensé que ce baiser était destiné à obtenir ses terres. Si elle avait su que sa propriété était le cadet de ses soucis !

— Je dois aller travailler, déclara-t-il. Je me rendrai ensuite à l'ancienne ferme Beaumont afin de voir ce que je peux faire pour arranger les choses.

— Ce n'est pas grave si nous n'obtenons pas la propriété, le rassura son père. Je comprendrais que tu préfères oublier cela.

C'était plus précisément Dulcie Hughes qu'il préférerait oublier.

— Des nouvelles du faiseur de pluie ? demanda son père.

— Non. Il a dit qu'il viendrait ou qu'il appellerait. Il n'a pas appelé. Je le recontacterai.

Russell tenta de joindre le faiseur de pluie mais il tomba sur sa messagerie vocale. Il lui laissa un message.

Un peu plus tard, en passant devant la propriété des Atkinson, il pensa soudain à John Atkinson, qui possédait la propriété qui se trouvait derrière celle de Laura Beaumont, à l'époque du meurtre. S'il pouvait découvrir quelque chose d'utile à Dulcie, il pourrait l'aider à élucider ce mystère de manière à ce qu'elle puisse retourner à Chicago et à ce qu'il puisse, lui, se consacrer de nouveau à son travail et chasser cette femme de son esprit.

Dulcie décida d'aller faire quelques recherches dans les archives du journal local. Un détail la tracassait.

Il ne lui fallut pas longtemps pour découvrir quelle année Jolene Stevens avait consultée et en déduire de quel meurtre elle avait photocopié les articles. Pourquoi une enseignante s'intéresserait-elle au meurtre de Laura Beaumont ?

Tandis qu'elle parcourait les mêmes articles qu'avait lus Jolene, elle remarqua une chose étrange. Le père d'Angel n'était mentionné nulle part. Il n'y avait pas non plus de nécrologie citant le nom de jeune fille de Laura, ni aucun renseignement sur son passé.

Après avoir quitté le journal, elle s'éloigna de la ville, encore plus convaincue que quelque chose dans tout cela était très étrange.

Des feuilles mortes voltigeaient dans la rue poussiéreuse, poussées par le vent torride et sec. La matinée commençait à peine et pourtant la température atteignait déjà les 20°.

Elle s'arrêta pour prendre du carburant en sortant de la ville, mal à l'aise. C'était comme si la tension de la petite ville l'enveloppait. Comme si une étincelle pouvait déclencher une émeute chez les habitants aussi rapidement qu'elle pourrait embraser l'herbe sèche comme de l'amadou à l'extérieur.

Partout on ne parlait que de la pluie qui faisait défaut.

Tendue et nerveuse, elle observa le ciel, à l'affût du moindre signe de soulagement, et pria en silence pour que les cieux s'entrouvrent et les inondent d'une fraîcheur revigorante qui sauverait non seulement les récoltes mais apaiserait aussi les esprits.

Le sentiment qu'elle était assise sur un baril de poudre prêt à exploser s'intensifia alors qu'elle passait devant sa barrière de fil barbelé qui gisait, sectionnée, sur l'herbe sèche, pour se garer devant la vieille ferme.

Cette empathie qu'elle ressentait pour les propriétaires de ranch et les cultivateurs la surprit. Ayant grandi à Chicago, elle ne connaissait rien au monde rural, ni ses joies ni ses inquiétudes. Toutefois, ici à Whitehorse, elle avait l'impression de faire partie des terres qui l'entouraient. Ou d'en avoir fait partie.

— Tu n'es pas Angel Beaumont, murmura-t-elle tout en levant les yeux vers la fenêtre du premier étage où s'agitaient les rideaux jaunes.

Un semblant de souvenir titilla sa mémoire mais refusa de se préciser. Elle faisait partie intégrante de quelque chose à Whitehorse et elle entendait bien découvrir ce que c'était.

Ouvrant la portière, elle descendit de voiture et s'avança vers la maison. Restant toutefois vigilante pour le cas où y ramperaient des crotales.

Elle gravit à la hâte les marches, rassurée d'être là où elle pouvait voir ce qui se trouvait près d'elle. Toutefois, lorsqu'elle atteignit la porte d'entrée, elle marqua une pause.

La veille, elle avait fermé cette porte à clé. Elle se rappelait avoir vérifié. La porte était bel et bien fermée.

Et maintenant, elle était légèrement entrebâillée…

En dépit de la chaleur accablante, elle eut la chair de poule. Son cœur se mit à battre un peu plus fort. L'agaçante girouette tournait sans relâche dans le vent torride, comme pour se moquer d'elle, ou la mettre en garde.

Un nouveau bruit lui mit les nerfs à vif. Un tintement régulier de métal contre du métal, provenant de derrière la maison.

Elle s'avança jusqu'à l'extrémité de la terrasse et regarda en direction du ruisseau et de la propriété située derrière la sienne. A travers les branches des peupliers, elle aperçut un homme, muni d'une masse, qui enfonçait ce qui lui sembla être un tuyau dans le sol, de l'autre côté du ruisseau.

Il s'interrompit, comme s'il sentait qu'elle l'observait, et il regarda dans sa direction. Elle ne put distinguer son visage sous le chapeau qu'il portait, mais elle put sentir ses yeux durs qui la dévisageaient, son regard plus brûlant que cette journée de printemps.

Elle recula vivement, se sentant singulièrement violée. Comment était-il possible qu'elle puisse sentir à la fois la haine et le désir, la peur, le choc et la douleur dans un regard ?

Elle savait ce que lui répondrait Renada. Que ce lieu faisait galoper son imagination. Elle secoua la tête, consciente de sa propre extravagance, mais elle fut soulagée lorsque l'homme cessa son tapage.

Le fait de penser à Renada ne lui fit prendre que trop conscience qu'elle n'avait pas appelé son amie. Pas plus qu'elle n'avait répondu aux messages que cette dernière lui avait laissés. Elle se promit qu'elle l'appellerait le soir même, ne serait-ce que pour lui faire savoir qu'elle allait bien.

Elle savait pourquoi elle n'avait pas appelé pour lui dire ce qui se passait. Renada aurait pris le prochain avion et rien n'aurait pu faire davantage plaisir à Dulcie. Mais cela impliquerait d'arracher son amie à ses cours de stylisme, activité à laquelle elle désirait se consacrer depuis bien trop longtemps.

Elle inspira puis, retenant son souffle, elle ouvrit brusquement la porte. Il lui fut impossible de dire s'il y avait de nouvelles traces dans la poussière.

Elle entra, laissant la porte ouverte, et se dirigea avec précaution vers la cuisine, à l'arrière. Elle n'avait pas fait deux pas lorsque la porte d'entrée se referma en claquant.

Elle poussa un cri, son cœur battant la chamade. Quelque chose agita l'air autour d'elle. Un souffle semblant provenir d'un haut-fourneau. Se déplaçant pour en trouver l'origine, elle trouva la porte de derrière grande ouverte. N'avait-elle pas été condamnée, comme la porte d'entrée ? Elle ne l'avait jamais vérifié.

Elle la referma et poussa le verrou. Puis elle se tint immobile, tendant l'oreille. Aucun bruit à l'étage. Mais elle ne pourrait se convaincre qu'elle était seule dans la maison tant qu'elle ne serait pas montée pour s'en assurer.

Elle tendit de nouveau l'oreille, tranquillisée d'entendre l'homme qu'elle avait vu enfoncer ses tuyaux toujours occupé à travailler. En écoutant très attentivement, elle entendit également la girouette grincer et gémir, mais elle ne perçut aucun bruit provenant de l'intérieur de la maison.

Qu'était-elle venue faire ici ? Qu'espérait-elle découvrir de plus ? se demanda-t-elle, tout en gravissant prudemment l'escalier.

Arrivée au seuil de la chambre de Laura Beaumont, elle observa les rideaux jaunes entraînés par le vent qui allaient et venaient à travers la fenêtre. Elle sentit un parfum dans l'air, léger mais tellement ensorcelant qu'il l'attira à l'intérieur. Son regard se posa sur la collection de flacons couverts de poussière, posés sur la coiffeuse. Elle tressaillit. Quelqu'un les avait déplacés, laissant des traces dans la poussière. Evitant de regarder le miroir terni, elle remarqua un flacon de parfum dont la poussière avait été essuyée.

Délicatement, elle le prit dans sa main, séduite par la fragrance légère qu'elle avait sentie un peu plus tôt. Ouvrant le flacon, elle le huma. Sa gorge se serra brusquement, et elle reposa vivement le parfum sur la coiffeuse, les larmes aux yeux. Reculant précipitamment, elle plaqua une main sur sa bouche pour réprimer un cri d'effroi.

Elle quitta la chambre en courant.

Alors que les rideaux jaunes et le grincement de la girouette dans le vent lui avaient évoqué de très vagues souvenirs, le parfum de Laura Beaumont avait trouvé en elle une résonance si intime qu'elle eut l'impression que le plancher se dérobait sous ses pieds.

Glissant le long du mur, elle se laissa tomber sur le sol poussiéreux du couloir et enfouit son visage dans ses mains, son cœur cognant violemment dans sa poitrine tandis qu'elle tentait de reprendre sa respiration.

8

Le froid de l'air conditionné frappa Russell de plein fouet lorsque John Atkinson ouvrit la porte de sa maison.

— Russell ?

John sembla surpris de le voir. John Atkinson appartenait à la même génération que Grayson. C'était un homme corpulent, d'un peu plus de soixante ans, aux cheveux poivre et sel et au visage buriné.

— Désolé de passer sans vous avoir prévenu, John.

— Pas de problème, entre. Midge vient de faire du café.

C'était une coutume du Montana rural qu'une cafetière soit toujours prête pour accueillir les visiteurs arrivant à l'improviste.

La maison avait été récemment remodelée et meublée d'une manière dont Russell soupçonna qu'elle avait davantage à voir avec les goûts de Midge qu'avec ceux de John, en particulier quand il vit les frises fleuries décorant chaque pièce.

John l'emmena dans la vaste cuisine et lui offrit une chaise. Tandis qu'il versait du café dans deux tasses, Russell contempla par la fenêtre les Larb Hills qui se détachaient sur la ligne d'horizon.

John et Midge possédaient plusieurs ranchs plus au sud, mais ils s'étaient rapprochés de la ville, ces dernières années. A la différence d'autres propriétaires de ranch qui transmettaient la propriété à leurs fils devenus adultes ou à leurs filles et leurs gendres, John et Midge n'avaient jamais eu d'enfants, aussi leurs ranchs étaient-ils en location.

— J'ai entendu dire que vous aviez fait appel à un faiseur de pluie, dit John en lui tendant l'une des tasses avant de le rejoindre à la table.

— Finnegan Amberst, oui.

John leva brusquement la tête, et laissa échapper un juron, chose inhabituelle pour lui.

— C'était déjà à ses services que la ville avait eu recours il y a une vingtaine d'années, précisa Russell. Il avait réussi à faire pleuvoir, n'est-ce pas ?

— Plus ou moins. Je suis surpris qu'il soit encore en vie.

C'était une réflexion étrange, de la part de John, étant donné que le faiseur de pluie était sans doute plus jeune que lui.

— Etait-il en mauvaise santé ? s'enquit Russell.

— Non, non. Je pensais seulement que depuis quelqu'un l'aurait abattu. Ou pendu.

Russell, perplexe, regarda John, attendant qu'il s'explique. Mais ce dernier se contenta de siroter son café comme s'il en avait déjà trop dit.

— A cause de ses manières avec les femmes, les femmes des autres hommes, reprit-il soudain.

— Finnegan, un homme à femmes ? s'étonna Russell, se rappelant la voix grave et rauque de l'homme. Je doute qu'il le soit encore. Au téléphone, il m'a semblé avoir quatre-vingt-dix ans.

— Vraiment ? Je dirais plutôt qu'il approche de la cinquantaine. Il faut croire que faire pleuvoir vous amène à vieillir prématurément.

Les sarcasmes et l'aversion manifeste de John pour le

faiseur de pluie troublèrent Russell. Etait-il possible que Finnegan Amberst ait poursuivi Midge de ses assiduités ?

Cette idée lui parut risible. Midge Atkinson n'était pas le genre de femme qui attirait les hommes. Il y avait chez elle quelque chose d'austère. Pour tout dire, cette femme était purement et simplement une garce.

— Alors, quand vient-il ? demanda John.

— Bonne question. J'attends de ses nouvelles.

Il but une gorgée de café et reprit :

— J'ignore si vous êtes au courant, mais la propriétaire de l'ancienne propriété Beaumont est en ville. Elle est intéressée par le meurtre et elle cherche à en apprendre davantage.

John pâlit brusquement et lâcha sa tasse qui retomba avec fracas sur la table, le café se renversant partout.

Il repoussa sa chaise et se rua dans la cuisine pour y prendre de l'essuie-tout.

— J'en déduis que vous vous rappelez le meurtre, fit remarquer Russell. Je supposais que ce serait le cas puisque vous possédez le ranch situé derrière cette propriété, ajouta-t-il tandis que John épongeait le café. Vous avez connu Laura Beaumont, à l'époque ?

Russell ne prit conscience de la présence de Midge Atkinson dans la cuisine qu'en entendant un cri étouffé derrière lui. Se retournant, il fut frappé de voir le visage livide de Midge ainsi que la manière dont elle regardait son mari.

— J'ai renversé un peu de café, ce n'est rien, la rassura John tandis qu'elle se précipitait pour lui arracher les feuilles d'essuie-tout trempées, visiblement furieuse.

Mais était-ce en raison du café renversé ou de ce qu'elle avait entendu en entrant dans la pièce ?

— Je me renseignais sur Laura Beaumont, lui expliqua Russell.

— J'ai entendu, répliqua-t-elle d'un ton cassant. N'avez-vous pas tous deux du travail qui vous attend ?

Russell finit rapidement son café tandis qu'elle tendait la main pour reprendre sa tasse. S'en saisissant, elle retourna dans la cuisine et elle fit couler l'eau dans l'évier.

Russell lui jeta un regard intrigué et remarqua qu'elle s'agrippait au bord de l'évier comme si sa vie en dépendait.

— Je dois passer prendre des choses en ville, lui lança John avant de faire signe à Russell de le suivre à l'extérieur. Elle n'aime pas parler de la mort de Laura, ajouta-t-il une fois qu'ils furent sortis. J'apprécierais donc que tu oublies le sujet.

— Bien sûr, lui répondit Russell, se demandant si le problème se résumait à cela.

Mais avant qu'il ne puisse l'interroger davantage, John mit fin à la conversation en se dirigeant vers son pick-up.

Dulcie prit lentement conscience de ce qui l'entourait. Lorsqu'elle releva la tête, son corps entier se raidit. Tendant l'oreille, elle entendit… le silence. Le bruit de l'autre côté du ruisseau avait cessé. Le vent était-il également retombé ? Elle n'entendait plus la girouette.

Son regard fut attiré par la fenêtre et les rideaux jaunes qui y pendaient mollement. Pas de vent. Aucun bruit. C'était comme si elle était soudain devenue sourde.

« Sors de cette maison ! Maintenant ! »

Un sentiment de panique irrationnel s'empara d'elle. Elle se releva d'un bond, chancelant un instant au sommet des marches tandis qu'elle sondait du regard l'abîme sombre qui s'ouvrait devant elle. Elle hésita, mais seulement quelques secondes, avant de dévaler l'escalier.

Il ne lui restait plus que deux marches. Elle les avait déjà descendues mentalement, elle se voyait déjà saisir la poignée, la baisser, ouvrir la porte en grand et sortir en trombe pour retrouver la chaleur et la lumière du soleil.

L'homme se matérialisa au pied de l'escalier comme s'il était sorti de nulle part.

Poussant un cri, elle s'accrocha à la rampe pour éviter de le heurter de plein fouet. Ses doigts glissèrent sur le bois poussiéreux et, n'ayant aucune prise, elle dégringola les deux dernières marches avant de le heurter.

Il lui parut si fragile qu'elle crut qu'ils allaient tous deux tomber par terre. Grand et mince, entièrement vêtu de noir, jusqu'à son chapeau en feutre, il lui sembla néanmoins étonnamment solide et fort lorsque ses doigts s'enfoncèrent dans ses épaules alors qu'il la rattrapait. Elle lutta pour se dégager et elle l'entendit jurer tandis qu'il la dévisageait.

Elle ne baissa pas les yeux pour autant, tressaillant devant ce qu'elle vit sous le bord mou de son chapeau cabossé... Un visage émacié, anguleux, et des yeux sombres où brillait quelque chose de tellement noir qu'elle eut l'impression de sombrer dans un gouffre sans fond.

Elle eut un brusque mouvement de recul avant de retrouver sa voix.

— Que faites-vous dans ma maison ? lui jeta-t-elle d'un ton sec.

— *Votre* maison ?

La voix de l'inconnu la surprit autant que son physique, une voix rauque, caverneuse et terriblement froide.

— Ma maison, oui, répéta-t-elle, faisant appel à tout son courage. Vous vous êtes introduit sur une propriété privée et vous connaissez le sort que l'on réserve ici aux intrus.

Le rire de l'homme sonna creux, son regard brilla d'une lueur hypnotique.

— Sortez ! lui ordonna-t-elle, sa voix montant dans l'aigu sous l'emprise de la peur. Sortez ou j'appelle la police.

Il se contenta de lui sourire, et elle découvrit des dents blanches incroyablement régulières. Pendant un instant, elle se représenta l'homme qu'il avait dû être dans sa jeunesse. Un homme tout à fait séduisant.

Reculant en titubant, elle leva la main comme pour le repousser. Il tendit brusquement la sienne, effleurant sa manche. Elle poussa un cri perçant.

— Dulcie ! Dulcie !

Russell franchit brusquement la porte d'entrée, s'arrêtant net en voyant la jeune femme s'éloigner d'un homme grand et mince, tout de noir vêtu, pour venir se jeter dans ses bras.

Il la serra contre lui.

— Qui êtes-vous ? demanda-t-il à l'homme.

— Je crains de l'avoir effrayée, fit remarquer celui-ci d'une voix rauque et caverneuse que Russell reconnut immédiatement.

L'homme en noir se tourna vers lui et lui adressa un léger salut sans toutefois enlever son chapeau.

— Finnegan Amberst, à votre service. Et vous êtes… ?

— Russel Corbett.

— Ah, le propriétaire de ranch qui m'a appelé pour faire appel à mes talents. J'ai déjà commencé le travail.

Ainsi, il était vraiment venu.

— J'espère que vous n'envisagez pas de faire pleuvoir à l'intérieur de cette maison, rétorqua Russell.

Le petit rire qu'émit le faiseur de pluie lui évoqua une envolée de feuilles mortes.

Il sentit Dulcie trembler contre lui et s'en étonna. Il en fallait beaucoup pour effrayer la jeune femme. Qu'avait pu lui faire cet homme ?

— Je vous le répète, je suis désolé de vous avoir effrayée, mademoiselle, reprit Finnegan Amberst.

Il salua Dulcie en soulevant son chapeau.

— Je me suis installé de l'autre côté du ruisseau, précisa-t-il. A l'endroit même où j'ai eu du succès la dernière fois.

Il laissa errer son regard sur Dulcie, la faisant frissonner de nouveau, avant de les laisser en refermant la porte derrière lui.

— Vous allez bien ? demanda Russell, plongeant son regard dans celui de Dulcie.

Elle hocha la tête, son regard rivé au sien. Mais ses yeux s'emplirent de larmes.

— Vous en êtes certaine ? murmura-t-il en promenant son pouce sur sa lèvre tremblante.

Elle entrouvrit les lèvres, effleurant du bout de sa langue sa peau rugueuse.

En entendant son gémissement, Dulcie pressa son corps contre celui de Russell. Il l'attira aussitôt plus près de lui, et posa sa bouche sur la sienne. Elle retint sa respiration en sentant sa langue titiller ses lèvres.

Srerrée contre son torse puissant, elle sentit ses seins se durcir. Elle enroula ses bras autour du cou de Russell, et se laissa faire tandis qu'il la soulevait de terre.

Elle s'accrocha à lui. Ses lèvres toujours soudées aux siennes, Russell la plaqua contre le mur, au pied de l'escalier, et commença à déboutonner son chemisier, se glissant à l'intérieur pour cueillir dans sa paume chaude son sein rond et généreux.

Elle poussa un petit cri, renversant la tête tandis que le pouce de Russell trouvait son mamelon durci. Relâchant son étreinte, elle agrippa sa chemise western et l'ouvrit, révélant sa peau douce et hâlée ainsi que la toison de poils foncés qui disparaissait en s'amenuisant dans la taille de son jean.

— Dulcie…, dit-il dans un râle.

Elle ferma les yeux lorsqu'elle sentit qu'il dénudait sa poitrine, et se tortilla contre lui, le désirant comme elle n'avait jamais désiré aucun homme.

Elle rouvrit les yeux et elle porta les mains à sa ceinture. Il posa de nouveau sa bouche sur la sienne tout en la soulevant afin de baisser son pantalon de toile. Elle sentit l'ardeur et l'urgence de son désir, et rien au monde n'aurait pu l'empêcher d'y répondre. Il s'écarta alors pour la regarder dans les yeux.

Elle l'attira à elle, ondulant contre ses hanches, tandis qu'il la menait au bord de l'orgasme, et même plus loin, avant d'assouvir son propre désir.

Russell la maintint contre le mur et s'efforça de reprendre son souffle. Ils étaient tous deux couverts de sueur, essoufflés. Il la reposa doucement sur le sol.

— Je suis désolé. Ce n'était pas la manière dont…

Sa voix s'érailla lorsqu'il prit conscience de ce qu'il était sur le point de dire.

« Ce n'était pas la manière dont j'envisageais de te faire l'amour. »

Elle se mit à rire doucement.

— Oh ! Et qu'avais-tu prévu ?

Il ne put réprimer un sourire.

— Un lit ?

Elle secoua la tête tandis qu'elle commençait à reboutonner lentement son chemisier, ses yeux bruns rivés aux siens.

— Je n'aurais pas voulu que notre première fois soit différente, dit-elle. J'avais envie de toi autant que toi de moi.

— J'en doute.

Leur *première* fois ? Il se dit qu'il n'y en aurait pas de seconde. Elle n'envisageait pas les choses aussi sérieusement que lui. Bon sang, cette femme prenait les événements trop à la légère. Le simple fait de se trouver dans cette maison représentait pour elle un danger ; enquêter sur un meurtre non élucidé pourrait lui être fatal. Alors, avoir une liaison avec elle…

— Je sais que tu es venu ici pour me réprimander, reprit-elle en se rhabillant.

Il ne put s'empêcher de se pencher vers elle pour l'embrasser tendrement.

— Je veux te garder saine et sauve.

— Je le sais.

Elle prit son visage entre ses mains et déposa un baiser léger sur ses lèvres avant de le lâcher.

Il recula, déterminé à ce que, s'il devait un jour faire de nouveau l'amour avec elle, ce ne soit pas dans cette vieille maison, contre un mur et que ce ne soit pas en réaction à la peur.

Il entendit le faiseur de pluie qui enfonçait de nouveau ses tuyaux dans le sol, et s'aperçut que Dulcie l'écoutait, elle aussi.

— Que te voulait cet homme ?

— Rien, lui répondit-elle en serrant ses bras autour d'elle. Rien du tout.

— Il devait pourtant vouloir quelque chose. J'ai vu l'expression de ton visage. Dulcie, si tu…

— Je vais bien. Je suis désolée de t'avoir fait peur.

— De m'avoir fait peur ? C'est pour toi que je m'inquiète. Cet homme va continuer à travailler de l'autre côté du ruisseau. S'il t'a touchée ou s'il t'a menacée, tu dois…

— Je te l'ai dit, il ne m'a absolument rien fait. Il m'a

seulement… surprise, c'est tout. Et ma réaction a été exagérée.

Elle mentait et il était incapable d'imaginer pourquoi. Que serait-il advenu s'il n'était pas arrivé ? La veille, cela avait été Ben Carpenter. Aujourd'hui, ce maudit faiseur de pluie.

Pour ne rien arranger, il lui avait fait l'amour, ce qui compliquait encore les choses. Il eut envie de traverser le ruisseau pour faire avouer la vérité à Amberst, mais il savait qu'il obtiendrait de lui la même réponse.

— Cet homme, poursuivit-elle. Quel genre de travail fait-il, de l'autre côté du ruisseau ?

— C'est un faiseur de pluie. La ville vient de l'appeler.

— Il a été engagé pour faire *pleuvoir* ?

Il n'était pas d'humeur à en débattre et il proposa de quitter la maison.

Mais elle n'était pas du genre à laisser tomber…

— Il a dit qu'il était déjà venu, reprit-elle alors qu'ils sortaient.

Il l'étudia pendant un long moment avant de répondre :

— Oui. C'était il y a vingt-quatre ans.

Elle pâlit, et il comprit la signification pour elle de cette information.

La dernière visite du faiseur de pluie avait-elle coïncidé avec ce printemps torride au cours duquel Laura Beaumont avait été assassinée ?

A l'école, la journée semblait traîner en longueur. Pendant la récréation, Jolene s'assit à l'ombre pour lire les nouvelles mais son esprit s'égara.

Lorsqu'arriva l'heure de libérer ses élèves, elle se sentit soulagée. Le lundi suivant marquerait la fin du trimestre. Etant donné qu'elle avait été également engagée pour l'année scolaire à venir, elle serait autorisée à rester dans sa petite maison pendant l'été. Ce qui l'arrangeait bien.

Elle avait attendu avec impatience le moment où elle pourrait lire et explorer la région. Mais la chaleur de ce printemps avait réfréné son enthousiasme. Cela et l'histoire de meurtre.

Il ne restait plus aux élèves qu'à rendre une autre partie de la nouvelle. Puis la fin, lundi. Trouverait-elle l'épisode du vendredi l'attendant sur le coin de ce bureau défraîchi, le lendemain matin, en ouvrant la classe ?

Ou serait-ce l'assassin qui l'attendrait ?

Elle frémit à cette idée.

— A demain matin, tout le monde ! N'oubliez pas, ajouta-t-elle en regardant les élèves se préparer bruyamment à partir. Continuez à travailler sur vos nouvelles.

Elle les observa de la fenêtre tandis qu'ils montaient dans le bus ou dans les pick-up et S.U.V. qui les attendaient, puis elle commença à rassembler ses affaires, impatiente de rentrer chez elle.

Entendant un bruit de pas, elle leva la tête et découvrit une jeune femme, debout dans l'embrasure de la porte, qui regardait autour d'elle comme si elle n'avait encore jamais vu une salle de classe de campagne.

— Puis-je vous aider ? lui demanda-t-elle.

La jeune femme étudiait le tableau des anniversaires où chacun, y compris elle, avait affiché la date de son anniversaire accompagnée d'une photographie. Lorsqu'elle se retourna, Jolene la reconnut. C'était l'étrangère qu'elle avait heurtée dans la rue à la sortie des bureaux du journal. Cette même femme qu'elle avait revue aux Lumières du Nord.

— Jolene Stevens ? s'enquit la visiteuse. Je m'appelle Dulcie Hughes. Auriez-vous un instant ?

En serrant la main de Jolene, Dulcie la trouva glacée, chose étonnante compte tenu de la chaleur qui régnait dehors.

— C'est à quel sujet ? lui demanda Jolene.

— Le meurtre de Laura Beaumont. Ne cherchez pas à me dire que vous ignorez ce à quoi je fais allusion, ajouta-t-elle, devant le regard surpris de Jolene. J'ai vu les photocopies d'articles de presse que vous avez laissé tomber dans la rue, l'autre jour. J'ai vérifié auprès du journal et j'ai découvert quels articles vous avez photocopiés.

— Je ne vois pas en quoi…

— J'ai récemment hérité de la maison de Laura Beaumont. Y a-t-il un endroit où nous pourrions parler de ceci en privé ?

Jolene parut hésiter, mais un instant seulement.

— Allons chez moi, proposa-t-elle, en lui montrant un ravissant cottage situé un peu plus loin sur la route de terre. Laissez-moi simplement le temps de fermer l'école.

Dulcie l'attendit dans la voiture. Après le départ de Russell, elle avait tenté de recouvrer ses esprits. Il s'était emporté et elle ne pouvait l'en blâmer. Ils avaient partagé une intimité qu'un homme tel que lui ne prenait pas à la légère. Pas plus qu'elle d'ailleurs, bien qu'elle lui ait laissé croire le contraire.

Bien sûr elle ne regrettait pas ce qui était arrivé, mais elle ne pouvait pas non plus laisser une telle chose se reproduire. Elle était devenue trop proche de Russell Corbett. Beaucoup trop.

Lui aussi en avait pris conscience, et c'était l'une des raisons pour lesquelles il était tellement fâché contre elle. Il savait qu'elle lui dissimulait des choses. Mais lui expliquer ce qui s'était passé entre le faiseur de pluie et elle avant qu'il ne fasse irruption dans la maison lui était impossible.

Elle ne le comprenait pas elle-même.

Après son départ, elle avait envisagé de retourner à l'étage afin de poursuivre ses recherches. Elle avait déjà trouvé une photographie. Il devait y avoir d'autres choses puisque rien ne semblait avoir été emporté à l'exception des vêtements d'Angel. Peut-être y avait-il des vieilles lettres ? Des photos ? N'importe quoi qui puisse lui fournir les réponses dont elle avait si désespérément besoin ?

Russell parti, elle s'était donc engagée dans l'escalier, les jambes encore flageolantes, le cœur battant toujours à se rompre, mais le bruit de la masse du faiseur de pluie frappant sur les conduits avait résonné à l'intérieur de son crâne, et elle avait dû quitter la maison.

Elle chassa de son esprit ces pensées et se concentra sur ce qu'elle allait dire à Jolene Stevens. Cette dernière avait enquêté sur le meurtre de Laura Beaumont et, apparemment, elle ne souhaitait pas que cela se sache. Dulcie mourait d'impatience de lui en demander la raison.

Jolene sortit de l'école et vérifia par deux fois que la porte était bien fermée à clé. Dulcie se revit faire de même en quittant la ferme. Jolene était-elle tracassée par le fait que quelqu'un s'y soit introduit, comme elle l'avait été, elle, tout à l'heure ? Qu'avaient-elles d'autre en commun ? se demanda-t-elle en suivant l'enseignante jusque chez elle.

— Je dois avoir du thé glacé, annonça Jolene en rangeant sa bicyclette contre le mur latéral de la maison avant d'ouvrir la porte d'entrée.

— J'en prendrai volontiers.

Les ventilateurs tournaient, faisant circuler l'air chaud.

— Désolée, je n'ai pas la climatisation. Installez-vous où vous voulez, lui lança Jolene de la cuisine.

Dulcie resta debout jusqu'au retour de son hôtesse.

Elle prit le grand verre glacé qu'elle lui tendait et but une gorgée de thé.

— Il est délicieux. Merci.

Jolene hocha la tête, l'air nerveux.

— Je ne sais vraiment rien sur…

— Asseyons-nous, dit Dulcie en prenant place en face d'elle. Pourquoi faites-vous des recherches sur la mort de Laura Beaumont ?

— Par simple curiosité.

— Pourquoi vous intéresseriez-vous à son meurtre ? Je sais que vous n'êtes pas originaire de la région. Ce que je pense, c'est que vous avez appris quelque chose concernant sa mort qui a éveillé votre curiosité.

— Si vous avez hérité de la maison, alors vous devez en savoir davantage que moi.

— J'ai entendu parler de Laura Beaumont pour la première fois après le décès de mes parents, en apprenant que j'avais hérité d'une propriété située dans le Montana, lui expliqua Dulcie. J'ignorais même qu'il y avait une maison sur ces terres, sans parler du fait que la femme qui me l'avait léguée avait été assassinée… ou qu'elle avait une petite fille.

Jolene but une gorgée de thé, et Dulcie vit que ses mains tremblaient.

— Jolene, des choses très étranges se sont produites dès la première fois où j'ai posé les yeux sur cette maison. Si vous savez quelque chose, je vous en prie, aidez-moi.

— Quel genre de choses étranges ?

Dulcie s'enfonça dans son siège, tenant son verre à deux mains comme si elle pouvait en absorber la fraîcheur. Elle commença par le début, évoquant ses parents âgés, les difficultés de sa mère à concevoir, le choc reçu en apprenant qu'elle héritait de cette propriété dans le Montana, sa crainte d'être en réalité Angel Beaumont.

— Quand j'ai vu ces rideaux jaunes… Je sais que cela peut paraître insensé mais j'ai su que j'étais déjà venue là. Et il n'y eut pas que cela. C'était aussi dû à ce bruit…

Sa voix se brisa.

— Vous avez eu l'impression de vous être déjà trouvée là auparavant ? demanda Jolene.

— J'en ai eu l'intime conviction. Sinon, comment pourrais-je expliquer ces impressions de déjà-vu ? J'ai besoin de trouver le lien. Pourquoi choisir de me léguer cette propriété ?

Jolene reposa son verre.

— Vous ne pouvez pas être Angel Beaumont, dit-elle. Elle a été retrouvée, noyée, dans le ruisseau. Elle est enterrée sur la colline. J'ai prévu de m'y rendre.

— Et si elle ne s'était pas noyée dans le ruisseau ? Voyons, avez-vous vu à quel point il est peu profond en ce moment ? Et le printemps, cette année, est exactement semblable à celui d'il y a vingt-quatre ans. Il n'y avait pas assez d'eau dans le ruisseau pour qu'elle se noie.

Dulcie soupira avant de préciser :

— J'imagine que je veux croire qu'elle est vivante parce que cela expliquerait pourquoi j'ai hérité de cette propriété.

— Mais cel'a voudrait dire…

— Que je suis Angel Beaumont. Mes parents devaient avoir une raison de garder le secret sur cette propriété. J'ai le sentiment que c'était une chose dont ils ne pouvaient se résoudre à me parler. Une chose qu'ils devaient me laisser découvrir par moi-même. Je sais que cela peut paraître étrange.

— Pas vraiment.

— C'est comme s'ils avaient eu… honte d'en parler. Vous voyez ? C'est insensé.

— Peut-être pas aussi insensé que ça.

Dulcie étudia Jolene par-dessus le bord de son verre. Cette dernière en savait plus qu'elle ne le disait. S'il y avait une chose que Dulcie avait apprise dans les affaires, c'était à se montrer patiente. De laisser la personne en face combler le silence.

— Cette fois, c'est vous qui allez me trouver insensée, finit par dire Jolene avec un rire nerveux.

— Etonnez-moi.

— J'ai le sentiment que la communauté sait quelque chose à propos de ce meurtre, que ses membres ont conclu le pacte secret de ne pas le révéler.

— Une conspiration ?

Cela ne paraissait pas du tout insensé, au contraire.

— Oui, répondit Jolene. Et si la petite fille avait découvert le corps de sa mère et qu'elle avait vu l'assassin ? Le meurtrier n'a jamais été appréhendé, il vit peut-être toujours ici, et la communauté pourrait le protéger.

— Ou protéger Angel Beaumont. Ne serait-il pas concevable que la communauté ait simulé sa mort afin que le meurtrier ne découvre pas qu'elle avait survécu ?

Jolene frissonna et elle posa son verre.

— L'assassin pourrait être une femme, dit-elle.

— Qu'est-ce qui vous incite à penser cela ?

— C'est une éventualité.

Jolene reprit son verre de thé, évitant soigneusement de croiser son regard.

Elle avait vu juste, se dit Dulcie. La jeune femme savait quelque chose. C'était la raison qui l'avait amenée à faire des recherches sur le meurtre au journal.

— Vous ne m'avez toujours pas dit ce qui a motivé votre intérêt pour cette affaire de meurtre, Jolene.

Levant lentement les yeux, Jolene croisa son regard.

— Qu'est-ce qui m'assure que je peux vous faire confiance ?

— Pour une raison que j'ignore, vous paraissez terrifiée, lui répondit Dulcie. Et je le suis, moi aussi.

Jolene l'étudia ouvertement pendant un moment. Puis elle se leva et alla ouvrir un tiroir. Elle en sortit des documents et, les tenant contre sa poitrine, revint s'asseoir.

— J'ai donné à mes élèves un devoir consistant en l'écriture d'une nouvelle, expliqua-t-elle. La rédaction se poursuit pendant six jours, avec une petite partie à me rendre chaque jour, jusqu'à la fin du récit.

Elle baissa les yeux sur les feuillets qu'elle tenait serrés contre sa poitrine.

— Le premier jour, j'ai récupéré un devoir supplémentaire. La nouvelle relate le meurtre d'une jeune veuve, mère d'une petite fille.

Dulcie n'aurait su dire à quoi elle s'attendait mais ce n'était certainement pas à cela.

— Laura Beaumont ? demanda-t-elle.

— C'est ce que j'aurais tendance à croire.

— Qui vous fait parvenir ce devoir ?

— Je n'en ai pas la moindre idée. On dépose les feuilles sur une table au fond de la classe. Apparemment, certains des habitants ont la clé de l'école. Ce pourrait donc être n'importe qui.

— Ce récit n'est vraiment pas une fiction ?

— Non. Il est assez réel. Il se déroule durant un printemps torride, exactement comme celui-ci. Il donne l'impression d'avoir été écrit par une personne qui connaissait la victime du meurtre, une personne qui observait Laura Beaumont et sa fille.

Dulcie sentit son pouls s'accélérer.

— Une personne qui saurait peut-être qui l'a tuée ? avança-t-elle.

— C'est possible.

— Pourquoi cette personne vous a-t-elle choisie pour être la destinataire de son récit ?

— Au début, j'ai seulement cru qu'elle voulait que je le lise et que j'en fasse la critique.

— Et à présent ?

— A présent, je crains que ce ne soit une confession.

— Puis-je le lire ?

Jolene parut hésiter un instant avant de le lui donner.

— Il n'y a que les quatre premières parties. Je dois encore en recevoir deux. L'une demain et l'autre lundi. Du moins, j'espère qu'il y aura une fin.

— Nous connaissons déjà la fin, murmura Dulcie d'un air absent, contemplant les feuillets qu'elle avait entre les mains.

— Vraiment ? Je n'en suis pas tout à fait certaine, moi.

9

Russell passa le reste de l'après-midi à s'assurer que Finnegan Amberst ne retournerait pas à la ferme de Dulcie. Observer le faiseur de pluie à l'œuvre acheva de le convaincre que les autres propriétaires de ranch et cultivateurs venaient de gaspiller quinze mille dollars.

— Où avez-vous appris à faire ceci ? avait-il demandé à Finnegan.

— J'ai rencontré un vieil Indien qui pouvait faire tomber la pluie. Il m'a appris tout ce qu'il savait.

Finnegan avait enfoncé une série de conduits métalliques près de l'eau, le long du ruisseau. De temps à autre, il s'interrompait, tendait l'oreille pendant un long moment, puis il retirait l'un des conduits pour aller l'enfoncer ailleurs.

— Et quel est le rôle des conduits métalliques ?

— Ils servent d'antenne pour rediriger le flux d'énergie. Je ne fais pas pleuvoir, monsieur Corbett, avait-il précisé devant son air dubitatif. Seul Dieu fait pleuvoir. J'exerce une influence sur le climat. La terre est notre mère.

Il avait levé les bras et tourné son visage vers le ciel avant d'ajouter :

— J'entre en contact avec elle afin de rediriger le courant-jet. La prière est efficace, elle aussi.

— Vous est-il arrivé de ne pas faire pleuvoir ?

Le faiseur de pluie lui avait adressé un sourire en coin, ses yeux sombres brillant d'une lueur ironique.

— Les propriétaires de ranch sont réputés pour pendre les hommes qui ne parviennent pas à faire pleuvoir. Or je suis toujours en vie, non ?

Russell était reparti, le laissant à ses tuyaux magiques et ses prières. Il était repassé en fin de journée devant la ferme pour prendre des nouvelles de Dulcie.

Mais cette dernière n'était pas là.

Il oscilla entre la déception et l'inquiétude. Qu'allait-elle faire ensuite ? Peut-être avait-elle renoncé à cette quête d'informations sur Laura Beaumont pour retourner à Chicago. C'était le plus sage. Mais… sans lui dire au revoir ?

Cette pensée lui procura un terrible sentiment de vide, ce qui était totalement ridicule vu qu'il ne connaissait cette femme que depuis moins de quarante-huit heures. Mais il fallait reconnaître qu'une femme telle que Dulcie Hughes rendrait immédiatement n'importe quel homme amoureux fou.

Il se dit qu'elle ne partirait pas sans lui dire au revoir, mais il n'en fut pas totalement convaincu. Il était en revanche certain qu'elle n'était pas du genre à abandonner facilement, et il savait qu'elle ne résoudrait pas le mystère du meurtre après avoir passé l'après-midi dans la vieille ferme.

Alors qu'il approchait du Trails West Ranch, il songea qu'il avait dû faire sortir la jeune femme de son imagination car un véhicule ressemblant à sa voiture de location s'avançait droit vers lui.

Mais pourquoi venait-elle de la vieille ville de Whitehorse ?

Il ralentit, se garant sur le côté pour la laisser passer.

Elle ralentit elle aussi et s'arrêta, visiblement à contrecœur, à côté de son pick-up. Elle baissa sa vitre et il lui sourit.

— Tu sembles fatiguée dit-il.

Elle ne le nia pas, lui confirmant qu'elle était épuisée. La tension de sa quête, sans aucun doute.

— As-tu mangé quelque chose? demanda-t-il.

— Un petit déjeuner, répondit-elle avec une moue. Un peu lourd à digérer.

— Je ne pense pas que cela venait de la nourriture. Gare ta voiture et viens avec moi. Et pour une fois dans ta vie, ne discute pas.

A ces mots, elle sourit et, chose surprenante, elle ne protesta pas et alla se garer dans un petit chemin, un peu plus loin. Il ouvrit la portière côté passager et attendit qu'elle le rejoigne, heureux comme si elle avait accepté de l'accompagner au bal de la promo.

Tandis qu'il roulait en direction du ranch, elle se laissa aller contre le siège et ferma les yeux.

— Où m'emmènes-tu ? lui demanda-t-elle, donnant l'impression que cela lui était totalement indifférent.

— Tu le verras bien. Comment s'est passée ta journée ?

— Bien.

Elle rouvrit les yeux et elle les posa sur lui.

— Je ne veux pas en parler, d'accord ?

En voyant son expression, il acquiesça.

— Entendu.

Elle ferma de nouveau les yeux, et ils roulèrent dans un silence complice jusqu'à ce qu'il ralentisse pour emprunter l'embranchement menant au ranch.

Elle se redressa.

— Le Trails West Ranch ? Ton ranch ? Es-tu sûr que ce soit une bonne idée ?

C'était une idée effrayante pour bon nombre de raisons, songea-t-il.

— Je me suis dit que tu aimerais rencontrer ma famille, répondit-il.

— Si cela a un rapport avec la vente de ma propriété, tu…

— Cela a un rapport avec le fait de t'offrir un bon repas, la coupa-t-il. Rien de plus.

Elle le regarda intensément tandis qu'il se garait devant la maison.

— J'espère que tu aimes les margaritas, ajouta-t-il en descendant du pick-up.

Dulcie entra dans la maison fraîche et accueillante et elle fut attirée par un bruit de voix et de rires étouffés. Une odeur alléchante de cuisine mexicaine lui donna l'eau à la bouche, et elle sentit presque le goût du sel sur le rebord d'un verre de margarita lorsque Russell lui prit le bras et lança :

— J'ai amené une amie pour le souper.

Elle faillit repartir en courant quand elle vit tous les regards se poser sur elle. Elle ne s'attendait pas à voir autant de monde ! Russell fit de rapides présentations, et la soirée se déroula agréablement, mêlant bonne cuisine et bonne compagnie. Les frères Corbett étaient séduisants et charmants, et ils aimaient visiblement beaucoup Kate, leur belle-mère. Dulcie complimenta Juanita sur ses fabuleux chefs-d'œuvre culinaires, et remercia Kate et Grayson pour l'avoir accueillie aussi gentiment chez eux.

— Tu aurais dû me prévenir, dit-elle à Russell tandis qu'il la ramenait jusqu'à sa voiture.

— Serais-tu venue avec moi si je t'avais avertie que nous allions rejoindre ma famille ?

— Je ne faisais pas allusion à ta famille, répliqua-t-elle, la voix teintée d'humour. Tu es l'un de ces riches propriétaires de ranch dont j'ai entendu parler.

— Oui. Mais je travaille.

— Je sais que tu travailles, dit-elle, prenant sa main

droite sur le volant et laissant courir le bout de ses doigts sur les callosités. C'est l'une des choses que j'aime chez toi.

— *L'une* des choses ?

— Cesse d'aller à la pêche aux compliments, répliqua-t-elle en riant. Je n'ai pas non plus été parfaitement honnête avec toi concernant mon travail, ajouta-t-elle, reprenant son sérieux.

Elle lui parla de Renada, de la boutique qu'elles avaient montée et qui était devenue une entreprise au succès foudroyant.

— Que comptes-tu faire à présent ? lui demanda-t-il.

— Je l'ignore. Je ne vais pas rester à ne rien faire, cela ne me ressemble pas. Mais, pour tout dire, je suis à court d'idées en ce moment. Toute cette histoire avec cette maison…

— J'ai rendu visite ce matin aux personnes qui possédaient la propriété située derrière la tienne, près du ruisseau.

— Là où travaille ton faiseur de pluie ?

— Oui. Les Atkinson. Ils ont emménagé en ville après le meurtre, je pense. J'espérais obtenir des réponses pour toi, mais…

— Mais ces personnes ont refusé d'en parler, n'est-ce pas ?

— En effet.

— Ce qui veut dire ?

— Ce qui veut dire que les gens n'aiment pas évoquer le meurtre violent d'une jeune femme qu'ils connaissaient et qui vivait près de chez eux. J'ai eu l'impression que Midge Atkinson était l'une de ses amies.

Dulcie tressaillit.

— Midge Atkinson ?

Ce nom lui paraissait familier… Une certaine M. Atkinson avait peint les anges dans la chambre d'Angel Beaumont.

— Sais-tu si Midge Atkinson peint ? demanda-t-elle.

— C'est possible. Il y avait des frises peintes partout dans sa maison. Mais si elle était l'amie de Laura Beaumont, alors cela pourrait expliquer pourquoi certaines personnes refusent de parler du meurtre. Même John, le mari de Midge, n'a rien voulu me dire.

— Peut-être refusent-elles d'en parler parce que le meurtrier n'a jamais été appréhendé... et que c'est quelqu'un faisant partie de cette communauté que tous les autres membres couvrent.

Russell lui décocha un regard surpris.

— Est-ce vraiment ce que tu penses ?

— Je ne suis pas la seule à penser cela.

— Qui d'autre pense comme toi ?

Russell venait d'arriver à l'endroit où elle s'était garée tout à l'heure, et s'arrêta.

— Je suis désolée d'avoir dit ça, se contenta-t-elle de répondre.

— Mais tu as appris quelque chose de nouveau.

Il l'observa avec attention.

— Dulcie, tu me fais peur. Si tu as des informations concernant cette histoire, tu dois aller voir le shérif. Ou alors parles-en à mon frère Shane. Tu l'as rencontré ce soir. Il est adjoint au shérif. Il t'aidera.

— Je ne sais absolument rien, c'est là le problème. C'est de la pure spéculation.

Il l'étudia ouvertement à la lueur du tableau de bord.

— Tu ne lâcheras pas l'affaire, n'est-ce pas ? Alors laisse-moi t'aider. Je ne veux pas que tu aies à affronter cela toute seule.

— Merci. Pour la proposition. Pour le repas. Pour m'avoir accueillie ce soir dans ta famille.

— Je suis sérieux quand je propose de t'aider, Dulcie.

Dulcie fut tentée d'accepter son aide. Mais que pourrait-il faire ? Les habitants de Whitehorse se confieraient-ils plus facilement à lui ? Il ne vivait pas là depuis assez longtemps pour connaître les secrets de la communauté. Peut-être fallait-il pour cela que vos origines remontent à cinq générations.

— Je sais que ta proposition de m'aider est sérieuse et je l'apprécie, répondit-elle. Je ne vois simplement pas comment tu peux m'aider dans l'immédiat.

— Tu retournes à la ferme demain ?

Elle hocha la tête. C'était la seule piste qu'elle avait.

— Dans ce cas, laisse-moi t'accompagner, lui proposa-t-il. Je ferai fuir les serpents et je t'aiderai dans tout ce qui te sera utile.

— Tu t'assureras que le faiseur de pluie ne reviendra pas ?

— Cela aussi, oui.

Cela ne l'arrangeait pas. Elle avait prévu d'aller lui parler. Ayant lu l'histoire du meurtre que lui avait confiée Jolene, elle disposait d'un moyen de pression sur lui. Et elle ne pourrait pas l'amener à lui parler si Russell était dans les parages.

— Si j'ai besoin de toi, je te le ferai savoir, dit-elle.

Elle ouvrit sa portière et ajouta en souriant :

— Ta famille est très sympathique.

— Eh bien, c'est seulement parce qu'elle s'est montrée sous son meilleur jour ce soir.

— Et pourquoi ce soir ?

— C'est embarrassant.

— Ils ont cru que j'étais ta petite amie, c'est ça ?

Comme il hochait la tête, elle se mit à rire.

— Ils ont dû être horrifiés, fit-elle remarquer. Toi et une

stupide fille de la ville. J'ai entendu ce que tu marmonnais entre tes dents, le jour de notre rencontre.

Ce fut au tour de Russell de rire.

— A présent, je suis *vraiment* embarrassé, dit-il.

— Non, tu ne l'es pas. De toute façon, c'est la vérité. Je suis une stupide fille de la ville, perdue ici dans les étendues sauvages du Montana.

Elle détourna un moment les yeux.

— J'ignore ce que je suis venue faire ici, avoua-t-elle.

— Chercher des réponses.

— C'est ce que je ne cesse de me dire. Mais je ne suis pas sûre de vouloir connaître les réponses.

— Dans ce cas, pourquoi persister à les chercher ? Tu peux abandonner dès à présent.

L'incongruité de cette suggestion lui arracha un petit rire.

— Je suis sérieux.

— Je le sais, mais rien ne pourrait me faire renoncer maintenant. J'ai le sentiment que la raison pour laquelle mes parents ne m'ont pas parlé de cette propriété était qu'il s'agissait d'une chose que je devais accomplir par moi-même.

— Tu ne l'accompliras pas en t'intéressant à une femme assassinée et à sa fille morte.

Il lui parut furieux, tout à coup.

— Tu n'as pas connu mes parents.

— Et toi, les connaissais-tu ? rétorqua-t-il.

Cette fois, elle en avait assez entendu. Ce qu'elle voulait faire ou ne pas faire ne le regardait pas. Elle s'apprêtait à descendre du pick-up lorsqu'il la retint.

— Je suis désolé. Tu as raison. Je n'ai pas connu tes parents. Je devrais garder mes opinions pour moi.

Elle le fixa sans rien dire. Elle n'avait pas envie de se fâcher avec lui. Il avait été présent pour elle lorsqu'elle avait eu besoin de lui, et… ils avaient fait l'amour dans cette maison.

Mais il ne pouvait pas l'aider, même s'il semblait sincèrement le souhaiter.

— Merci encore pour cette soirée, dit-elle. Je ne saurais te dire à quel point j'en avais besoin, mais je pense que tu le savais, n'est-ce pas ?

— Tu m'accordes trop de crédit.

— Je ne crois pas, non.

Elle envisagea un instant de l'embrasser. Mais elle savait quel danger cela représenterait. Recréer cette intimité entre eux n'était pas une bonne idée.

Au lieu de cela, elle lui sourit et descendit du pick-up.

Il attendit, exactement comme elle l'avait prévu, qu'elle ait fait démarrer sa voiture et qu'elle se soit engagée sur la route avant d'effectuer un demi-tour et de reprendre le chemin du ranch.

Elle ne s'autorisa à repenser aux feuillets relatant l'histoire du meurtre que lui avait donnés Jolene, non sans lui recommander une extrême prudence, que lorsque ses feux arrière eurent disparu de son rétroviseur.

S'agissait-il d'une simple fiction ? Ou alors Jolene avait-elle vu juste en pensant à une confession ? Mais pourquoi l'écrire à son intention ? Elle venait juste d'arriver en ville.

Les phares surgirent de nulle part. Un moment plus tôt, il n'y avait personne derrière elle. L'instant d'après, un pick-up collait à son pare-chocs, l'aveuglant de la lueur vive de ses phares.

Elle ralentit un peu, se serrant sur le côté afin de laisser passer le conducteur impatient.

Le pick-up la dépassa en trombe puis se rabattit brusquement et se colla à sa voiture. Un horrible crissement de métal emplit l'habitacle tandis qu'elle était projetée contre la portière. Sa voiture dévia vers la droite. Elle lutta pour la maintenir sur la route tandis qu'elle faisait une embardée.

Elle pensa d'abord que le pick-up l'avait heurtée accidentellement jusqu'à ce que le conducteur la percute de nouveau.

Devant elle, la route se rétrécissait, cernée de part et d'autre par le vide. Le pick-up s'écarta d'elle après l'impact, mais elle le vit se rabattre de nouveau sur elle.

Elle accéléra, consciente que sa seule chance était de distancer le conducteur.

Derrière elle, le pick-up céda du terrain. La route montait et descendait, et elle sentit sa voiture s'envoler au sommet d'une côte et retomber violemment.

Derrière elle, le pick-up fit de même. Il roulait tellement vite que, durant un bref instant, elle crut qu'il allait s'écraser sur elle.

Mais il retomba juste derrière, soulevant un nuage de poussière. Il percuta l'arrière de sa voiture, la projetant en avant, mais presque aussitôt il dérapa dans le gravier bordant la route récemment refaite.

Dans son rétroviseur extérieur, elle le vit quitter la route et défoncer une clôture de fil de fer barbelé avant de s'immobiliser dans un nuage de poussière, évoquant un champignon atomique, au milieu d'un champ de blé.

Elle accéléra, regagnant la ville à toute allure. Dans son rétroviseur, elle vit les phares du pick-up balayer le champ tandis que le conducteur regagnait la route.

Submergée par la peur, elle agrippa le volant et garda un œil dans son rétroviseur. Elle conduisit aussi vite que cela lui était possible sans quitter elle-même la route, craignant de voir à tout moment les phares du pick-up apparaître de nouveau au sommet d'une côte.

Mais quelques virages plus tard, lorsqu'elle regarda

derrière elle, elle ne vit rien d'autre que l'obscurité. Soit le pick-up n'avait pas réussi à s'extraire du champ de blé, soit celui qui avait tenté de lui faire quitter la route avait abandonné, étant parvenu à faire passer son message.

Elle ne ralentit pas avant d'avoir atteint les abords de la ville. Son cœur battait toujours à se rompre lorsqu'elle s'engagea dans la rue principale, cherchant le bureau du shérif.

Ses locaux étaient situés dans un petit bâtiment de brique. Se ruant à l'intérieur, elle fut contente de tomber sur Shane Corbett.

— Que se passe-t-il ? lui demanda-t-il en voyant l'expression de son visage.

— Quelqu'un vient d'essayer de me faire quitter la route.

Elle fit un geste en direction de sa voiture stationnée sur le parking.

— Je vais jeter un coup d'œil. Restez ici, lui dit-il en se précipitant à l'extérieur.

Il revint quelques instants plus tard.

— Entrez dans mon bureau. Je vais prendre votre déposition.

Il lui porta un verre d'eau, et peu à peu elle cessa de trembler et put lui rapporter ses mésaventures.

— Le pick-up était de couleur sombre.

Elle comprit, à son air, que cette description ne lui serait pas d'une grande aide.

— Il y a beaucoup de pick-up de couleur sombre dans les environs, n'est-ce pas ?

— Oui, mais le conducteur a laissé de la peinture sur votre voiture. Le pick-up était marron et j'imagine que votre voiture aura laissé de la peinture rouge vif dessus. Nous allons le rechercher et demander au carrossier d'ouvrir l'œil.

Elle lui jeta un regard dubitatif. Il faudrait que le conducteur soit idiot pour continuer à rouler avec.

— Voyez-vous une raison pour laquelle quelqu'un pourrait vouloir vous faire sortir de la route ?

— Non.

Enfin, sauf les personnes qui savaient qu'elle enquêtait sur le meurtre de Laura Beaumont…

— Le conducteur semblait-il ivre ? poursuivit Shane.

— Pas vraiment.

— En fait, ce que je vous demande c'est si vous conduisiez trop lentement ou si vous occupiez toute la route, poursuivit-il, l'air embarrassé.

— Vous voulez dire, comme le ferait une femme de la ville ? Non, je roulais à une vitesse normale et je me suis même rabattue pour le laisser passer.

Shane lui sourit d'un air gêné.

— Je n'avais pas l'intention de vous insulter, s'excusa-t-il. J'essaie simplement de comprendre pourquoi quelqu'un voudrait vous faire sortir de la route.

— Je ne suis pas ici depuis assez longtemps pour m'être fait des ennemis, mais j'ai effectué des recherches sur le meurtre de Laura Beaumont.

Il hocha lentement la tête.

— Russell m'en a parlé, en effet. Vous savez…

— Vous n'allez pas me dire que je pourrais me mettre en danger en faisant cela, n'est-ce pas ?

Shane sourit. Les frères Corbett étaient décidément très séduisants…

— Il se pourrait que j'aie songé à vous avertir que parfois les habitants de la région ne voient pas d'un bon œil qu'une nouvelle venue s'immisce dans leurs affaires, dit-il.

— C'est ce que je pensais. Mais vous ne croyez pas

plutôt que, puisque le meurtre n'a jamais été élucidé, je pourrais rendre quelqu'un nerveux ?

— Un meurtre remontant à vingt-quatre ans ? Dont l'auteur aurait vécu tout ce temps en liberté ? Il me semble qu'il serait stupide de sa part de tenter de vous faire quitter la route et de se trahir alors que vous ne disposez d'aucune preuve contre lui, vous ne trouvez pas ?

Là, il marquait un point.

— C'est vrai. Pour l'instant, je n'ai aucune preuve, reconnut-elle.

— C'est d'ailleurs ce qui m'inquiète. Vous n'êtes pas du genre à abandonner, je me trompe ? Que comptez-vous faire exactement pour trouver cette preuve ?

— Je vais simplement creuser un peu plus.

Il haussa un sourcil.

— Croyez-vous que ce soit une bonne idée ?

— Quelqu'un essaie de m'effrayer. Cela signifie qu'il y a quelque chose à trouver, et l'on ne m'effraie pas aussi facilement.

— Je commence à comprendre pourquoi vous plaisez tellement à mon frère… et aussi pourquoi il s'inquiète autant.

— Je plais à votre frère ?

— Si vous le lui répétez, je nierai tout en bloc, répliqua-t-il avec un petit sourire en coin. Sérieusement, nous sommes une petite unité. Je n'ai pas les moyens de vous protéger.

— Mais vous pourriez m'aider. Vous pourriez me laisser consulter le dossier de Laura Beaumont.

Sans regarder où elle allait, elle sortit en courant de la chambre de sa mère, laissant derrière elle des empreintes de pas ensanglantées. L'assassin se lança à sa poursuite, l'appelant par son nom, tandis qu'elle dévalait l'escalier avant de franchir la porte d'entrée.

Alors que l'obscurité les avalait tous deux, elle entendit ses pas derrière elle. Ce ne fut qu'en atteignant la route qu'elle se rendit compte qu'elle s'était enfuie dans la mauvaise direction.

Si elle avait couru vers le ruisseau, elle aurait pu se cacher dans les arbres. Ou appeler son ami à l'aide. Il serait venu à son secours.

Mais, au lieu de cela, elle avait couru en direction de la route.

Elle regarda derrière elle, entendant les pas se rapprocher, comprenant alors qu'elle n'avait aucune chance d'en réchapper. L'assassin avait presque rejoint la barrière ouverte. Sur la route, il n'aurait aucune difficulté à l'attraper.

Des phares apparurent au sommet de la petite colline, l'aveuglant. Fermant les yeux, elle entendit le crissement des freins et du gravier projeté alors que le véhicule dérapait avant de s'arrêter brusquement. Elle se trouva piégée dans la lueur des phares comme un chevreuil sur le point d'être fauché par une voiture.

La portière s'ouvrit.

— Angel ? Mon Dieu, Angel, est-ce du sang que je vois sur toi ? Où est ta maman ? Dis-moi où est ta maman, ma petite. Cesse de pleurer et de te débattre. Je ne te veux pas de mal. Dis-moi ce qui s'est passé. Arrête et dis-moi ce que ta maman a fait.

Il plut le jour des funérailles d'Angel Beaumont. Elle fut inhumée sur la colline surplombant la vieille ville de Whitehorse. Tout le comté était présent, les ouailles rassemblées sous une marée de parapluies noirs tandis que Titus Cavanaugh lisait des textes extraits de la Bible et priait pour la pauvre enfant sans défense.

Pendant la cérémonie, le faiseur de pluie passa aux abords du cimetière dans son tas de ferraille, ses tuyaux magiques chantant au contact les uns des autres. L'assemblée endeuillée se dispersa peu après. Quelques jours plus tard, la communauté se rassembla de nouveau afin d'enterrer cette fois la mère auprès de sa petite fille, tout comme elle choisit d'enterrer la vérité.

Le cœur battant, Jolene leva les yeux sur la classe de ce vendredi. Toutes les têtes étaient penchées sur le devoir de maths qu'elle venait de distribuer, à l'exception d'une. Son élève de CM2 indiscipliné, Thad Brooks, mâchouillait le bout de son crayon, rêvassant tout en regardant par la fenêtre.

Elle se racla la gorge, captant son attention. Il baissa la tête et se remit au travail. Elle relut les pages.

La nuit précédente, elle s'était tournée et retournée dans son lit pendant des heures, craignant d'avoir fait une erreur en donnant à Dulcie les premières pages de l'histoire du meurtre. Ce matin, elle avait été impatiente de recevoir le devoir suivant et tout aussi effrayée à l'idée que l'auteur n'ait découvert ce qu'elle avait fait et qu'il ne renonce à le lui transmettre.

Mais elle avait reçu une nouvelle pièce du puzzle et elle mourait d'impatience de savoir ce que Dulcie en penserait.

Quand ses élèves eurent fini leur devoir et qu'ils le lui eurent rendu, elle leur dit :

— Lundi sera la dernière journée de votre projet d'écriture, ce qui signifie que vous allez devoir conclure votre récit. Aujourd'hui, nous parlerons des dénouements. Quelqu'un peut-il me dire ce qu'il nous faut pour rédiger un dénouement satisfaisant ?

— Et si on ne peut pas finir ? demanda Mace Carpenter. Parce que ça n'a pas de fin ?

— Pour ce devoir, vous devrez obligatoirement donner une fin à votre histoire. Celle-ci devra répondre à toutes les questions que le lecteur pourrait se poser. Par exemple, la personne qui la lira pourra vouloir savoir ce qui est arrivé à votre personnage. Et pourquoi cela lui est arrivé.

Et également, être rassurée sur le fait que tout se passera bien, pour lui, à l'avenir.

— C'est ce que l'on appelle « une fin heureuse », intervint Codi. Ce qui veut dire que le personnage ne peut pas mourir, n'est ce pas, mademoiselle Stevens ?

— Pour ce devoir, je pense qu'il est mieux, en effet, que votre personnage reste en vie.

Elle n'était pas certaine de savoir pourquoi elle venait de leur dire que les nouvelles devaient avoir un dénouement heureux. Ce n'était pas obligatoire. Peut-être espérait-elle que le mystère de l'histoire de meurtre trouverait une fin heureuse.

Au moment de la récréation, elle prit une décision. Elle composa le numéro de portable que lui avait donné Dulcie dans l'intention de lui laisser un message. Elle fut surprise lorsque cette dernière lui répondit.

— Je suis en ville, lui apprit Dulcie. J'ai dû attendre que ma nouvelle voiture de location me soit remise. C'est une longue histoire. Avez-vous reçu une nouvelle partie de l'histoire de meurtre ?

— Oui.

Elle regarda autour d'elle afin de s'assurer que personne ne l'écoutait puis elle lui lut le récit à voix basse.

— La fillette est en vie ! s'écria Dulcie. Je ne crois pas à sa mort.

— Nous n'en savons rien. La personne qui l'a retrouvée n'était certainement pas très compatissante.

— Que dites-vous là ? Vous pensez que la personne qui conduisait la voiture l'a tuée ? Que l'assassin avait un complice ?

— Peut-être. Je l'ignore. J'imagine que cela dépend de qui l'a trouvée ce soir-là et de la raison pour laquelle cette personne ne s'est pas montrée très gentille avec elle, si l'on en croit l'auteur.

Dulcie demeura silencieuse pendant un moment avant de reprendre :

— Je continue à penser que vous avez raison. Il n'est pas fait mention de ce qui est arrivé à l'assassin. Je me demande ce que l'auteur de cette nouvelle essaie de nous dire.

De *nous* dire ? Jolene frissonna. L'auteur essayait de *lui* dire quelque chose, mais elle ne parvenait pas à déterminer exactement quoi.

— Si Angel a survécu, alors cela expliquerait pourquoi personne ne veut parler de ce qui lui est arrivé, poursuivit Dulcie. Elle a vu l'assassin. Elle pourrait l'identifier.

— Dans ce cas, pourquoi ne l'a-t-elle pas identifié ?

Cette fois Dulcie garda le silence beaucoup plus longtemps.

— Je n'avais pas pensé à cela, reconnut-elle. Elle était assez grande pour identifier le meurtrier. A moins qu'elle ne l'ait pas reconnu. Mais elle aurait pu le décrire. Sauf si elle était trop secouée pour être en mesure de le faire.

Jolene comprit où Dulcie voulait en venir.

— Donc, vous pensez que la communauté l'a mise en lieu sûr pour éviter que le meurtrier ne la retrouve, avança-t-elle.

— Ou alors afin qu'elle ne puisse pas l'identifier.

Jolene frémit à cette pensée.

— Ils ont trouvé quelqu'un pour l'adopter, reprit Dulcie. Apparemment, Laura Beaumont n'avait aucune famille. Cela paraît logique.

C'était parfaitement logique, songea Jolene. Et c'était ce qui l'effrayait.

Dès l'instant où Russell vit arriver Shane, il sut qu'il était arrivé quelque chose, et il craignit que cela n'ait un rapport avec Dulcie. Il aurait aimé oublier tout ce qui était en rapport avec elle, mais il ne semblait pas y avoir tellement de chances que cela se produise. A présent, il était convaincu qu'il y avait vraiment lieu de s'inquiéter.

— Je reviens dans un instant, dit-il aux ouvriers du ranch avec qui il travaillait sur la nouvelle portion de clôture avant de se précipiter vers la voiture de police d'où émergeait son frère.

— Qu'a-t-elle encore fait ? lança-t-il sans même laisser à Shane l'occasion de s'exprimer.

— Elle a eu un petit accrochage en rentrant hier soir, lui répondit Shane, comprenant d'emblée à qui il faisait allusion. Elle n'a pas été blessée, ajouta-t-il aussitôt.

— Un accrochage ?

— Un pick-up a tenté de lui faire quitter la route.

Russell jura.

— Pourquoi quelqu'un voudrait-il…

Il laissa sa phrase en suspens, prenant conscience que son frère n'avait pas fait tout ce chemin pour lui dire cela.

— Nous avons trouvé un pick-up correspondant à la description qu'elle nous a faite, lui apprit Shane. Des traces de peinture provenant de sa voiture ont été relevées sur le côté du pick-up.

— Qui est-ce ? As-tu arrêté ce salaud ?

— C'est un peu plus compliqué que cela. Le pick-up est un tas de ferraille que John Atkinson a remisé dans la grange de son ancien ranch.

— Laisse-moi deviner. Il t'a dit qu'il laissait la clé sur le contact ? lui demanda Russell d'un ton sarcastique.

— Sur le plancher. Il jure qu'il n'a pas utilisé ce pick-up

depuis des mois et qu'il ignorait qu'il avait disparu lorsqu'il l'a retrouvé dans le fossé avec un pneu à plat.

— Et tu l'as cru ?

— Oui. Le pick-up empestait l'alcool. Si John avait essayé de s'en servir pour faire sortir quelqu'un de la route, il aurait été stupide de sa part de se contenter de l'abandonner dans un fossé étant donné qu'il fallait moins de cinq minutes pour remonter jusqu'à lui.

Russell jura de nouveau.

— Dois-je comprendre que, selon toi, des adolescents ivres auraient emprunté le pick-up pour faire une virée ? demanda-t-il.

— Cela y ressemble.

— Je parie que Dulcie ne voit pas les choses de cette manière.

Shane soupira.

— Non. Elle pense que quelqu'un tente de la dissuader d'enquêter sur le meurtre de Laura Beaumont. Elle m'a même demandé à consulter le dossier.

— Tu l'y as autorisée ?

— Tu sais que c'est impossible dans le cas d'une affaire non résolue. En revanche, moi, je l'ai épluché. Meurtre avec violence. La femme a été poignardée à treize reprises.

— Un crime passionnel ?

— Apparemment, elle avait plusieurs amants.

— John Atkinson ?

— Il a été interrogé, à l'époque. Il avait un alibi pour l'heure du meurtre. Il était avec sa femme.

— Midge ?

Russell songea à sa visite aux Atkinson. A présent, leur réaction prenait un tout autre sens.

— T'est-il arrivé de penser que Dulcie pourrait savoir

de quoi elle parle ? Et que le meurtrier pourrait toujours être dans les parages ? demanda-t-il.

— Je ne le nie pas. Simplement, au vu des indices, je ne crois pas que cela ait un rapport avec ce qui s'est passé hier soir.

Russell eut envie de poursuivre le débat, mais il ne voulait pas avoir l'impression de dire à Shane ce qu'il avait à faire. Son frère était un excellent officier de police et connaissait son boulot.

— Dis-moi une chose, demanda-t-il toutefois. Ben Carpenter faisait-il partie des hommes qui ont été interrogés durant l'enquête sur le meurtre ?

— Non. Aurait-il dû l'être ?

— Peut-être.

Russell vit que son frère hésitait. Il savait quelque chose et se demandait s'il devait ou non le lui révéler.

— Qu'as-tu trouvé d'autre dans le dossier ? insista-t-il.

Shane détourna les yeux un instant avant de laisser tomber :

— Le dossier a été scellé par un juge local.

— Scellé ? s'exclama Russell, surpris. Dans une affaire de meurtre non résolue ? Je pensais que l'on ne faisait cela que lorsqu'un mineur était impliqué ?

— J'imagine que cela a été fait à cause de la fillette.

— Angel Beaumont. Mais elle est morte.

Shane ne répondit pas.

— Elle est morte, n'est-ce pas ? répéta Russell.

— Son acte de décès a été signé par le même juge. Mais ne tire pas de conclusions hâtives. A cette époque, le juge faisait probablement aussi office de médecin légiste.

— Je t'en prie. Tu penses que quelque chose ne colle pas dans cette affaire, sinon tu ne m'aurais pas parlé de ça.

Penchant la tête, Shane l'observa un instant avant de demander :

— Jusqu'à quel point es-tu impliqué avec cette femme ?

Il pesta en déchiffrant l'expression de Russell.

— Bon sang, Russell !

— Ce n'est pas comme si j'étais tombé amoureux d'elle. D'ailleurs, elle va bientôt repartir à Chicago.

Shane le fixa, les sourcils froncés, hésitant visiblement à poursuivre.

— Ecoute, reprit-il enfin. J'ai découvert quelque chose dans le dossier. Je suis certain que Dulcie en prendra connaissance tôt ou tard. Peut-être vaudrait-il mieux qu'elle l'apprenne assez tôt et de la bouche de quelqu'un qui lui porte de l'intérêt.

— Arrête de parler pour ne rien dire !

— Le nom de jeune fille de Laura Beaumont était « Hughes ». Elle était la fille de Brad et Kathy Hughes, de Chicago… et la mère de *deux* petites filles. Angel était l'aînée.

10

Après avoir pris ses dispositions pour retrouver Jolene un peu plus tard, Dulcie appela Renada.

— Chérie, tu sembles épuisée. Mets cette propriété en vente et quitte cet endroit, lui suggéra Renada.

— Ce n'est pas si simple.

Elle n'avait pas encore parlé à son amie du meurtre de Laura et d'Angel Beaumont, et elle hésita un instant à tout lui raconter. Mais elle ne voulait pas le faire par téléphone.

— J'ignore encore pourquoi elle m'a été léguée et, tant que je ne l'aurais pas découvert, je ne pourrai pas repartir, se contenta-t-elle de répondre.

— Comment ai-je deviné que tu allais dire cela ? lança Renada en soupirant. As-tu au moins rencontré un séduisant cow-boy ?

— En fait…

Renada éclata de rire.

— Compris ! Je suis impatiente que tu me racontes tout cela. Tu es sûre de ne pas avoir besoin que je vienne te rejoindre ?

— Absolument. Comment se passent tes cours de stylisme ?

— Merveilleusement bien ! Je m'amuse tellement. Je te raconterai tout quand tu rentreras. Tu rentres bientôt, d'accord ?

— D'accord.

Dulcie raccrocha, et elle eut soudain envie de pleurer. Son amie lui manquait mais elle savait qu'il y avait plus que cela. Elle avait peur. Elle avait peur depuis qu'elle avait appris que cette propriété dans le Montana lui avait été léguée.

Et cette peur n'avait fait qu'empirer une fois arrivée sur place, lorsqu'elle avait découvert ce qui était arrivé à Laura Beaumont et à sa fille.

Elle était convaincue d'être Angel Beaumont. C'était la seule conclusion logique, se dit-elle tandis qu'elle roulait en direction de la ferme. Et s'il y avait une personne susceptible de lui dire la vérité, c'était le faiseur de pluie.

Elle avait vu son expression de stupeur, la veille, dans l'escalier. Pendant un moment, elle aurait juré qu'il l'avait prise pour Laura Beaumont. Etait-il possible qu'elle ressemble à cette femme ?

Si l'on en croyait la nouvelle, le faiseur de pluie avait intimement connu Laura. Il avait forcément vu sa fille.

Dulcie se guida au bruit de sa masse, l'entendant ralentir à son approche, puis s'interrompre. Le faiseur de pluie leva la tête comme s'il l'avait sentie, plus qu'il ne l'avait vue arriver.

D'une main sale, il repoussa son chapeau et posa son regard sombre sur elle.

— Que voulez-vous ? lui demanda-t-il, d'une voix rauque et grinçante.

— Vous avez connu Laura Beaumont.

Son expression ne changea pas, et il ne répondit pas.

— Je sais que vous étiez son amant.

Il resta silencieux, se contentant de la dévisager.

— J'ai besoin de savoir des choses sur elle et sur sa fille, insista-t-elle.

A ces mots, il se mit à rire, d'un rire sec, éraillé.

— Vous avez surtout besoin de vous mêler de ce qui vous regarde, laissa-t-il tomber.

— Cela me concerne directement. Si vous savez qui l'a tuée…

— Si je le savais, il serait mort.

Sa phrase cingla l'air comme un coup de fouet.

Dulcie déglutit, ne doutant pas un instant qu'il soit sérieux.

— J'ai vu votre expression, hier, lorsque vous m'avez regardée descendre l'escalier, reprit-elle. Est-ce que je ressemble à Laura ?

— J'ai du travail qui m'attend.

Il reprit sa masse.

Elle agrippa son bras. Il était aussi dur et résistant que l'acier qu'il enfonçait dans le sol.

— Je vous en prie, il faut que je sache pourquoi vous avez cru que j'étais Laura Beaumont.

— Ce n'est pas le cas.

Il dégagea son bras.

— Je pourrais être sa fille, Angel.

Les yeux sombres la toisèrent.

— Ce n'est pas non plus le cas.

— Comment le savez-vous ?

Un sourire mince et froid se dessina sur ses lèvres.

— J'en suis sûr. Rentrez chez vous avant de vous faire mal.

— Est-ce une menace ?

— Fichez-moi la paix.

Elle dut se reculer vivement lorsqu'il brandit la masse. Il l'abattit violemment sur le sommet du conduit métallique. Le bruit résonna dans ses oreilles longtemps après qu'elle soit repartie.

Ce matin-là, Russell ne prit pas la direction de la clôture pour prêter main-forte aux ouvriers, mais celle de l'ancienne propriété Beaumont, et il choisit d'y aller à cheval. Il avait besoin de prendre l'air. Les nouvelles que lui avait communiquées son frère n'avaient réussi qu'à l'inquiéter davantage au sujet de Dulcie.

Le fait que Dulcie ait vu juste à propos d'une possible conspiration pour couvrir le meurtrier l'angoissait terriblement. A présent, la question de savoir si Angel Beaumont était vraiment morte se posait avec une acuité renouvelée. Si la fillette avait vu le meurtrier, cela expliquerait pourquoi le dossier du meurtre de sa mère avait été scellé. Et quelqu'un avait voulu faire croire aux habitants de la ville qu'Angel était morte.

Mais l'était-elle vraiment ?

C'était pure spéculation de sa part, et il se garda bien de tirer trop de conclusions à ce stade.

Ou alors la décision d'avoir scellé le dossier était-elle destinée à protéger la seconde fille de Laura, afin qu'elle ne subisse pas le même sort qu'Angel ?

Tandis qu'il passait devant la propriété des Atkinson, il aperçut John, debout près de sa grange. Mû par une impulsion, il le rejoignit.

John s'abrita les yeux de sa main et, le voyant, laissa échapper un juron.

— Voyons ce vieux pick-up dont m'a parlé mon frère, dit Russell en mettant pied à terre.

— De quoi tu te mêles ? lui jeta John. Cela n'a rien à voir avec toi.

— Il semble pourtant que cela ait quelque chose à voir avec Dulcie Hughes, non ?

— J'ai dit à ton frère…

— Je sais ce que vous avez dit à mon frère et je sais ce que vous m'avez dit hier. Et si vous me disiez la vérité ?

— Bon sang, je n'ai rien à voir avec cette femme que l'on a forcée à sortir de la route hier soir !

— Mais vous avez quelque chose à voir avec Laura Beaumont.

— Je suppose que ton frère t'a déjà dit que j'avais une liaison avec Laura.

— En fait, je l'ai découvert tout seul.

— Midge est au courant de tout.

— Est-ce la raison pour laquelle elle vous a fourni un alibi pour le jour du meurtre ?

John lui jeta un regard noir.

— Je n'ai pas tué Laura, marmonna-t-il. Je l'aimais. J'avais projeté de quitter Midge pour elle si…

— Si quoi ?

— Si elle ne m'avait pas plaqué pour quelqu'un d'autre, ça te va ?

— Pour qui ?

John détourna les yeux, la mâchoire contractée et, pendant un moment, Russell pensa qu'il n'allait pas lui répondre.

— Ben Carpenter. Du moins, est-ce lui que j'ai vu entrer chez elle juste après mon départ.

— Vous avez dû être assez furieux pour la tuer.

John jura et il commença à s'éloigner. Mais il s'arrêta et se retourna.

— Je l'aimais, avoua-t-il. Je ne lui aurais jamais fait le moindre mal. J'aurais fait n'importe quoi pour elle.

— Et pour ce qui est de Midge ?

— Eh bien quoi, Midge ?

— Si elle a découvert votre liaison, peut-être…

— Elle était au courant depuis des mois. C'est elle

qui m'a dit qu'il y avait d'autres hommes. J'ai refusé de la croire jusqu'à ce que je le voie de mes propres yeux.

— Et vous n'avez rien fait ?

John laissa échapper un rire sans joie.

— Faux, j'ai fait quelque chose. Je suis revenu en rampant vers ma femme et je lui ai demandé pardon.

— Est-ce à ce moment que vous avez emménagé dans l'autre ranch ?

John acquiesça, l'air honteux.

— Et avant que vous ne me posiez la question, je débarrassais l'une des chambres pour y installer nos affaires lorsque Laura a été tuée. Apprendre sa mort a failli me tuer. Je ne m'en suis jamais remis. Je ne m'en remettrai jamais.

— Dites-moi ce que vous savez à propos de Laura et de ses deux filles.

Dulcie avait fouillé la maison pendant des heures. Elle venait de sortir prendre l'air lorsqu'elle vit un cavalier gravissant la colline, de l'autre côté de la route. Russell.

Elle s'était demandé si Shane lui rapporterait l'incident du pick-up, et elle avait été surprise de ne pas le voir arriver, furieux, inquiet, avec une liste de conseils à lui donner.

Il lui suffit cependant d'un regard sur son visage pour comprendre qu'il venait seulement de l'apprendre.

Elle s'appuya contre le mur de la maison, à l'ombre, et elle le regarda pénétrer dans sa propriété, chevauchant un imposant cheval isabelle. Il sauta au bas de sa monture comme un homme aussi à l'aise en selle que dans un 4x4 ou aux commandes d'une moissonneuse-batteuse.

Le cow-boy solitaire, volant à son secours sur son fidèle destrier, songea-t-elle avec un sourire.

— Quelque chose d'amusant ? s'enquit-il en la rejoignant.

— J'admirais seulement ta prestance à cheval.

Elle comprit à son expression qu'il n'était pas venu là pour lui faire de nouveau l'amour.

— Mon frère t'a dit qu'il avait retrouvé le pick-up qui t'a poussée hors de la route ? demanda-t-il. Il pense que des jeunes l'ont pris dans une vieille grange, qu'ils ont acheté de l'alcool et qu'ils sont partis faire une virée.

Elle posa sur lui un regard inquisiteur.

— Et toi, qu'en penses-tu ?

— Je pense que toute personne qui connaît John est au courant pour ce pick-up. Ils ont probablement vu ta voiture là où nous l'avons laissée garée hier soir et ils auront simplement attendu à distance que tu viennes la reprendre.

— Donc, tu penses toi aussi qu'il s'agissait d'un avertissement ?

— Une note clouée sur ta porte aurait été un avertissement.

Elle pensa au mot que Jolene avait trouvé sous son balai d'essuie-glace.

« Prends garde. »

Elle hocha la tête, plongeant son regard dans le sien.

Il détourna les yeux.

— Tu as l'air en forme, reprit-il.

— Tu parles, après avoir passé la journée dans cette maison à fouiller chacun recoin sale que j'aie pu trouver.

— J'en déduis que tu n'as rien découvert ?

— Rien.

— Tu as fouillé la maison en entier ?

Elle hocha la tête.

— Dans ce cas, peut-être est-il temps pour toi de repartir à Chicago.

— Au moment où l'on commence vraiment à s'amuser ? lança-t-elle, s'efforçant de le prendre à la légère. Sûrement pas !

— J'ai cessé de trouver cela drôle lorsque quelqu'un a tenté de s'en prendre à toi, décréta-t-il, posant sur elle son regard d'un bleu incroyable.

Elle dut avaler sa salive pour dissiper la boule qui s'était formée dans sa gorge en constatant qu'il ne plaisantait plus. Il était des plus sérieux.

— Dulcie, il y a une chose que je dois te dire…

Elle sentit son cœur se serrer. A l'expression de son visage, elle comprit qu'il était sur le point de lui apprendre une nouvelle accablante.

— Puisque tu cherches à connaître le passé de Laura Beaumont… le nom de jeune fille de Laura était « Hughes », reprit-il en hésitant. Elle était la fille de Brad et Kathy Hughes, de Chicago. Elle avait deux filles.

Dulcie agrippa la rambarde de la terrasse tandis que le monde autour d'elle se mettait à tanguer furieusement.

Russell se précipita vers elle et la prit dans ses bras.

Elle s'était raidie, et il vit, à son regard fixe, qu'elle accusait le choc. Apprendre que la femme assassinée qui avait vécu dans cette maison était sa mère et la petite fille décédée, sa sœur, était une sacrée nouvelle.

Dulcie était forte, plus forte que toutes les femmes qu'il avait rencontrées jusqu'alors. Mais était-elle assez forte pour surmonter cela ?

La voix de Dulcie ne s'éleva pas au-delà d'un murmure :

— Deux filles ? Quel était leur nom ?

— L'aînée s'appelait Angel Lee.

— Et la cadette ?

— Dulcie Ann.

— Je ne comprends pas.

— John Atkinson m'a dit que Laura s'était attiré beaucoup d'ennuis, étant jeune. Elle s'était enfuie et elle avait épousé Darrell Beaumont contre l'avis de tes grands-parents. Ils l'ont reniée.

Sentant Dulcie se raidir, il attendit un moment avant de poursuivre :

— Laura a aussitôt eu deux filles, l'une après l'autre. Lorsque Darrell a été tué dans un accident de moto, elle a repris contact avec ses parents pour leur demander de l'aide. Elle vivait ici, dans cette ferme. La famille de Darrell lui apportait son aide, mais Laura se sentait seule et perdue. Es-tu sûre de vouloir entendre cela ?

Elle hocha la tête.

— Tes grands-parents sont venus à Whitehorse, poursuivit-il. Laura pensait vraisemblablement qu'ils la ramèneraient à Chicago, mais lorsqu'elle a pris conscience que ce serait à leurs conditions, elle les a éconduits. Ils ont vu la manière dont elle vivait ici et ils ont insisté pour t'emmener puisque tu étais la plus jeune, seulement trois ans à l'époque. Apparemment, ils t'ont élevée comme si tu étais leur fille.

Dulcie secoua la tête et elle se dégagea de son étreinte pour se réfugier à l'autre bout de la terrasse.

— Je ne peux pas croire qu'ils aient fait cela, murmura-t-elle d'une voix rauque.

— Ce n'est jamais que la version de Laura rapportée par une autre personne. Angel a refusé de les accompagner. Elle a dit qu'elle devait rester prendre soin de sa mère. Je suis sûr que tes grands-parents n'ont pas su comment te l'avouer après tout ce qui s'était passé.

Elle se retourna vivement vers lui. Son visage était encore pâle mais ses yeux étincelaient de fureur.

— En effet, comment auraient-ils pu expliquer ce qu'ils avaient fait ? lança-t-elle sèchement. M'arracher à ma mère, m'emmener et abandonner ma sœur à…

Elle se tut un instant avant de reprendre :

— Puis ne rien me dire pendant toutes ces années, me laisser m'engager sur ce champ de mines.

— Tous les parents font des erreurs.

— Ne t'avise même pas de les défendre !

— Dulcie…

— Tout s'explique à présent, n'est-ce pas ? conclut-elle avec un rire amer. Le fait que j'aie hérité cette propriété. Je savais qu'il devait y avoir un lien mais je n'aurais jamais imaginé…

— Je suis désolé que tu aies dû le découvrir de cette manière. John m'a expliqué que Laura portait un médaillon autour du cou avec ta photographie à l'intérieur. Elle ne l'enlevait jamais. Il m'a dit que le fait de t'avoir perdue lui avait brisé le cœur.

Dulcie sentit ses yeux s'emplir de larmes. Elle se détourna rapidement.

Il fit un pas dans sa direction mais il s'interrompit aussitôt, lui accordant l'espace dont elle avait besoin.

— John a ajouté qu'elle craignait qu'ils ne reviennent lui prendre aussi Angel, poursuivit-il. Il pense que c'était la raison pour laquelle elle voulait se remarier mais uniquement avec quelqu'un qu'elle aimerait comme elle avait aimé ton père.

— Donc ils ont laissé Angel, puis Laura a été assassinée et Angel…

Elle se retourna.

— Qu'est-il arrivé à Angel ?

— Elle est morte, Dulcie. C'était toi, l'enfant que tout le monde tentait de protéger.

— Non, je ne peux pas le croire…

Elle jeta un coup d'œil à sa montre et ajouta :

— Je dois partir.

— Partir ? Dulcie…

— Tout ira bien.

Elle s'approcha de lui et posa la main sur sa joue.

— Merci de m'avoir dit la vérité, Russell. Je sais à quel point cela a dû être difficile pour toi. Je savais que ce serait quelque chose dans ce genre. Mais je pensais que j'étais Angel.

Elle secoua la tête et descendit les marches de la terrasse comme si elle devait se rendre quelque part en toute hâte.

Inquiet pour elle, Russell faillit la rappeler.

Elle s'arrêta à sa voiture, le regarda et lui sourit.

— Je voudrais bien monter à cheval avant de quitter le Montana, lui lança-t-elle. Tu m'en fais la promesse ?

Il hocha la tête tandis qu'elle s'engouffrait dans sa voiture, et il la regarda partir en se disant qu'elle devait avoir besoin de se retrouver seule un moment pour digérer tout cela.

Mais, alors qu'il la regardait s'éloigner, il comprit que rien, désormais, ne pourrait l'empêcher de chercher à démasquer le meurtrier de sa mère et de sa sœur.

Dulcie chercha à se convaincre que rien n'avait changé. Elle était toujours la même personne, mais elle se mentait. Tout comme tout le monde lui avait menti.

Elle ignorait qui elle était et elle n'était pas certaine de pouvoir surmonter cela. Sa vie entière avait été bâtie sur un semblant de fondations solides, à présent réduites en poussière, et elle avait l'impression de s'enliser dans un bourbier de mensonges.

Tandis qu'elle roulait, son esprit se mit à vagabonder. Une mère et un père qu'elle n'avait jamais connus. Ses parents… ou plutôt grands-parents, les deux personnes en qui elle avait le plus confiance. Elle revit leurs visages, leur expression inquiète pour autant qu'elle puisse se le rappeler. Ses parents, tellement plus âgés que ceux de ses camarades de classe.

— Pourquoi ne m'avez-vous pas dit la vérité ? s'écria-t-elle en abattant son poing sur le volant. Parce que vous avez été lâches ? Parce que…

La réponse lui apparut comme tombant du ciel sans nuages au-dessus de sa tête.

— Parce que vous ne vouliez pas que je sache qui était ma mère et comment elle était morte.

Les paroles s'échappèrent de ses lèvres dans un murmure étouffé. Sa mère. Cette femme aux mœurs dissolues. Cette femme qui avait laissé partir sa petite fille.

Mais pourquoi ses grands-parents n'avaient-ils pas emmené les deux sœurs ? Pourquoi avaient-ils laissé Angel ?

Tout en enfonçant la pédale de frein afin de négocier un virage, elle se rendit compte qu'elle roulait trop vite. La voiture chassa violemment. Un bruit de terre et de gravier frottant sous la voiture couvrit tout, à l'exception des battements désordonnés de son cœur. Elle n'allait tout de même pas saccager une autre voiture de location.

Elle reprit le contrôle du véhicule et ralentit, tremblant de tout son corps. Soudain, les larmes fusèrent, un déluge de larmes qui la contraignit à s'arrêter. Elle s'affala sur le volant et elle pleura pour la mère, le père et la sœur qu'elle n'avait jamais connus, pour le couple qui l'avait élevée, pour elle-même.

Lorsque les sanglots s'apaisèrent enfin, elle se ressaisit. Elle ignorait peut-être qui elle était… mais elle savait ce qu'elle avait à faire. Elle se redressa et remit le moteur en marche, se disant qu'elle avait toujours été forte. A présent, plus que jamais, elle avait besoin de cette force pour affronter ce qui était à venir.

Elle sentit un petit frisson de peur lui parcourir l'échine en voyant surgir devant elle le cimetière de la vieille ville de Whitehorse.

Après la classe, Jolene attendit que tous les élèves soient repartis avant de se diriger vers le cimetière sur la colline afin d'y retrouver Dulcie. Le soleil de l'après-midi était bas dans le ciel après cette nouvelle journée de chaleur atroce.

Elle s'arrêta pour reprendre son souffle, et cueillit quelques-unes des fleurs sauvages qui poussaient au bord de la route. Tandis que, son bouquet à la main, elle passait sous l'arche de fer forgé portant l'inscription « Cimetière de Whitehorse » pour gravir la colline, elle sentit son cœur se serrer, son souffle se faire plus rare.

Le silence alentour était sinistre. Une brise agita un bouquet de fleurs en plastique sur une tombe. L'air qui effleura son visage était brûlant comme une peau enfiévrée. Elle recula instinctivement et s'arrêta un instant, tentant de reprendre sa respiration.

Elle devait éviter de se laisser emporter par son imagination. Il n'y avait pas de fantômes dans ce cimetière. Les histoires de lueurs nocturnes n'étaient rien de plus que des légendes rurales.

Mais, quand elle aperçut la voiture de Dulcie stationnée à l'arrière du cimetière, la peur qu'elle ressentit fut bien réelle. L'attendait-elle dans sa voiture ? Ou alors avait-elle déjà trouvé la tombe d'Angel et de Laura Beaumont ?

Elle regretta d'avoir accepté de la rencontrer dans cet endroit. D'ordinaire, elle trouvait les cimetières intéressants ; elle aimait les pierres tombales, l'histoire, l'impression de paix qui se dégageait de ces lieux.

Mais aujourd'hui elle était nerveuse.

Dulcie leva les yeux à son approche. Quelque chose, dans l'expression de son visage, la rendit plus nerveuse encore. Dulcie avait fait une découverte. Laquelle ?

Toutes ses craintes l'assaillirent en bloc, l'emplissant de terreur. La sueur perla à son front. Elle l'essuya et se força à rejoindre Dulcie.

Des larmes lui brûlèrent soudain les yeux tandis que Dulcie s'avançait vers elle.

— Pourquoi me regardez-vous ainsi ? s'enquit Jolene dans un murmure rauque. Qu'est-il arrivé ?

Dulcie sourit, et Jolene la vit essuyer furtivement ses propres larmes.

— Je dois vous demander quelque chose, Jolene. Comment avez-vous obtenu ce poste d'enseignante à Whitehorse ?

— Quelqu'un qui cherchait une enseignante a appelé l'université. Pourquoi ?

— Vous n'aviez pas auparavant posé votre candidature à ce poste ?

— Non, je…

— Avez-vous été adoptée ?

Jolene fit un pas en arrière, son cœur battant à tout rompre dans sa poitrine.

— Dites-moi ce qui se passe, exigea-t-elle.

— Vous avez été adoptée ?

— Oui. Ma mère était une adolescente. Elle ne pouvait pas me garder. Pourquoi toutes ces questions ?

— Parce que je ne cesse de me demander pourquoi quelqu'un vous envoie cette histoire de meurtre.

— Je sais que cela n'a aucun sens.

— Cela n'en avait pas… jusqu'à ce que je prenne conscience que la personne qui l'écrit a attendu que j'hérite de la propriété de Laura Beaumont, que je revienne dans le Montana et que je retrouve Angel Beaumont.

Jolene la dévisagea, les yeux écarquillés.

— Vous… vous êtes Angel Beaumont ? demanda-t-elle dans un murmure.

— Non. C'est toi.

Jolene eut du mal à saisir le sens de ces paroles et regarda Dulcie, les yeux écarquillés. Cette dernière la conduisit devant une pierre tombale. Un ange avait été sculpté dans le granit, le nom de la fillette inscrit sur ses ailes : Angel Beaumont.

Mais ce fut le texte gravé au bas qui lui donna un coup au cœur.

5 juin 1980 — 11 mai 1985

5 juin 1980. Sa date de naissance.

11

Jolene fixa l'inscription un long moment sans la voir. Tout ceci était tellement irréel.

Elle secoua la tête.

— Non, vous avez tort, murmura-t-elle.

Elle sentit ses jambes se dérober sous elle ; la chaleur, sans doute. Dulcie la prit par le bras et l'emmena à l'ombre d'un grand arbre.

— Jolene, je suis désolée que tu doives l'apprendre de cette manière. J'en suis désolée pour nous deux. Mais Laura Beaumont avait deux filles, poursuivit-elle en prenant ses deux mains dans les siennes. Tu m'entends ? *Deux* filles ! Dulcie Ann, née en 1981, et Angel Lee, née en 1980. Nous sommes sœurs.

Jolene la dévisagea. Elle avait entendu les mots mais elle n'en avait pas saisi le sens. Dulcie et elle étaient sœurs ? C'était bien ce qu'elle venait de lui dire ? Cette femme — que trois jours avant elle ne connaissait pas — et elle avaient la même mère ?

— Ce n'est pas possible, laissa-t-elle échapper dans un souffle.

— Je sais que c'est difficile à croire. Ça l'est tout autant pour moi. Mais c'est la vérité.

Dulcie enchaîna, parlant d'un médaillon, de grands-parents, de secrets. Jolene l'écouta mais elle ne se sentit aucun lien avec les personnes dont elle lui parlait.

— Jolene, tu es Angel, conclut Dulcie lorsqu'elle eut terminé.

Elle serait Angel Beaumont ? La fille de Laura Beaumont ? La petite fille qui avait assisté au meurtre de sa mère ? La petite fille que quelqu'un avait secourue ?

Elle secoua la tête et elle dégagea ses mains.

— Il y a eu une erreur.

Dulcie l'étudia pendant un moment avant de reprendre :

— Il existe un moyen de le prouver. Nous pouvons demander au frère de Russell, au bureau du shérif, de procéder à des tests A.D.N. Me croiras-tu alors ?

Elle hocha la tête sans répondre. Plus tôt elles en auraient le cœur net, mieux cela vaudrait, songea Jolene, désireuse de quitter le cimetière et de rentrer chez elle. Depuis qu'elle était petite, elle s'était toujours réfugiée dans la lecture et c'était ce qu'elle voulait faire à cet instant : se pelotonner avec un livre et oublier tout cela.

— Ne vois-tu pas que c'est la raison pour laquelle tu reçois cette histoire de meurtre ? reprit Dulcie. Quelqu'un connaît ta véritable identité. Sans doute le meurtrier.

Jolene se sentit refaire surface comme si elle remontait à la nage du fond d'un étang sombre et profond.

— Il a tort.

Mais, pour la première fois, elle éprouva un sentiment de panique.

— Si le meurtrier pense que je suis Angel…, murmura-t-elle.

— Ne t'inquiète pas. J'empêcherai qu'il t'arrive quoi que ce soit, lui assura Dulcie.

Elle lui sourit et ajouta :

— J'ai toujours voulu avoir une sœur. J'avais une amie

imaginaire, du moins mes parents prétendaient-ils qu'elle l'était. Son nom était Angel. C'est évident, non ? Je me souviens de toi.

Jolene essuya les larmes qui lui brouillaient les yeux.

— Ce n'est pas que je ne te croie pas…

— Pas de problème, la rassura Dulcie en passant son bras autour de ses épaules. Est-ce que ça va aller ?

Jolene hocha la tête, bien qu'elle n'en soit pas du tout certaine.

— Si ce que tu dis est vrai, pourquoi est-ce que je ne me rappelle rien ? murmura-t-elle dans un souffle. Pourquoi rien de tout cela ne me semble-t-il pas familier comme cela a été le cas pour toi ?

— Je suppose que tu l'as refoulé parce que tu n'as pas supporté ce que tu as vu. Tu étais si jeune.

Des larmes emplirent de nouveau ses yeux.

Elle avait donc vraiment vu sa mère morte sur son lit, comme le laissait penser l'auteur de la nouvelle, et enfoui ce souvenir depuis vingt-quatre ans ?

— Tu penses que c'est la raison pour laquelle je suis revenue ici ? demanda-t-elle. Pour laquelle j'ai pris ce travail ?

— Peut-être.

Elle observa Dulcie avec attention. Sa sœur…

— Et si le meurtrier était l'instigateur de mon retour ? reprit-elle.

— Ne tirons pas de conclusions hâtives.

— Des conclusions *hâtives* ! Tu me dis que tu es Angel, puis l'instant suivant tu prétends que c'est moi. Tu voudrais que…

Elle se tut et laissa flotter son regard au loin.

Sa vie avait toujours été monotone. Des parents âgés qui l'aimaient, certes, mais qui étaient très occupés par leur travail. Ni frères ni sœurs. Ses seuls amis dans la ferme isolée où elle vivait étaient les animaux et les personnages des nombreux livres qu'elle lisait. Et aujourd'hui…

— Tout se passera bien, reprit Dulcie, la ramenant à l'instant présent.

Mais elle n'en fut pas tout à fait convaincue.

Dulcie était quelque peu déçue de la réaction de Jolene. Elle avait espéré que cette dernière serait aussi heureuse qu'elle d'avoir une sœur. Mais non. Peut-être lui avait-elle présenté la chose un peu abruptement. Elle, elle avait commencé à y voir plus clair dès l'instant où elle avait appris que Laura avait deux filles. Et la pierre tombale portant la date de naissance de Jolene l'avait confortée dans ses suppositions. Angel Beaumont était vivante, elle était revenue à Whitehorse et quelqu'un lui faisait parvenir l'histoire du meurtre. Mais qui et pourquoi ?

C'était ce qu'elle devait trouver au plus tôt.

Après s'être rendues en ville, au bureau du shérif, où Shane leur avait prélevé un peu d'A.D.N., leur promettant d'obtenir les résultats en urgence, Jolene lui avait proposé de venir chez elle, prendre un thé glacé. Elle avait accepté, ne voulant pas la laisser seule après ce qu'elle venait d'apprendre.

Pendant que Jolene s'occupait du thé, elle se garda bien de revenir sur leur discussion, et se contenta de quelques remarques anodines, auxquelles Jolene répondit par pure politesse.

Elle était bien trop calme, et Dulcie s'inquiéta. Comprenait-elle à quel point elle était en danger ? A moins qu'elle soit persuadée qu'elle n'était pas Angel, ce qui était compréhensible : durant vingt-quatre ans, elle avait été Jolene Stevens.

Bien sûr elle comprenait que Jolene ait éprouvé le besoin d'enfouir dans son subconscient le souvenir de ses quatre premières années passées à Whitehorse, ainsi que celui du meurtre de leur mère. Mais aujourd'hui la vérité venait d'éclater, et il ne servait à rien de faire l'autruche.

— Peut-être devrais-tu parler à quelqu'un, suggéra-t-elle. Un professionnel qui aurait déjà traité ce genre de chose.

Jolene la fixa un instant comme si elle avait oublié sa présence.

— Un psychiatre ? précisa-t-elle. Attendons les résultats du test A.D.N., d'accord ? Parce que tu as tort.

Malheureusement, les résultats pourraient ne pas arriver assez rapidement, songea Dulcie. Qui d'autre savait qu'Angel était en vie ? Shane Corbett, Russell Corbett, la personne qui avait secouru Angel, ce soir-là sur la route, celle qui avait simulé sa mort, celle qui avait organisé en toute discrétion son adoption illégale afin de la soustraire au meurtrier, et le meurtrier ?

De nombreuses personnes savaient qu'Angel Beaumont était vivante. Mais combien savaient que Jolene Stevens était Angel ?

— Tu ne peux pas rester ici, reprit Dulcie. C'est trop dangereux.

Jolene lui tendit un verre de thé, puis elle se laissa tomber sur le canapé devant le ventilateur. L'air chaud fit voleter les cheveux brun roux qui s'étaient échappés de sa queue-de-cheval.

— Non. Je dois absolument rester ici. Si je pars, le meurtrier ne me fournira pas la fin de l'histoire.

— Mais tu connais déjà la fin ! s'écria Dulcie.

— Non, je ne la connais pas. Il y a tant de choses que j'ignore. Si je suis celle que tu prétends, j'ignore pourquoi

Laura Beaumont a été tuée. J'ignore qui m'a secourue. J'ignore de qui je dois avoir peur.

Dulcie n'en crut pas ses oreilles.

— Tu penses que le meurtrier a l'intention de te confesser tout cela ? demanda-t-elle.

— Evidemment. Pourquoi, sinon, me faire parvenir les autres parties de la nouvelle ? Il, ou elle, veut que je comprenne.

— C'est trop dangereux. Le meurtrier ne pourra pas te laisser en vie une fois que tu connaîtras la vérité.

— Ma décision est prise. Il n'agira pas avant d'avoir terminé son récit. Jusque-là, je n'ai rien à craindre.

— Il y a pourtant une faille dans ton raisonnement. Et s'il n'était pas l'auteur de la nouvelle ?

— Il l'est. Personne, en dehors de lui, ne sait ce qui est arrivé ce jour-là.

« En dehors du meurtrier, et de toi », songea Dulcie avec un frisson. Mais elle comprit que sa sœur ne changerait pas d'avis, et se garda de tout commentaire. Du moins Jolene ne niait-elle pas totalement être Angel et semblait-elle s'être ressaisie.

— Tu es vraiment aussi têtue qu'…

— Que toi ? la coupa Jolene.

Elle regarda fixement Jolene pendant un instant puis elle éclata de rire.

— Nous sommes sœurs, tu le vois bien, dit-elle. C'est pourquoi tu ne peux t'attendre à ce que je reste les bras croisés, à attendre, tout le week-end.

— Je ne l'espérais pas non plus, même si je ne te connais pas depuis très longtemps.

— Nous devons démasquer le meurtrier avant que tu ne reçoives la fin de la nouvelle, décréta Dulcie avec une détermination renouvelée.

Elle sortit un bloc-notes et un stylo de son sac à main, et entreprit de faire la liste des choses qu'elles savaient.

— Midge Atkinson s'est liée d'amitié avec Laura. Puis son mari, John, a eu une liaison avec Laura. Tous deux présentent le profil idéal du suspect. Midge devait également connaître l'identité du petit camarade avec qui Angel jouait au ruisseau. Le faiseur de pluie ainsi qu'un homme nommé Ben Carpenter étaient aussi des amants de Laura.

Elle leva les yeux. Jolene affichait une expression singulière.

— Un problème ?

— Non, répondit Jolene d'une voix étrange.

— Ce n'est pas grand-chose mais, au moins, c'est un début.

— Je persiste à croire que la réponse se trouve dans l'histoire du meurtre.

— Nous l'avons toutes deux relue une dizaine de fois.

— Je vais la lire de nouveau. Il doit y avoir quelque chose qui désigne le meurtrier.

— Si tu es tellement certaine que la personne qui écrit l'histoire et le meurtrier ne font qu'un, alors peut-être devrions-nous donner la nouvelle à lire au shérif ?

Jolene secoua la tête.

— Non. Le récit n'est pas terminé. Le meurtrier n'y mettra un point final que si nous avons la patience d'attendre.

— Peut-être, mais de quelle manière ?

— Lundi, je recevrai le dénouement de l'histoire. En attendant…

Jolene jeta un coup d'œil en direction de la table.

— Je dois rendre ce panier à Midge Atkinson, dit-elle. Peut-être pourrions-nous le faire demain ? Je suis vraiment fatiguée et je veux relire la nouvelle avec attention. Je ne crains rien, ici. Et j'ai besoin de me retrouver seule, tu comprends ?

Dulcie comprit surtout qu'elle n'avait guère le choix. Jolene était déterminée à penser que le meurtrier voulait qu'elle lise le dénouement et qu'il la laisserait en paix jusque-là.

Elle espérait simplement que Jolene avait raison et qu'il leur restait jusqu'au lundi matin pour démasquer l'assassin sans se mettre en danger.

— J'ai besoin de ton aide.

Russell ne put en croire ses oreilles. Il avait passé un horrible après-midi à s'inquiéter pour Dulcie, et le simple fait d'entendre sa voix au téléphone le fit se sentir le cœur léger comme s'il était gonflé à l'hélium.

— Tu sais que mon aide t'est acquise, répondit-il. Que puis-je faire ? A part te dire que je suis heureux de t'entendre, bien sûr.

Le rire de Dulcie résonna à l'autre bout de la ligne.

— Tu me retrouves au motel ?

— J'y serai dans un quart d'heure, dix minutes si tu as besoin de moi plus tôt.

— Un quart d'heure, ce sera parfait.

L'état d'esprit de Russell oscilla entre le soulagement qu'elle ait enfin sollicité son aide… et l'inquiétude. Si elle l'appelait, cela ne devait pas être pour l'inviter à prendre le thé.

Son appel avait un rapport avec le meurtrier de Laura Beaumont, il en était persuadé. Ce dernier était resté tapi dans l'ombre pendant vingt-quatre ans. Dulcie pensait-elle vraiment pouvoir le débusquer ?

Bien sûr, elle en était convaincue. Et elle y parviendrait, s'il était humainement possible de le faire, quelles que soient les conséquences. C'était en fait ce qui le terrifiait. Elle se mettait en danger, et… il ne pouvait supporter l'idée de la perdre.

Ce qui était tout à fait risible. Il la perdrait pour Chicago même s'il réussissait à lui éviter de se faire tuer à Whitehorse. Ce n'était qu'une question de temps avant que Dulcie ne reparte. Après tout, elle était une citadine.

Il sentait déjà le vide qu'elle laisserait dans sa vie…

Il était incroyable qu'il se soit à ce point épris d'elle. Et en si peu de temps. Au cours des dernières années, il était à peine sorti avec des femmes. Il en avait rencontré, bien sûr, mais aucune n'avait retenu son attention. Mais il est vrai qu'aucune n'était Dulcie Hughes.

Et si le meurtrier vivait toujours dans les parages ? Et, pire, si on l'avait aidé à dissimuler son crime ? Peut-être pas la communauté entière, comme le soupçonnait Dulcie, mais une personne proche de lui ? Une personne aussi déterminée que lui à garder le secret.

Tandis qu'il se garait devant le motel, un quart d'heure plus tard, Dulcie sortit de sa chambre et se glissa sur le siège passager de son pick-up.

— Merci d'être venu, dit-elle en lui souriant.

Rien qu'en la voyant son cœur exécuta un pas de *Texas Two Step.*

— Comment vas-tu ? demanda-t-il.

— Bien.

Mais ces mots se figèrent sur ses lèvres. Elle avait peur, il le voyait très bien.

— J'ai une chose à te dire, poursuivit-elle. Angel Beaumont n'est pas morte.

Abasourdi, il l'écouta lui faire part de sa découverte concernant Jolene Stevens. Elle lui tendit une copie de la nouvelle que Jolene lui avait faite, en précisant que cette dernière pensait que le meurtrier l'avait écrite à son intention.

— Tu dois la remettre à Shane, décréta-t-il lorsqu'il eut terminé de la lire.

— Non. Et toi non plus. Je l'ai promis à Jolene. Shane est au courant pour Angel. C'est lui qui s'occupe des tests A.D.N. que Jolene et moi avons faits.

— Te rends-tu compte à quel point c'est dangereux, non seulement pour toi mais aussi pour ta sœur ?

Voyant le regard qu'elle lui lança, il leva les mains en signe de capitulation.

— Entendu ! Entendu. Mais tu as besoin d'aide.

Elle lui sourit.

— C'est la raison pour laquelle je t'ai appelé. Je sais que tu ne vis pas ici depuis longtemps, mais tu connais davantage de monde que moi. Je dois démasquer le meurtrier avant lundi matin. M'aideras-tu ?

Quelle question ! Il remuerait ciel et terre pour elle.

— As-tu quelque chose en tête ? demanda-t-il.

— Nous devons découvrir qui Laura Beaumont avait dans sa vie.

— D'accord. Le problème est que personne ne consentira à me parler de cela, même si je suis ici depuis plus longtemps que toi. Sans oublier que je suis le frère de l'adjoint du shérif.

Il n'était d'ailleurs pas certain que quiconque consente à lui parler tout court, mais il ne pouvait pas la laisser tomber.

Jolene s'assit dans l'intention de relire l'histoire du meurtre, mais elle fut incapable de se concentrer et finalement elle l'abandonna pour aller contempler le paysage à la fenêtre. Le soleil de la fin d'après-midi se couchait à l'horizon, parant les herbes sèches de sa lumière dorée.

La prairie vallonnée, délimitée au loin par le rempart solide et sombre des Petites Rocheuses, lui procura un sentiment d'apaisement. Comment pouvait-elle se sentir apaisée, étant donné l'horreur de ce qu'elle avait dû voir lorsqu'elle vivait ici ?

Et pourquoi les souvenirs ne commençaient-ils pas à lui revenir ? La vérité était-elle si profondément enfouie que même son retour sur place n'avait pu la faire resurgir ?

Elle secoua la tête, se rappelant qu'elle ne croyait pas être Angel Beaumont. Ou alors le croyait-elle ?

Dulcie en était convaincue et le meurtrier aussi, apparemment. Mais pourquoi cette nouvelle ? Craignait-il que la mémoire ne finisse par lui revenir et avait-il décidé, en prenant connaissance du sujet du devoir, de lui donner sa version de l'histoire ?

Etait-il possible que, pendant vingt-quatre ans, les membres de cette communauté aient vécu avec un meurtrier parmi eux ? Avaient-ils protégé l'assassin de la manière dont ils l'avaient protégée elle, des années plus tôt ? Qui l'avait secourue ce jour-là ? Qui l'avait, non seulement secourue, mais lui avait également trouvé un couple désireux de l'adopter… illégalement ?

Ses parents lui avaient expliqué qu'ils ne pouvaient adopter par les voies légales en raison de leur âge avancé.

Tout comme les parents de Dulcie, ils étaient eux aussi décédés.

Elle avait d'abord perdu son père, quatre ans plus tôt, puis sa mère s'était éteinte peu après. Elle n'obtiendrait d'eux aucune réponse.

Néanmoins, quelqu'un, au sein de cette communauté, connaissait la vérité. Tandis que son regard se posait sur les véhicules stationnés devant le centre communautaire, elle se dit que, cette fois, l'une des femmes du cercle de couture de Whitehorse devrait la lui révéler.

A son arrivée en ville, Russell avait fait la connaissance de Briger et Laci Duvall. Ils étaient les propriétaires du restaurant Les Lumières du Nord, et ils venaient d'avoir un petit garçon.

Laci était née et elle avait été élevée à Whitehorse. Russell espéra donc tomber sur elle lorsqu'il se gara devant le restaurant.

Il savait que l'un des Duvall serait sur place, préparant le souper pour les clients du soir, et il eut la chance de trouver Laci, occupée à enfourner ses fameux gâteaux au chocolat sans farine.

— Russell ! s'exclama-t-elle avant de déposer un baiser sur sa joue. Je vois que tu as échappé au mariage.

— De justesse, reconnut-il en souriant.

Trois de ses frères s'étaient récemment mariés lors d'une cérémonie triple que l'on n'oublierait pas de sitôt à Whitehorse. C'était Briger et Laci qui avaient organisé la réception.

— Plus que deux Corbett célibataires, dit-elle avec un soupir exagéré.

— Ne commence pas, la prévint-il sur le ton de la plaisanterie, avant de lui présenter Dulcie et de lui expliquer ce qui les amenait.

— Je sais comment sont les gens d'ici, concernant leurs secrets, en particulier dans la vieille ville de Whitehorse, leur apprit Laci. Cela ne va pas être facile.

Elle réfléchit un moment puis elle afficha un large sourire.

— Je connais la personne qu'il vous faut ! Son nom est Nina Mae Cross, et vous pourrez la trouver à la maison de retraite. Mais je dois vous avertir. Elle est un peu *irascible*.

Jolene poussa la porte du centre communautaire de Whitehorse et pénétra dans la pièce. Il faisait plus frais dans cette vaste salle peu éclairée. Toutes les couturières se tournèrent afin de voir qui était entré… exactement comme elles l'avaient fait la fois précédente.

Mais cette fois aucune ne parut contente de la voir.

Elle s'avança vers le fond, où elles étaient réunies autour du même petit patchwork que la dernière fois. Elle n'y avait pas alors prêté grande attention mais elle se rappelait les petits carrés de couleurs vives. Cette fois, les femmes semblaient broder de minuscules fleurs le long des bords du patchwork pour bébé…

— Avez-vous changé d'avis ? Voulez-vous apprendre à confectionner des patchworks ? lui demanda Pearl Cavanaugh.

— Non, lui répondit Jolene. J'ai changé d'avis sur le fait de vous laisser vous en tirer sans me parler de Laura Beaumont. Je veux savoir ce qui est vraiment arrivé à sa fille.

La salle fut plongée brusquement dans un silence de mort.

Pearl reposa son fil et son aiguille.

Jolene vit que ses mains tremblaient lorsqu'elle prit sa canne.

— Voulez-vous visiter notre cuisine ? demanda-t-elle en se levant. Vous verrez, elle est très bien équipée.

Jolene la suivit. Enfin elle allait en savoir plus.

— Fermez la porte derrière vous, lança Pearl par-dessus son épaule, une fois qu'elles furent entrées.

Jolene obéit, remarquant que les autres femmes les avaient suivies du regard mais sans qu'aucune ait bougé.

Soudain, Pearl se retourna pour lui faire face, et Jolene constata qu'elle était furieuse.

— Qu'est ce qui vous a pris de venir ici exiger…

— C'est mon droit le plus strict si je suis Angel Beaumont, la coupa Jolene.

Elle vit Pearl pâlir et la regarder d'un air effrayé.

— C'est moi, n'est-ce pas ? insista-t-elle. Pearl, ça va ?

Pearl s'appuya sur sa canne, chancelant légèrement. Elle fit un pas en direction de l'une des chaises installées près d'une petite table et s'y laissa tomber.

Alors que Jolene la regardait fixement, elle pensa au patchwork de bébé que les femmes cousaient… et aux minuscules fleurs brodées le long des bords…

— Je possède un patchwork ressemblant à celui que vous confectionnez à côté, murmura-t-elle en s'asseyant à son tour, les jambes flageolantes.

Le cercle de couture de Whitehorse lui avait-il fait un patchwork lorsqu'elle était bébé ? Ou lorsqu'elle avait été éloignée en secret et adoptée par ses parents à Seattle ?

— Vous ignoriez, lorsque j'ai obtenu ce poste d'enseignante, que j'étais Angel ? reprit-elle.

Pearl hocha la tête.

— Les gens qui vous ont adoptée s'appelaient Thompson.

Pourquoi Jolene n'y avait-il pas pensé ? Son père adoptif était décédé alors qu'elle avait six ans. Sa mère, Marie Thompson, s'était remariée avec Larry Stevens, qui l'avait adoptée, et elle avait changé de nom.

Le regard de Pearl croisa le sien et elle lut de la compassion dans ses yeux bleu pâle. Elle sentit les larmes lui monter aux yeux.

— Vous ne pouvez pas rester ici, reprit Pearl. Ce n'est pas un endroit sûr.

— Cela n'a jamais été un endroit sûr puisque j'ai la conviction que c'est le meurtrier qui m'a fait revenir ici.

Elle sécha ses larmes, furieuse que tellement de personnes

lui aient menti. Elle n'avait pas besoin d'un test A.D.N. Elle avait lu la vérité sur le visage de Pearl.

— Protégez-vous le meurtrier de ma mère ? demanda-t-elle.

— Bien sûr que non ! répliqua Pearl d'un ton cassant.

— Vous avez dû avoir des soupçons quant à l'identité de l'assassin, il y a de cela vingt-quatre ans. Ou peut-être vous l'ai-je, à l'époque, révélée.

— Vous... ne parliez pas. Suite à cela, vous n'avez plus parlé pendant des mois. J'ignore qui a commis ce meurtre, et je ne me risquerais certainement pas à vouloir le savoir.

— Mais vous savez qui m'a retrouvée ce soir-là sur la route ?

Les yeux de Pearl s'agrandirent de surprise.

— Vous vous souvenez que l'on vous a retrouvée sur cette route... Si la mémoire vous revient...

— Dites-moi simplement *qui* m'a retrouvée.

Nina Mae Cross était une femme menue aux cheveux gris. Des yeux bleus pétillants éclairaient son visage creusé de fossettes.

Russell avait été prévenu que Nina Mae était coriace et qu'elle ne mâchait pas ses mots, mais il ne s'était pas attendu à trouver une vieille dame aussi frêle.

— Nina Mae Cross ?

— Qui la demande ? s'enquit la petite femme maigre, campée, une main sur la hanche, au milieu de sa chambre.

— Je m'appelle Russell Corbett.

— Je n'ai jamais entendu parler de vous.

Elle commença à s'éloigner de lui.

— Mais vous avez entendu parler de Laura Beaumont, précisa-t-il.

La vieille dame s'arrêta et elle se retourna vers lui, plissant les yeux.

— Tout le monde a entendu parler de cette créature, laissa-t-elle tomber avec mépris.

— Cela vous ennuie si je m'assois ? Je vous présente mon amie, Dulcie Hughes.

— Je n'ai jamais entendu parler d'elle non plus, décréta Nina Mae tout en leur désignant néanmoins deux chaises.

Elle s'installa sur le bord de son lit, et son regard perçant alla de Dulcie à lui.

— Une *amie* ? lança-t-elle avec un petit rire. Je ne suis pas dupe.

— Pouvez-vous nous parler de Laura Beaumont ? demanda Dulcie.

— Qu'y a-t-il à en dire ? Elle est morte.

— Nous essayons de découvrir qui l'a tuée, précisa Russell. Vous auriez une idée ?

— Des tas d'idées. Ce pouvait être une épouse jalouse. Ce pouvait être un amant jaloux.

— Tel que John Atkinson ? suggéra Dulcie en baissant la voix.

Nina Mae hocha la tête en souriant.

— Ainsi, vous êtes au courant pour John, dit-elle. Mais vous n'en tirerez rien. Il fera tout ce que lui dira Midge jusqu'au jour de sa mort.

Elle secoua la tête comme si elle ne pouvait imaginer pire sort.

— Et pour ce qui est de Ben Carpenter ? demanda Russell. Faisait-il partie des amants de Laura ?

— John le pensait. Il a renvoyé Ben et il l'a chassé du ranch. Cela n'aurait pu arriver à un pire moment avec Ronda qui était enceinte et, ensuite, quand elle a perdu le bébé…

Nina Mae secoua la tête d'un air compatissant.

— Ben voulait tellement cet enfant, reprit-elle. Cela

l'a beaucoup choqué que Ronda perde le bébé. Ronda avait un fils de son premier mariage, Tinker, mais Ben et Tinker ne se sont jamais entendus.

— J'ai cru comprendre que la petite fille de Laura jouait avec un camarade au ruisseau. Etait-ce Tinker ? demanda Dulcie, la gorge serrée.

Nina Mae hocha la tête.

Tinker, le petit camarade d'Angel. Le jeune garçon qui avait tenté de la protéger. Et le cow-boy que Dulcie avait aperçu en compagnie de Jolene au restaurant. Savait-il que Jolene était Angel ? Etait-ce la raison pour laquelle il l'avait invitée à sortir ?

— Tinker a très mal supporté la mort de la fillette, reprit Nina Mae. Avant ce drame, il était vraiment un gentil garçon, mais après il n'a cessé de s'attirer des ennuis. Au départ, il idolâtrait Ben. Mais après la mort d'Angel…

Elle secoua la tête.

— Il y eut une époque où je pensais qu'ils finiraient par s'entretuer, précisa-t-elle.

— Cela a dû être affreux pour Ronda, la mère de Tinker, fit remarquer Dulcie.

— Ronda adorait Ben et elle est restée avec lui, chose que je n'aurais pas faite, décréta Nina Mae.

— On nous a laissé entendre que Laura serait tombée amoureuse et qu'elle aurait rompu avec les autres hommes, reprit Dulcie.

Les yeux perçants de Nina Mae se mirent à briller.

— C'est bizarre que vous disiez cela. J'ai entendu dire qu'il s'agissait de John mais j'ai toujours pensé que c'était Ben. Et cela s'est passé durant ce printemps sec et torride, il y avait donc aussi ce faiseur de pluie…

— Ça suffit ! lança d'un ton cinglant une voix de femme derrière eux.

Dulcie se retourna et vit une femme d'un certain âge, sur le seuil de la porte, qui s'appuyait sur une canne. Elle avait sans doute eu une attaque, car l'un des côtés de son visage était plus bas que l'autre.

— Vous en avez assez dit, ma chère, poursuivit la nouvelle venue en s'adressant d'un ton plus aimable à Nina Mae. Peut-être aimeriez-vous descendre prendre un jus de fruits dans la salle commune ?

— Un *jus de fruits* ? lança Nina Mae, dédaigneuse. Je préférerais une bière.

Elle se leva toutefois et quitta la chambre.

— Elle aura oublié ce qu'elle est partie faire avant d'atteindre le poste des infirmières. Je suis Pearl Cavanaugh, annonça la femme comme si son nom devait signifier quelque chose pour eux.

Manifestement, quelqu'un, à la maison de retraite, l'avait alertée de la compagnie que recevait Nina Mae, et elle avait dû se ruer sur place afin de s'assurer que Nina Mae ne vende pas la mèche.

— Vous êtes l'un des frères Corbett, déclara Pearl, hochant la tête. J'ai entendu dire que vous étiez tous séduisants mais c'était visiblement un euphémisme. Qu'espérez-vous obtenir de Nina Mae ? Personne ne vous a dit qu'elle était atteinte de la maladie d'Alzheimer ? Vous ne pouvez pas croire un mot de ce qu'elle dit.

— Vraiment ? lança Dulcie.

Pearl se tourna pour la détailler de la tête aux pieds.

— Et vous, vous êtes sûrement la femme qui a acheté l'ancienne propriété Beaumont ?

Dulcie la fixa un instant sans répondre. Elle avait entendu parler, par Jolene, de Pearl et Titus Cavanaugh, qui régnaient en maîtres sur la vieille ville de Whitehorse, dirigeant tout, de l'école au cercle de couture. Si quelqu'un connaissait la vérité sur le meurtre de Laura Beaumont, c'était cette femme.

— En fait j'ai *hérité* de la propriété Beaumont, répondit-elle enfin. Je suis Dulcie Hughes. Mais je pense que vous savez cela, et bien plus encore.

12

Midge Atkinson ouvrit la porte et parut surprise de voir que Jolene n'était pas seule.

— Je vous ai rapporté votre panier, dit Jolene alors que Midge ne faisait pas le moindre mouvement pour les inviter à entrer, Dulcie et elle. J'ai également amené une amie.

— Je vois.

Midge les dévisagea tour à tour et soupira.

— Eh bien, entrez, dit-elle.

Elle prit le panier, s'effaçant pour les laisser passer avec un agacement manifeste.

Dulcie et Jolene la suivirent jusque dans la cuisine. Après son entrevue de la veille avec Pearl Cavanaugh, Dulcie ne s'attendait pas à ce que Midge Atkinson se montre plus disposée à lui parler que ne l'avait été Pearl.

— J'aime beaucoup vos frises, déclara Dulcie. Les avez-vous peintes vous-même ?

— Oui, lui répondit Midge en déposant le panier en osier sur l'étagère du haut avant de se tourner vers ses visiteuses. Mais vous n'êtes pas venues ici pour me rendre ce panier ou me complimenter sur mes frises. Que voulez-vous ?

A l'évidence, la rumeur concernant les sœurs Beaumont s'était propagée.

— Nous sommes venues vous interroger sur Laura Beaumont, lui répondit Dulcie.

Midge reporta son regard sur Jolene.

— Je vous ai mise en garde contre le fait de vous mêler de ce qui ne vous concerne pas, lui dit-elle, l'air mauvais. Si vous tenez à votre poste d'enseignante, vous…

— En fait, cela nous concerne et je pense que vous le savez, l'interrompit Dulcie. Nous savons que vous avez peint la chambre d'Angel Beaumont, et que Laura Beaumont et vous étiez amies.

— Je veux que vous quittiez toutes deux cette maison sur-le-champ.

Midge fit un pas en direction du téléphone comme pour appeler de l'aide.

— Vous êtes la personne qui a secouru Angel cette nuit-là, intervint Jolene.

Surprise, Dulcie se tourna pour regarder Jolene. Pourquoi ne lui avait-elle pas dit cela ?

Midge vacilla, faillit perdre l'équilibre, et elle dut s'agripper au plan de travail pour éviter de tomber. Elle s'avança en chancelant vers la table et s'assit lourdement sur l'une des chaises.

— Qui vous a dit que j'…

— Qu'importe, coupa Jolene, l'air parfaitement calme tandis qu'elle prenait un siège.

Midge la regardait fixement, comme si elle avait du mal à imaginer que Jolene était en réalité Angel. Mais peut-être après tout l'ignorait-elle, se dit Dulcie en s'asseyant à son tour.

— Midge, êtes-vous également responsable du fait que je sois revenue ici ? lui demanda Jolene.

— Non. Le recrutement a été organisé par un comité de parents, expliqua Midge. J'ignore qui a suggéré de vous engager. Je ne sais pas…

— Pourquoi vous trouviez-vous sur cette route, la nuit du meurtre ? interrogea Dulcie.

— Je… je cherchais John, répondit Midge d'une petite voix. Je croyais qu'il était chez Laura.

— Vous avez dû voir le meurtrier.

Midge secoua la tête.

— Non. Tout ce que j'ai vu, c'était Angel. Je ne pouvais pas la laisser dans cet état. Je voyais que quelque chose d'horrible était arrivé. Elle était couverte de sang.

Sa voix se brisa.

— Je suis repartie sans avoir vu Laura, reprit-elle. J'ai emmené la petite et je suis rentrée à la maison. John s'y trouvait. Il y était resté tout ce temps, occupé à nettoyer afin que nous puissions emménager.

— Il ne revenait pas de chez Laura ? lui demanda Dulcie.

— Il ne s'était pas approché de chez elle. J'ai contrôlé son véhicule. Le moteur était froid. Il m'a dit qu'elle avait rompu avec lui, qu'elle lui avait dit être tombée amoureuse.

— De Ben Carpenter ?

— C'est ce que j'ai entendu dire.

— C'est vous qui avez déposé ce mot sur ma voiture, n'est-ce pas ? s'enquit Jolene.

Midge parut embarrassée.

— Je m'efforçais de vous protéger, murmura-t-elle.

— Ou de vous protéger vous-même, intervint Dulcie.

Jolene se leva pour prendre congé.

— Merci, dit-elle à Midge avant de se diriger vers la porte.

— C'est tout ? s'étonna Dulcie lorsqu'elle rattrapa sa sœur dehors, après avoir pris congé de Midge.

— Je suis désolée de ne pas t'avoir dit ce que je m'étais rappelé, s'excusa Jolene. Midge m'a découverte. Elle a emmené Angel… enfin, elle m'a emmenée chez des personnes qui avaient trouvé un couple qui était intéressé pour m'adopter illégalement. Je suis encore sous le choc et il me faudra un moment pour…

— Pas de problème, l'interrompit Dulcie, la comprenant parfaitement.

Elles étaient des étrangères, après tout. Des sœurs mais des étrangères. Avec le temps, peut-être…

Elles se retournèrent en entendant Midge leur lancer :

— Vous voulez savoir qui a tué Laura ?

Elle paraissait furieuse.

— Demandez à Ronda Carpenter, poursuivit-elle. Mais ne vous en laissez pas conter par son apparente timidité. Cette femme est capable de meurtre. Laura et elle étaient les meilleures amies du monde jusqu'à ce qu'elle perde son bébé. J'ai entendu Ronda et Ben se disputer ce jour-là. Nous étions voisins, à l'époque. Dieu seul sait si Ben l'a bousculée ou si elle est tombée, comme elle l'a plus tard juré, mais elle a perdu son bébé, et avant la fin de la soirée Laura Beaumont était morte. Alors, selon vous, qui a tué Laura ?

Là-dessus, elle rentra dans la maison en claquant la porte derrière elle.

— Tu vas bien ? demanda Dulcie.

— Je t'en prie, arrête de me demander ça, lui répondit Jolene tandis que Dulcie les emmenait loin du ranch Atkinson. Je sais que je suis Angel Beaumont mais c'est tout de même comme si tout le monde me parlait d'une autre personne.

— Je te demande cela seulement parce que c'est dur pour moi d'entendre dire toutes ces choses de notre mère, expliqua Dulcie, le regard fixé sur la route. Je pensais que ce devait l'être pour toi aussi.

Jolene contempla le paysage par la vitre.

— Je veux aller voir sa maison, dit-elle.

Dulcie lui jeta un regard perplexe.

— Je ne pense pas que ce soit une bonne idée.

— Il faut que je la voie. Tu as dit toi-même que nous devions démasquer le meurtrier. Si je l'ai vu ce jour-là, me rendre dans cette maison pourrait raviver ma mémoire.

— Tu ignores quel genre de réaction tu pourrais avoir.

— Si tu ne m'y emmènes pas, j'irai seule.

— Bien. On y va.

Elles roulèrent en silence jusqu'à la vieille ferme. En se garant devant la maison, Dulcie laissa échapper un juron.

— J'avais fermé cette porte à clé, dit-elle en coupant le moteur. Quelqu'un s'évertue à la laisser ouverte. Et ne t'avise pas de me dire qu'il s'agit d'un fantôme.

Jolene n'en avait pas l'intention, mais s'il devait y avoir des fantômes, ce serait assurément dans cette maison, se dit-elle en descendant de voiture.

La maison se dressait, menaçante, devant elle. Elle resta sur place, attendant d'éprouver quelque chose, d'être frappée de plein fouet par le sentiment d'être déjà venue en ce lieu, attendant le détail qui lui rendrait la mémoire.

Elle sentit le regard de Dulcie posé sur elle tandis qu'elle s'avançait vers la maison. Arrivée à la porte d'entrée, elle hésita, le courage commençant à lui faire défaut.

— Tu n'as pas à faire cela, lui dit Dulcie, debout près d'elle.

Jolene entra et l'odeur la fit grimacer. Mais elle était déterminée à ne pas laisser Dulcie voir combien elle était effrayée.

Elle traversa le salon en direction de l'arrière de la maison, s'attendant à voir à tout moment quelque chose qui lui causerait un choc.

Elle entra dans la cuisine. Sur la table étaient posés un bol et une cuillère ainsi qu'une petite assiette et un couteau à beurre. Son dernier repas en compagnie de sa mère ?

Elle tenta de s'imaginer assise là. D'imaginer la femme assise en face d'elle. Sa mère.

— Jolene ?

Elle tressaillit en entendant la voix de Dulcie.

Elle secoua la tête et s'éloigna de la table pour gravir l'escalier. Autant en finir au plus vite.

— Chérie, je ne suis pas sûre…

Jolene n'attendit pas de savoir ce que Dulcie avait à lui dire. Elle devait aller à l'étage. Une part d'elle priait pour qu'elle se rappelle. Elle aurait voulu que ces personnes signifient quelque chose pour elle. Laura Beaumont. Angel Beaumont. Dulcie, la sœur dont elle ignorait jusqu'alors l'existence.

Elle monta l'escalier, son cœur battant à se rompre dans sa poitrine, Dulcie sur ses talons.

Arrivée en haut des marches, elle s'arrêta. Tous ses sens étaient en alerte lorsqu'elle tourna la tête. L'une des chambres attira son regard. Une chambre d'enfant. Des anges étaient peints sur les murs. Ils étaient aussi saisissants que le lui avait dit Dulcie.

Elle s'avança vers la chambre comme une somnambule. La chambre d'Angel Beaumont. *Sa* chambre. Elle s'arrêta sur le seuil et fut surprise de fondre en larmes. Elle sentit la main de Dulcie se poser sur son épaule.

— Jolene ? Tu te rappelles ?

— Il y a tant de tristesse dans cette pièce… Tant de solitude… Ne les sens-tu pas ?

— Oui. Mais si tu veux…

— Où se trouve sa chambre ?

— Par ici.

Jolene s'approcha de la porte ouverte d'une autre chambre. Elle vit une partie d'un rideau jaune passé ondulant dans le vent brûlant.

Elle dut se forcer pour entrer. La coiffeuse adossée au mur… La commode… Elle se figea en apercevant le lit taché. Le déroulement du meurtre, qu'elle avait lu et relu, s'imposa violemment à son esprit et elle vit la femme étendue sur le lit, le meurtrier se tenant au-dessus d'elle, la lame du couteau étincelant dans la lumière…

Oh mon Dieu, c'était si… réel. Mais elle n'éprouva rien. Même lorsqu'elle se dit que sa mère avait trouvé la mort dans cette chambre. Elle ne se rappelait pas cette mère, elle ne se rappelait rien de cette vie.

Au bout d'un moment, sa respiration reprit un rythme normal. Elle sentit le regard de Dulcie posé sur elle, un regard empli de crainte, d'interrogation… et d'espoir.

— Désolée, dit-elle en faisant demi-tour pour quitter la chambre.

— Tu ne te souviens de rien ? lui demanda Dulcie alors qu'elles descendaient l'escalier.

— Rien du tout.

Jolene fut surprise de constater à quel point elle se sentait soulagée. Elle avait été terrifiée à la perspective de ce qu'elle pourrait se rappeler et de la réaction que cela provoquerait chez elle.

Tandis que Dulcie et elle quittaient la maison, elle éprouva simplement une sensation de vide.

De retour à la voiture, elle entendit un bruit qui l'amena à se retourner pour regarder en arrière. Sur le toit de la grange, une girouette gémissait dans le vent. Tout comme celle que son père adoptif avait sur sa grange… avant qu'il ne l'enlève.

— Je pense que nous ferions mieux d'aller voir Ronda Carpenter, dit-elle brusquement.

— Fils ?

Arraché à ses pensées, Russell se retourna et vit son père debout à l'extrémité de la terrasse. Il était occupé à se faire des reproches et il ne l'avait pas entendu approcher.

Après avoir vu Nina Mae, la veille, Dulcie avait été bouleversée. Il avait fait tout son possible pour la persuader de venir s'installer au ranch mais elle avait refusé.

— J'ai besoin de rester un peu seule, lui avait-elle dit. Sincèrement, j'ai du mal à réfléchir quand tu es dans les parages.

Elle lui avait décoché ce sourire incroyable qui lui faisait chaque fois battre le cœur et elle l'avait embrassé avant de le pousser vers la porte.

Il avait compris que c'était la meilleure chose à faire. S'il était resté avec elle dans la chambre du motel…

— J'avais espéré que nous pourrions parler avant le souper, dit Grayson, prenant place sur l'un des fauteuils de la terrasse.

Russell vit les rides qui marquaient le visage de son père et il ressentit une pointe de culpabilité. Evidemment, son père était contrarié. Il s'était rangé à l'avis des autres propriétaires de ranch et des cultivateurs, qui avait été d'engager le faiseur de pluie. Et à présent…

— Je suis désolé, papa. J'avais dit que je parlerais au faiseur de pluie…

Russell jura. Il avait été tellement occupé avec Dulcie qu'il n'avait pas accordé une pensée à Finnegan Amberst.

— Les gars commencent à perdre patience, annonça Grayson. Si ce faiseur de pluie n'obtient pas bientôt des résultats, je m'inquiète de ce qui pourrait lui arriver. Mais ce n'est pas de ça dont je veux te parler.

— Se passe-t-il quelque chose que je devrais savoir ?

— Je te retourne la question.

— Je suis désolé. J'ai été très occupé à aider Dulcie, la femme que j'ai amenée chez nous l'autre soir. Elle a découvert qu'elle était l'une des filles de Laura Beaumont. A présent, elle est plus que jamais déterminée à démasquer la personne qui a tué sa mère.

— C'est une femme charmante, intelligente et déterminée. Je peux comprendre que tu t'inquiètes pour elle. Je suis persuadé que ton frère mène l'enquête.

— Shane fait de son mieux, en l'absence du shérif, mais la piste remonte à vingt-quatre ans, et la communauté n'est pas loquace.

Son père haussa un sourcil.

— Tu penses que la communauté protège l'assassin ? demanda-t-il.

— Peut-être. Quelqu'un a tenté de faire sortir la voiture de Dulcie de la route. Shane ne pense pas qu'il y ait un lien.

— Mais toi si.

Russell acquiesça.

— J'ai essayé de la raisonner.

Son père se mit à rire puis il reprit son sérieux.

— Cette femme compte beaucoup pour toi, fils, je me trompe ?

Russell prit soudain conscience de ce qui tracassait son père.

— Je ne quitterai jamais le ranch, dit-il.

— L'amour fait faire à un homme des choses qu'il avait juré ne jamais faire.

— Tu m'imagines vivant à Chicago ? Quoi que j'éprouve pour elle, rien ne m'éloignera du Trails West Ranch.

Au moment même où il prononçait ces paroles, il se rendit compte que Dulcie l'avait *déjà* éloigné du ranch. Depuis des jours, ses pensées étaient tournées vers elle et uniquement vers elle.

Arrivée devant la boîte aux lettres portant le nom « Carpenter » inscrit en caractères grossiers sur le côté du métal rouillé, Dulcie s'engagea sur le chemin de terre et se gara dans la cour de la ferme délabrée.

Deux corniauds chargèrent en aboyant férocement.

La porte d'entrée de la maison s'ouvrit brusquement, et Ronda Carpenter rappela les chiens. Elle fronça les sourcils en voyant Jolene descendre de voiture, et se rembrunit davantage encore en apercevant Dulcie.

Ronda était une femme menue approchant de la cinquantaine, au physique décati. Jolene ne l'avait rencontrée qu'une fois auparavant, lors de son entretien d'embauche pour le poste d'enseignante. Ronda faisait partie du comité de parents qui avait recommandé son recrutement.

— Si c'est à propos de Mace, il n'est pas ici, leur lança Ronda. Son père et lui sont allés à Havre. A-t-il des problèmes ?

— Non, lui répondit Jolene. Mace se comporte très bien.

Ronda sembla soulagée mais pas totalement.

— Si vous venez demander de l'argent pour l'école ou autre chose…

— Ce n'est pas le cas. Pouvons-nous entrer et échapper quelques instants à cette chaleur ?

Ronda parut contrariée mais hocha la tête. Elle les fit entrer et les conduisit jusque dans la cuisine.

— Je dois préparer le souper, dit-elle. Ben et Mace seront bientôt de retour.

Jolene observa un moment les mains tremblantes

de Ronda tandis qu'elle mettait l'eau à bouillir, prenait un grand paquet de macaronis, une boîte de velouté de champignons et deux autres de thon. Dulcie, elle, jeta un coup d'œil autour d'elle, remarquant, Jolene n'en douta pas, les meubles en piteux état.

— J'ai des questions à vous poser concernant Laura Beaumont, annonça Jolene.

Ronda se figea. Lentement, elle reposa l'ouvre-boîtes qu'elle utilisait pour les boîtes de thon.

— J'ai entendu dire qu'elle était votre amie, poursuivit Jolene. J'espérais que vous pourriez m'en dire un peu plus sur elle.

Ronda ne se retourna pas.

— C'était il y a tellement longtemps, dit-elle. Pourquoi seriez-vous intéressée ?

— C'est important. Sinon nous ne serions pas venues ici vous poser des questions susceptibles de vous bouleverser, lui répondit Jolene. Nous devons savoir quelle était la nature de la relation de Ben avec Laura.

— Pardon ?

Ronda s'agrippa au bord du plan de travail.

— Ce qu'elle vous demande, c'est si Ben avait une liaison avec Laura, précisa Dulcie, haussant les épaules face au regard réprobateur que lui décocha Jolene.

— Non. Ben ? Non.

Ronda se retourna.

— Qui êtes-vous ? demanda-t-elle en fixant Dulcie.

— Pardon, s'excusa Jolene. Je vous présente Dulcie Hughes. Elle possède l'ancienne propriété Beaumont.

Ronda reporta les yeux sur Dulcie, manifestement surprise.

— Je suis désolée mais nous devons vous poser ces questions, enchaîna Jolene. Midge Atkinson nous a dit que son mari avait renvoyé Ben parce qu'il avait une liaison avec Laura.

— John avait tort. C'est lui qui…

Ronda agrippa à deux mains le tablier noué autour de sa taille.

— Ben n'a jamais été l'amant de Laura, affirma-t-elle. Elle était mon amie. Vous avez tout faux.

— Dans ce cas, aidez-nous, insista Jolene.

Ronda secoua la tête, le regard éteint, empreint de douleur.

— Je vous en prie, vous devez partir toutes les deux, maintenant.

— Je sais que Tinker a essayé de protéger Angel Beaumont, le jour où sa mère est morte, reprit Jolene.

— Tinker ?

Le regard de Ronda s'anima. Ses yeux se mirent à étinceler de colère.

— Laissez mon Tinker en paix, vous m'entendez ?

Elle ramassa l'ouvre-boîtes sur le plan de travail et elle s'avança vers elles comme si elle avait l'intention de les agresser.

— Sortez et ne vous risquez pas à revenir, dit-elle. Si Ben vous surprend ici…

Jolene recula d'un pas et Dulcie s'avançait déjà vers la porte lorsqu'elles entendirent un véhicule approcher sur la route.

— Partez ! s'écria Ronda. Si Ben vous trouve ici, il pensera que vous êtes venues pour Mace. Il ne veut pas que Mace prenne le même chemin que son demi-frère.

Dulcie ouvrit la porte et elles sortirent toutes deux sur la terrasse au moment où un pick-up passait devant la maison sans s'arrêter.

Ronda les avait suivies et, juste avant qu'elle ne referme

brutalement la porte, Jolene vit le regard haineux qu'elle leur décocha.

Aussitôt, Jolene crut entendre quelqu'un sangloter de l'autre côté. De gros sanglots qui lui brisèrent le cœur. Combien de vies Laura Beaumont avait-elle détruites avant de perdre la sienne ?

— Que déduis-tu de cela ? lui demanda Dulcie, une fois qu'elles furent montées dans la voiture et qu'elles se furent suffisamment éloignées pour ne pas risquer de tomber sur Ben Carpenter.

— Je pense que Ronda a peur de son mari, répondit Jolene.

— Dans ce cas, pourquoi est-elle toujours avec lui après tout ce qu'il lui a fait ? Je t'ai dit ce que Nina Mae Cross nous a rapporté concernant la dispute qui a opposé Ronda et Ben, et le fait que Ronda ait perdu le bébé suite à une chute. Tu sais que ce salaud l'a bousculée, tout comme tu sais qu'il avait une liaison avec Laura.

— Peut-être l'histoire ne s'arrête-t-elle pas là. Nous le saurons demain matin, conclut-elle avec un soupir.

Dulcie la regarda, surprise.

— Tu ne comptes tout de même pas encore recevoir la fin de la nouvelle ? Jolene, si le meurtrier en est l'auteur, alors il sait ce que nous complotons. Tu ne persistes pas à croire…

— Le meurtrier ira jusqu'au bout parce qu'il veut que je sache pourquoi il a tué Laura.

— Pourquoi irait-il se confesser ? Nous ne sommes pas plus près de découvrir qui a tué Laura que lorsque nous sommes toutes deux arrivées en ville. Le meurtrier, ou la meurtrière, n'a pas de raison de se trahir. Pas après vingt-quatre ans. Il n'y aura pas de dénouement. Tu dois accepter le fait que nous puissions ne jamais connaître la vérité.

Russell sourit à Dulcie qui s'approchait de sa table, au restaurant des Lumières du Nord. Lorsqu'il l'avait appelée un peu plus tôt pour l'inviter à dîner, elle lui avait paru découragée. A présent qu'elle s'avançait vers lui, son expression confirma cette impression.

— Mauvaise journée ? lui demanda-t-il en se levant pour l'aider à s'installer.

Des cernes sombres soulignaient ses yeux et elle semblait porter toute la misère du monde sur ses épaules.

— J'ai l'impression de me cogner la tête contre un mur, avoua-t-elle.

Elle lui rapporta leurs conversations avec Midge Atkinson et Ronda Carpenter ainsi que ce que Jolene avait découvert.

— Je pense que Ronda Carpenter est dans le déni le plus total, mais après avoir rencontré Ben je ne peux imaginer que ma mère soit tombée amoureuse de lui.

— Nina Mae nous a expliqué qu'il avait changé après la perte de son bébé, lui rappela Russell. Si ta mère et lui étaient réellement amoureux, sa mort a également dû le changer.

— Bien sûr, il y a toujours la possibilité que Midge mente, que ma mère ait été amoureuse de John et qu'elle ait rompu avec Ben.

— Je vois pourquoi tu as la sensation de te cogner la tête contre un mur.

— C'est exactement cela. J'ignore totalement qui ment et qui dit la vérité. Et pour couronner le tout, le fils de Ben, Mace, est l'un des élèves de Jolene et elle est sortie avec le beau-fils de Ben, Tinker. Quel imbroglio.

— Le quotidien d'une petite ville du Montana, ironisa Russell.

— Crois-tu que Tinker sache qui est vraiment Jolene ?

Il haussa les épaules.

— Quoi qu'il en soit, je ne m'en inquiéterais pas. N'a-t-il pas tenté de la protéger lorsqu'ils étaient enfants ?

— En effet.

Elle se massa les tempes et soupira.

— Donne-moi de bonnes nouvelles, dit-elle. Qu'as-tu découvert concernant le médaillon de ma mère ?

— D'après le rapport du médecin légiste, le médaillon n'était pas sur le corps.

— Le meurtrier l'aurait pris ?

— Ou alors il a pu être égaré durant l'enquête. Je suis désolé. Et Shane a reçu le résultat des tests A.D.N. Jolene et toi êtes sœurs.

— Est-ce que Jolene…

— Elle le sait. Shane vient de m'en informer. Il m'a dit qu'elle avait bien pris la nouvelle. Il semblerait qu'elle accepte au moins cette partie.

— Je n'aime pas la savoir seule chez elle. Je voulais rester avec elle. Je lui ai même proposé de prendre une chambre au motel où je suis descendue. Elle a refusé. Je m'inquiète pour elle.

— Et moi je m'inquiète pour toi.

Il plongea son regard dans le sien. Il n'avait qu'une envie, la prendre dans ses bras et la réconforter. Ils n'avaient pas fait l'amour depuis cette seule et unique fois dans la vieille ferme et cela ne correspondait pas à sa vision des conditions idéales pour faire l'amour à Dulcie.

Il voulait l'emmener dans un lit digne de ce nom et lui faire l'amour comme elle le méritait. Il se pencha vers elle et le lui dit.

Elle lui adressa un large sourire, ses yeux brillant d'une lueur de défi.

— Qu'est-ce qui t'en empêche donc ?

— Je veux toute ton attention.

Il voulait davantage que cela mais il eut l'intelligence de ne pas le lui dire. Peut-être ne souhaitait-elle qu'une aventure d'un soir. Or lui, il ne s'adonnait pas à ce type de liaison.

Elle reprit son sérieux et regarda en direction de la rangée de fenêtres.

— Je ne peux pas te donner ce que tu veux pour l'instant, Russell.

— Je le sais. Alors, et maintenant ?

— Nous attendons de voir si le meurtrier termine la nouvelle. Ou voulais-tu parler de toi et moi ?

Après que Dulcie eut quitté Russell sur le parking près du restaurant, en ne lui accordant pas beaucoup plus qu'un rapide baiser, elle se sentit nerveuse. Elle avait espéré qu'il aurait changé d'avis et qu'il l'aurait accompagnée à son motel.

Mais elle comprit ce qu'il éprouvait. Il était le genre d'homme qui, lorsqu'il s'éprenait d'une femme, ne faisait pas les choses à moitié. Or, comme elle le lui avait dit, elle ne pouvait lui donner plus pour l'instant.

Elle savait qu'elle ne parviendrait pas à dormir. Elle penserait au meurtre de sa mère. A ce qu'avaient fait ses grands-parents.

Et à Russell Corbett. Ce qu'elle voulait éviter.

De retour à son motel, elle pensa à la porte de ferme qu'elle avait trouvée ouverte. Il n'y avait pas eu effraction, ce qui signifiait que quelqu'un possédait une clé.

Laura Beaumont aurait donné la clé de chez elle à

quelqu'un ? A l'homme dont elle était tombée amoureuse, sûrement.

Cela paraissait évident si ce que l'auteur de la nouvelle et Midge leur avaient dit était vrai. Laura était tombée amoureuse. Elle avait rompu avec les autres hommes, ce qui expliquait la scène de la nouvelle où l'un des hommes se disputait avec elle dans la salle de bains. John Atkinson ? Ben Carpenter ? Le faiseur de pluie ? Ou y en avait-il eu d'autres dont le narrateur n'avait pas eu connaissance ?

Excitée à l'idée qu'elle aurait pu tomber sur quelque chose, elle se changea en prévision d'une longue nuit. Equipée d'une lampe torche, d'un spray au poivre et d'une bouteille d'eau, elle reprit sa voiture et se dirigea vers la ferme. Elle comptait mettre cette nuit à profit pour découvrir à qui Laura avait donné une clé. Et apprendre, par la même occasion, qui était l'homme dont elle était tombée amoureuse.

Elle misait sur Ben Carpenter. C'était la raison pour laquelle elle avait emporté le spray au poivre. L'homme lui faisait peur.

En arrivant à la ferme, elle se demanda si elle devait appeler Russell. Mais il n'y avait pas de réseau.

Elle se gara plus loin sur la route puis elle marcha, se persuadant que tous les crotales étaient repartis se tapir sous leurs rochers pour la nuit. Arrivée à la maison, elle trouva un endroit où elle pourrait se cacher pour attendre et elle s'installa.

Une heure plus tard, elle commençait à se demander si sa théorie était aussi ridicule que son idée de s'être cachée près de la maison lorsqu'elle entendit un bruit provenant de la pénombre. Quelqu'un foulait les hautes herbes sèches, s'avançant dans sa direction.

13

Une silhouette sombre émergea de l'obscurité. Dulcie ne distingua pas son visage mais seulement une forme humaine imposante qui passa à moins d'un mètre d'elle. Un homme. Elle se plaqua contre le mur, osant à peine respirer jusqu'à ce que l'homme contourne la maison.

Elle entendit le claquement de ses bottes sur les marches, puis sur la terrasse avant que l'homme, utilisant une clé, n'ouvre la porte.

Tout comme elle l'avait supposé, il avait sa propre clé.

Mais qui était-il ? Elle s'approcha avec d'infinies précautions. Il avait laissé la porte grande ouverte. Elle l'entendit monter l'escalier d'un pas lourd.

Elle patienta jusqu'à ce qu'elle n'entende plus rien puis elle gravit doucement les quelques marches de la terrasse et elle jeta un coup d'œil à l'intérieur où régnait une obscurité totale.

Allait-elle vraiment s'aventurer plus avant ?

Une lumière s'alluma soudain dans la chambre de Laura, la faisant sursauter. La lueur diffuse transparaissait à travers le rideau jaune.

Que faisait-il dans la chambre de Laura ? Se contentait-il de toucher ses effets personnels, de se remémorer le passé ? Ou bien cherchait-il quelque chose ? Un indice qu'elle n'aurait pas repéré ?

Elle s'interrogea sur ce qu'elle devait faire, consciente de ce que Russell penserait de sa présence ici. Prenant le taureau par les cornes, elle entra dans la maison. Elle n'osa pas utiliser sa torche, mais elle s'assura que celle-ci, ainsi que son spray au poivre, se trouvaient toujours dans les poches de sa veste. Ce qui était le cas.

A l'intérieur, l'obscurité était totale. Elle ferma les yeux, se représentant la place de chaque chose tandis qu'elle s'avançait à pas de loup vers le pied de l'escalier, les bras tendus comme une somnambule.

Elle s'efforça de ne pas penser à ce qu'elle ferait si ses doigts rencontraient un être de chair et de sang. Tendant l'oreille et n'entendant rien, elle commença à gravir l'escalier.

Cinq marches, s'arrêter et écouter, puis cinq autres marches. Parvenue en haut, elle trébucha et se figea sur place, craignant que sa maladresse ne l'ait trahie.

Un bruit étrange provenait de la chambre de Laura. Un gémissement aigu comme le râle d'un animal blessé. Son sang se glaça dans ses veines.

Etait-ce l'homme ? Qui d'autre ? Nul autre que lui n'était entré dans la maison et elle ne croyait pas aux fantômes, en principe.

Elle trouva le mur à tâtons et elle le longea avec précaution. Le gémissement s'était mué en quelque chose de presque plus effrayant encore, un horrible bruit de sanglots étouffés.

Elle s'avança vers la lumière diffuse et le bruit, déterminée à jeter un coup d'œil à cet homme avant de prendre ses jambes à son cou et de déguerpir aussi vite qu'elle le pouvait.

En arrivant sur le seuil, elle vit l'homme agenouillé près du lit. Sa torche était posée dessus, son rayon de lumière illuminant la pièce.

Il était penché au-dessus du lit, tenant quelque chose

dans sa main droite, son corps secoué convulsivement par des sanglots.

Elle fut fascinée par cette vision. Elle observa l'homme, ses poings crispés, son corps ébranlé par des sanglots qu'il semblait puiser tout au fond de lui-même.

Soudain, ses doigts s'ouvrirent, et à la lumière de la torche posée sur le lit, elle vit ce qu'il tenait. Un médaillon en or au bout d'une chaîne.

Son cœur cessa de battre. Le souffle lui manqua. Le temps parut se figer.

L'homme fit volte-face tellement vivement qu'elle ne vit pas le coup arriver. Son poing l'atteignit sur le côté de la tête, la projetant contre le mur. Elle vit la lumière scintiller alors qu'elle glissait le long du mur et qu'elle tombait, sombrant dans l'obscurité la plus complète.

Russell s'éveilla en sursaut d'un mauvais rêve, se demandant pendant un moment où il se trouvait. Il lui fallut quelques instants pour prendre conscience de ce qui l'avait réveillé. Le téléphone.

Il décrocha.

— Allô ?

— C'est Shane. Je ne voulais pas réveiller papa mais je me suis dit que tu devrais savoir. Je viens d'arrêter Finnegan Amberst.

— Le faiseur de pluie ?

Russell se redressa et s'efforça de dissiper les vestiges de son rêve. Il avait rêvé de Dulcie. Elle était en difficulté.

— Pourquoi voudrais-tu arrêter…

— Je pense que tu pourrais vouloir nous rejoindre, le coupa son frère. J'ai demandé à l'autre adjoint de service d'emmener Dulcie Hughes à l'hôpital pour…

— Quoi ?

A présent, il était tout à fait réveillé, et son cœur battait comme un fou dans sa poitrine.

— Uniquement pour la mettre en observation, le rassura Shane. Je voulais qu'un médecin l'examine afin de s'assurer qu'elle n'ait pas une commotion cérébrale.

— Enfin qu'est-ce que…

Russell jura tout en allumant la lumière pour chercher ses vêtements.

— Elle va bien, tu m'entends ? Elle a juste eu un différend avec Finnegan Amberst.

— Je vais descendre ce salaud !

— Calme-toi, Russ. Il est derrière les barreaux et il y restera. Nous l'avons appréhendé alors qu'il quittait la ville.

— Il quittait la ville ! Quel lâche !

— Je savais que tu voudrais être tenu au courant pour Dulcie. Il semblerait qu'elle ait démasqué l'assassin de Laura Beaumont.

— Le faiseur de pluie ? Une fois que j'aurai pris des nouvelles de Dulcie, je veux le voir.

— Il n'en est pas question.

— Où est le shérif ? Je vais m'adresser à lui.

— Le shérif est absent. Mais il ne te laisserait pas non plus voir Finnegan Amberst.

— Je ne vais pas le tuer. Je veux seulement lui parler.

— Si tu penses lui extorquer des aveux, oublie. De toute façon, il jure qu'il n'a pas tué Laura.

— Il jurait aussi qu'il pouvait faire pleuvoir.

Levant les yeux, Dulcie vit Russell franchir le seuil de sa chambre d'hôpital et elle sentit son cœur bondir de joie. Ses yeux s'emplirent de larmes. Elle les essuya d'un geste furtif.

— Tu vas bien ? lui demanda Russell d'une voix tendue.

Il lui parut à la fois angoissé, soulagé… et furieux.

Et elle savait très bien pourquoi.

— Je vais bien. C'est seulement une légère commotion.

Elle lui sourit et grimaça aussitôt ; sa mâchoire la faisait souffrir.

Russell jura et s'approcha d'elle, lui tournant délicatement la tête du bout des doigts pour examiner l'ecchymose sombre qui lui couvrait le visage, de la pommette au menton.

— Cela paraît pire que ça ne l'est en réalité, le rassura-t-elle.

Elle le vit contracter les mâchoires.

— Bon sang, mais comment…

— En fait, c'est plutôt drôle, le coupa-t-elle. Je n'arrivais pas à dormir, donc j'ai décidé d'aller surveiller la maison. Je savais que quelqu'un y venait la nuit et j'avais dans l'idée que, puisque cette personne avait une clé, Laura devait la lui avoir donnée. Ce qui impliquait qu'il devait s'agir de l'homme dont elle était tombée amoureuse et pour qui elle avait rompu avec ses autres amants.

— Viens-en à la partie censée être drôle, l'interrompit-il d'un ton sec.

— Cet homme était le faiseur de pluie. Il s'est servi de sa clé pour entrer dans la maison. Je l'ai suivi jusqu'à l'étage. Je l'y ai trouvé près du lit de Laura. Il pleurait et j'ai vu qu'il tenait un objet serré dans sa main. C'était le médaillon de Laura.

Russell sursauta.

— Le médaillon de ta mère, avec la photographie à l'intérieur, qui avait disparu ?

— Quand il s'est rendu compte que j'étais derrière lui, il a fait volte-face et…

— Il t'a frappée.

— J'ai perdu connaissance pendant quelques minutes.

Quand je suis revenue à moi, j'ai entendu son pick-up s'éloigner. J'ai repris ma voiture et je me suis rendue chez Arlene Evans pour lui demander d'appeler le bureau du shérif. Ensuite, Arlene m'a emmenée voir Shane qui a insisté pour que je vienne ici. Fin de l'histoire.

Russell la fusilla du regard.

— Tu t'es rendue, toute seule dans cette maison, au milieu de la nuit, pour y chercher un assassin.

— En fait, je cherchais l'homme que Laura aimait, pas son assassin.

— Comment as-tu pu faire quelque chose d'aussi inconscient ? D'aussi irrationnel ? D'aussi dangereux et stupide ?

Mais de quel droit lui parlait-il ainsi ?

— C'était imprudent d'accord, et ça s'est révélé dangereux, mais cela n'avait rien d'irrationnel ni de stupide ! rétorqua-t-elle, sentant la colère la gagner. J'avais emporté un spray au poivre et je savais ce que je faisais.

— Ah vraiment ?

Il posa les yeux sur son visage contusionné et elle vit son expression se radoucir.

— Bon sang, Dulcie.

Il se pencha vers elle et l'attira dans ses bras.

Elle posa sa joue contre l'étoffe douce et chaude de sa chemise et respira son odeur. Il avait raison, elle s'était montrée inconsciente, imprudente et un peu insensée. A l'image, en un sens, de ses sentiments pour lui.

— Tu viens t'installer à la maison avec moi jusqu'à ce que tu doives repartir pour Chicago, décréta-t-il.

— Le meurtrier est derrière les barreaux.

Russell s'écarta pour la regarder dans les yeux.

— Exactement, et je dispose de toute ton attention

durant quelques jours avant que tu retournes à Chicago, n'est-ce pas ?

Elle lui sourit.

— Ma foi, pourquoi pas ? répondit-elle. Je te rappelle que tu m'as promis une balade à cheval. Par ailleurs, quelques jours de repos ne me feraient pas de mal.

Elle lui caressa la joue.

— Es-tu sûr de vouloir faire cela, Russ ?

Il hocha la tête et se pencha pour déposer un baiser léger sur ses lèvres.

Tandis qu'il s'éloignait, leurs regards se croisèrent et elle se rendit compte à quel point ce serait périlleux. Pour la première fois de sa vie, elle eut la sensation d'être complètement dépassée par les événements.

Jolene s'était réveillée tard le dimanche au terme d'une nuit agitée. Elle était entrée dans la salle de bains d'un pas hésitant pour prendre sa douche et elle était restée un long moment à étudier son visage dans le miroir.

Elle était Angel Beaumont. Elle avait attendu que ce nom lui évoque un souvenir. Rien. Tout comme sa visite à la maison. Puis à la prison, à la suite de l'appel de Dulcie.

Elle avait regardé le faiseur de pluie. Mais elle n'avait rien vu d'autre qu'un homme qui avait considérablement vieilli au cours des vingt-quatre dernières années. Et cela n'avait pas éveillé en elle la moindre réminiscence.

La nouvelle de l'arrestation avait fait le tour du comté. Jolene aurait voulu ressentir quelque chose. Du soulagement. De la colère. N'importe quoi. Mais au lieu de cela elle s'était seulement sentie un peu triste. Avec le faiseur de pluie en prison, elle ne recevrait jamais la fin de la nouvelle.

Le shérif adjoint Shane Corbett l'avait appelée pour

lui communiquer le résultat des tests A.D.N. Dulcie et elle étaient sœurs. L'A.D.N. prélevé sur la scène du crime prouvait qu'elles étaient les filles de Laura Beaumont.

Jusque-là, rien qu'elle ne sache déjà. Néanmoins, elle avait pensé que lorsqu'elle obtiendrait les résultats des tests A.D.N., elle ressentirait ce lien l'unissant à Dulcie qu'étaient censées éprouver des sœurs. Sans y parvenir.

Peut-être était-ce tout simplement dû au fait qu'elle refusait d'être Angel, qu'elle refusait de se rappeler ces cinq premières années de sa vie ou le meurtre de sa mère, ou ce qu'elle avait dû voir. Ou peut-être avait-elle été séparée de Dulcie trop longtemps.

Elle soupira, anxieuse de pouvoir cesser de penser à tout cela. Elle avait passé la majeure partie de cet après-midi cruellement torride à lire, mais même un bon livre n'avait pu la distraire de ses pensées.

Reposant son livre, elle s'avança vers la fenêtre, surprise que le soir tombe déjà. Elle se sentit nerveuse, songea à se rendre en ville, mais elle n'en eut pas l'énergie. Ni de raison de le faire. Il faisait toujours une chaleur intolérable, mais désormais la brise entrant par la fenêtre ouverte était chaude et humide.

Elle appréhendait la journée du lendemain. Il n'y aurait pas de dénouement à l'histoire du meurtre. Elle noterait les devoirs de ses élèves puis elle les leur rendrait à tous, gardant des copies pour l'anthologie promise. Elle libérerait la classe de bonne heure pour ce dernier jour de l'année. Et tout serait terminé.

Et pourtant, ce ne serait pas terminé pour elle tant qu'elle n'aurait pas retrouvé la mémoire.

Elle ne pouvait supporter l'idée de passer le long été torride qui s'annonçait à Whitehorse. Mais où irait-elle ?

Dulcie avait évoqué la possibilité de l'emmener à Chicago, mais elle ne se sentait pas prête pour cela.

Elle se détourna de la fenêtre. Il faisait une chaleur insupportable dans la maison. Peut-être devrait-elle prendre une douche froide. Elle entra d'un pas nonchalant dans la salle de bains et elle se dévêtit. Alors qu'elle s'avançait sous le jet d'eau glacée, elle songea à Tinker et elle sentit son estomac se contracter. Il était le petit garçon avec qui elle jouait près du ruisseau, l'ami qui, d'après l'auteur de l'histoire, avait tenté de la secourir, le soir où sa mère avait été assassinée.

Alors qu'elle se lavait les cheveux, elle se demanda si Tinker savait qui elle était, s'il l'avait su depuis la première fois où il l'avait invitée à danser, au centre communautaire de Whitehorse.

Cette pensée lui procura un frisson. Elle fit couler l'eau chaude et elle attendit quelques instants.

Tinker savait-il que son père rendait visite en cachette à Laura ? Il avait neuf ans, il était tout à fait en âge de comprendre ce qui se passait. Ou alors Ronda aurait-elle dit la vérité ? Ben n'avait jamais été l'amant de Laura.

Coupant l'eau de la douche, elle se massa les tempes, sentant poindre un mal de tête. Elle devait arrêter de se torturer ainsi l'esprit. Non. Elle devait avant tout savoir qui avait écrit cette histoire de meurtre.

Tout en enfilant un débardeur, un short et des sandales, elle retourna dans le salon et regarda l'ordinateur posé sur le bureau d'angle.

Elle ne l'avait même pas allumé puisque celui de l'école était plus récent et connecté à internet. Mais Titus Cavanaugh n'avait-il pas mentionné le fait que les deux ordinateurs étaient en réseau ?

S'approchant du bureau, elle resta un moment debout

à le regarder, songeant à l'histoire du meurtre et à ce qui la tracassait…

— Faites que j'aie tort, murmura-t-elle.

Lentement, elle s'assit et appuya sur la touche de mise sous tension. Il fallut un moment à la machine pour démarrer.

Elle eut un brusque mouvement de recul tandis que le texte de la nouvelle s'affichait à l'écran.

> Te rappelles-tu à présent ?
>
> Te rappelles-tu la chaleur écrasante de cette soirée, alors que tu pataugeais dans l'eau tiède du ruisseau, le contact de l'herbe sous tes pieds nus ? Te rappelles-tu avoir murmuré un secret dans l'obscurité, assise sur la rive ?
>
> Tu as un secret, n'est-ce pas ? C'est la raison pour laquelle tu te refuses à te souvenir de ce soir-là et du bruit de la girouette gémissant dans le vent.
>
> Tu sais qui a tué ta mère. Tu l'as toujours su. Mais tu ne veux pas te rappeler le sang rouge vif de ta mère sur la lame du couteau, ni la main qui le tenait.

Elle se couvrit la bouche de sa main tandis que des larmes affluaient à ses yeux. Elle se leva d'un bond de la chaise, trébuchant et manquant de tomber en arrière. Comme si elle pouvait ainsi échapper aux mots affichés à l'écran.

Par la fenêtre ouverte, elle sentit l'odeur de la pluie dans l'air et elle perçut l'arrivée de la fraîcheur. Elle ouvrit son téléphone d'un coup sec et composa le numéro de Dulcie. Il y avait eu assez de secrets. Assez de mensonges. Elle ne pouvait continuer à vivre avec les siens.

L'appel arriva directement sur la messagerie vocale de Dulcie. De l'autre côté de la fenêtre, les arbres étaient battus par le vent, leurs branches éraflant le côté de la maison comme des ongles crissant sur un tableau noir. Des ombres inquiétantes et difformes se dessinant en vacillant à la nuit tombante.

— Dulcie. Je sais. Je sais ce qui est arrivé ce soir-là. Je…

Les mots restèrent bloqués dans sa gorge lorsqu'elle aperçut quelque chose à travers les branches qui s'agitaient.

Il y avait une lumière allumée dans l'école.

Après leur promenade à cheval, Dulcie s'immergea dans un bain chaud, espérant apaiser certaines de ses douleurs, puis elle se doucha.

— Monter à cheval n'est pas aussi romantique qu'il y paraît ! lança-t-elle à Russell depuis la salle de bains. Mais merci de m'avoir emmenée. J'ai adoré visiter la région. C'est tellement beau aux alentours des Missouri Breaks. Je comprends pourquoi tu aimes tant ce lieu.

N'obtenant pas de réponse, elle enfila ses vêtements, et trouva la chambre vide. Elle découvrit finalement Russell dans la pièce à vivre, occupé à lire.

S'approchant de lui, elle eut la surprise de voir qu'il lisait la copie de l'histoire du meurtre que Jolene lui avait donnée.

La contrariété qu'elle décela dans son regard lorsqu'il leva les yeux vers elle l'effraya.

— Pourquoi lis-tu cela ?

Il reposa les feuillets et soupira.

— Et si jamais Jolene recevait le dénouement demain à l'école ?

— Ce n'est pas possible. Le faiseur de pluie est en prison.

— Et s'il n'était pas l'auteur de la nouvelle ?

N'avait-elle pas pensé qu'il pourrait y avoir quelqu'un

d'autre, un complice du meurtrier qui l'aurait aidé à conserver sa liberté durant ces dernières vingt-quatre années ?

Mais elle avait abandonné cette théorie quand Finnegan Amberst avait été arrêté. Le faiseur de pluie était un solitaire, un étranger. Personne, dans cette ville, ne l'aurait aidé.

— Tu me fais peur, murmura-t-elle.

— Je suis désolé. C'est seulement que, après avoir relu ceci…

Il croisa son regard et ajouta :

— L'auteur a une connaissance trop intime des événements.

— Evidemment. Le meurtrier est la seule personne à connaître toute l'histoire.

— A l'exception d'Angel.

Dulcie sentit l'air se retirer brutalement de ses poumons.

— Tu penses que c'est elle qui l'écrit ? Qu'elle en est l'auteur depuis le début ? C'est ridicule ! s'exclama-t-elle.

— Je pense que c'est possible, au contraire. Peut-être plus que possible. Elle a refoulé le passé et pourtant elle a pris ce poste d'enseignante. Et si rédiger le récit du meurtre était pour elle le moyen d'affronter son passé ?

Elle se mordit la lèvre pour réprimer ses larmes.

— Que se passera-t-il si elle rédige le dénouement de l'histoire de meurtre et que celle-ci se trouve sur le pupitre vide lorsqu'elle ramassera les autres devoirs dans la matinée ? demanda-t-elle.

Russell ne répondit pas et se contenta de lui jeter un regard éloquent.

Dulcie sentit un frisson lui parcourir l'échine.

— Non, murmura-t-elle. Tu ne peux pas croire… Elle n'avait que cinq ans. Elle n'a pas pu…

— Je n'ai pas non plus envie d'y croire Dulcie. Mais…

— Non. C'était le faiseur de pluie. Il avait le médaillon…

Elle sentit les larmes couler sur ses joues.

Sa fureur contre ses grands-parents lui étreignit le cœur. Comment avaient-ils pu abandonner Angel, la laisser dans une aussi horrible situation ? Ils auraient dû l'emmener, comme ils l'avaient emmenée, elle. Ils n'auraient jamais dû les séparer, sa sœur et elle.

— Je vais l'appeler, déclara-t-elle.

— Prends garde à ce que tu lui diras. J'ai peur de ce qu'elle pourrait faire en retrouvant la mémoire.

Dulcie ne l'entendit pas, elle écoutait le message de Jolene.

Jolene regarda la lumière à travers les arbres. Elle sentit la mémoire lui revenir doucement. Le contact de l'eau tiède du ruisseau sur ses pieds nus. L'obscurité totale. Le vent brûlant charriant une odeur de poussière, d'herbe sèche et de désespoir.

Ses pleurs sur la rive du ruisseau alors qu'elle se frottait les yeux de ses poings, ses mains aussi sales que ses vêtements. Son estomac qui criait famine parce qu'elle n'avait rien mangé depuis son petit déjeuner. Un bol de céréales.

Elle était rentrée chez elle à l'heure du déjeuner mais sa mère dormait, et le réfrigérateur était vide.

Etait-ce à cet instant qu'elle avait commencé à avoir peur ?

Elle eut un flash. Elle revit sa mère assise en face d'elle, parlant trop vite, affichant un bonheur suspect, les yeux trop brillants, telle qu'elle lui était trop souvent apparue.

— Tout ira bien maintenant, mon cœur. Fin va nous emmener loin d'ici. Ne pleure pas. Il sera ton nouveau papa. Il t'achètera des choses. Il prendra soin de nous. Il n'est pas comme les autres.

Ce souvenir s'abattit sur elle, pesant à lui couper le

souffle, tellement douloureux qu'il lui donna envie de se recroqueviller par terre.

— Ça suffit ! s'écria-t-elle.

Elle ne pouvait se laisser envahir par tout cela à cet instant. Elle devait monter jusqu'à l'école. Entrant dans la cuisine, elle ouvrit le tiroir du haut. Le couteau de boucher était long, le manche chaud dans sa main. Lorsque la lame capta la lumière, elle tressaillit comme si elle pouvait la sentir s'enfoncer dans la chair.

Elle fit mine de le ranger, dégoûtée, son estomac se rebellant tandis qu'elle se remémorait l'odeur du sang. Le sang maculant les draps blancs, le regard vide de sa mère. Elle s'éloigna du tiroir ouvert d'un pas mal assuré, craignant de perdre connaissance, le couteau serré dans sa main.

Luttant contre l'angoisse qui menaçait de l'engloutir, elle sortit par la porte de derrière et, tenant le couteau caché derrière son dos, elle commença à gravir la colline. Elle vit la lumière éclairer l'école, elle sut qui l'attendait là-haut.

Te rappelles-tu à présent ?
Tu sais qui a tué ta mère. Tu l'as toujours su.

— Jolene ?

Dulcie regarda Russell, debout près d'elle sur les marches de la petite maison de Jolene, et elle frappa de nouveau à la porte. Les lumières étaient allumées à l'intérieur, et sa voiture ainsi que sa bicyclette se trouvaient devant la maison.

N'obtenant pas de réponse, elle tenta d'ouvrir. La porte n'était pas fermée à clé. La gorge serrée, elle poussa le battant.

— Jolene ?

La maison paraissait déserte. Comme elle ne bougeait pas, Russell passa rapidement devant elle et entra.

Dulcie se sentait tellement effrayée qu'elle fut incapable de l'aider dans ses recherches. Elle l'attendit.

— Elle n'est pas ici, lui annonça-t-il en revenant sur ses pas.

La maison semblait vide, vide comme elle-même se sentait à l'intérieur. Elle jeta un regard à l'ordinateur posé sur un bureau dans l'angle de la pièce, près d'une fenêtre.

— Je vais la chercher, déclara Russell en se dirigeant vers la porte.

— Attends. Je ne veux pas que tu y ailles seul. J'aimerais vérifier quelque chose.

Si Jolene avait écrit l'histoire du meurtre, ne la trouverait-elle pas sur son ordinateur ?

Elle s'approcha du bureau, tira la chaise et toucha la souris de ses doigts tremblants. L'écran s'éclaira, les mots surgissant devant elle.

Tu sais qui a tué ta mère. Tu l'as toujours su. Mais tu ne veux pas te rappeler son sang rouge vif sur la lame du couteau, ni la main qui le tenait.

— Oh mon Dieu ! Russell. C'est ici, sur l'ordinateur. Du moins en partie, s'écria-t-elle. On dirait qu'elle est au beau milieu de la rédaction…

D'autres mots apparurent sur l'écran.

— Elle tape la nouvelle en ce moment même d'un autre ordinateur. L'école. Les ordinateurs doivent être connectés.

— Il y a une lumière allumée à l'école, dit-il, ouvrant la porte d'entrée. J'y vais. Attends-moi ici.

Avant qu'elle ait pu l'arrêter, il sortit. Elle posa de nouveau les yeux sur l'écran de l'ordinateur.

C'est difficile à admettre, n'est-ce pas ? Ce secret que tu gardes depuis toutes ces années. Tu voulais qu'elle meure. Tu en as émis le souhait ce soir-là au ruisseau. Il était si difficile de l'aimer. Parfois, tu la haïssais.

Tu voulais être avec ta sœur, avec tes grands-parents dans leur belle maison dont t'avait parlé ta mère.

Dulcie dut s'arrêter de lire pour essuyer ses larmes.

Tu aurais voulu être celle qu'ils avaient choisie pour quitter ta mère et ne plus avoir à écouter ses pleurs la nuit ni les rires qu'elle partageait avec ces hommes ou encore cet horrible grincement des ressorts du sommier quand elle te disait d'aller jouer au ruisseau.

Elle est morte à cause de toi.

Dulcie regarda fixement l'écran. Pourquoi Jolene avait-elle cessé de taper ? Russell ne pouvait pas être déjà arrivé à l'école.

La nuit était noire. Plus tôt dans la journée, le vent avait été brûlant et cinglant. A présent, tandis que Russell gravissait la colline, il sentait que quelque chose avait changé.

Il regarda vers l'ouest, au-delà des vestiges de la vieille ville de Whitehorse, et il crut voir quelque chose scintiller derrière les Petites Rocheuses. Un éclair ? Un grondement sourd et lointain s'ensuivit.

Soudain, l'air autour de lui sembla plus frais. Le vent sur son visage sentait la pluie. Il ne pouvait le croire. La pluie ? Enfin cet horrible temps sec et chaud prendrait fin !

Tandis qu'il approchait de l'école, il se dit que nombre de choses prendraient fin ce soir. Cette pensée l'effraya. Dulcie et sa sœur avaient traversé tant d'épreuves. Elles étaient fortes mais étaient-elles assez fortes pour affronter ceci ?

Il regarda derrière lui, regrettant à présent d'avoir laissé Dulcie seule dans la maison de Jolene. Mais l'emmener était hors de question. Il n'avait aucune idée de ce qu'il trouverait à l'école.

Restait-il désormais le moindre doute que Jolene soit l'auteur de l'histoire du meurtre ? En était-elle même consciente ? Elle avait pu se lever au milieu de la nuit pour écrire puis emporter la nouvelle dans sa classe afin de l'y déposer pour que son moi conscient l'y trouve le lendemain.

A quel point Jolene était-elle perturbée ? Tous, ils avaient pensé que son incapacité à retrouver la mémoire était due au fait qu'elle avait vu le meurtrier de sa mère. Mais s'ils avaient eu tort ? Si jamais elle avait tué sa mère ? Cela pourrait expliquer pourquoi elle avait enfoui si profondément ce souvenir au point qu'il ne puisse refaire surface.

Arrivé à l'école, il s'arrêta et tendit l'oreille. Un éclair zébra le ciel ; cette fois, le coup de tonnerre correspondant le suivit de près. Le vent se leva, mugissant sous l'avant-toit. Plus près de lui, les branches du vieux peuplier vinrent érafler le flanc du bâtiment.

Il tendit la main vers la poignée de la porte et se rendit compte qu'elle était poissée de… sang.

Il releva les yeux en entendant un bruit. Jolene se tenait de l'autre côté de la porte. Son visage était déformé par la peur, sa bouche ouverte. Elle l'aperçut et lui dit quelque chose, mais le vent emporta ses paroles avant qu'elles ne lui parviennent. Ou peut-être ne les entendit-il pas parce qu'il était trop occupé à fixer le couteau de boucher qu'elle tenait serré dans ses mains, le sang dégoulinant de la lame sur le plancher, à ses pieds.

Sa bouche s'ouvrit mais il ne l'entendit pas hurler.

Le coup jaillit de la pénombre. Un objet dur et froid le frappa à la tempe. Il tendit la main, ses doigts effleurant une étoffe tandis qu'il tombait, apercevant, au-dessus de lui, un visage familier juste avant que les ténèbres ne se referment sur lui.

Dulcie attendit anxieusement que quelque chose d'autre apparaisse sur l'écran. Elle entendit le hurlement du vent et, jetant un coup d'œil par la fenêtre, elle vit les branches des arbres s'agiter dans le vent, les ombres exécuter un ballet désordonné. Elle distinguait à peine la faible lumière de l'école.

Russell devait avoir rejoint Jolene. C'était pourquoi elle avait cessé d'écrire.

Elle commençait à s'éloigner de l'ordinateur quand les mots se mirent à apparaître de nouveau.

> Tu as tué ta propre mère.
>
> Et, à présent, tu dois te tuer de la manière dont tu l'as tuée. C'est la seule issue possible à ton histoire.

Dulcie fixa l'écran avec horreur. Ce n'était pas Jolene qui écrivait cela !

Elle bondit et se rua vers la porte, priant pour qu'il ne soit pas trop tard.

14

— Russell ! Russell !

Le vent emporta la voix de Dulcie et fit voler ses cheveux autour de son visage tandis qu'elle gravissait en courant la route menant à l'école. Les éclairs se succédaient à l'horizon. Le tonnerre éclata comme un coup de canon dans le lointain.

En haut de la rue, elle apercevait une lumière faible dans l'école. Une ombre se déplaçait le long du mur. Jolene ou Russell ?

Les premières gouttes froides de pluie se mirent à crépiter sur le sol poussiéreux, puis à tomber plus dru. La pluie se mêla bientôt à ses larmes de peur alors qu'elle atteignait le sommet de la colline. Elle allait s'engager dans la cour de l'école lorsqu'elle s'arrêta net.

La porte était grande ouverte.

— Russell ? murmura-t-elle.

Elle s'avança avec précaution.

— Russell ?

Toujours pas de réponse, et pourtant elle avait vu quelqu'un à l'intérieur lorsqu'elle gravissait la colline. Elle traversa le petit vestiaire avec ses patères et ses étagères pour les manteaux et les bottes. Alors qu'elle contournait le mur, elle vit Jolene.

Cette dernière se tenait près de son bureau, le dos au

mur. Un grand couteau ensanglanté gisait par terre, à ses pieds. Elle ne semblait pas l'avoir entendue arriver.

Seigneur, où était Russell ?

— Jolene ? appela-t-elle prudemment.

— Sauve-toi ! hurla Jolene. Sauve-toi, elle a un...

Pistolet. Dulcie vit l'arme avant que Jolene ne prononce le mot.

Ronda Carpenter surgit de derrière la porte du local de rangement, tenant un semi-automatique à deux mains, le canon pointé sur la poitrine de Dulcie. Son visage était déformé par un rictus mauvais, et le côté gauche de son chemisier était maculé de sang.

Une traînée de gouttes de sang allait de Ronda à l'ordinateur, installé dans un coin de la classe. Près de la chaise se trouvait une petite flaque de sang, apparemment là où Ronda s'était assise. Assise pour taper la fin de sa nouvelle, comprit soudain Dulcie.

— Fermez la porte à clé, lui ordonna Ronda.

— Où est Russell ? demanda Dulcie, sa voix se brisant tandis qu'elle fermait la porte, feignant de tourner la clé.

Elle était trempée jusqu'aux os et surtout terrifiée à l'idée de ce qui avait pu arriver à Russell.

— A présent, rejoignez votre sœur, lança Ronda.

Dulcie croisa le regard égaré de Jolene et elle y lut plus que de la peur.

— Où est Russell ? demanda-t-elle, s'adressant cette fois à Jolene.

Jolene la fixait, hébétée, et ne répondit pas ; elle était visiblement en état de choc.

— Je commence à retrouver la mémoire, murmura-t-elle. C'est ma faute. Je souhaitais que notre mère meure. Je...

— C'est juste, intervint Ronda. Vous l'avez tuée.

— Non, je l'aimais ! Je ne voulais pas qu'elle soit tuée.

— Vous avez dit à mon fils que vous vouliez qu'elle meure ! s'écria Ronda. Vous l'avez dit à mon fils. A mon merveilleux garçon.

Jolene pleurait à présent.

— Je ne le pensais pas, se défendit-elle d'une voix brisée. J'étais en colère contre elle parce qu'elle voulait que nous allions vivre ailleurs avec le faiseur de pluie. Je savais que les choses ne seraient pas mieux ailleurs. Je le savais.

Dulcie commençait à comprendre, et ce qu'elle comprenait la terrifiait.

Le petit Tinker Horton, âgé de neuf ans, avait voulu protéger sa mère enceinte parce qu'il pensait que son beau-père avait une liaison avec Laura.

— Ben avait une liaison avec Laura, dit-elle en fixant Ronda sans ciller. Il allait vous quitter. Tinker a-t-il cru qu'il pourrait empêcher Ben de partir et vous éviter de souffrir en tuant Laura ?

Ronda se mit à rire.

— Ben détestait Laura parce qu'elle m'encourageait à le quitter ! répliqua-t-elle. C'était moi qui allais le quitter. Mais il a découvert que j'étais enceinte. Il se moquait complètement de moi mais il voulait son enfant.

Sa voix était teintée d'amertume à présent, et dans son regard brillait une lueur que Dulcie ne sut définir, entre chagrin et folie.

— Tinker croyait que Ben m'avait jetée dans l'escalier pour se débarrasser du bébé parce qu'il voulait être avec Laura, reprit Ronda. Il l'avait vu revenir de chez elle. Il ignorait que Ben était allé chez Laura pour la menacer, en lui ordonnant de rester éloignée de moi et d'arrêter de me mettre des idées stupides dans la tête.

— Comment avez-vous pu rester avec un homme qui vous a jetée dans un escalier ? lui demanda Dulcie.

Ronda secoua la tête, la colère et l'amertume embrasant son regard.

— C'est moi, qui me suis jetée dans l'escalier, dit-elle. Moi toute seule. Je savais que si j'avais ce bébé je ne serais jamais libérée de Ben. Laura était ma meilleure amie. Elle avait promis de m'aider à le quitter. Et elle voulait partir avec ce bon à rien de faiseur de pluie.

Dulcie sentit son sang se glacer. Cette femme était démente. Ou, peut-être pire, complètement saine d'esprit et malfaisante.

— Mais vous êtes finalement restée avec lui, avança-t-elle.

— Il me faisait chanter ! Il savait que Tinker avait tué Laura. Il menaçait d'aller voir le shérif si je ne restais pas avec lui. Il disait que je lui devais un bébé !

— Pourquoi conclure un tel marché ? Vous deviez savoir qu'un jour ou l'autre cela se saurait. Que Jolene se rappellerait...

Ses mots moururent sur ses lèvres lorsqu'elle prit conscience que Ronda était la personne qui avait orchestré le retour de Jolene à Whitehorse.

Russell recouvra ses esprits dans le noir, au bruit de la pluie battante. Il pensa d'abord qu'il devait rêver, cela faisait tellement longtemps qu'il n'avait entendu une telle pluie.

Sa tête le faisait souffrir et il se sentait comme désorienté. Il toucha sa tempe et se rendit compte qu'il saignait. Il lui fallut un moment pour se rappeler ce qui s'était passé.

Il se redressa brusquement et grimaça, pris d'un vertige. Mais il s'occuperait de lui plus tard. Dulcie ! Il l'avait laissée chez Jolene mais, la connaissant, il était sûr qu'elle ne devait pas y être restée bien longtemps. Elle était sans doute venue à sa recherche. Elle avait dû…

Il repoussa cette pensée en se rappelant Jolene, debout dans l'école, un couteau ensanglanté à la main.

La pluie martelait le toit de tôle au-dessus de sa tête. Il se rendit compte qu'il devait être dans l'abri de jardin jouxtant l'école car il avait aperçu une tondeuse à gazon ainsi que des outils de jardinage à la faveur des éclairs.

Se relevant en titubant, il tenta d'ouvrir la porte, constatant sans surprise qu'elle était verrouillée de l'extérieur. Il chercha à tâtons dans le cabanon sombre jusqu'à ce qu'il trouve une houe qu'il utilisa comme levier en l'introduisant de force entre la porte et le mur. Le loquet bon marché céda avec un craquement sec. Tenant toujours la houe, il prêta l'oreille. Mais il n'entendit rien en dehors de l'orage. Il s'était tellement trompé en ce qui concernait l'assassin de Laura Beaumont, songea-t-il, alors qu'il repoussait la porte de l'abri et sondait l'obscurité devant lui.

Il avança vers l'école, tenant la houe à deux mains comme une batte pour le cas où il tomberait sur celui qui l'avait frappé. Mais il n'y avait personne. Il atteignit le bâtiment de l'école. La porte était toujours ouverte.

Cette fois, il se tint prêt pour le cas où Tinker Horton l'attendrait, tapi dans l'obscurité.

— Pourquoi suis-je restée avec Ben ? Tinker était mon bébé, répondit Ronda, la voix étranglée par les larmes. J'aurais fait n'importe quoi pour le protéger…

Toutes trois tressaillirent en entendant la porte de la salle s'ouvrir.

Ronda sourit en voyant entrer Tinker, trempé jusqu'aux os. Il ne prit pas la peine de refermer la porte ; il semblait pressé.

— C'est fait, maman, je m'en suis chargé pour…

Il s'interrompit en voyant le chemisier maculé de sang de sa mère et fit un pas en arrière.

— Bon sang ! Que s'est-il passé ?

— Tout va bien, mon bébé. Ce n'est qu'une blessure superficielle, le rassura Ronda. Je vais bien. Tout va bien pour nous deux. Mais il y a une ou deux autres choses dont tu vas devoir te charger pour moi, mon cœur.

A cet instant, Tinker découvrit Dulcie et Jolene. Ses yeux s'agrandirent de surprise, puis de frayeur lorsqu'il vit le couteau ensanglanté sur le sol.

— Ne t'inquiète pas, Tinker. Une fois que nous aurons nettoyé cela, tout sera terminé, poursuivit Ronda d'un ton apaisant. Personne ne saura jamais ce que tu as fait.

— Tinker n'a pas tué Laura, intervint brusquement Jolene d'une voix ferme.

Ronda plissa les yeux et l'observa avec attention.

— Ben l'a vu avec le couteau, dit-elle. Il était couvert de sang. Il pleurait et il…

— J'ai surpris l'assassin, la coupa Jolene, le regard lointain, sa voix résonnant étrangement comme si elle était de retour dans la chambre de sa mère, ce soir-là. L'assassin a laissé tomber le couteau. Tinker m'avait suivie jusqu'à la maison. Je l'ai vu quand je me suis enfuie en courant. Il a simplement dû le ramasser.

Son regard sembla s'éclairer et elle ajouta :

— Tinker n'a pas tué Laura.

Elle se tourna vers lui et répéta :

— Tu n'as pas tué Laura.

— N'essayez pas d'embrouiller mon garçon, grommela Ronda. Il sait ce qu'il a fait et il…

Jolene se tourna vivement vers elle.

— C'est vous qui l'avez tuée, Ronda. Je vous ai vue.

J'ai entendu ce que vous disiez. Vous aviez découvert qu'elle allait s'enfuir avec le faiseur de pluie. Elle avait menti en prétendant qu'elle vous aiderait à quitter Ben. En fait, c'est elle qui a appris à Ben que vous étiez enceinte, n'est-ce pas ?

Dulcie contemplait Ronda, horrifiée, et murmura :

— Durant toutes ces années, vous avez laissé croire à votre fils qu'il…

— Taisez-vous ! l'interrompit sèchement Ronda. Ne l'écoute pas, Tinker, enchaîna-t-elle en s'adressant à son fils d'une voix radoucie. C'est elle qui t'a dit qu'elle voudrait que sa mère soit morte, tu te rappelles ? C'est elle qui est à blâmer pour ce qui est arrivé.

Dulcie aperçut un mouvement du coin de l'œil. Elle vit que Russell était entré dans l'école et s'avançait furtivement le long du mur du vestiaire, hors du champ de vision de Tinker et de sa mère. Elle éprouva un élan d'enthousiasme qui retomba aussitôt. Ronda avait une arme. Elle devait avertir Russell. Ou distraire Ronda.

— Une fois que nous aurons réglé les choses, disait Ronda, je pourrai quitter Ben pour de bon, tout comme tu as toujours voulu que je le fasse, Tinker.

— Vous n'êtes pas restée avec Ben pour Tinker, intervint Dulcie. Ben connaît la vérité. Voilà pourquoi vous êtes restée avec lui. Il vous faisait chanter, mais pas à cause de Tinker.

Tinker devint soudain pâle et contempla sa mère, une lueur d'horreur dans le regard.

— Non, dis-moi que ce n'est pas la raison pour laquelle tu m'as demandé…

Sa voix se brisa, et Dulcie eut l'impression qu'il allait vomir.

— Ben était un salaud, dit Ronda. Tu as rendu service à la société.

Elle baissa les yeux sur sa blessure au côté et ajouta :

— Regarde ce que m'a fait ta précieuse Angel. Elle a essayé de me tuer à cause de toi.

— Elle ment, Tinker ! protesta Jolene. Ta mère m'a pris le couteau des mains et s'est poignardée elle-même.

— C'est un mensonge ! rétorqua Ronda d'un ton cinglant avant de se mettre à rire. Pourquoi est-ce que je me poignarderais moi-même ?

— Elle a un pistolet, se défendit Jolene. Comment pourrais-je poignarder une femme tenant une arme ? Elle va te faire endosser la responsabilité de tout ceci, Tinker.

Tinker regarda sa mère, horrifié.

Une lueur de folie dans le regard, Ronda leva sa main tremblante et pointa le pistolet sur son fils.

Dulcie vit Russell se rapprocher, les yeux rivés sur elle. Elle comprit que c'était le moment ou jamais. Elle regarda le couteau gisant au sol puis elle leva les yeux vers lui. Il hocha la tête.

L'instant d'après, les événements se précipitèrent.

Dulcie poussa Jolene et donna un coup de pied dans le couteau. Elle l'entendit cliqueter tandis qu'il glissait sur le plancher en direction de Russell. Sa sœur et elle se mirent à l'abri derrière le grand bureau de Jolene.

La détonation se répercuta dans la petite salle. Le tableau noir vola en éclats. Un deuxième coup de feu éclata, puis un troisième, presque aussitôt.

Dulcie se releva, terrifiée à l'idée de ce qu'elle allait découvrir.

Elle vit Russell debout près des corps de Tinker et de Ronda. Tinker avait encore à la main le pistolet qu'il avait pris à sa mère.

Cette dernière gisait sur le sol, près de l'ordinateur. Elle se tenait la poitrine, là où son fils l'avait blessée avant de s'ôter la vie. Ses yeux étaient écarquillés, sous l'effet de la surprise, même dans la mort.

Tout comme l'avaient été ceux de Laura Beaumont.

Épilogue

Dulcie n'entendit pas Kate Corbett s'approcher. Ce ne fut que lorsqu'elle s'assit près d'elle dans le grand salon du Trails West Ranch qu'elle l'arracha à ses pensées.

— La vue est superbe, n'est-ce pas ? dit Kate. Je ne me lasse jamais d'être assise là. Mais ce doit être très différent de Chicago et de ce dont vous avez l'habitude.

Dulcie comprit que Kate ne l'avait pas rejointe pour lui parler de la vue.

— Je pensais à Russell, dit-elle.

— Je sais. Il est amoureux de vous. Mais votre vie est à Chicago, n'est ce pas ?

— Elle y était.

— Il repartira avec vous, si c'est ce que vous voulez. Je connais Russell. Il ferait n'importe quoi pour vous.

Dulcie en était consciente. Elle avait lutté contre lui quand il avait tenté de la protéger, pensant qu'elle devait s'accrocher à son indépendance. Mais quelque chose avait changé depuis ce terrible soir à l'école. Elle frémissait encore d'horreur à l'idée que Tinker aurait pu tout aussi bien arracher l'arme des mains de sa mère et la retourner contre Russell plutôt que contre sa mère et lui.

Frôler la mort change les personnes. Cela l'avait changée. Tout comme Russell et cette terre l'avaient changée.

— Je ne demanderais jamais à Russell de rentrer à

Chicago avec moi, dit-elle. Je sais combien il aime diriger le ranch avec son père. Ce n'est pas seulement le ranch. Sa famille est ici.

Kate se leva.

— Il y a pire que de le voir quitter sa famille et le ranch. Je ne supporterais pas qu'il ait le cœur brisé. Je connais Russell. Il n'accorde pas facilement son amour. Il n'y aura jamais personne d'autre que vous. Laissez-le vous accompagner. Si vous l'aimez.

Kate lui sourit et s'éloigna.

Restée seule, avec pour seule compagnie la vue de la prairie du Montana et des Petites Rocheuses au loin, Dulcie pensa à Russell, aux sentiments qu'elle éprouvait pour lui, et à ce qui l'attendait à Chicago. Puis, voyant l'heure, elle se hâta de regagner sa voiture.

Sur le trajet la menant en ville, elle se surprit à revivre cette soirée à l'école. En un éclair, elle avait vu Russell se précipiter vers elle, l'attirer entre ses bras et les emmener, Jolene et elle, à l'extérieur. La vie et la mort. Il suffisait d'une fraction de seconde pour passer de l'une à l'autre.

Russell n'avait cessé de répéter son prénom, encore et encore, tout en la serrant contre lui.

L'eau dégoulinait du bord de son chapeau. Il clignait les yeux pour chasser les gouttes de pluie qui le gênaient, son regard bleu flambait d'une lueur où se mêlaient les éclairs et l'amour.

— Je t'aime ! avait-il hurlé pour couvrir le martèlement de la pluie. Je t'aime, Dulcie Hughes !

Il l'avait tenue serrée contre lui, la pluie et les larmes inondant ses joues dans l'obscurité. Elle avait levé son visage, l'exposant à la pluie, laissant enfin libre cours à ses larmes. Autour d'elle, les éclairs zébraient le ciel, le tonnerre grondait, et elle avait pleuré pour la mère dont elle ne se souvenait pas, pour sa sœur, ce don du ciel, qu'elle avait failli perdre.

Laura Beaumont s'était perdue en ce lieu. Sa fille cadette s'y était trouvée. Et elle y avait trouvé une sœur dont elle n'avait jamais soupçonné l'existence.

Serait-elle un jour capable de pardonner à ses grands-parents ? Le moment venu, peut-être. Elle se dit qu'ils savaient qu'elle découvrirait la vérité un jour, quand ce serait le moment. Qu'elle retrouverait sa sœur. Ou peut-être avaient-ils fait une croix sur le passé et laissé les cartes dans les mains du destin.

Mais elle savait, tout au fond d'elle, qu'ils s'étaient reproché jusqu'à la fin de leurs jours d'avoir abandonné Angel.

Elle sourit en pensant à sa sœur qui l'attendait aux Lumières du Nord.

Jolene leva les yeux lorsque Dulcie entra dans le restaurant. Sa sœur. Elle avait toujours voulu avoir des frères et sœurs. Elle sourit et se leva pour l'embrasser. Elles s'étreignirent pendant un long moment.

— J'espère que tu as faim ? lança Jolene. Laci a insisté pour nous cuisiner quelque chose de spécial.

— Je meurs de faim, mais c'est chez moi un état constant.

Jolene l'étudia un instant avant de demander :

— Comment vas-tu ?

— Mieux. Et toi ?

— Je me sens plus légère. J'ai suivi ton conseil. Je consulte une psychologue. Cela m'aide, de parler de tout cela.

Elle comprenait pourquoi elle s'était caché la vérité pendant si longtemps et avec tant d'acharnement. Elle pensait avoir causé la mort de sa mère, quand elle avait souhaité qu'elle disparaisse, ce soir-là, au bord du ruisseau.

— Seulement je me sens mal en pensant à Tinker, ajouta-t-elle. Et à Ben. Peut-être que si j'avais retrouvé plus tôt la mémoire…

— Ne te torture pas. Ben savait avec quel genre de femme il vivait. Mais au fait, comment va Mace ?

— Le cercle de couture de Whitehorse se charge de lui procurer un foyer. Pearl m'a assuré qu'elles lui trouveront une bonne famille et qu'elles veilleront à ce que tout aille bien pour lui.

— La solidarité des petites villes, ça a du bon, parfois ! s'exclama Dulcie en riant. Tiens, je veux te donner ceci, ajouta-t-elle, reprenant son sérieux.

Elle sortit des documents de son sac, qu'elle fit glisser sur la table.

— Il y a l'argent provenant de la vente de la propriété ainsi que la moitié des biens que nous ont laissés nos grands-parents, dit-elle.

— Dulcie, non. C'est à toi qu'ils les ont légués.

— C'est vrai, mais j'ai réfléchi et je suis arrivée à une conclusion. Ils ne m'ont jamais parlé de toi, ni de cette propriété dans le Montana, ni de notre mère, car je pense qu'ils se sentaient les mains liées. Mais ils me connaissaient. Ils savaient que je ne renoncerais pas avant d'avoir découvert le fin mot de l'histoire. Avant d'avoir retrouvé ma sœur et mis les choses au clair. C'est chose faite, conclut-elle en tapotant l'enveloppe.

Jolene consulta les documents et ouvrit de grands yeux en découvrant le montant du chèque.

— Cela fait beaucoup d'argent, fit-elle remarquer en regardant Dulcie.

— Assez pour que tu n'aies plus jamais à travailler.

— J'adore enseigner. Mais je ne me suis pas engagée

dans cette voie pour l'argent, c'est certain, ajouta-t-elle avec un sourire.

Dulcie lui prit la main.

— J'espérais que tu dirais cela. Tu es une excellente enseignante.

Laci les interrompit, portant un énorme plateau.

— Je vous ai préparé une sélection dont vous me direz des nouvelles ! lança-t-elle avec un grand sourire. Il faut fêter vos retrouvailles.

Elles remercièrent chaleureusement Laci qui leur souhaita bon appétit avant de repartir.

— Et toi ? Que comptes-tu faire à présent ? demanda Jolene.

— Russell m'a invitée à rester au ranch quelque temps.

— Où en sont les choses, entre vous ?

— Je n'ai jamais rencontré quelqu'un comme lui.

— Je suis sûre qu'il n'a jamais rencontré quelqu'un comme toi ! répliqua Jolene en riant. Je suis heureuse que tu restes ici encore un peu. Nous avons tellement de temps à rattraper.

— Tu as toujours été dans mon cœur, murmura Dulcie d'une voix émue, en plongeant son regard dans le sien. Et qu'importe ce que l'avenir nous réserve, je ne serai jamais bien loin. Il te suffira de m'appeler.

Le ciel s'était couvert de nouveau lorsque Dulcie revint au ranch. Lorsqu'elle passa devant le cimetière de Whitehorse, elle ralentit en apercevant le pick-up du faiseur de pluie garé près de l'entrée.

Il se tenait debout sur la colline, près de la tombe de Laura Beaumont. Elle le vit déposer un petit bouquet de fleurs près de la pierre tombale avant de faire demi-tour et de s'éloigner.

Elle s'arrêta et l'attendit.

Finnegan Amberst la vit, mais il n'y avait plus aucune malveillance dans son expression, seulement du chagrin.

— Peut-être, désormais, pourra-t-elle reposer en paix, dit-il en passant près d'elle. Peut-être pourrons-nous tous vivre en paix.

— Je suis désolée de vous avoir mal jugé.

Il s'arrêta et se retourna pour la regarder.

— Vous ressemblez effectivement à votre mère. C'était une femme superbe. Mais elle n'était pas forte. A la différence de vous. Elle aurait été fière de vous et de votre sœur…

Il hocha la tête, et Dulcie vit des larmes briller dans ses yeux sombres.

Inclinant son chapeau noir à bords tombants, il s'avança vers son pick-up et il s'y installa alors que de grosses gouttes de pluie commençaient à tomber.

Dulcie pensa à sa mère. Le faiseur de pluie avait-il été l'amour de sa vie ? Ou avait-ce été Darrell Beaumont, leur père ? Ou alors Laura Beaumont avait-elle passé sa vie à chercher le seul et unique homme capable de l'aimer de la façon dont elle avait si désespérément besoin ?

De la façon dont Russell l'aimait, songea soudain Dulcie.

Le pick-up du faiseur de pluie démarra avec un grondement rauque et s'éloigna, le tintement léger des conduits métalliques à l'arrière rythmant le crépitement de la pluie.

Russell vit Dulcie arriver en voiture et il sortit pour l'accueillir. Elle était restée silencieuse toute la matinée et, lorsqu'il vit son visage, il sut qu'elle avait pris une décision.

Elle descendit de voiture et elle resta un instant immobile, le visage levé vers la pluie. Il n'avait jamais vu une femme plus belle. Il ne l'avait jamais autant aimée qu'en cet instant. Mais il devait la laisser partir. Il l'avait su depuis le début. Tout comme il savait qu'il partirait avec elle… si elle l'y autorisait.

Elle avait dû sentir sa présence car elle regarda dans sa direction, un grand sourire se dessinant sur son visage.

— Je t'aime ! lui lança-t-elle sous la pluie torrentielle. Je t'aime, Russell Corbett !

Il prit conscience qu'elle le lui disait pour la première fois, et il sentit son cœur s'emballer.

— Je t'aime, Dulcie Hugues !

— Epouse-moi et construis-moi une maison au flanc de ce coteau.

En deux bonds, il était près d'elle et la soulevait dans ses bras, la faisant tournoyer sous la pluie. Puis ils se mirent à rire et il lui dit combien il l'aimait. Il prit ses lèvres dans un baiser fougueux et la reposa lentement au sol.

Lorsqu'il s'écarta d'elle, il plongea son regard dans le sien.

— En es-tu sûre, Dulcie ? Ce n'est pas Chicago ici.

Elle éclata de rire.

— Non, Russ, en effet. Mais c'est ici que nos enfants grandiront ainsi que, si nous avons de la chance, nos petits-enfants. C'est ici qu'est mon cœur.

KAREN WHIDDON

Étrange disparition

Traduction française de
HERVÉ PERNETTE

BLACK ROSE

HARLEQUIN

Titre original :
TEXAS SECRETS, LOVERS' LIES

Ce roman a déjà été publié en 2014.

1

« Je regrette que tu ne sois pas là. »

Mentalement, Zoe se répétait les derniers mots prononcés par Shayna, sa meilleure amie, avant sa disparition.

« Ou alors, peut-être pourrais-je venir te rendre visite. J'ai vraiment besoin de toi. »

Zoe s'en voulait terriblement. Non seulement, elle n'avait pas quitté New York sur-le-champ pour se rendre au Texas. Mais elle n'avait même pas accepté que Shayna vienne la voir.

Au lieu de cela, elle avait écourté la conversation téléphonique et quasiment raccroché au nez de son amie pour aller prendre un verre avec un couple d'amis. Deux semaines plus tard, Mama Bell, la mère de Shayna, l'avait appelée : elle ne parvenait pas à joindre sa fille et était très inquiète.

Depuis, Zoe était dévorée par la culpabilité.

Elle prit sa valise, sortit de l'aéroport et fut assaillie par une bouffée d'air chaud. Dallas était telle que dans son souvenir : torride et triste.

Elle mit ses lunettes de soleil puis détailla la foule autour d'elle. Mamie Bell lui avait promis d'envoyer quelqu'un l'accueillir.

Mais Zoe ne repéra aucun visage connu, à sa grande surprise.

Finalement, elle redressa les épaules, reprit sa valise et se dirigea vers la file d'attente des taxis.

Elle s'efforçait de marcher d'un pas sûr, déterminée à afficher l'assurance qu'elle avait gagnée depuis son installation à New York.

— Zoe, appela alors une voix masculine.

Une voix familière qui résonna au plus profond d'elle.

— Je suis là, ajouta l'homme.

Elle se raidit. Brock McCauley. S'il y avait bien une personne qu'elle n'avait pas envie de revoir, ni maintenant ni jamais, c'était lui.

Un instant, elle voulut faire comme si elle ne l'avait pas entendu et s'éloigner le plus rapidement possible. Mais c'était ridicule.

Aussi, elle prit une grande inspiration, se força à sourire et se tourna pour faire face à Brock McCauley, l'homme qu'elle avait quitté juste avant leur mariage, quelques années plus tôt.

Il n'avait pas changé, et à cette vue, son pouls s'emballa. Brock était grand et large d'épaules, ses cheveux blonds ébouriffés lui donnaient un air terriblement sexy. Son regard était d'un bleu magnifique et… croisa le sien.

Aussitôt, elle vibra de tout son être, mais se contenta d'afficher une expression étonnée, sans un mot.

— Mme Bell m'a demandé de venir te chercher, expliqua-t-il d'une voix impassible.

De toute évidence, il avait accepté par devoir, pas par plaisir.

Elle acquiesça d'un signe de tête, incapable de trouver la moindre réponse. Que pouvait-elle dire à l'homme dont elle avait brisé le cœur ?

Il lui indiqua l'endroit où sa voiture était garée, une Chevrolet rouge flambant neuve. Elle songea alors au vieux pick-up qu'il avait auparavant et aux ébats qu'ils avaient partagés sur la banquette.

Le rouge lui monta immédiatement aux joues, et elle s'empressa de monter dans la voiture, faisant mine de s'intéresser à ce qui se passait dehors. Au diable la culpabilité ! Elle n'avait rien à lui dire, rien du tout.

Brock démarra et ils quittèrent l'aéroport pour prendre la direction d'Anniversary.

Brock semblait concentré sur la route et ne pas souhaiter combler par des paroles inutiles le silence pesant qui régnait dans la voiture. Elle aimait autant : de sombres pensées l'agitaient.

Elle n'était jamais revenue à Anniversary. C'était là, dans une sombre ruelle de cette ville, que sa mère était morte.

Zoe poussa un soupir, tentant de chasser ce terrible souvenir. Elle avait passé aussi de merveilleux moments ici, avec Shayna, son amie d'enfance.

Depuis son départ d'Anniversary, elle ne l'avait pas revue. Mais elles s'appelaient régulièrement. Dans son cœur, Shayna tenait toujours une place importante, et ce lien ne se dissiperait jamais.

Alors, quand Mama Bell lui avait téléphoné, espérant que Shayna serait chez elle à New York, elle avait paniqué et regretté sa légèreté lorsque son amie l'avait appelée quelques jours plus tôt. Elle aurait dû prêter plus d'attention aux propos de Shayna.

Il ne lui restait plus qu'à sauter dans le premier avion pour Dallas !

Mais Mama Bell s'était bien gardée de lui préciser que Brock l'attendrait à l'arrivée.

Zoe jeta un regard à son ancien fiancé. Elle n'avait jamais

surmonté sa culpabilité de l'avoir si brutalement quitté. En revanche, lui, il avait refait sa vie. Avec Shayna…

Tout en fixant la route, Zoe se rappela l'appréhension dans la voix de Shayna quand celle-ci lui avait appris qu'elle sortait avec Brock : son amie avait si peur de la blesser. Mais Zoe ne lui en avait pas voulu. Elle était même heureuse pour eux deux. Après les remous provoqués par son départ d'Anniversary, ce n'était que justice si, finalement, Shayna et Brock avaient trouvé le bonheur ensemble.

Sauf que maintenant Shayna avait disparu. Et c'était avec Brock qu'elle devrait retrouver sa meilleure amie…

Elle n'osa le regarder de nouveau. Comment vivait-il la situation ?

Cinq ans plus tôt, c'était elle qui le quittait du jour au lendemain et partait loin de lui. Il devait avoir le sentiment que l'histoire se répétait.

Elle ne put s'empêcher d'avoir de la peine pour lui. Est-ce qu'il avait une idée de l'endroit où Shayna était partie ? Et pourquoi ?

Comment lui poser la question avec tact ?

Mais, alors qu'elle cherchait ses mots, Brock s'éclaircit la voix et brisa le silence :

— Maintenant que nous nous retrouvons de nouveau seuls, peux-tu m'expliquer pourquoi tu es partie ?

L'appréhension la gagna d'un coup. Pourtant, Brock méritait une explication. Cinq ans étaient passés, non ?

Elle prit une grande inspiration :

— Le soir où ma mère s'est fait tuer dans cette ruelle derrière son bar favori, elle m'avait appelée pour me demander de la rejoindre. En chemin, son dealer m'a appelée à son tour. Ma mère lui devait de l'argent. Il a déclaré que j'avais deux jours pour le rembourser, sans plus d'explications.

Sa voix faillit lui faire défaut, mais elle trouva la force de continuer :

— Quand je suis arrivée à l'endroit convenu, j'ai découvert le corps inanimé de ma mère. Son dealer l'avait assassinée.

Le souvenir de cette épouvantable nuit lui donnait la chair de poule.

Il tourna légèrement la tête vers elle.

— Je sais que ta mère a été victime d'un assassinat, mais je n'ai jamais su les circonstances précises. Pourquoi ne m'as-tu rien dit ? J'aurais pu t'aider.

— Non, justement, je ne pouvais rien te dire. Ce type m'a donné quarante-huit heures pour trouver l'argent et m'a promis que si je n'y parvenais pas je ne ferais pas de vieux os. Je me suis enfuie parce que j'avais peur pour ma vie. Et puis, il y avait nous. Je ne savais pas comment gérer…

— Ce que nous vivions ? la coupa-t-il d'un ton blessé. Tu ne savais pas comment gérer notre histoire, c'est ça ?

— Nous étions tellement jeunes, Brock. Tu voulais absolument officialiser notre relation, alors que moi j'aurais préféré attendre. L'accumulation de ces deux événements, pour moi, c'était trop. J'étais désespérée, alors je suis partie pour New York et j'y suis restée.

Elle ne lui disait pas tout mais elle ne s'en sentait pas la force.

— Tu as fui loin de tout, Zoe. Loin de cette ville, de tes amis, de ta famille et de moi, dit-il d'une voix dénuée d'émotion.

Etrangement, cela lui donna du courage.

— Oui.

Il resta de marbre et ne répliqua pas.

— Parle-moi de Shayna et toi, reprit-elle.

Quand Shayna lui avait avoué avoir toujours eu un faible

pour Brock, elle avait passé plusieurs mois à se faire à l'idée que sa meilleure amie était en couple avec son ex-fiancé.

— Shayna était sur le point de déménager, déclara-t-il de but en blanc. Ces derniers mois ont été… difficiles pour nous deux.

Zoe tenta de dissimuler sa surprise. Jusqu'à récemment, chaque fois qu'elle parlait au téléphone avec Shayna, son amie était pleine d'enthousiasme et disait être impatiente de se marier. Ce n'est que lors de son dernier coup de fil que Shayna avait déclaré avoir besoin d'elle.

— Elle allait déménager ? répéta Zoe. Mais que s'est-il passé ? Je croyais que vous projetiez de vous marier.

Brock tourna la tête vers elle, l'air sidéré.

— Shayna et moi n'avons jamais parlé mariage !

Zoe se contenta d'acquiescer. Pour le moment, la priorité était de retrouver Shayna. Ensuite, ils pourraient tout tirer au clair.

— Quand l'as-tu vue pour la dernière fois ? s'enquit-elle.

Il soupira et tapota nerveusement le volant.

— C'était il y a quelques jours. Vendredi dernier, nous avons parlé de son projet de déménagement et je lui ai proposé de l'aider à trouver un endroit où s'installer. Le soir, elle est sortie avec son amie Cristine et elle n'est jamais rentrée.

Zoe s'efforça de rester impassible mais les questions se bousculaient dans sa tête. Brock lui disait-il la vérité ? En savait-il davantage sur la disparition de Shayna ?

— Où aurait-elle pu aller à ton avis ?

Il secoua la tête.

— Aucune idée. J'ai tenté à maintes reprises de la joindre, tout comme ses parents et ses amis. Elle ne s'est pas présentée à son travail et son portable est coupé.

La mère de Shayna et lui tenaient le même discours,

songea Zoe. Ce qui ne signifiait pas forcément qu'il n'en savait pas plus qu'il ne le prétendait.

— Elle va revenir, reprit-elle avec le maximum de conviction possible. Elle a sans doute éprouvé le besoin de faire une coupure pour prendre du recul. Mais dès qu'elle saura que je suis en ville, elle cherchera à entrer en contact avec moi.

— Tu en es sûre ? demanda Brock d'un ton dubitatif.

Ses doutes étaient logiques, pensa Zoe : il ignorait ce que Shayna et elle s'étaient dit lors de leur dernière conversation téléphonique.

— Il le faut, insista-t-elle.

De tout son être, elle voulait y croire. Les fantômes de son passé n'avaient pu rattraper son amie. Cela faisait cinq ans maintenant. Et puis, l'assassin de sa mère était toujours en prison. De toute façon, il ne connaissait certainement pas Shayna.

Le silence s'abattit de nouveau sur la voiture. Bizarre pour deux personnes qui n'avaient jamais manqué de sujets de conversation, se dit-elle. Mais ça, c'était avant, avant qu'elle ne décide de partir et de couper les ponts avec Anniversary. Elle ne pouvait en vouloir à Brock de se montrer distant.

Toutefois, elle s'était attendue à un autre comportement de sa part. Elle s'était préparée à des reproches, des accusations, tout ce qui lui aurait rappelé la passion qui les avait animés.

Mais cinq années s'étaient écoulées et l'amour n'était plus qu'un souvenir. Brock s'était manifestement fait une raison, tout comme elle s'était appliquée à le chasser de ses pensées. Au départ, elle en avait beaucoup souffert. Puis, petit à petit, elle s'était convaincue d'aller de l'avant.

Le jour où Shayna l'avait appelée, la voix à la fois pleine de joie et d'inquiétude, pour lui demander si ça la dérangeait qu'elle sorte avec Brock, elle avait spontanément répondu que non, qu'elle n'y voyait aucun inconvénient, que son amie devait saisir le bonheur à deux mains et ne plus le lâcher. C'était une philosophie qu'elle avait faite sienne.

La vie continuait. Les vieilles blessures, les amours défuntes ne s'oubliaient jamais complètement, mais il fallait apprendre à faire avec. Et, aujourd'hui, Brock et elle n'avaient aucune raison de ne pas se parler poliment, sans rancœur. Après tout, ils avaient le même objectif : retrouver Shayna.

Zoe l'observa discrètement. A en juger par ses bras puissants et son large torse, il n'avait pas cessé de faire de l'exercice. Si quelqu'un avait fait irruption dans l'appartement qu'il partageait avec Shayna pour s'en prendre à elle, il aurait su la défendre.

A vrai dire, elle n'était jamais parvenue à se représenter Brock et Shayna ensemble. Quand elle était en couple avec lui, elle pensait même que lui et Shayna s'appréciaient sans plus.

— Pourquoi Shayna souhaitait-elle déménager ? demanda-t-elle soudain, brisant le silence.

— C'est personnel et ça ne te regarde pas, répliqua Brock en regardant droit devant lui.

La fermeté de sa réponse lui fit mal.

— Peut-être que, pour le moment, ce n'est pas mon affaire, mais s'il s'avère que ses motivations ont un rapport avec sa disparition, prépare-toi à me voir revenir à la charge.

— Entendu,

Cette fois-ci, il la dévisagea. Ses yeux bleus limpides lui provoquèrent des frissons dans le bas-ventre. Aussitôt, elle repoussa cette sensation. Elle n'avait pas été capable de l'oublier complètement, mais elle avait appris à ne plus être amoureuse de lui.

Quelques minutes plus tard, il quitta la nationale et s'engagea sur des routes familières. Elle se redressa sur son siège. Elle n'était pas revenue là depuis son départ précipité.

Entre-temps, elle était devenue une autre. Elle avait changé de coiffure et de couleur de cheveux, modifié sa façon de s'habiller et s'était efforcée de perdre son accent du Texas pour que personne ne puisse soupçonner d'où elle venait.

Elle avait d'abord envisagé de venir s'excuser auprès de Brock et de s'expliquer. D'autant que, quelques semaines après son départ, elle avait appris être enceinte.

Hélas, peu après, elle avait fait une fausse couche, et son médecin lui avait annoncé qu'elle avait subi des lésions qui l'empêcheraient d'avoir un autre enfant à l'avenir. Elle en avait éprouvé un immense chagrin et n'avait pas eu le courage de revenir à Anniversary tout confier à Brock.

Il avait donc fallu que Shayna disparaisse pour que, enfin, elle fasse son retour au Texas. Là où les meilleurs moments de son existence avaient cédé la place à ses pires souvenirs.

Elle frissonna. Avait-elle sincèrement cru qu'elle ne remettrait jamais les pieds à Anniversary ?

Et qu'elle ne se retrouverait plus jamais face à Brock McCauley ?

Evidemment, elle n'avait pas imaginé devoir revenir dans de telles circonstances.

Ils se garèrent devant la maison en brique blanche où elle avait grandi, même si ce n'était pas celle de sa famille, et la tension monta en elle d'un cran. Elle fixa la façade et inspira doucement pour se détendre. Une bouffée de nostalgie s'empara d'elle et lui serra le cœur, les larmes lui montèrent aux yeux.

Brock s'éclaircit la voix.

— Ça va ?

Elle prit soin de ne pas le regarder et acquiesça d'un signe de tête : la boule qu'elle avait dans la gorge l'empêchait de parler. Et puis, elle ne voulait pas lui montrer son émotion, ce serait faire preuve de faiblesse, ce qu'elle ne pouvait se permettre. Encore moins avec lui.

Au bout de quelques secondes, elle parvint à reprendre le dessus.

— Je vais bien, répondit-elle d'un ton ferme et assuré.

Elle redressa les épaules et descendit de voiture.

Tête haute, elle se dirigea vers l'entrée de la maison. Les fleurs étaient toujours aussi bien entretenues. De nouveaux souvenirs l'envahirent, des souvenirs agréables cette fois-ci.

Son inquiétude se dissipa et, quand la porte s'entrouvrit, elle hâta le pas.

— Zoe !

Mama Bell apparut sur le seuil, les bras grands ouverts. Elle était toujours la même. Ses cheveux avaient un peu blanchi et elle les avait attachés en queue-de-cheval. C'était le seul changement notable.

Zoe lui tomba dans les bras et la serra fort. C'était sa maman. Certes, elles n'étaient pas liées par le sang. Mais quand sa mère biologique s'était retrouvée en prison, c'était Mama Bell qui l'avait recueillie, élevée et aimée. Et, même après la libération de sa mère, elle avait passé davantage de temps chez les Bell que chez elle. C'était chez les Bell qu'elle avait l'impression d'être à la maison.

Elle s'était retrouvée dans la même classe que Shayna quand toutes deux avaient cinq ans. Elles étaient très vite devenues inséparables et Mme Bell avait visiblement senti que l'amie de sa fille souffrait d'un grand manque d'affection et d'une véritable vie de famille. Elle lui avait offert tout cela et l'avait toujours traitée comme sa propre fille. Ainsi, pour Zoe, Mme Bell était devenue Mama Bell.

— Viens vite à l'intérieur, lui lança Mama Bell, les larmes aux yeux. Je suis tellement heureuse de te revoir.

Elle aperçut alors Brock qui restait pudiquement en retrait et lui sourit.

— Brock, ne reste pas planté là. Entre également.

Mais celui-ci secoua négativement la tête. Bien sûr…, songea Zoe.

— Je dois retourner au magasin, expliqua Brock. A bientôt, madame Bell.

Il posa brièvement les yeux sur Zoe puis tourna les talons et remonta en voiture.

Zoe le suivit du regard. Puis, à l'invitation de Mama Bell, elle entra et se dirigea vers le salon, toujours aussi chaleureux avec ses meubles rustiques. Mama Bell referma la porte et la rejoignit.

— Assieds-toi, assieds-toi, proposa-t-elle en désignant le canapé.

Le grand canapé à motifs floraux occupait toujours le fond du salon, face à la télévision. Cette vision toucha Zoe. Elle était vraiment de retour à la maison.

Emue, elle s'installa.

— Tu veux boire quelque chose ? Un soda ? Un thé vert ?

— Non, merci, répondit Zoe en s'efforçant de sourire. Je t'en prie, viens t'asseoir et parle-moi de Shayna.

Mama Bell acquiesça et vint s'installer sur le canapé. Elle était vêtue d'un pantalon de toile, d'un T-shirt et d'une paire de baskets. Cette tenue simple et décontractée avait toujours été sa favorite quand elle était à la maison. Elle portait également une paire de boucles d'oreilles qui étaient sa seule coquetterie.

— Tu n'as pas changé, déclara Zoe en lui passant un bras autour des épaules. C'est tellement bon de te revoir.

— Merci, répondit Mama Bell avec un sourire timide. J'ai perdu un peu de poids depuis que Shayna…

Son sourire s'effaça et elle se mordit la lèvre inférieure.

— Raconte-moi, reprit Zoe en lui posant une main sur le bras. Sur le chemin, j'ai un peu parlé avec Brock, mais j'aimerais entendre ta version. Que se passe-t-il avec Shayna ?

— C'est bien là le nœud du problème. Je n'en sais rien, répondit Mama Bell en secouant la tête de dépit. Depuis quelques mois, elle avait changé de comportement. J'ai essayé de comprendre pourquoi, mais elle s'est mise en colère et m'a demandé de ne pas me mêler de ses affaires.

Zoe battit des paupières.

— Cela ne lui ressemble guère.

— Je sais, répliqua Mama Bell, ses grands yeux bleus pleins de détresse. Ma fille et moi, nous avons toujours été très proches.

— Alors que s'est-il passé ? la pressa Zoe. Pourquoi a-t-elle changé ?

— Je n'en sais rien, répliqua Mama Bell en se tordant les mains. Quand elle s'est installée avec Brock, elle paraissait plutôt contente, mais je crois qu'ils avaient des soucis. Lorsque j'ai abordé le sujet, elle m'a répondu qu'elle n'avait pas envie d'en parler.

— Tu dis que cela remontait à plusieurs mois ? Mais pourquoi ne m'as-tu pas appelée à ce moment-là ?

— Je n'ai pas osé. Shayna me reprochait déjà de trop me mêler de sa vie, alors si je t'avais appelée, ç'aurait été encore pire. Elle a même cessé de nous rendre visite chaque semaine, comme elle le faisait toujours. Et, quand elle a disparu, je ne l'ai pas su immédiatement. Cela faisait près d'un mois que je ne lui avais plus parlé.

Zoe était abasourdie. Près d'un mois ? Et Mama Bell n'avait pas jugé pertinent de l'appeler ? Cette pensée la blessa.

— Moi, je l'ai eue au téléphone pour la dernière fois il y a deux semaines, dit-elle en prenant soin de garder une voix calme. Elle m'a appris que Brock et elle étaient fiancés.

— Quoi ? s'exclama Mama Bell. Elle n'aurait quand même pas pu se fiancer sans me le dire !

Zoe lui caressa le bras pour l'apaiser.

— Non, justement, Brock m'a certifié qu'ils n'étaient pas fiancés et qu'ils n'ont jamais envisagé de se marier.

Elle prit une grande inspiration et ajouta :

— Et il m'a appris que Shayna comptait déménager.

Mama Bell poussa un gémissement plaintif.

— Hélas, tout cela ne me surprend qu'à moitié, et c'est également cela qui m'inquiète. A plusieurs occasions, Shayna m'a menti.

Zoe eut un mouvement de recul.

— Shayna aurait menti au sujet de son prochain mariage ?

— Il ne peut en être autrement. Brock est quelqu'un d'honnête et droit. Il n'a aucune raison de ne pas dire la vérité.

Sur ces mots, elle soupira.

— Je me fais tellement de souci, Zoe. Et je ne sais vraiment pas quoi faire.

— Je comprends, mais je suis là, maintenant, et je te promets de t'aider du mieux possible. As-tu contacté la police ?

— Oui, bien sûr mais, apparemment, Shayna avait

fait part à beaucoup de monde de son intention de quitter la ville, alors on ne peut pas réellement considérer sa disparition comme suspecte et mobiliser tous les moyens pour la retrouver. Toutefois, le shérif l'a portée sur la liste des personnes disparues. Son compte en banque a été examiné, mais aucun mouvement d'argent n'a été repéré. En revanche, elle n'a plus utilisé son téléphone portable depuis sa disparition.

Zoe se mordit la lèvre inférieure et réfléchit.

— Et quand l'a-t-on vue pour la dernière fois ? Brock m'a dit ne plus avoir de nouvelles depuis qu'elle est partie de chez eux vendredi dernier.

Mama Bell acquiesça.

— Oui, elle est sortie avec Cristine Haywood, à ce qu'on m'a dit. Ces derniers temps, elles se voyaient beaucoup et fréquentaient les bars jusque tard dans la nuit. Je sais bien que c'est une adulte, mais cela ne me plaisait pas.

Zoe comprenait parfaitement la réaction de Mama Bell. Ce genre de comportement ne cadrait pas avec la Shayna qu'elle connaissait.

— Tout ce que tu peux m'apprendre sur sa façon d'être m'aidera, reprit-elle.

— Eh bien, Shayna était devenue irritable, nerveuse. Elle se postait sans arrêt aux fenêtres pour regarder dehors.

— Pourquoi donc ? Tu crois qu'elle avait quelque chose à se reprocher ?

— Je… Non.

Mama Bell se leva et croisa les bras.

— Je pense qu'elle avait peur, dit-elle après quelques secondes. Tu sais, elle m'a souvent parlé de ce qui était arrivé à ta mère et du fait que tu avais craint pour ta vie. Et même si l'assassin est toujours en prison, je crois qu'elle se sentait elle aussi en danger.

2

Derrière le comptoir de son magasin, Brock broyait du noir. De toute façon, depuis la disparition de Shayna, il était constamment mal. Il se sentait coupable. Comme s'il était pour quelque chose dans sa disparition.

Certes, leur relation n'avait pas marché. Mais il avait tenu à se comporter comme un type bien, avec des principes. Il avait tenté de veiller sur elle le plus possible. Si elle rentrait tard le soir, c'était lui qu'elle appelait pour prévenir, et réciproquement. Au point de devenir plus un ami qu'un amant. Mais c'était d'un commun accord que leur relation avait pris cette tournure.

Il était inquiet pour Shayna, évidemment. Pourtant, une chose était sûre : elle ne s'était pas volatilisée. Ces derniers temps, elle avait tellement changé. Probablement qu'elle avait rencontré quelqu'un et qu'elle s'offrait quelques jours en sa compagnie. Cette « disparition » lui ressemblait, ou plutôt ressemblait à la personne qu'elle était devenue. Il avait parfois eu du mal à la reconnaître ces dernières semaines. Et il avait beau se répéter que ce n'était pas sa faute, elle avait beaucoup changé après qu'il lui eut avoué que jamais il ne parviendrait à l'aimer comme elle le méritait.

Il soupira. Dire que Shayna avait changé était un euphémisme. Alors qu'avant elle menait une vie calme et rangée, elle s'était mise à écumer les bars et les boîtes de nuit tous les week-ends. Elle avait adopté un look vestimentaire provocateur, changeait régulièrement de couleur de cheveux et se maquillait outrageusement.

Même si leur histoire d'amour s'était soldée par un échec, ils étaient restés bons amis. Mais, récemment, ce lien aussi s'était défait et il n'appréciait pas la femme qu'elle était devenue.

Mais Shayna s'en moquait. Cristine Haywood et elle étaient devenues inséparables. Le vendredi, dès la sortie du travail, elles partaient ensemble. Shayna ne répondait plus sur son portable de tout le week-end et ne réapparaissait que le dimanche en fin d'après-midi avec la gueule de bois.

Au départ, il s'était fait du souci mais, chaque fois qu'il avait tenté de lui parler, elle s'était mise dans une colère noire et disproportionnée, hurlant et jetant des objets par terre.

De guerre lasse, il avait fini par lui dire que, si jamais elle avait besoin de lui, il serait toujours là. Après tout, elle était adulte et il n'était pas son chaperon.

Son absence depuis vendredi, même si elle était plus longue qu'à l'accoutumée, n'était probablement qu'une nouvelle façon d'attirer l'attention sur elle. Car s'il y avait bien une chose que réclamait Shayna par son comportement, c'était qu'on prête attention à elle.

Cristine affirmait ignorer où était son amie, mais il ne la croyait pas. Il avait parlé avec Mme Bell : celle-ci lui avait fait part de ses inquiétudes quant au changement de comportement de sa fille. Finalement, en désespoir de cause, elle avait appelé Zoe. Et celle-ci était de retour pour tenter de les aider à retrouver Shayna.

Cela ne manquait pas de l'étonner, d'ailleurs. Shayna lui avait affirmé que Zoe avait pris ses distances, qu'elle avait tiré un trait sur leur amitié comme elle avait tiré un trait sur sa relation avec lui, cinq ans plus tôt.

Il réprima un soupir.

Lui, en tout cas, il aurait préféré ne jamais revoir Zoe.

Quand elle était partie, quelques semaines seulement avant la date prévue de leur mariage, il avait eu tellement mal qu'il l'avait haïe. Et cette haine lui avait permis de ne pas sombrer totalement. Puis, petit à petit, elle s'était estompée, sans pour autant que la cicatrice se referme complètement. Mais il avait déployé toute son énergie pour se convaincre que cette histoire était derrière lui, qu'il devait passer à autre chose.

Hélas, quand elle était sortie de l'aéroport, plus en beauté que jamais, il en avait eu le souffle coupé.

Depuis, cette image lui tournait en boucle dans la tête. Ce soir, quand il poserait la tête sur l'oreiller, ses grands yeux noisette qui l'avaient regardé comme un étranger viendraient certainement le hanter. Etait-elle parvenue à le rayer de sa mémoire pour qu'elle le regarde avec autant d'indifférence ? Mais dans ce cas, comment réussissait-elle à lui faire battre le cœur si fort ?

— Salut, Brock.

Ted Williams pénétra dans le magasin.

— Cristine m'a demandé de déposer cela ici.

Il posa une affiche sur le comptoir.

— Tu ne vois pas d'inconvénient à ce que j'en laisse une sur la porte ?

Brock baissa les yeux. C'était une photo de Shayna, sur laquelle elle affichait un grand sourire.

Il saisit l'affiche et lut le texte sous la photo.

— Cristine veut prendre la direction des recherches ?

Ted haussa les épaules.

— Personne ne fait rien. Même la police doute qu'elle ait vraiment disparu. Quel mal y a-t-il ?

Le timbre de l'entrée sonna avant qu'il ne puisse répondre. C'était Marshall Bell, le père de Shayna.

Aussitôt, Brock se crispa.

Il n'eut pas le temps de prier Ted de dissimuler l'affiche. M. Bell posa les yeux sur la photo de sa fille et se figea. Il ouvrit la bouche puis la referma sans rien dire et se passa nerveusement la main sur la mâchoire.

— Brock, parvint-il à articuler après quelques secondes, j'aimerais te dire un mot.

Brock acquiesça et jeta un regard à Ted, qui parut ne pas comprendre et resta planté où il était.

— En privé ? demanda Brock à M. Bell, pour faire réagir Ted.

— S'il te plaît, oui, répondit M. Bell d'une voix rauque.

Ted ne bougea toujours pas, comme s'il avait pris racine. Brock lui donna un petit coup de coude.

— Tu peux nous laisser, s'il te plaît ?

Ted finit par s'éloigner, visiblement déçu.

— Qu'est-ce qu'il a ? grommela M. Bell. C'est un des nouveaux copains de Shayna ?

Mais il se reprit presque aussitôt.

— Pardon, Brock. Je ne voulais pas te blesser.

Brock acquiesça sans rien dire. Il ne s'était toujours pas habitué aux commentaires qu'on lui faisait sur Shayna. Et cela s'était aggravé depuis sa disparition. Comme il était notoire qu'elle fréquentait d'autres hommes, on venait le voir pour lui dire n'importe quoi sur elle. Et ce n'était probablement rien à côté de ce qu'avaient dû entendre les parents de Shayna.

M. Bell regarda à droite et à gauche. Il y avait trois autres personnes dans le magasin. Eve, la sœur de Brock, qui travaillait à la boutique à temps partiel pour payer ses études, Ted qui n'était qu'à quelques mètres du comptoir, et Anna Perilli, une éleveuse de chevaux de la région. Elle était occupée à comparer les brides et les mors et mettrait donc quelques minutes à se décider.

— Suivez-moi, lança Brock au père de Shayna en le précédant dans son bureau.

Il ferma la porte derrière eux et invita M. Bell à s'asseoir. Celui-ci se laissa tomber sur une chaise avec un soupir.

— J'ai peur pour ma fille.

— Je comprends, répondit Brock.

Il attendit que le père de Shayna continue.

— Tu crois que notre Shayna est partie, qu'il ne lui est rien arrivé ?

Notre Shayna.

Brock tressaillit presque. Devait-il avouer à Marshall Bell qu'il n'était plus avec Shayna ?

Il n'en eut pas le cœur.

— Sincèrement, je n'en sais rien, monsieur.

— Appelle-moi Marshall.

Brock fut un peu plus déstabilisé. Il connaissait le père de Shayna depuis toujours mais ne l'avait jamais appelé par son prénom.

— Je vais essayer, répliqua-t-il, mais je ne vous promets pas d'y arriver. La force de l'habitude. Pour en revenir à Shayna, je ne sais vraiment pas où elle peut être.

Il prit une grande inspiration avant de continuer. Ce qu'il allait dire risquait d'être un coup supplémentaire pour M. Bell.

— Marshall, Shayna vous avait-elle révélé que nous allions nous séparer ? Elle comptait déménager prochainement.

M. Bell hocha la tête.

— Je l'ignorais, mais je redoutais que ça se produise. Sais-tu où elle pensait s'installer ?

— Elle envisageait de prendre un appartement en colocation avec Cristine. Elles sont devenues très proches.

— Cristine, répéta Marshall Bell d'un ton peu amène. Je regrette que Shayna et elle se soient mises à sortir ensemble. Cristine a une mauvaise influence sur ma fille.

Brock se retint d'exprimer son opinion : c'était peut-être Shayna qui avait une mauvaise influence sur Cristine en fait.

Mais le père de Shayna l'observait d'un regard suspicieux et il redouta d'avoir laissé paraître ses doutes sur son visage. Marshall Bell ne devait pas se faire de fausses idées sur lui. Aussi, il décida de prendre les devants.

— Vous savez, même si Shayna et moi avions rompu et qu'elle voulait déménager, je ne lui ai jamais voulu de mal. Je n'ai rien à voir avec sa disparition.

Au lieu d'avoir l'air soulagé, Marshall Bell plissa les yeux.

— C'est étrange que tu me fasses cette déclaration. Je ne t'ai pas accusé de quoi que ce soit.

— Non, en effet. Mais je souhaitais mettre les choses au clair, au cas où vous vous seriez posé la question.

— Non. Je te connais, Brock, et je suis persuadé que jamais tu ne ferais de mal à ma fille, répondit Marshall Bell en le fixant droit dans les yeux.

— Merci.

— Et au fond de toi, qu'est-ce que tu ressens ?

Surpris, Brock haussa les épaules.

— Je ne peux m'empêcher de penser qu'on retrouvera Shayna quand elle aura envie qu'on la retrouve.

Marshall Bell inclina la tête.

— En fait, ce n'est pas à cela que je faisais allusion. Je parlais de Zoe, ton ex-fiancée, qui est de retour en ville. Ma femme semble convaincue qu'elle seule sera capable de retrouver Shayna, même si je ne suis pas certain qu'elle ait raison.

Brock s'efforça de rester impassible.

— Le retour de Zoe ne m'inspire rien de particulier. Notre relation appartient au passé.

Quant à savoir si Zoe parviendrait à retrouver Shayna, tout était possible. Même si, depuis quelque temps, Shayna s'était échinée à démontrer que, pour elle, rien ni personne ne comptait, Zoe constituerait peut-être une exception.

— Il semblerait que Shayna et Zoe soient toujours restées en contact, reprit Marshall Bell. Ma femme a même cru que notre fille était partie lui rendre visite à New York.

— Je vois, lâcha Brock.

En vérité, il tombait des nues. Shayna lui avait donc menti ? Marshall, lui, resta silencieux, le regard dans le vague. Comme s'il n'avait pas tout dit.

Brock voulait en avoir le cœur net. Il consulta sa montre et déclara :

— Il va falloir que je retourne travailler. Puis-je faire autre chose pour vous ?

Marshall Bell serra les dents puis lança :

— Je pense partir, Brock. Bientôt.

Brock plissa les yeux.

— Partir ? Que voulez-vous dire ?

— Je vais quitter ma femme, quitter Anniversary, tout laisser derrière moi.

Il fit un geste de la main et ajouta :

— Tout ce qui se passe en ce moment est trop douloureux. Je ne le supporte plus.

— Mais… et votre épouse ! s'exclama Brock. Elle est déjà dans tous ses états. Avez-vous pensé à ce qu'elle va ressentir si vous vous en allez ?

Marshall Bell parut se refermer sur lui-même.

— Oui, j'y ai pensé, crois-moi. Mais j'ai l'impression que ce sera encore pire pour elle si je reste.

— Pire ? Mais enfin, comment pourrait-ce être pire ? Et que faites-vous de votre fille quand elle reviendra ? Qu'éprouvera-t-elle quand elle découvrira que son père n'est plus là ?

— *Si* elle revient, répliqua Marshall d'un ton las.

Il avait les épaules affaissées, le dos voûté.

— Si elle est partie sans se donner la peine de dire au revoir, ça ne changera pas grand-chose que je sois là ou pas à son retour. Tu prendras soin de ma femme et d'elle, n'est-ce pas ?

Brock voulut protester, mais Marshall Bell leva la main pour couper court à toute discussion. Il se redressa laborieusement, comme s'il avait pris vingt ans en l'espace de quelques minutes, et lui adressa un triste sourire.

— Pourquoi me dites-vous tout cela ? lui demanda Brock.

— Parce que tu es un type bien et que je sais pouvoir compter sur toi. Je devais le dire à quelqu'un et, pour moi, tu es comme un fils. Tu es même peut-être le seul capable de faire en sorte que notre famille n'éclate pas quand tout sera terminé.

M. Bell parti, ses paroles hantèrent Brock le reste de la journée. Il chargea des sacs d'aliments pour chevaux, vendit des graines pour oiseaux, du foin et du matériel, sans cesser de s'interroger : qu'est-ce que M. Bell avait en tête ? S'il partait pour de bon, le coup serait terrible pour son épouse, si attachante.

Et Zoe ? Les Bell étaient sa famille de cœur.

Cette réflexion fit resurgir une vieille douleur en lui. Zoe était elle aussi partie, elle l'avait quitté et, naïvement, il avait cru s'en être remis. Désormais, il le savait : il n'avait fait que survivre. Et cela n'avait pas empêché Shayna de faire de même. Comment avait-elle pu se comporter ainsi ? Au point de faire fuir son père à son tour !

Elle devait revenir au plus vite. Sinon, plus personne ne l'attendrait à Anniversary.

Une fois la journée terminée, Brock ferma le magasin et hésita entre faire un arrêt en chemin pour acheter à manger ou rentrer directement pour cuisiner lui-même. Il n'en avait pas franchement envie.

Il pouvait également faire un saut au bureau du shérif, au cas où il y aurait du nouveau. Il y était déjà passé plusieurs fois, tout comme Mme Bell. Chaque fois, c'était le même refrain : une personne majeure a le droit de tout quitter sans dire à quiconque où elle va, ni expliquer pourquoi elle est partie. Et, selon Roger Giles, le shérif, tant que rien n'indiquait qu'une disparition était suspecte, il fallait à la fois respecter le droit des familles à savoir ce qu'était devenu leur proche et le droit à la discrétion de la personne concernée.

En d'autres termes, maintenant que Shayna avait été ajoutée à la base de données des personnes disparues, le shérif et ses hommes ne feraient plus rien, sauf si quelqu'un les appelait spontanément en disant savoir où était Shayna ou du moins l'avoir vue.

Brock n'aimait pas cela, mais il comprenait l'attitude du shérif.

Le moral dans les chaussettes, il monta en voiture sans trop savoir où aller.

Sur une impulsion, il tourna dans la rue où vivaient les Bell et s'arrêta devant la maison. Avait-il vraiment envie de descendre ? Non seulement le secret de M. Bell lui pesait, mais il n'était pas certain de souhaiter revoir Zoe.

Au même instant, la porte d'entrée s'ouvrit et Mme Bell sortit pour relever sa boîte aux lettres. Dès qu'elle le vit, elle sourit et lui fit signe.

— Salut, Brock. Qu'est-ce que tu fais là ? Ne reste pas assis dans ta voiture, j'étais justement sur le point de préparer mon fameux poulet grillé.

Son sourire se teinta de tristesse et elle ajouta :

— Qui sait. Peut-être que Shayna en sentira le parfum et que ça lui donnera envie de rentrer à la maison.

Brock ne put s'empêcher d'avoir l'eau à la bouche. Le poulet grillé de Mme Bell était le meilleur qu'il ait jamais mangé.

Il ne pouvait pas résister. Il coupa le moteur et descendit de voiture.

Tout en vidant la boîte aux lettres, Mme Bell lui parla de choses et d'autres. Apparemment, son mari ne lui avait pas encore fait part de son intention de partir. D'ailleurs, le ferait-il ?

Il tint la porte à Mme Bell puis lui emboîta le pas à l'intérieur.

Zoe était là, assise dans le salon. Elle parut étonnée de le voir, mais reprit très vite une expression polie et neutre.

— Brock, dit-elle. Qu'est-ce qui t'amène ?

— Oh ! Je souhaitais seulement m'arrêter pour prendre quelques nouvelles en sortant du boulot et Mme Bell m'a invité à dîner. Quand elle m'a dit qu'elle allait faire son poulet grillé, je n'ai pas pu résister.

— Hé, regardez ça, intervint alors Mme Bell en brandissant une affichette provenant de sa boîte aux lettres. Cristine organise un rassemblement demain au lycée.

Brock prit l'affichette, la parcourut rapidement du regard et acquiesça. Il avait du mal à dissimuler ses émotions.

Shayna avait disparu, Zoé était revenue, il se retrouvait chez les Bell : cela faisait beaucoup en même temps.

— Un rassemblement ? répéta Zoe. Qu'est-ce qu'elle veut…

— Je me suis mal exprimée, la coupa Mme Bell. Cristine organise une réunion pour mobiliser tous ceux qui souhaitent contribuer à rechercher Shayna. Même si ma fille est partie de son plein gré, Cristine peut nous aider à déterminer où elle est.

Zoe ne répondit pas et jeta un regard à Brock, comme pour avoir son avis.

Il vibra aussitôt de la tête aux pieds. Ressentait-elle une émotion semblable ? Le contraire était-il possible ?

Mais elle détourna vite les yeux, sans changer d'expression. Non, elle n'éprouvait rien pour lui. Pas plus aujourd'hui qu'avant.

— Tu y vas ? demanda Mme Bell en lui prenant l'affichette des mains pour la tendre à Zoe.

— Oui, nous irons, répondit-il spontanément.

— Bien sûr que nous irons, renchérit Zoe. Nous voulons tous retrouver Shayna le plus rapidement possible.

— Parfait, déclara Mme Bell en se dirigeant vers la cuisine. Je vais mettre le poulet à cuire.

— Je viens t'aider, lança Zoe.

Elle déposa l'affichette sur la table et Brock se retrouva seul dans le salon. Il relut le papier.

Il n'avait jamais beaucoup aimé Cristine, mais c'était louable de sa part de prendre les choses en main pour retrouver son amie. Peut-être ses motivations n'étaient-elles pas très nobles. Peut-être voulait-elle surtout reprendre ses mauvaises habitudes avec Shayna. Mais après tout peu importait.

Ce qui était vraiment étonnant, songea Brock, c'était

que Shayna n'ait pas au minimum appris à Cristine où elle allait. Elles étaient quand même devenues très proches, au point d'envisager de cohabiter.

A ce propos, comment Zoe et Cristine allaient-elles s'entendre lors des recherches à venir ? Toutes deux se considéraient comme la meilleure amie de Shayna. C'était bien leur seul point commun.

Il inclina la tête et écouta les bavardages de Zoe et Mme Bell dans la cuisine. De nombreux souvenirs affluèrent à son esprit.

Quand ils étaient ados, puis de jeunes adultes, Zoe, Shayna et lui passaient beaucoup de temps dans cette maison. Parce que Mme Bell était une cuisinière hors pair, mais aussi parce que l'atmosphère y était toujours chaleureuse.

Envahi par la nostalgie, il grimaça. Cette époque lui manquait atrocement. Jamais il n'en avait autant eu conscience. Il s'était tellement répété que ses années avec Zoe étaient définitivement derrière lui…

Des bruits de cuisson et un délicieux fumet de poulet grillé le tirèrent de ses pensées. Son estomac se manifesta, et il fut tenté de rejoindre Mme Bell et Zoe dans la cuisine. Mais il n'osa pas. La présence de son ancienne fiancée le rendait si mélancolique.

Depuis son départ, cinq ans plus tôt, la vie était nettement moins bien. Et la brutale disparition de Shayna ne faisait qu'aggraver les choses. Shayna s'était éclipsée du jour au lendemain, comme l'avait fait Zoe juste avant leur mariage. En même temps, la disparition de Shayna avait provoqué le retour de Zoe…

Zoe, qu'il avait follement aimée et grâce à qui la vie aurait pu être si différente.

Quand il était étudiant, il animait une émission à la radio locale. Zoe lui avait dit qu'il était fait pour cela. Elle l'avait encouragé, alors que, pour lui, ce n'était qu'un hobby. Finalement, après avoir terminé ses études, il avait fait acte de candidature dans une des plus grosses radios du pays. Il avait reçu le courrier l'informant que sa candidature avait été retenue peu après le départ de Zoe. Et, alors qu'il était sur le point de se rendre à New York, dans cette radio, le destin avait frappé une seconde fois : son père avait fait une crise cardiaque et était décédé. Il avait bien fallu que quelqu'un reprenne la direction du magasin. Brock avait dû également s'occuper d'Eve, sa sœur cadette, âgée de treize ans à l'époque, et de sa mère, très affectée par la mort de son père.

A contrecœur, il avait donc renoncé à son rêve. Il était resté à Anniversary et s'était contenté de faire ponctuellement quelques émissions dans une station locale de musique country. Il n'avait pas fui ses responsabilités, au contraire. Sa mère et sa sœur avaient besoin de lui, tout comme les exploitants de ranchs de la région, qui se fournissaient régulièrement au magasin.

Ce n'était pas la vie dont il avait rêvé, mais il avait fait de son mieux pour s'en accommoder et y avait même plus ou moins trouvé le bonheur. Du moins l'avait-il cru. Mais revoir Zoe bousculait ses certitudes.

Avec un peu de chance, Shayna réapparaîtrait très vite. Ainsi, Zoe pourrait rentrer chez elle, M. Bell renoncer à son projet de s'en aller et la vie à Anniversary reprendrait un cours normal.

Cependant, revoir Zoe avait rouvert une plaie et, cette fois, il aurait bien du mal à oublier combien elle lui avait manqué.

Ces pensées ne lui plaisaient pas du tout et il chercha une

excuse pour ne pas rester dîner. Mais Mme Bell apparut dans l'encadrement de la porte.

— C'est prêt. Tu viens ?

— Oui, pardon, bafouilla-t-il.

Mme Bell lui adressa un sourire mélancolique et lui posa la main sur le bras.

— Elle te manque, n'est-ce pas ?

Elle parlait certainement de Shayna, pas de Zoe. Et la culpabilité lui comprima la poitrine. Il baissa la tête et suivit Mme Bell dans la cuisine sans un mot.

Un grand plat de filets de poulet parfaitement dorés trônait au milieu de la table. Il garda les yeux posés dessus pour ne pas avoir à regarder Zoe, qui était occupée à remuer une sauce. Il s'assit et eut l'eau à la bouche.

— Ça a vraiment l'air délicieux, madame Bell.

— J'ai préparé du riz et des haricots beurre en accompagnement, répondit-elle en consultant sa montre. Marshall est en retard. Il ferait mieux de ne pas tarder s'il ne veut pas que son plat favori soit froid à son arrivée.

Brock se tortilla sur sa chaise. Devait-il révéler que Marshall était passé le voir au magasin ?

Il préféra se taire. Ce n'était pas à lui de révéler les intentions de M. Bell.

Zoe vint s'asseoir juste en face de lui. Il ne put se retenir de lever les yeux et, immédiatement, sa bouche s'assécha. Les traits délicats de Zoe et ses lèvres pleines l'avaient toujours fait craquer. Désormais, elle était encore plus belle. Elle avait un joli teint clair mis en valeur par ses cheveux couleur sable. Son allure et son look sophistiqué la magnifiaient : elle n'était plus une fille d'Anniversary.

— Sers-toi, lui dit Mme Bell en lui passant le plat de haricots. Et, en partant, tu n'oublieras pas de prendre une part pour Eve, car je sais qu'elle adore mon poulet grillé.

— Je ne connais personne qui n'en raffole pas, intervint Zoe d'un ton léger et enthousiaste.

Cela rappela à Brock la Zoe qu'il avait connue. La fille qui allait passer la journée au lac avec lui, vêtue d'un short et d'un T-shirt tout simples et qui ne s'inquiétait pas que le soleil fasse ressortir ses petites taches de rousseur autour du nez. Aujourd'hui, sa peau ne portait plus la moindre marque d'imperfection.

— Je me demande où est Marshall, reprit Mme Bell. Ce n'est pas son genre d'être en retard et de ne pas prévenir.

— Essaie de l'appeler sur son portable, lui suggéra Zoe.

— Non, je ne veux pas l'embêter, répliqua Mme Bell en baissant les yeux. Il rentrera quand il rentrera.

Tous trois se mirent à manger et restèrent silencieux. Comme d'habitude, nota Brock, la cuisson du poulet était parfaite et l'accompagnement donnait encore plus de relief à l'ensemble. Il se resservit deux fois et aurait pu manger encore davantage tant il se régalait, mais il ne voulait pas passer pour un goinfre.

— C'était délicieux, dit-il en posant sa fourchette. Je suis repu. Merci encore pour votre invitation.

— Oh ! Je t'en prie, répondit Mme Bell.

Elle le fixa un instant et sembla hésiter, puis se lança :

— Alors… Zoe m'a appris que Shayna et toi aviez rompu.

Brock observa Zoe, mais elle évita son regard. Il s'éclaircit la voix :

— En effet. Elle était sur le point de déménager. Je suis désolé qu'elle ne vous en ait rien dit.

— J'ai comme l'impression qu'il y a beaucoup de

choses dont elle ne m'a pas parlé, répondit Mme Bell avec amertume. Si, comme tout le monde semble le croire, elle est partie de son plein gré, j'aurais vraiment aimé qu'elle m'en informe. Mais, si c'est le cas, elle n'est pas partie en emportant grand-chose.

Il acquiesça. En effet, Shayna n'avait emporté que quelques vêtements de rechange, comme si elle n'était partie que pour quelques jours.

Zoe posa une main sur celle de Mme Bell.

— Ne t'en fais pas, Mama, je te promets que nous allons la retrouver.

Brock serra les dents pour ne pas répliquer : mieux valait s'abstenir de faire des promesses de ce genre. Mais Zoe avait toujours été passionnée et déterminée. Elle croyait ce qu'elle disait. Et elle réussirait peut-être à retrouver Shayna. Si celle-ci le voulait bien…

Zoe se leva.

— Je m'occupe de la vaisselle, repose-toi un peu, Mama.

— Oh non, c'est inutile. Tu es mon invitée, Zoe. Et puis, Brock et toi, vous avez sans doute besoin de parler. Je suis reconnaissante à Cristine de vouloir prendre en main les recherches, mais je vous fais davantage confiance.

Zoe parut gênée, rougissant même un peu, remarqua Brock. Elle évitait sciemment de le regarder, ce qui lui fit mal. Manifestement, elle ne lui avait pas tout dit des raisons qui l'avaient poussée à partir du jour au lendemain pour New York. Elle était revenue en croyant qu'il était sur le point de se marier avec sa meilleure amie et le traitait comme un étranger. Décidément, tout cela était compliqué et difficile à vivre.

— Il faut que j'y aille, déclara-t-il en se levant. Merci mille fois, madame Bell. Votre poulet est toujours le meilleur du Texas.

Mme Bell le regarda avec étonnement.

— Merci, Brock, mais pourquoi es-tu aussi pressé de partir ? Je pensais que Zoe et toi vous pourriez vous mettre d'accord sur la meilleure façon d'orienter les recherches.

Mal à l'aise, il s'efforça de garder les yeux rivés sur elle.

— Nous ferons cela demain matin à la réunion de Cristine.

— D'accord, répondit Mme Bell en lui passant la main sur le bras. Je suis heureuse que tu aies pu rester dîner avec nous.

— Merci à vous, madame Bell.

Il quitta la maison à grands pas. Etait-il parvenu à dissimuler son trouble et sa culpabilité ? Il n'en était pas certain. De retour chez lui, il passerait quelques coups de fil, au cas où il y aurait du nouveau. Il devait tout faire pour oublier que Zoe était revenue.

3

Zoe releva la tête de l'écran de son ordinateur. L'une des contraintes quand on tenait un blog très populaire était qu'il fallait l'alimenter tous les jours, même si les revenus générés par la publicité lui avaient permis d'abandonner son travail pour s'y consacrer pleinement.

Selon les statistiques, la rubrique la plus visitée était celle où elle se laissait aller à parler de tout ce qui lui passait par la tête. Etant donné qu'elle signait anonymement ses articles sur *City Girl*, elle ne se fixait pas de limites et écrivait aussi bien sur de grands sujets de société que sur les petits tracas de l'existence.

Elle avait un peu de temps devant elle avant de se rendre à la réunion de Cristine et en profita pour rédiger un nouvel article. C'était un texte spontané, qui venait du cœur et commençait ainsi :

On ne prend conscience de la réelle valeur et de l'importance de ses amis que lorsqu'on les a perdus ou qu'on ne sait plus où ils sont.

Une fois son article fini, elle le publia. Peut-être que, d'une manière ou d'une autre, Shayna lirait ce texte et que cela la persuaderait de revenir.

Zoe éteignit son ordinateur portable et le ferma. Mama Bell l'attendait dans le salon, prête à partir.

Elles arrivèrent à l'heure précisée sur l'affichette. Un grand nombre de voitures étaient déjà garées sur le parking du lycée, et Zoe dut tourner un moment avant de trouver une place libre.

— On dirait que l'appel de Cristine a été entendu, déclara-t-elle.

Mama Bell acquiesça.

— Tout le monde adore Shayna. Même si la majorité des gens pensent qu'elle est partie de son propre chef, ils veulent nous aider.

Zoe ne répondit pas. Elle était dubitative. Si Shayna était partie d'elle-même, elle l'aurait déjà fait savoir. Zoe en était convaincue.

Elle suivit Mama Bell à l'intérieur du lycée. Immédiatement, celle-ci repéra un groupe d'amis.

— Excuse-moi, ma chérie, dit-elle en lui posant la main sur l'épaule, je te laisse quelques instants. Je suis sûre que beaucoup de gens seront heureux de te revoir.

Zoe n'en était pas certaine du tout. Elle était partie sans dire au revoir à quiconque. Aussi, elle se contenta de sourire et traversa la salle en écoutant les bribes de conversation. Que l'on établisse un parallèle entre son départ soudain et la disparition de Shayna l'agaçait. A ses yeux, cela n'avait rien à voir. Il était peut-être arrivé quelque chose de grave à Shayna, même si elle repoussait cette idée de toutes ses forces.

Une fille vêtue d'un jean moulant et d'un T-shirt décolleté s'approcha d'elle. Elle lissa ses cheveux mi-longs, lui adressa un sourire et ouvrit les bras. Après une brève hésitation, Zoe lui rendit son accolade.

— Zoe ! C'est tellement bon de te revoir. Je suis vraiment heureuse que tu aies pu venir pour nous aider à retrouver Shayna.

Zoe chercha désespérément à mettre un nom sur ce visage.

— Oui, bien sûr…

Face à son hésitation, son interlocutrice lui sourit plus largement.

— Tu ne me reconnais pas, n'est-ce pas ?

— Non, avoua Zoe. Votre visage me dit quelque chose mais…

— Cristine, où sont les feuilles pour s'inscrire aux recherches ? intervint alors Brock en venant vers elles.

— Cristine ? répéta Zoe en s'efforçant de masquer sa surprise. Cristine Haywood ?

— Oui, c'est bien moi.

— La meilleure amie de Shayna, renchérit Brock.

Au son grave de la voix de Brock, une douce chaleur traversa Zoe. Pour ne pas laisser paraître son trouble, elle garda son attention fixée sur Cristine : celle-ci ne ressemblait plus du tout à la fille un peu gauche dont elle se souvenait.

— Désolée de ne pas t'avoir reconnue, mais tu as changé depuis…

— … le lycée, enchaîna Cristine.

Puis, elle se tourna vers Brock :

— Les feuilles d'inscription sont sur la table au fond à droite.

Brock acquiesça sèchement et tourna les talons. Zoe le suivit du regard : il n'avait pas l'air de beaucoup apprécier Cristine. Et celle-ci le scrutait bizarrement. Elle ne semblait pas le porter dans son cœur non plus.

— Il peut vraiment se montrer pénible, parfois, se justifia Cristine. Je t'assure. Si Shayna était là, elle ne dirait pas autre chose.

— Il est toujours comme ça ? ne put se retenir de lui demander Zoe.

Brock n'avait en effet pas grand-chose à voir avec celui dont elle était tombée amoureuse, toujours souriant et jovial.

— Plus ou moins, répliqua Cristine en haussant les épaules. Disons qu'il est d'humeur très changeante. Je me demande comme Shayna a pu s'en accommoder.

Voilà une information intéressante, songea Zoe. Elle devait absolument éclaircir ce qui s'était passé entre Brock et Shayna, car l'un ou l'autre lui avait menti sur leur relation.

Peut-être Cristine en savait-elle plus.

A ce moment-là, quelqu'un appela Cristine.

— Excuse-moi, on se revoit plus tard, déclara cette dernière avant de se frayer un chemin dans la foule.

Zoe continua à faire le tour de l'assistance. Il fallait qu'elle parle à Brock et détermine s'il lui avait tout dit.

Elle le chercha des yeux : il était à l'autre bout de la salle. Leurs regards se croisèrent. Un instant plus tôt, elle doutait de son honnêteté, mais dès qu'il posait ses yeux sur elle, une irrésistible attirance s'emparait d'elle.

Elle s'était pourtant promis de ne pas se laisser atteindre. Mais elle se sentait démunie.

Malgré tout, elle devait se blinder contre ses émotions, car elle ne pouvait pas l'éviter. Elle devait avoir une conversation sérieuse pour démêler le vrai du faux.

Elle s'approcha de la table devant laquelle il se tenait et parvint à se glisser à côté de lui.

— Tu as une minute ? lui demanda-t-elle discrètement.

Il lui retourna un regard hostile.

— Pour quoi ?

Elle refusa de se laisser déstabiliser par son attitude et prit une grande inspiration.

— J'aimerais te poser quelques questions supplémentaires sur Shayna, si tu n'y vois pas d'inconvénient.

Il parut se refermer sur lui-même. Qu'avait-il à cacher ?

— Pourquoi es-tu là exactement ? lui demanda-t-il vivement. Shayna m'a affirmé que tu l'avais pour ainsi dire rayée de ton existence.

Zoe fut abasourdie et secoua lentement la tête en signe de dénégation.

— Mais c'est faux. J'admets que nous ne nous parlions plus aussi régulièrement que par le passé, mais nous sommes toujours restées proches. Du moins je le croyais.

Il croisa les bras et plissa les yeux d'un air incrédule. Mais elle s'en moquait : elle non plus n'était pas certaine de pouvoir lui faire confiance.

— Que s'est-il passé ? reprit-elle. Tu m'as dit que vous étiez séparés. Mais qu'est-ce qui aurait pu la pousser à disparaître ainsi ?

— Premièrement, laisse-moi te le répéter : Shayna et moi, ça ne marchait pas. Ensuite, nous n'avons jamais été fiancés. Enfin, je me rends compte que tu ne sais rien sur la vie de ta soi-disant meilleure amie. Car tu sembles croire que Shayna était la même qu'à l'époque où tu vivais ici. Or, tu te trompes lourdement.

S'il pensait qu'elle allait se laisser intimider, il allait en avoir pour ses frais.

— D'accord, tonna-t-elle. Alors vas-y, je t'écoute. Apprends-moi tout ce que j'ignore.

Mais il se contenta de secouer la tête et de s'éloigner. Elle aurait voulu le retenir, ne serait-ce que pour avoir une excuse pour le toucher.

Mon Dieu. Il fallait à tout prix qu'elle en finisse avec cette attirance, car si elle désirait en apprendre davantage, cela passerait par une confrontation. Evidemment, elle ne pouvait pas lui en vouloir d'avoir encore en travers de la gorge ce qu'elle lui avait infligé cinq ans auparavant. Mais, même si elle n'était pas restée en contact avec lui, elle avait toujours eu de ses nouvelles par l'intermédiaire de Shayna. Elle le croyait heureux et satisfait de son existence. Elle s'était faite à l'idée qu'il avait tourné la page, ce qui l'avait convaincue qu'elle devait en faire de même.

Mais jamais elle n'avait éprouvé pour un autre homme quoi que ce soit de comparable.

Pour quelle raison refusait-il de parler de Shayna ?

Un sentiment de malaise s'empara d'elle, mais elle le chassa très vite. Non, Brock n'aurait jamais pu faire de mal à Shayna. Sans doute avait-il davantage souffert qu'il voulait bien le dire de l'échec de sa relation avec elle. En parler devait lui être trop pénible.

Oui, ce devait être cela l'explication.

Elle le chercha de nouveau du regard dans la foule mais il n'était nulle part.

— Ouh là, qu'est-ce que tu lui as dit pour le mettre dans un état pareil ?

Zoe fit volte-face. C'était Cristine. Elle semblait avoir suivi son échange avec Brock et attendu le bon moment pour intervenir.

— Cela dit, en ce moment, il n'en faut pas beaucoup pour qu'il perde ses nerfs, ajouta-t-elle.

Zoe dissimula son irritation et haussa les épaules.

— Je ne lui ai rien dit de particulier, je lui ai seulement posé une question sur Shayna.

Une ombre passa sur le visage de Cristine.

— Oh ! Ça suffit amplement. Shayna et lui ne s'entendaient plus du tout.

Zoe hésita à lui poser la question qui la taraudait :

Shayna lui avait-elle affirmé à elle aussi que Brock et elle étaient fiancés ?

— Shayna et toi étiez devenues de bonnes amies ? lui demanda-t-elle plutôt.

— Les meilleures amies du monde, renchérit Cristine avec emphase. Nous sortions ensemble tous les week-ends.

— Et que faisiez-vous exactement ?

Cristine sourit avec fierté.

— La fête. Moi, je faisais de mon mieux pour tenir le rythme mais, avec Shayna, ce n'était pas facile.

— Ah oui ? répliqua Zoe, qui ne s'attendait pas à cela. Et as-tu la moindre idée de ce qui a pu lui arriver ?

Cristine tourna la tête à droite et à gauche et se rapprocha pour lui parler tout bas, ce qui inquiéta Zoe.

— Shayna était inquiète. Et, autant que je te l'avoue, au cours de nos soirées, il nous est arrivé de consommer des substances illicites.

Face à l'expression consternée de Zoe, Cristine s'empressa d'amender ses propos :

— Attention, ce n'était rien de sérieux, juste un peu d'herbe de temps en temps.

Rien de sérieux ? Zoe tentait de se faire à cette idée, mais Cristine ajouta :

— Toujours est-il que quelque chose l'inquiétait, mais elle n'a jamais voulu me dire précisément ce que c'était.

Le pouls de Zoe s'emballa. Elle repensa de nouveau à son ultime conversation avec Shayna. Elle aurait dû mieux l'écouter. Si elle lui avait davantage prêté attention, peut-être Shayna n'aurait-elle pas disparu.

La culpabilité assaillit Zoe. Elle prit une grande inspiration pour se ressaisir.

— Zoe, ça va ? s'enquit Cristine, l'air inquiète.

— Oui. Enfin, non. Cristine, qu'est-ce qui se passe

avec les autorités ? La mère de Shayna soutient que le shérif et ses hommes ne font quasiment rien pour essayer de la retrouver.

— Eh bien, leur argument, c'est que comme Shayna est adulte et qu'elle a fait part à plusieurs personnes de son intention de quitter la ville, il y a de fortes probabilités pour qu'elle soit partie d'elle-même, répondit-elle avec amertume.

— Mais enfin, personne n'a la moindre idée d'où elle est, cela devrait leur suffire ! insista Zoe.

— Je sais, mais selon eux tout adulte a le droit d'aller où il le désire sans en aviser quiconque. Et sans preuve ou indices d'agression ou d'enlèvement…

Cristine regarda de nouveau autour d'elle et reprit plus bas :

— En fait, la véritable raison, c'est peut-être que Shayna est sortie avec Roger Giles, le nouveau shérif.

Abasourdie, Zoe écarquilla les yeux.

— Quoi ? Récemment ?

— Oui.

Cela ne collait définitivement pas avec l'image que Zoe avait de son amie.

— Tu es en train de me dire qu'elle fréquentait un autre homme dans le dos de Brock ? Etait-ce avant ou après leur rupture ?

— Quelle importance ? rétorqua Cristine avec sarcasme. Tu sais, elle voyait beaucoup de monde sans en faire part à Brock.

— Oui, mais Brock m'a affirmé qu'ils étaient en quelque sorte devenus des colocataires.

— D'accord, mais il n'empêche que Shayna vivait toujours sous le même toit que lui et qu'il a certainement vécu son attitude comme une humiliation.

Zoe en avait l'estomac noué.

— Donc, Shayna le… trompait ?

Elle eut du mal à prononcer ce mot : dans son souvenir, son amie avait toujours détesté les menteurs et les gens infidèles.

— Non, on ne peut pas aller jusqu'à dire qu'elle le trompait, rectifia Cristine, car elle ne faisait pas mystère qu'elle voyait d'autres hommes. Mais ce n'est pas pour autant que Brock n'en a pas pris ombrage.

Cristine faisait manifestement de son mieux pour défendre son amie, sans pour autant approuver son attitude.

— Comment expliques-tu tout cela ? s'enquit Zoe.

Cristine haussa les épaules.

— Difficile à dire. Ils ont vraiment essayé de donner une chance à leur relation, et quand Shayna a compris que c'était sans espoir, elle en a beaucoup souffert. Je pense qu'au départ elle souhaitait le rendre jaloux pour le faire réagir. Ou alors, elle ne faisait que lui rendre la monnaie de sa pièce. Qui sait ?

Zoe ne savait que répondre.

De nouveau, Cristine se rapprocha d'elle.

— Mais, quoi que l'on pense de Shayna, son désir le plus ardent était de profiter de la vie.

Elle essuya une larme qui avait coulé sur sa joue et ajouta :

— C'est pourquoi je ne crois pas qu'elle soit partie de son plein gré. Je suis sûre qu'il lui est arrivé quelque chose, sinon elle m'aurait avertie. Nous étions très proches.

Shayna et moi aussi, nous étions proches, songea Zoe. *Avant.* Maintenant, son amie était devenue une autre, dont elle ignorait tout. Shayna faisait la fête et avait des aventures sans lendemain.

Cela rappela à Zoe sa mère qui, petit à petit, s'était mis

à fréquenter des gens peu recommandables, ce qui avait précipité sa fin. Pourvu que Shayna ne connaisse pas le même destin tragique.

L'assassin de sa mère avait été arrêté, et elle s'assurait régulièrement qu'il était toujours en prison. Il faudrait qu'elle vérifie de nouveau que c'était toujours le cas.

— Je dois aller parler à la police pour les inciter à agir, déclara-t-elle. Sans attendre.

— Laisse-moi t'accompagner, lui proposa Cristine.

Zoe contempla la salle bondée et fit non de la tête.

— Merci, mais c'est inutile. D'autant que tu as déjà suffisamment à faire ici.

Cristine baissa la tête et déglutit.

— Mais tu as quand même signé pour participer aux recherches, n'est-ce pas ?

— Bien sûr, répliqua Zoe en s'efforçant de sourire. De toute façon, avec le monde qu'il y a ici, tu n'auras aucun mal à constituer des équipes.

— Justement, à ce sujet, tu voudras bien m'aider ? Je veux qu'on retrouve Shayna et, en dehors de nous deux et de Mme Bell, personne ne prend réellement sa disparition au sérieux.

Zoe hésita. Elle avait besoin d'avoir une vue globale de la situation avant de trop s'impliquer.

— Je ne sais pas. Je crois que tu te débrouilles très bien toute seule.

Sans laisser le temps à Cristine de répondre, elle tourna les talons et s'éloigna.

Au moment de passer la porte, elle faillit entrer en collision avec Brock.

— Tu pars déjà ? lui demanda-t-il en lui bloquant le passage.

Elle acquiesça et s'efforça de rester impassible, mais son cœur battait très fort.

— Je vais au poste de police pour les pousser à en faire un peu plus.

— Bonne idée, répondit-il en s'écartant. Ce n'est pas loin. Ça t'ennuie si je viens avec toi ?

D'abord Cristine, maintenant Brock. Pourquoi tenaient-ils tant à l'accompagner ?

Et devait-elle lui demander s'il était au courant que Shayna était sortie avec le shérif ? Non, elle n'était pas sûre de pouvoir faire confiance à Cristine et devait d'abord obtenir la confirmation du principal intéressé.

— Viens avec moi si tu veux, répondit-elle finalement. Même si, étant donné ton attitude envers moi depuis mon arrivée, je me demande bien pourquoi tu y tiens tellement.

Elle allait partir, mais il la retint par l'épaule. De toute évidence, il n'avait pas apprécié sa remarque.

Pourtant, elle n'avait fait qu'exprimer ce qu'elle avait sur le cœur.

— Ecoute, Zoe, même si je t'ai dit qu'à mon avis Shayna avait rencontré un type et s'était accordé quelques jours en sa compagnie, je souhaite savoir où elle est. Ce n'est pas parce que ça n'a pas marché entre nous que je ne m'inquiète pas.

Cette fois, Zoe en était persuadée : il lui cachait quelque chose. Elle décida d'en avoir le cœur net.

— A mon avis, nous allons devoir mettre nos différends de côté pour travailler ensemble, tu ne crois pas ?

Il acquiesça silencieusement, mais son regard brilla d'une lueur mauvaise : il n'avait aucune envie de collaborer avec elle.

— J'admets que je pourrais avoir besoin de toi,

enchaîna-t-elle cependant. Il y a trop de contradictions dans les propos des uns et des autres.

Il poussa un long soupir.

— Je pense savoir ce que tu sous-entends.

— Vraiment ? Alors que s'est-il exactement passé entre Shayna et toi ?

— C'est d'ordre privé, c'est entre elle et moi. Ça ne te regarde pas.

— Si sa disparition a un rapport avec votre relation, ce sont mes affaires. Je t'écoute, Brock.

Il poussa un nouveau soupir et secoua la tête avec agacement.

— Ecoute, Zoe, tu m'as laissé tomber sans prévenir, tu as quitté cette ville et tous ceux que tu y connaissais. Certains te le pardonneront peut-être, d'autres te diront que c'est un peu tard pour que tu t'intéresses à ce qui se passe ici. Franchement, je ne sais même pas pourquoi Mme Bell t'a appelée et je ne sais pas pourquoi tu es venue, car tu as déjà montré que tu n'en avais rien à faire de cette ville et de ses habitants.

Ses paroles la touchèrent en plein cœur et lui firent mal. Cependant, elle s'était préparée à vivre des moments difficiles en revenant à Anniversary. Et que cela plaise ou non à Brock, elle était déterminée à retrouver son amie.

Pour y parvenir, elle devait comprendre dans quel état d'esprit était Shayna. Elle devait poser des questions désagréables et, de gré ou de force, elle finirait par obtenir des réponses.

Elle se mit à marcher dehors et Brock resta à sa hauteur, mais à bonne distance d'elle.

— Que veux-tu dire quand tu affirmes savoir ce que je sous-entends ? reprit-elle.

Il lui répondit en regardant droit devant lui :

— J'imagine ce que Cristine a pu te raconter. Shayna était devenue incontrôlable et Cristine l'accompagnait dans ses frasques. Elles faisaient la tournée des bars, rencontraient des types… Bref, je ne pouvais pas empêcher Shayna de se comporter ainsi. En revanche, je lui ai dit qu'il était hors de question que ça se passe dans notre appartement. C'est pourquoi elle était pressée de déménager.

Une fois encore, Zoe fut déstabilisée. Que Brock se soit résigné à accepter l'attitude de Shayna la surprenait. Et qu'avait pensé son amie de son attitude à lui ?

Zoe perdait tous ses repères.

Mais les gens changeaient. Elle aussi avait changé. Mais pas sur tout : il lui suffisait de regarder Brock pour se sentir toujours attirée vers lui comme un aimant.

Tandis qu'ils approchaient du poste de police, de nombreuses questions la tourmentaient. Brock était-il au courant que Shayna était sortie avec le shérif ? Etait-ce pour ça qu'il venait à présent avec elle le voir ? Pour se confronter à l'homme avec lequel Shayna l'avait trompé ?

Mais faire un scandale au beau milieu du poste de police serait vraiment déplacé.

Elle ne devait pas gamberger. Il fallait qu'elle se focalise sur son objectif : pousser la police à retrouver son amie.

Jamais elle n'aurait dû accepter que Brock l'accompagne. Il y avait trop de zones d'ombre dans son attitude, sa position était trop ambiguë.

Elle s'arrêta et lui posa une main sur le bras.

— Attends, Brock. Je crois que je ferais mieux d'y aller seule.

— Evidemment, répliqua-t-il d'un ton blessé.

Il semblait réellement affecté et elle faillit s'excuser.

— Ecoute, Zoe, reprit-il, quoi qu'il se soit passé entre nous, désormais, c'est Shayna qui compte.

— Tu as raison, rétorqua-t-elle. Mais je pense sincèrement que je dois le faire seule.

— Bien, fit-il d'un air résigné en croisant les bras. Appelle-moi si tu as besoin de mes services.

Après une brève hésitation, elle acquiesça d'un signe de tête.

Une fois à l'intérieur, elle identifia rapidement plusieurs visages.

— Puis-je vous aider ? lui demanda fraîchement la femme à la réception.

Génial. Agnes Burlington, une ancienne camarade de lycée qui lui en avait fait voir de toutes les couleurs par pure jalousie.

Zoe fit comme si elle ne l'avait pas reconnue.

— Oui, j'aimerais parler au shérif.

Agnes lui retourna un regard hostile.

— Vous avez rendez-vous ?

Zoe soutint son regard.

— Non, mais je suis certaine qu'il m'accordera quelques minutes. Dites-lui que Zoe Onella souhaite le voir.

— A quel sujet ?

— Shayna Bell, répliqua-t-elle en croisant les bras.

Elle n'en dirait pas plus et ne s'en irait pas tant qu'elle n'aurait pas été satisfaite.

Sans un mot, Agnes tourna les talons et disparut dans le couloir derrière elle.

Quelques instants plus tard, elle était de retour avec une expression contrariée.

— Suivez-moi.

Zoe lui emboîta le pas et traversa le couloir sous les regards curieux des officiers.

— C'est ici, déclara sèchement Agnes en la laissant devant une porte close, sans frapper pour l'annoncer.

Bien. Zoe donna un petit coup et attendit qu'une voix lui réponde d'entrer pour pousser la porte.

Elle se retrouva face à un homme blond, au teint bronzé, aux yeux bleus et au sourire chaleureux. Il ressemblait davantage à un moniteur de ski du Colorado qu'à un flic. Il était très séduisant.

— Que puis-je pour vous, mademoiselle Onella ? lui demanda-t-il d'une voix avenante.

— Je vous en prie, appelez-moi Zoe, répliqua-t-elle spontanément.

— Entendu, Zoe. Moi c'est Roger, répliqua-t-il en lui tendant la main. Agnes m'a dit que vous souhaitiez me parler de Shayna ?

— En effet, dit-elle en cherchant si le nom de Shayna provoquait une émotion sur son visage. Je ne sais comment aborder la question, mais il me semble avoir compris qu'elle et vous étiez… plutôt intimes ?

Il esquissa un petit sourire, sans paraître déstabilisé.

— Disons que nous étions amis et parfois un peu plus, si c'est ce que vous voulez dire. Mais vous n'êtes sûrement pas venue pour me parler de cela, n'est-ce pas ?

Zoe s'efforça de soutenir son regard.

— N'est-ce pas ce que nous pourrions appeler un conflit d'intérêts ?

— Comment cela ? Shayna n'a pas été accusée d'avoir enfreint la loi, que je sache.

— En fait, je souhaitais savoir ce que vos services font pour la retrouver.

— Nous faisons notre possible, Zoe. Nous l'avons placée sur la liste des personnes disparues, mais notre marge de manœuvre est limitée. Shayna est majeure et a exprimé auprès de plusieurs personnes son souhait de quitter la ville. Rien ne vient alléguer l'hypothèse d'un enlèvement ou…

— Pourquoi ne pas prendre tout simplement en compte la possibilité qu'il lui soit arrivé quelque chose ?

Le shérif soupira.

— Ecoutez, elle m'a souvent parlé de vous, vous savez. Et, chaque fois, elle répétait que vous aviez eu le courage de faire ce qu'elle désirait. Non seulement vous étiez partie, mais en plus vous meniez ce qu'elle considérait comme une vie glamour. Je pense qu'elle vous enviait et qu'elle a cherché à vous imiter.

Cette révélation fit à Zoe l'effet d'une gifle.

— Une vie glamour ? Jusqu'à récemment, j'étais assistante de direction. Par ailleurs, jamais Shayna n'aurait tout quitté sans avertir personne.

— Mais comment pouvez-vous affirmer que personne ne sait où elle est ?

— Mais enfin, tous ceux qu'elle aime sont ici, et tous ignorent ce qui lui est arrivé, insista-t-elle, presque en colère. Et puis, il n'y a pas eu le moindre mouvement sur ses comptes bancaires depuis sa disparition. Et, si vous vous en donniez la peine, je parie que vous ne mettriez pas longtemps à découvrir qu'elle ne s'est pas servie non plus de ses cartes de crédit.

— Nous ne pouvons pas faire cela, nous devons respecter le droit de Shayna à la vie privée.

— Et si ses parents vous le demandaient ? Ou Brock, puisqu'ils vivaient ensemble.

— Il faudrait que Shayna leur en ait donné l'autorisation par écrit. Comme ce n'est pas le cas, nous sommes démunis, répondit-il en écartant les bras pour appuyer ses propos.

— Jamais elle ne serait partie sans m'avertir, ou avertir sa mère, asséna Zoe.

— Vous ne pouvez pas en avoir la certitude. Shayna était instable, malheureuse. Vous n'en saviez peut-être rien, mais elle était très jalouse de vous et de votre réussite. Elle voulait fuir cette ville et changer de vie. C'est d'ailleurs en partie pour cette raison que notre relation n'est pas allée très loin. Moi, j'ai quitté Houston précisément parce que j'en avais assez de la vie dans une grande ville. J'adore Anniversary, alors qu'elle ne supportait plus cet endroit.

Le raisonnement du shérif était assez convaincant, songea Zoe.

— Je vois, dit-elle à contrecœur. Pourtant…

Il leva les mains : la discussion était close.

— Je peux vous promettre une chose, Zoe : si un quelconque élément nous pousse à revoir notre jugement, nous mobiliserons d'autres ressources pour retrouver Shayna. Mais pour le moment…

— Je comprends, soupira-t-elle.

Elle ne pouvait pas aller contre la logique du shérif, mais qu'un homme qui avait fréquenté son amie soit chargé de la rechercher posait problème. Et même si tout semblait indiquer que Shayna était partie volontairement, comme elle-même l'avait fait cinq ans plus tôt, elle ne parvenait pas à s'en convaincre.

Shayna avait beau avoir changé, elle n'aurait pas tout quitté sans l'avertir. Et elle lui avait dit avoir besoin d'aide. Certes, elle avait affabulé sur certains points, mais ses mensonges étaient peut-être un appel au secours.

Zoe inspira profondément. Elle continuerait à rechercher son amie. En espérant le meilleur, tout en envisageant le pire.

4

Zoe quittait le poste de police quand son téléphone sonna. Elle ne reconnut pas le numéro mais décrocha quand même.

— Zoe, c'est Cristine, se présenta son interlocutrice, qui semblait nerveuse. Je dois te parler.

— D'accord, répondit Zoe en regardant sa montre. Je sors du poste de police, je serai de retour au lycée dans quelques minutes.

— Oh ! non ! Pas ici, répliqua Cristine. Il y a trop de monde, je préférerais un endroit plus tranquille.

Manifestement, c'était important, songea Zoe. Mais elle souhaitait d'abord en savoir plus.

— Est-ce à propos de Shayna ?

— Oui. Ecoute, je suis coincée ici jusqu'en fin de journée. Nous avons déjà commencé à organiser les recherches, même si nous commencerons réellement samedi, quand tout le monde sera en week-end. Que dirais-tu de nous retrouver demain matin pour le petit déjeuner ? Chez Joe's ?

— Joe's existe toujours ?

La famille Bell et elle avaient l'habitude d'y bruncher le dimanche.

— Mais si c'est toujours comme avant, ça risque d'être bondé, non ? objecta Zoe.

— Le week-end, c'est toujours plein, oui. Mais demain,

nous sommes vendredi. Donc si nous arrivons après le rush du matin, disons vers 8 h 30, nous devrions être tranquilles.

— Alors c'est d'accord.

Zoe mit fin à la communication.

Comme elle n'avait pas besoin de retourner au lycée, elle envoya un message à Mama Bell :

Je rentrerai par mes propres moyens, inutile de m'attendre.

Puis, soulagée d'être un peu seule, elle se mit en route dans l'intention de rentrer tranquillement à pied. Ça ne lui ferait pas de mal et lui permettrait de réfléchir.

Elle pensa à Shayna. Son amie lui avait toujours paru fragile. Désormais, si tout ce qu'elle avait entendu sur elle était vrai, Shayna était plus vulnérable que jamais.

Mais qu'avait-il bien pu lui arriver pour qu'elle change autant ? Etait-ce à cause de Brock, comme l'avait suggéré Cristine ? Etait-ce parce qu'elle en avait marre de vivre dans une petite ville, comme le pensait le shérif ? Ou bien était-ce encore pour une autre raison, une raison qui avait poussé Shayna à lui dire qu'elle avait besoin d'elle, la dernière fois qu'elle l'avait appelée ? Elle devait le découvrir. C'était la clé pour comprendre ce qu'était devenue son amie.

Brock se dirigeait vers le TJ's, le pub du coin, en proie à une foule d'émotions. Il avait laissé Zoe entrer seule dans le poste de police et se répétait leur conversation. Elle avait admis avoir besoin de son aide et, la minute d'après, elle voulait parler seule au shérif. Jouait-elle avec lui ?

Elle lui avait également dit qu'ils devaient « mettre leurs différends de côté ». Comme si ce qui s'était passé entre eux n'était qu'un incident, une péripétie !

Etait-elle consciente qu'elle lui avait brisé le cœur ?

Que, chaque fois qu'il la voyait et qu'elle lui souriait, même si ce sourire était forcé, il avait envie de la prendre dans ses bras, de l'embrasser passionnément, puis de la mettre au défi de lui dire qu'il ne lui faisait ni chaud ni froid ?

N'avait-elle pas compris que, s'il s'était montré incapable d'aimer Shayna, c'était à cause de ce qu'elle avait représenté pour lui, et que Shayna l'avait deviné ?

Mais il ne pouvait pas lui en parler de vive voix. Car si Zoe était revenue, c'était précisément à cause de Shayna, certainement pas pour lui.

Cette dernière réflexion lui fit mal. Et, le pire, c'était que Zoe ne s'était même pas rendu compte qu'il y avait de fortes chances pour que Shayna ait agi de la même façon qu'elle cinq ans auparavant.

Quand elle était partie, il avait remué ciel et terre pour tenter de comprendre. Il avait posé des questions à Shayna, aux Bell, il avait même prévu de partir à sa recherche puis, après l'avoir retrouvée, de lui demander les yeux dans les yeux de lui affirmer qu'elle ne l'aimait pas et ne voulait pas devenir sa femme.

Mais les ennuis de santé puis le décès de son père l'avaient retenu à Anniversary. Et Eve, sa sœur, l'avait empêché de sombrer. Elle avait besoin de lui et il avait fait tout son possible pour lui apporter son affection et qu'elle ne manque de rien. Au fil du temps, il avait cru qu'il avait, sinon guéri, au moins cicatrisé.

Mais il s'était trompé.

Revoir Zoe avait rouvert toutes les plaies, et elles étaient toujours aussi profondes.

Il poussa un juron. Comme tout le monde, il souhaitait de tout cœur qu'on retrouve Shayna. Mais, s'il ne voulait pas y laisser sa santé mentale, il devait éviter Zoe au maximum.

Il entra au TJ's et, bien qu'il n'y ait pas mis les pieds depuis des mois, voire des années, Jason, le serveur, l'accueillit comme un vieil ami.

Ce qu'ils étaient plus ou moins quand ils étaient ensemble au lycée.

— Qu'est-ce que tu prends ? lui demanda Jason d'un air inquiet, comme s'il redoutait la réponse.

— Un club soda, répondit Brock. N'aie crainte, je ne fais pas une rechute.

Après le départ de Zoe, il avait noyé son chagrin dans l'alcool. Depuis cette période, il n'avait plus retouché un verre.

— J'en suis ravi, déclara Jason. J'avoue qu'en te voyant entrer ici j'ai eu un peu peur, même si ça me fait plaisir de te revoir.

— C'est une façon de tester ma résistance, expliqua Brock. Et puis, l'atmosphère me manque.

Jason acquiesça puis se pencha vers lui et reprit tout bas :

— J'ai entendu dire que Zoe Onella était de retour en ville. Qu'est-ce que ça te fait ?

Brock réprima un grognement. Décidément, impossible d'échapper à Zoe.

— Rien, ça ne me fait rien du tout.

A son grand soulagement, Jason dut aller servir un autre client et le laissa seul.

Après le départ de Zoe, songea Brock, même s'il avait vécu de sales moments, il avait remonté la pente. Peut-être n'était-il pas totalement épanoui, mais il était content de ce qu'il avait : le magasin, sa sœur, son émission de radio le week-end…

Pourquoi avait-il fallu que Zoe revienne et avec elle toutes ces envies d'obtenir davantage ?

Zoe s'étira en sortant de son lit. A Anniversary, la journée commençait toujours silencieusement, contrairement à Manhattan. Là-bas, dès les premières lueurs de l'aube, la ville commençait à bruisser de sons en tout genre qui allaient crescendo. Zoe avait toujours trouvé cela revigorant et ça lui donnait l'énergie pour attaquer la journée.

Ici, pour sortir de sa torpeur, elle avait besoin de café. De café fort. Elle en prit donc une tasse, puis partit à son rendez-vous avec Cristine.

A sa surprise, le centre-ville était assez animé et elle dut tourner quelques minutes avant de repérer une place libre.

Elle descendit de voiture, se dirigea vers le coffee-shop et, en y entrant, crut faire un bond dans le passé. Rien n'avait changé depuis l'époque où elle y venait, notamment les banquettes en skaï rouge sur lesquelles elle avait passé tant d'heures.

— Bonjour, c'est pour… Oh ! Zoe Onella ?

Une cafetière à la main, Patsy O'Brien écarquillait les yeux.

— Je t'en prie, Zoe, va t'asseoir. Laisse-moi deviner, tu prendras des crêpes fourrées à la myrtille, c'est bien ça ?

Zoe acquiesça, même si, au départ, elle avait prévu de commander un petit déjeuner classique avec œufs brouillés et bacon. Mais elle ne pouvait résister à l'envie de retrouver les saveurs de sa jeunesse.

— Zoe, par ici, intervint alors Cristine en lui faisant signe depuis le fond de la salle.

Zoe la rejoignit et s'installa sur la banquette en face d'elle.

— Café ? lui proposa Cristine en lui tendant une tasse.

Elle accepta et Patsy s'empressa de venir la lui remplir.

— Ça me fait plaisir de te revoir, s'exclama la serveuse. Tu es superbe, franchement ! Je vous laisse, j'aurai peut-être un peu plus de temps pour bavarder plus tard.

Patsy s'éloigna pour s'occuper d'autres clients.

— C'est vrai que tu es superbe, renchérit Cristine. Tu as toujours été jolie mais, maintenant, tu es tellement… sophistiquée.

Zoe se contenta d'acquiescer en buvant une gorgée de café. Ce commentaire était-il vraiment un compliment ? Désireuse d'en venir plutôt à l'objet de leur entrevue, elle se pencha en avant et demanda à Cristine :

— Parle-moi du comportement de Shayna ces dernières semaines. Etait-elle différente ?

— Tu veux savoir si j'avais senti qu'elle envisageait de partir ?

Cristine pinça les lèvres et réfléchit.

— Elle était inquiète depuis un moment. Elle devait de l'argent à un type qui lui avait vendu un peu d'herbe, ce qui n'est jamais bon.

Zoe ferma les yeux et déglutit pour digérer la nouvelle. Ce comportement lui rappelait encore une fois celui de sa mère, qui en avait payé le prix de sa vie.

La colère monta en elle, et Cristine dut s'en apercevoir :

— Ça va, Zoe ?

— Oui, oui, cette histoire me rappelle de mauvais souvenirs, c'est tout. Et tu es sûre que Shayna devait de l'argent ?

— Certaine. Mais je lui avais avancé du liquide et elle avait déjà commencé à me rembourser, donc il ne faut pas s'inquiéter outre mesure de ce côté-là.

A ce moment-là, Patsy arriva avec leurs assiettes.

— Et voilà, dit-elle en déposant devant Zoe une grande assiette garnie de trois crêpes à la myrtille. Et n'en laisse pas une miette, car tu m'as l'air d'avoir maigri depuis l'époque où tu venais souvent ici.

Zoe ne put se retenir de sourire. A New York, avoir la ligne était une obsession.

Elle se mit à manger et, après quelques secondes, Cristine s'attaqua à ses œufs brouillés.

Zoe l'observa à la dérobée. Pourquoi avait-elle tellement tenu à la rencontrer ce matin ? Elle décida de la presser un peu.

— Cristine, as-tu autre chose à me dire ?

Cristine se pencha en avant et haussa les sourcils.

— Oui, Zoe. Je suis désolée de tourner autour du pot, mais ce n'est pas facile pour moi.

Zoe se contenta de la regarder et attendit qu'elle continue.

— Je crois savoir ce qui est arrivé à Shayna, même si j'ignore si elle est partie d'elle-même ou si elle a été enlevée.

— Enlevée ?

Zoe eut besoin d'un instant pour digérer la nouvelle, puis reprit à voix basse :

— Et tu me dis ça à moi ? Tu ne penses pas que tu devrais plutôt en parler à la police ?

— Je n'ai pas de preuves formelles, se justifia Cristine, visiblement mal à l'aise. Seulement des soupçons.

— Dis-moi ce que tu sais, la pressa Zoe. Ensuite, nous irons peut-être voir le shérif ensemble.

— D'accord, répliqua Cristine, qui semblait soulagée. Shayna fréquentait pas mal d'hommes, tu le sais.

— Continue.

— Dernièrement, elle fréquentait un motard qui, de temps en temps, nous fournissait un peu d'herbe.

Zoe redoutait le pire mais garda son aplomb.

— Comment s'appelle ce motard ?

— Mike. Je ne l'ai plus revu depuis la disparition de Shayna. Il est très mignon, mais également très jaloux.

Et, comme je te l'ai déjà dit, Shayna n'était pas du genre à s'engager sérieusement.

— Et Brock, alors ? Shayna s'est installée avec lui.

— Oui, mais quand elle a compris que leur relation ne menait nulle part, elle s'est lassée. Elle aime rester libre. Tout comme moi. Ce que nous voulons, c'est avant tout prendre du bon temps.

— Et tu penses que Mike est parti avec Shayna ?

— Parti ? répéta Cristine, les yeux humides. C'est possible. Mais, encore une fois, Shayna ne voulait pas se lier à un homme sur le long terme.

— Nous devons en parler au shérif, lança Zoe. Même si tu n'as pas de preuves, il doit être mis au courant.

— En fait, je lui ai déjà raconté une version édulcorée de ce que je viens de t'apprendre. Je ne pouvais pas lui parler de notre consommation d'herbe, pour ne pas créer d'ennuis à Shayna.

Ou éviter de s'en attirer à elle-même, songea Zoe.

— Qu'a-t-il dit ?

— Il m'a promis de noter ces informations.

— Et maintenant, tu m'en parles. Pourquoi ?

— Parce que quelqu'un doit interroger Mike. Et également les autres hommes que Shayna voyait.

Par quelqu'un, Cristine semblait vouloir dire elle.

— Cristine, tu les connais aussi, tu sais à quoi ils ressemblent. Qui pourrait être mieux placé que toi pour s'en charger ?

— Mais justement, je ne peux pas. Je t'ai dit que j'avais avancé de l'argent à Shayna. Mais, pour le faire, j'ai dû moi aussi en emprunter, pensant qu'elle me rembourserait rapidement. Mais elle a disparu. Alors…

— Tu souhaites éviter de te retrouver face aux types à qui tu dois de l'argent.

— Oui, car, pour le moment, je ne peux pas les rembourser. Mais toi, personne ne te connaît, là-bas, tu serais parfaite. Il y a un bar en particulier où nous allions souvent et que Mike fréquente également. D'ailleurs, nous y étions le soir où Shayna a disparu.

— Où est-ce ?

— Le Hitching Post.

Zoe voyait parfaitement où c'était, dans un quartier à la réputation sulfureuse. Un quartier qu'elle ne connaissait que trop bien. C'était là-bas que sa mère avait été assassinée. L'idée d'y retourner la révulsait.

Mais elle n'avait pas le choix. Si elle voulait savoir ce qui était arrivé à Shayna, elle devrait retourner dans ce quartier de malheur.

Toutefois, elle ne pourrait pas s'y rendre seule. Il faudrait qu'elle demande à Brock de l'accompagner, même s'il lui dissimulait manifestement quelque chose.

Cette perspective ne l'enchantait pas du tout. Mais, pour son amie, elle le ferait.

— Je te tiens au courant, répondit-elle à Cristine.

Une fois sortie, au lieu de retourner à la maison, elle prit la direction du magasin de Brock, où elle était sûre de le trouver.

Elle se gara à proximité, inspira longuement pour se donner du courage et descendit de voiture.

Quand elle poussa la porte du magasin, elle fut ébahie. Dans son souvenir, l'établissement était un joyeux désordre où tout était empilé à droite et à gauche de manière aléatoire. Désormais, tout était rangé de façon logique et fonctionnelle par familles de produits. Elle consacra quelques secondes à détailler les lieux puis chercha Brock du regard. Un client leva la tête du rayon devant lequel il était et la fixa.

— Hé, je vous connais.

Son visage lui était vaguement familier, mais elle n'aurait pas su lui mettre un nom.

— Je suis désolée…, commença-t-elle.

— Marvin Smith, la coupa l'homme qui s'approcha et lui tendit la main. J'étais deux classes au-dessus de vous au lycée.

— Ah oui. Heureuse de vous revoir.

Un second client, qui avait suivi l'échange, s'approcha à son tour.

— Ce n'est pas vous qui avez plaqué Brock quelques semaines avant votre mariage ?

— Si, c'est elle, répliqua le dénommé Marvin. Toute la ville en a parlé pendant plusieurs mois. Allez, dites-nous, pourquoi êtes-vous partie ?

L'angoisse envahit Zoe et elle chercha un moyen de mettre fin à cette conversation. Brock arriva alors. A son expression, il avait tout entendu.

— Zoe, qu'est-ce que tu fais là ? lui demanda-t-il d'un ton sec.

— Je dois te parler, répondit-elle. En privé, précisa-t-elle comme les deux hommes qui l'avaient abordée n'en perdaient pas une miette.

Brock acquiesça.

— Quand j'aurai le temps. Pour l'instant, j'ai des clients.

Marvin émit un petit rire.

Zoe l'ignora et s'efforça de sourire à Brock.

— Bien sûr, j'attendrai que tu sois disponible.

Avant même qu'elle ait terminé, Brock s'était détourné. La partie était loin d'être gagnée.

Au moins vingt minutes étaient passées, durant lesquelles elle avait détaillé les diverses sections du magasin, quand une voix féminine résonna derrière elle.

— Qu'est-ce que tu fais là ?

Elle reconnut immédiatement la voix d'Eve, la sœur de Brock, et se retourna pour lui faire face, heureuse de la revoir.

— Eve ! s'exclama-t-elle en prenant la jeune fille dans ses bras. Ça me fait tellement plaisir.

Elle recula d'un pas pour la contempler de la tête aux pieds.

— Qu'est-ce que tu as grandi. Je n'en reviens pas !

— J'ai dix-neuf ans, maintenant, rétorqua Eve, qui se tenait avec la même raideur que son frère. Tu es venue voir Brock ? Il sait que tu es là ?

Eve paraissait légèrement inquiète.

— Oui, oui, je l'ai vu, la rassura Zoe d'un ton amical et léger. J'attends qu'il ait terminé avec ses clients pour lui dire un mot.

Eve fronça les sourcils et regarda autour d'elle.

— Il n'y a plus personne, lui fit-elle remarquer. Peut-être que Brock n'a pas envie de te parler. Tu ferais mieux de t'en aller.

Zoe déglutit. Quand Brock et elle étaient ensemble, Eve l'adorait et la suivait partout. Mais, quand elle était partie à New York, Eve n'avait que quatorze ans. Elle n'avait probablement pas digéré la façon dont son frère avait été plaqué juste avant le mariage.

— Ecoute, Eve…

— Zoe, je suis à toi, la coupa alors Brock qui surgit de l'arrière-boutique. Viens, allons dans mon bureau, je n'ai pas beaucoup de temps. Eve, tu gardes un œil sur la boutique, s'il te plaît ?

— Bien sûr, répliqua Eve.

Zoe lui adressa un petit sourire puis suivit Brock. Elle ne put s'empêcher d'observer sa silhouette : il portait à merveille son jean et la ligne de ses épaules était un spectacle dont elle ne se lassait pas.

Elle pénétra dans le bureau qui, auparavant, était celui du père de Brock. Là aussi, le désordre qui y régnait n'était plus de mise.

Brock s'installa dans le fauteuil et désigna la chaise face à lui.

— Je t'en prie, assieds-toi et explique-moi la raison de ta visite.

Il parlait d'un ton sec. Mais après tout, pensa Zoe, mieux valait qu'il ne fasse pas semblant de se montrer amical. Au moins, ainsi, les choses étaient claires.

— J'ai besoin de ton aide, annonça-t-elle sans préambule.

Brock resta impassible.

— Pour quoi faire ?

— Pour retrouver Shayna.

— Mais encore ? s'enquit-il avec impatience.

— J'ai parlé à Cristine. Selon elle, tu savais qu'elles sortaient souvent faire la fête ensemble.

— Oui, je le savais.

Il haussa un sourcil et attendit qu'elle poursuive. Malgré son expression fermée, ses traits ciselés lui donnaient une apparence incroyablement sexy, songea Zoe. Elle dut rassembler ses forces pour garder une contenance.

— D'après elle, il leur arrivait de… faire des rencontres d'un soir.

— Je suis désolé que tu aies appris cela sur Shayna dans de telles circonstances.

— Alors tu savais absolument tout ? s'étonna-t-elle.

— Oui, répliqua-t-il avec un geste d'impuissance. Shayna ne faisait rien pour dissimuler ses actes et toute la ville en parlait.

— Vraiment ? J'imagine que tu l'as très mal vécu.

— A vrai dire, je me suis surtout senti embarrassé pour elle car, même si nous vivions toujours sous le même toit, nous n'étions plus ensemble. Nous étions pour ainsi dire des colocataires.

Il le lui avait déjà dit, mais elle avait du mal à se faire à cette idée.

— Des colocataires ? Si je me fie à ce que Shayna me disait sur vous au téléphone, pour elle, c'était bien plus que de la colocation.

— Pourtant, c'était cela. D'ailleurs, nous payions chacun la moitié du loyer.

Une fois encore, Zoe fut déstabilisée par le décalage entre les propos de Shayna et la réalité décrite par Brock.

— Bien, si tu le dis, je suppose que je dois te prendre au mot. Mais depuis combien de temps Shayna était-elle devenue une… fêtarde ?

Une ombre de culpabilité passa sur le visage de Brock.

— Depuis quelques mois. Depuis que Cristine et elle ont commencé à passer du temps ensemble.

— Donc, avant, elle avait un comportement… normal ?

L'expression de culpabilité rejaillit.

— On peut dire cela.

Zoe crut bon d'insister.

— Sais-tu ce qui a provoqué ce changement d'attitude ?

Il resta silencieux, mais de toute évidence il détenait la réponse.

5

— Qu'évites-tu de me dire ?

Brock détourna le regard.

— Je ne suis pas certain de ce qui l'a fait changer. Elle prétendait que sa vie l'ennuyait, qu'elle souhaitait tenter de nouvelles expériences, s'amuser davantage et faire de nouvelles rencontres.

Une fois encore, Zoe ne put masquer sa surprise.

— Vous en aviez… discuté ensemble ?

— Nous vivions ensemble, Zoe. Et même si nous n'étions plus amoureux, nous sommes restés amis. En fait, en dehors de Cristine, je pense être celui qui la connaissait le mieux. Et je tenais à elle.

Un sentiment mitigé de soulagement et d'inquiétude étreignit Zoe.

— En bref, reprit-elle, nous n'avons aucune certitude, nous ne pouvons que faire des suppositions.

— Exactement. Nous ignorons si Shayna est partie de son plein gré ou pas.

— Pourtant, tout le monde en ville semble croire qu'elle est partie d'elle-même, sans plus s'interroger.

— Zoe, tu dois envisager que c'est tout à fait possible.

— Mais pourquoi aurait-elle fait cela ? Je ne comprends pas.

— Je te l'ai dit, elle ne cessait de clamer qu'elle voulait

tout plaquer, changer de vie. Alors peut-être est-elle partie à la recherche d'exaltation.

Zoe réfléchit à cette possibilité.

— Selon Cristine, elle n'avait pas beaucoup d'argent. Alors où aurait-elle pu aller ?

Brock soupira et se laissa retomber au fond de son fauteuil.

— Peut-être est-elle partie te retrouver. Elle considérait que tu menais la vie à laquelle elle aspirait. Je ne sais pas si tu as conscience qu'elle était jalouse de toi.

— Roger, le shérif, m'a plus ou moins tenu le même discours.

Zoe se plongea de nouveau dans ses pensées. Pas une seule fois au cours de ces cinq années Shayna ne lui avait fait part de son mal-être. Et pas une seule fois elle n'avait évoqué la possibilité de venir lui rendre visite ou de quitter le Texas.

— Je doute fort que Shayna soit allée à New York, soupira Zoe. Shayna n'aurait eu qu'à me demander de l'accueillir, mais elle n'en a jamais rien fait, ajouta-t-elle avec amertume.

Brock devint blême.

— Eh bien, moi, j'ignorais que vous vous parliez régulièrement. Shayna m'avait affirmé que tu avais petit à petit coupé les ponts avec elle, comme pour te débarrasser définitivement de ce qui te rattachait à ton passé.

Encore des mensonges, s'emporta Zoe. A ne plus s'y retrouver. Shayna était-elle devenue une menteuse invétérée ou bien Brock proférait-il des contrevérités par vengeance ? Brock, tel qu'elle l'avait connu, n'en aurait pas été capable. Mais elle n'aurait jamais imaginé non plus Shayna devenir une menteuse.

— Cristine a une autre théorie, reprit-elle.

Elle lui parla du dénommé Mike et de sa jalousie.

Brock l'écouta en silence. Elle l'observa de près, à la recherche de réactions à ses paroles.

— Nous ne sommes pas beaucoup plus avancés, déclara-t-il quand elle eut fini.

— C'est pour cette raison que je suis venue te voir. Nous devons aller au Hitching Post et essayer de parler à ce Mike.

— Nous ? Pourquoi ne pas plutôt le suggérer à Roger ? C'est davantage du ressort du shérif et de ses hommes que du nôtre.

— Sauf que, quand j'ai discuté avec lui, il ne paraissait pas disposé à bouger le petit doigt.

— J'irai lui en toucher un mot et je te tiendrai au courant.

Que suggérait-il donc ? Que le shérif serait plus à même de l'écouter, lui que elle ?

Cela aurait dû la mettre dans une colère noire. Pourtant, à l'instant, elle avait envie de l'embrasser.

Qu'est-ce qui lui arrivait ?

— C'est ça, tiens-moi au courant, répliqua-t-elle sèchement.

Elle se leva et se dirigea vers la porte en prenant soin de ne pas le regarder.

Elle se sentait irrésistiblement attirée vers lui, elle aurait voulu sentir ses mains sur elle alors que toute son attention aurait dû être tournée vers Shayna.

Brock ne chercha pas à la retenir. N'était-ce pas mieux ainsi ?

Elle avait vraiment besoin de se remettre les idées en place. Elle ne savait plus à qui se fier, tous ceux qu'elle pensait connaître lui apparaissaient désormais comme des étrangers.

En particulier Shayna.

Elle remonta en voiture et prit quelques instants pour réfléchir. Quelle hypothèse devait-elle privilégier ? Shayna avait-elle tout quitté pour démarrer une nouvelle vie ? Etait-elle partie avec Mike ?

Elle prit la direction du lac, se gara à l'ombre puis fit quelques pas et s'assit sur un banc au bord de l'eau. A cette heure matinale, il n'y avait guère que quelques pêcheurs.

Elle avait besoin de calme et de silence pour digérer son entrevue avec Brock et démêler l'écheveau complexe qu'était devenue la vie de Shayna.

Cristine lui avait appris qu'elle avait contracté des dettes auprès d'un dealer. Elle avait fréquenté des hommes différents et, par jalousie, l'un d'entre eux aurait pu s'en prendre à elle. Enfin, selon Brock, Shayna voulait quitter Anniversary. Ce qui ne collait pas avec la dernière discussion qu'elles avaient eue toutes les deux au téléphone : Shayna lui avait fait part de son intention de se marier avec Brock.

Zoe soupira. Elle n'avait pas envie de soupçonner Brock. Mais s'il avait voulu la dissuader de poursuivre les recherches, il ne s'y serait pas pris autrement.

Il était certainement incapable d'avoir fait du mal à Shayna, mais elle ne pouvait exclure cette hypothèse.

Et puis, il y avait la piste du Hitching Post. Cristine ne semblait pas vouloir l'y accompagner. Et Brock non plus. Elle haussa les épaules. Au pire, elle s'y rendrait toute seule.

Sa décision prise, elle se leva pour retourner à sa voiture. Elle devait avertir Mama Bell qu'elle restait quelques jours de plus chez elle. Elle pourrait très bien travailler à son blog d'ici.

Son blog ! Pourquoi n'y posterait-elle pas une photo de Shayna en relatant sa disparition, sans entrer dans les détails ? Bien sûr, ce serait un formidable coup de chance que quelqu'un tombe sur l'article, reconnaisse Shayna et sache où elle se trouvait, mais il ne fallait se priver d'aucune ressource.

Pressée de rentrer, elle démarra. Elle avait recouvré un peu de moral. Prendre une initiative, même modeste, était toujours mieux que ne rien faire du tout.

Même après son départ du magasin, Zoe hantait toujours les pensées de Brock.

Cinq ans étaient passés depuis qu'elle l'avait quitté. Elle ne l'avait jamais appelé, elle ne lui avait jamais écrit pour s'excuser ou s'expliquer sur ses motivations. Et, même s'il avait voulu croire le contraire, il en souffrait encore. Il s'était toujours dit qu'un événement précis l'avait poussée à fuir loin de lui et de tous ceux qu'elle aimait. Apparemment, il ne s'était pas trompé.

Mais elle ne lui avait pas tout révélé. Sinon, après avoir appris l'arrestation de l'assassin de sa mère, rien ne l'aurait empêchée de revenir ou, au minimum, de reprendre contact avec lui. Or, elle n'en avait rien fait.

Quant à Shayna, elle avait disparu du jour au lendemain sans prévenir quiconque. Si elle avait souhaité prendre modèle sur Zoe, c'était réussi.

Zoe. Il en revenait toujours à elle. Et son retour bouleversait son existence.

A cause d'elle, il avait cessé de croire au grand amour et s'était mis à vivre au jour le jour.

Depuis qu'elle était revenue, elle le traitait comme une simple connaissance parmi d'autres, ce qui aurait dû lui convenir. Sauf qu'il ne le supportait pas.

Il avait besoin d'elle. Pire, il la désirait plus que tout.

Comment cette envie de la posséder pouvait-elle être aussi prégnante ? C'était d'autant plus pénible à vivre que, cette fois-ci, il était bien décidé à ne pas laisser Zoe lui faire du mal. Elle était dangereuse et il devait la tenir à distance. Mais c'était plus simple à dire qu'à faire.

Il se leva pour sortir de son bureau. A ce moment-là, son téléphone sonna. Il consulta l'écran et resta interdit une seconde. Shayna.

— Allo ? dit-il d'une voix rauque, le cœur battant.

— Brock, c'est Cristine.

Cristine ? Il poussa un juron.

— Mais qu'est-ce que tu fiches avec le portable de Shayna ?

Elle s'excusa plusieurs fois. Elle paraissait agitée.

— Elle l'a oublié dans un bar où nous allons parfois. J'y suis passée et le propriétaire, qui l'avait retrouvé, me l'a donné.

Il fut effondré. Shayna avait toujours son portable sur elle, elle était incapable de s'en passer.

— Pourquoi m'appelles-tu, Cristine ?

— J'ai consulté la liste des derniers numéros appelés…

Elle marqua un temps d'hésitation.

— Shayna a essayé de te joindre, Brock !

Il fronça les sourcils.

— Et alors ? Elle m'appelait tout le temps.

— C'est vrai. Mais ça fait de toi une des dernières personnes à lui avoir parlé le soir de sa disparition, répliqua-t-elle d'un ton étrange.

— Qu'est-ce que tu sous-entends ? la pressa-t-il avec impatience.

— Rien, rétorqua-t-elle laconiquement. Je vais te laisser, il faut que j'appelle Zoe.

Elle raccrocha avant qu'il ne puisse répondre.

Il resta immobile quelques secondes, son appareil en main. Cristine suggérait-elle qu'il avait un rapport avec la disparition de Shayna ?

Le nom de Shayna apparut sur l'écran du téléphone de Zoe, et celle-ci faillit en laisser tomber l'appareil. Elle prit l'appel avec des doigts tremblants et inspira profondément.

— Tu as de sérieuses explications à me donner, ma belle !

— Hé, doucement, Zoe, c'est Cristine. Désolée.

Zoe faillit lâcher le téléphone une seconde fois. Comment Cristine pouvait-elle avoir la maladresse de lui donner de faux espoirs ?

Elle écouta avec difficulté le récit de celle-ci.

— Où Shayna a-t-elle oublié son portable ? demanda-t-elle sèchement quand Cristine eut terminé.

— Au Hitching Post.

— Mais enfin, je croyais que tu ne pouvais pas y retourner pour le moment !

— Mon salaire a été viré sur mon compte, se justifia Cristine, alors j'ai pu me munir de liquide. J'ai également téléphoné à Brock, et il n'a pas été ravi.

— Ça, je m'en doute, rétorqua Zoe. Il a probablement eu la même réaction que moi en croyant que c'était Shayna qui l'appelait. Mais dis-moi, tu n'as pas téléphoné à Mme Bell au moins ?

— Mais bien sûr que non !

Cristine semblait outrée qu'elle puisse l'en croire capable. C'était vraiment un comble.

— Ecoute, Zoe, je t'appelle parce que, la nuit de sa disparition, Shayna a passé un appel depuis le bar. Elle a téléphoné à Brock, vers minuit.

La migraine s'empara d'un coup de Zoe.

— Tu n'insinues pas que…

— Je n'insinue rien du tout, je ne fais que te tenir au courant des faits. Si tu veux vraiment découvrir ce qui est arrivé à Shayna, tu dois tout savoir.

Le lendemain matin, Zoe rejoignit à l'entrée de Turner's Park les équipes de recherches formées par Cristine. Toute la ville semblait s'être donné rendez-vous pour retrouver Shayna.

Zoe s'approcha de la foule et Cristine vint vers elle, en lui tendant un sifflet.

— Tiens, prends ça.

— Pour quoi faire ?

— Je te désigne chef d'équipe. Par conséquent, si quelqu'un de ton groupe trouve quoi que ce soit, c'est à toi de prévenir d'un coup de sifflet.

— Je comprends, c'est une bonne idée. En revanche, pourquoi démarrer les recherches ici ? s'enquit-elle en désignant le parc. Shayna détestait se promener en forêt.

Du moins, c'était le cas avant. Peut-être Shayna avait-elle également changé à cet égard.

— Il faut bien démarrer quelque part, répliqua Cristine en haussant les épaules.

— Bien sûr.

— Merci, reprit Cristine en la serrant brièvement contre elle. J'apprécie beaucoup ce que tu fais pour Shayna. Je lis ton blog, tu sais, et j'ai vu que tu avais rédigé un article sur sa disparition. Etant donné que tu as énormément de lecteurs, ça peut vraiment nous aider. D'ailleurs, j'ai partagé l'article sur Facebook et Twitter.

Son blog, se répéta Zoe. Au départ, elle l'avait lancé pour évacuer un peu la pression de sa profession de secrétaire de direction. Petit à petit, il était devenu très populaire au point qu'elle avait pu abandonner son métier pour s'y consacrer entièrement.

Shayna était la seule personne à Anniversary à qui elle en avait parlé. C'était leur secret.

Après quelques mois, Shayna lui avait demandé si elle pouvait en parler à sa mère, Mama Bell. Zoe avait bien sûr accepté. Mais Shayna n'était pas censée en avoir parlé à qui que ce soit d'autre. Alors comment Cristine était-elle au courant ?

Zoe faillit le demander à Cristine, et lui recommander de ne pas divulguer ce secret. Mais cela pouvait très bien avoir l'effet inverse de celui désiré.

Elle resta donc silencieuse et leva la tête pour observer la foule rassemblée. Brock s'avançait vers elles.

Cristine le vit également.

— Le voilà, fit-elle. Brock fait partie de ton équipe. J'espère que ça ne t'ennuie pas.

— Non, pas du tout, répliqua Zoe, même si, en vérité, elle était très agitée.

— Parfait. Alors nous allons pouvoir commencer, dit Cristine qui s'éloigna et donna un coup de sifflet strident pour attirer l'attention de tous.

Quelques minutes plus tard, tout le monde se déployait dans diverses directions et se mettait en marche. Zoe prit la tête de son groupe et Brock se plaça juste derrière elle. Au bout de quelques mètres, elle demanda à tous de se disperser et leur fixa rendez-vous dans deux heures au même endroit.

— Je reste avec toi, déclara Brock sur un ton sans appel.

Elle acquiesça, le cœur battant, et ils entamèrent leurs recherches.

Elle y mit le plus de bonne volonté possible, mais elle ne parvenait pas à chasser son appréhension. Ils ne trouveraient probablement rien. Mais si jamais elle se trompait, alors cela signifierait certainement que Shayna était morte. Et ça, elle ne voulait pas y penser.

— Zoe ? intervint soudain Brock. Tu te sens bien ?

— Oui, oui, ça va, répondit-elle en évitant de croiser son regard. Je cherche seulement à comprendre comment Shayna a pu autant changer. Je ne sais plus qui était ma meilleure amie, et ça me fait mal.

Elle était au bord des larmes et Brock s'en aperçut. Il lui posa la main sur le bras pour la réconforter et elle eut envie de se retourner et de se laisser aller contre lui. Mais elle n'en avait pas le droit. Elle essuya ses larmes du revers de la main et continua à avancer.

— C'est possible qu'elle ait changé à cause de moi, reprit Brock d'une voix teintée d'émotion. C'est après notre rupture qu'elle a commencé à sortir avec Cristine et à parler de son envie de quitter la ville.

Zoe s'arrêta net.

— Tu te sens coupable ? Mais qu'as-tu fait exactement ?

Brock baissa les yeux.

— Je lui ai dit que je ne pourrais jamais l'aimer autant qu'elle l'espérait. J'avais compris que, pour elle, notre relation, c'était du sérieux. Je n'avais pas le droit de lui laisser croire que je nous voyais passer le reste de notre vie ensemble. Il fallait que je sois sincère avec elle. Elle le méritait.

Le cœur de Zoe se serra dans sa poitrine.

— Mais si, pour toi, ce n'était pas important, pourquoi vous êtes-vous installés ensemble ?

— Au départ, nous étions de véritables colocataires, nous avions chacun notre chambre. Mais elle se sentait seule, moi aussi, alors… Une chose en entraîne une autre.

— Je vois, fit Zoe.

— J'en doute. Au départ, tant que nous vivions au jour le jour, sans trop nous poser de questions, tout allait bien. Mais ensuite, elle a commencé à faire des projets, à souhaiter donner un tour plus officiel à notre relation. Alors je n'allais pas faire semblant simplement pour lui faire plaisir. Encore une fois, Shayna méritait mieux que ça. Pour moi, me montrer sincère était une marque de respect envers elle, mais je doute qu'elle l'ait vécu comme ça.

Zoe se sentit de nouveau au bord des larmes.

— Nous devons aller par là, dit-elle en pointant la direction.

Puis, elle se remit en marche pour recouvrer le contrôle de ses émotions.

— Et toi, Zoe ? reprit Brock d'une voix grave. Vas-tu me dire toute la vérité sur les raisons de ton départ ? Certes, il y a eu le meurtre de ta mère, mais ce n'est pas tout. Il y a autre chose.

Elle en arrêta de respirer.

— Tu ne crois pas que le moment est venu de me dire la vérité ? insista Brock.

— Je ne peux pas.

Elle leva la tête avec détermination et ajouta :

— Nous sommes ici pour Shayna, pas pour moi.

— Mais moi je te parle de nous. Tôt ou tard, tu devras tout me dire. Je le mérite.

Elle ne répondit pas et reprit sa marche, sans vérifier s'il la suivait.

Deux heures plus tard, trois coups de sifflet consécutifs annoncèrent le rassemblement. A la fois dépité et soulagé, Brock fit demi-tour en même temps que Zoe. Mais dès qu'ils furent de retour au point de ralliement, Zoe s'éloigna.

— Brock ! l'appela alors Mme Bell.

Elle revenait avec un autre groupe et se dirigeait vers lui à grands pas.

— Marshall est venu te voir l'autre jour au magasin ? reprit-elle quand elle fut à sa hauteur. Tu lui as parlé, n'est-ce pas ?

— Oui, je lui ai parlé, concéda-t-il, redoutant la suite de la discussion.

— Marshall quitte la ville. Il souhaite partir à la recherche de Shayna de son côté. C'est du moins ce qu'il prétend, ajouta-t-elle d'une voix pleine de chagrin.

— Je suis désolé, répliqua-t-il en la prenant dans ses bras. Je ne sais pas quoi vous dire.

Elle leva la tête pour croiser son regard.

— Pourquoi ne m'en as-tu pas parlé l'autre soir au dîner ?

— Ce n'était pas à moi de le faire, se justifia-t-il sans hausser le ton.

Elle lui adressa un signe de tête : elle comprenait.

— Je n'en ai pas encore parlé à Zoe, poursuivit-elle. Elle vient juste de revenir, Shayna a disparu et maintenant, ça… J'ai l'impression que mon univers s'écroule.

Brock la serra plus fort contre lui.

— Je suis désolé. Si je peux faire quoi que ce soit, n'hésitez pas. Moi, je ne vais nulle part et j'aurai toujours du temps pour vous.

— Merci, répondit Mme Bell, visiblement touchée par sa sollicitude. Bien, je ferais mieux d'essayer de trouver Cristine pour savoir si par hasard quelqu'un a découvert un indice. Je n'y crois pas trop, mais on ne sait jamais.

Elle s'éloigna, les épaules affaissées sous le poids de l'accablement.

Zoe la rejoignit. Il n'entendit pas ce qu'elles se dirent, mais Zoe faisait de grands gestes, comme si elle était agitée. Mme Bell l'écouta et acquiesça à ses paroles. Puis Zoe lui déposa un baiser sur la joue et tourna les talons.

Il la suivit du regard, jusqu'à ce qu'il ne puisse plus la voir. Dès qu'elle sortit de son champ de vision, ce fut comme si le paysage n'avait plus de couleurs, comme si tout était fade et triste.

Il secoua la tête, agacé, et se dirigea vers le parking. Shayna devait revenir. Non seulement pour le bien de tous, mais également parce que, ensuite, Zoe retournerait à New York. Alors, il pourrait recouvrer une vie normale. Ce qui était exactement ce qu'il voulait.

Mama Bell pleurait tous les soirs. Sans doute ignorait-elle que Zoe l'entendait de l'autre côté de la cloison, mais ces sanglots brisaient le cœur de Zoe. C'était comme si Mama Bell pensait que sa fille chérie était morte.

Et cela, Zoe refusait de l'envisager.

Hélas, plus elle en apprenait sur le tournant qu'avait pris l'existence de Shayna, plus le risque qu'il lui soit arrivé malheur était grand.

Zoe ne pouvait s'empêcher de s'interroger sur le rôle de Brock dans tout cela. Il prétendait s'être montré d'une honnêteté totale envers Shayna, mais alors pourquoi celle-ci avait-elle menti sur l'évolution de leur relation ? Cristine semblait soupçonner Brock d'être directement lié à sa disparition, mais ça, Zoe n'arrivait pas non plus à y croire. Il avait toujours été droit et d'une grande douceur.

Elle se retourna dans son lit et aplatit l'oreiller. Elle devait retrouver son amie, ne serait-ce que pour Mama Bell. Ensuite, elle pourrait retourner à New York et ne plus jamais revenir.

6

Le lendemain matin, Zoe descendit dans la cuisine pour prendre son petit déjeuner. Mama Bell y était attablée, fixant sa tasse de café, les yeux pleins de larmes.

Zoe tira une chaise et vint s'asseoir tout près d'elle.

— Qu'est-ce qu'il y a, Mama ? lui demanda-t-elle doucement.

— Ma famille se désintègre, répondit-elle en essuyant ses larmes du revers de la main. Il y a encore quelques semaines, je t'aurais dit sans hésiter que l'amour qui nous liait les uns aux autres était plus fort que tout. Maintenant, Shayna s'est évanouie dans la nature et mon mari est sur le point d'en faire autant.

Elle soupira et fit tourner sa tasse entre ses mains.

— Finalement, peut-être me suis-je trompée sur leurs sentiments.

— Oh ! Mama ! répliqua Zoe en lui prenant la main. Shayna t'adore, tout comme moi. Quant à Marshall, il a seulement du mal à gérer ce qui se passe en ce moment. Laisse-lui un peu de temps, tu verras qu'il reviendra.

Mama Bell secoua négativement la tête.

— Non, je ne lui en laisserai pas la possibilité. Il n'a pas le droit de m'abandonner, d'abandonner sa famille dans un moment pareil. Et si Shayna…

— Chut, ne dis pas cela, la coupa Zoe. N'y *pense* même

pas. Je vais élaborer un plan pour retrouver Shayna. Je te le promets.

Le visage de Mama Bell s'éclaira et Zoe s'en voulut aussitôt de lui faire une telle promesse.

Mais non, elle la tiendrait ! Et pour cela, il était grand temps de passer réellement à l'action.

— Que vas-tu faire ? s'enquit Mama Bell.

— Je vais en ville, répondit Zoe sans autre précision. Tu auras besoin de ta voiture, aujourd'hui ?

— Non, mais toi, tu ne veux pas manger un peu avant de partir ?

— Non, merci, je prendrai un café en ville.

Elle lui déposa un baiser sur la joue et se leva.

— Il faut que j'y aille. Je vais avoir une journée chargée.

En chemin, elle fit un petit détour. D'après Mama Bell, Brock louait un appartement rénové en centre-ville. C'était un peu étonnant qu'il soit toujours locataire, songea Zoe. Mais après tout elle payait une somme exorbitante pour un studio à Manhattan et n'aurait déménagé pour rien au monde.

Quoique… Plus elle passait du temps à Anniversary, plus elle y retrouvait ses marques. Sa ville natale lui avait manqué en fait.

Surtout, Brock lui avait manqué.

Elle mit le holà à ses pensées. Brock lui avait manqué, mais elle avait appris à faire avec.

Elle ralentit pour observer les façades. La rénovation des immeubles était plutôt réussie, et les bâtiments n'auraient pas déparé de grandes villes comme Austin ou Dallas. C'était le type même de logements recherchés par de jeunes loups en début de carrière. Ce qui n'était pas franchement le profil de Brock.

Elle l'aurait davantage imaginé dans une petite maison

de campagne avec vue sur les champs et des écuries autour. Ne tenait-il pas un magasin de matériel agricole ?

Quand elle l'avait connu, il avait d'autres buts dans la vie. Mais ça aussi, c'était avant.

Soudain, elle se fit l'effet d'être une sorte de voyeuse, accéléra et continua sa route. Arrivée à destination, elle chercha une place de stationnement. Il y en avait une pile devant chez Joe's. Ça tombait bien.

Elle pénétra à l'intérieur de l'établissement, se dirigea vers le comptoir mais s'arrêta net : Brock était installé sur une banquette, son portable collé à l'oreille.

Elle faillit battre en retraite. Mais c'était trop tard, il l'avait vue. Anniversary était décidément trop petite.

Il lui fit signe tout en écoutant ce que lui disait son interlocuteur. Elle n'avait pas très envie de se retrouver tout près de lui, mais s'assit quand même à sa table.

Il termina sa communication puis posa son portable à côté de sa tasse de café.

— C'était Mme Bell, lui apprit-il, le visage grave. Elle m'a demandé de t'aider. Apparemment, tu as un plan pour retrouver Shayna. Je suppose qu'il s'agit toujours de ton idée d'aller au Hitching Post pour parler à ce fameux Mike ?

La colère envahit Zoe. Contre elle-même, dont le cœur palpitait dès que Brock était dans les parages. Contre Mama Bell, qui n'avait pas pu s'empêcher d'intervenir.

Elle fit signe à Patsy de lui apporter du café. Elle en avait bien besoin.

— Oui, en effet, reprit-elle finalement. Et même si je n'ai pas demandé à Mama Bell de t'appeler, elle a raison : nous devons cesser de nous regarder en chiens de faïence et de perdre notre temps à ressasser le passé. Car, pendant ce temps, Shayna est peut-être en grand danger, ou pire encore.

Il acquiesça.

— Commence par manger, nous discuterons après.

Il prit son téléphone et consulta ses mails. Elle avait beau s'efforcer de regarder droit devant elle, elle ne pouvait se retenir de l'observer du coin de l'œil. Dans la lumière, ses cheveux prenaient de beaux reflets dorés. Lui arrivait-il de penser à elle ? Elle haussa les épaules. Quelle importance ? Dès que Shayna serait de retour, elle retournerait à New York.

— Salut, ma belle, déclara Patsy en lui servant un café. Qu'est-ce que tu prends avec ça ? Le nouveau cuisinier fait une omelette à la grecque absolument divine.

— Ça m'ira très bien, acquiesça Zoe.

En réalité, elle avait une boule au ventre. La présence de Brock la remuait beaucoup trop. Cinq ans étaient passés, et elle était toujours aussi sensible à lui, pesta-t-elle intérieurement.

En revanche, il ne paraissait pas avoir le même problème. Quand il la regardait, aucun éclat de désir ne brillait dans ses yeux bleus.

Tant mieux, se dit-elle en remuant son café, qu'elle venait de sucrer. Travailler ensemble leur serait plus facile.

Brock avait du mal à finir son assiette. Etre face à Zoe le déstabilisait complètement. Elle évitait de le regarder directement, mais lui jetait des regards en coin. Et, chaque fois qu'elle le faisait, c'était comme une caresse.

Le silence s'étira entre eux. Il devait déployer des efforts prodigieux pour avoir l'air indifférent et résister à l'envie de la scruter en détail, à la recherche de petits changements dans son apparence et de tout ce qui était semblable à son souvenir.

— Alors, dis-moi, quel est exactement ton plan ? demanda-t-il.

En réalité, il n'avait pas vraiment envie de le savoir : Zoe était certainement prête à mettre sa vie en danger pour son amie.

Elle redressa la tête et déclara :

— Comme je te l'ai déjà dit, je compte me rendre au bar que fréquente Mike.

— Le Hitching Post.

— Oui. Cristine m'a dit que Shayna et elle étaient des habituées, bien que ce bar soit situé dans un quartier plutôt mal famé.

Une vague de culpabilité assaillit Brock : Shayna et Cristine allaient donc dans des endroits aussi peu fréquentables ? Il n'en avait jamais réellement pris conscience.

Soudain, une autre idée l'inquiéta.

— Tu as l'intention d'y aller toute seule ?

— Oui, puisque tu refuses de m'accompagner. Je vais faire comme Shayna : mettre une tenue voyante et faire comme si j'étais à la recherche…

— Non, la coupa-t-il. C'est hors de question.

Elle le fixa et plissa les yeux.

— Euh, excuse-moi, mais je ne te demandais pas la permission.

Un point pour elle, songea-t-il.

Dépité, il soupira et se passa la main dans les cheveux.

— Dis-moi au moins que tu vas y aller avec Cristine.

— Non, j'y ai renoncé, répliqua-t-elle avec une grimace. Je ne lui fais pas confiance. Je préfère y aller seule.

Seule. S'il avait su que Shayna se rendait régulièrement

dans un bar aussi miteux, il aurait cherché à l'en dissuader. Alors il n'allait pas laisser Zoe faire de même.

— Tu ne peux pas faire ça. Tu ne seras pas en sécurité.

— Je n'ai pas le choix. Le temps passe et nous tournons en rond. Il faut que je reconstitue le fil des événements le soir de la disparition de Shayna.

Elle avait prononcé ces derniers mots avec de l'angoisse dans la voix. Comme si elle commençait à envisager que Shayna puisse ne plus être de ce monde. Le cœur de Brock se serra.

— J'irai avec toi, déclara-t-il. Au moins, comme ça, il y aura quelqu'un pour veiller sur toi.

Elle lui décocha un regard acéré.

— Merci, Brock. Mais non. Je sais que c'est moi qui ai commencé par te le demander, mais après réflexion ce n'est pas une bonne idée. Shayna se rendait là-bas pour…

Elle se mit à rougir.

— … rencontrer des hommes, finit-il pour elle.

— Oui. Donc, tu comprends que, si tu viens avec moi, ça n'a plus de sens.

Il réfléchit à grande vitesse.

— Pas nécessairement. Nous pouvons nous faire passer pour un couple qui souhaite pimenter sa relation.

Elle rougit davantage.

— Non, je ne crois pas que ça marchera. J'apprécie ton offre mais je préfère y aller seule.

Brock déglutit. Que Zoe s'expose ainsi au danger lui était insupportable. La disparition de Shayna était déjà assez lourde.

— Zoe, je viens avec toi, c'est tout. Je ne te laisse pas le choix.

Elle poussa un soupir.

— Très bien. Tu peux m'accompagner au moins une

fois. Mais si nous remarquons que ça ne fonctionne pas, j'y retournerai seule, ou éventuellement avec Cristine, même si je ne le souhaite pas.

Il acquiesça, soulagé de ne pas avoir à continuer à batailler.

— Quand veux-tu y aller ?

— Ce soir.

— A quelle heure dois-je passer te prendre ? lui demanda-t-il, en proie à une soudaine excitation.

— Après dîner. 21 heures, ça te va ?

— C'est entendu. 21 heures.

Zoe n'arrivait pas à se décider sur le choix de sa robe. Elle en avait déjà passé quatre et n'était toujours pas satisfaite. Elles étaient toutes trop chic, pas du tout adaptées pour un bar texan fréquenté par des motards.

Qu'aurait porté Shayna ? se demanda-t-elle. Elle n'en avait aucune idée.

Elle prit son téléphone et composa le numéro de Cristine.

— Salut, Cristine. Je ne te dérange pas longtemps, j'ai seulement une question : que portez-vous habituellement, Shayna et toi, quand vous sortez le soir ?

Cristine mit du temps à répondre, comme si elle n'était pas bien réveillée. Compte tenu de son mode de vie, c'était d'ailleurs fort possible.

— Je... Quoi ? Tu as retrouvé des vêtements à elle ?

— Non, non, simple curiosité, répliqua Zoe, qui ne voulait pas lui dévoiler ses plans. Porte-t-elle un jean et des talons hauts, ou bien une tenue plus habillée ?

— Eh bien, ça dépend. Mais quand nous sortons dans un endroit où nous sommes susceptibles de faire des rencontres, nous portons la tenue la plus sexy possible. Vêtements moulants et courts, décolleté plongeant, précisa-t-elle avec un petit rire. Shayna adorait porter une minijupe en cuir et un corset, par exemple.

— Je vois.

Après quelques phrases supplémentaires d'usage, elle raccrocha, puis regarda sa montre. Elle avait encore le temps d'aller faire quelques courses au centre commercial. Il y avait une boutique en particulier qui vendait des vêtements de ce genre.

Deux heures plus tard, alors qu'elle était devant le miroir, elle fut saisie d'une angoisse : elle allait devoir paraître devant Brock dans cette tenue.

Cette pensée lui donna chaud. Elle avait un mal fou à contenir ses élans en sa présence, et voilà qu'elle allait l'accompagner dans une tenue des plus aguicheuses.

Mais c'était pour Shayna, se répéta-t-elle. Si nécessaire, elle le ferait comprendre à Brock, et il n'y aurait aucune ambiguïté.

Pour compléter sa tenue, elle mit une paire de grosses boucles d'oreilles, un bracelet et chaussa ses talons hauts. Elle se regarda une dernière fois et prépara sa repartie à la réaction de Brock.

Elle inspira profondément pour se donner du courage. Zoe Onella n'était pas du genre à se défiler, elle ne commencerait pas ce soir.

Brock secoua la tête, exaspéré par la direction de ses pensées. Il n'arrivait pas à s'empêcher d'imaginer ce que porterait Zoe.

Il s'arrêta devant la maison des Bell et regarda l'heure sur son tableau de bord : 21 heures pile. Il resta assis dans sa voiture et respira à fond. Son cœur battait la chamade.

Au moment où il allait descendre de voiture, Zoe sortit de la maison. A sa vue, il eut une réaction de dépit : elle portait une longue robe qui semblait trois fois trop grande pour elle. Mais, à mesure qu'elle approchait, il comprit : elle avait passé cette robe par-dessus d'autres vêtements. Cela lui donnait une allure comique et il ne put se retenir d'éclater de rire.

— Quoi ? fit-elle avec un regard courroucé.

Elle monta en voiture en soulevant les pans de sa robe.

— Tu n'aimes pas ma tenue ?

Il se contenta de secouer la tête.

— Il fallait bien que je cache ma minijupe. Si Mama Bell m'avait vue en tenue affriolante, elle aurait eu une attaque.

Il continua de rire.

— Là, c'est sûr que tu n'as rien d'affriolant.

— Oh ! mais ça ne va pas durer.

Avec un sourire, elle dégrafa sa robe trop grande et dévoila un corset noir extrêmement serré.

— Oh ! lâcha-t-il seulement.

Il démarra et, le long du chemin, elle se tortilla sur son siège pour se débarrasser complètement de la robe. Il faisait de son mieux pour garder les yeux sur la route, mais c'était mission impossible. Et chaque fois qu'il jetait un regard de côté, l'excitation montait en lui.

Il serra le volant de toutes ses forces et se fit la leçon. Dans dix minutes, ils seraient arrivés. Il ne lui restait pas longtemps pour recouvrer ses esprits.

Enfin, il se gara le long du trottoir, face au Hitching Post. Ça allait un peu mieux, mais il se préparait à vivre d'autres moments difficiles.

Il regarda autour de lui. A sa grande surprise, les façades étaient pimpantes, et le Hitching Post lui-même tout à fait accueillant.

— Eh bien, ça a changé, par ici, constata Zoe, l'air

tout aussi étonnée que lui. Le Hitching Post a l'air d'un bar respectable.

Il se contenta d'opiner du chef, puis tous deux entrèrent dans l'établissement.

Il n'avait rien de chaleureux.

Le bar était sombre, l'air imprégné d'une horrible odeur de tabac froid. La plupart des clients étaient occupés à jouer au billard.

Zoe précéda Brock et tous les visages masculins se levèrent pour la regarder traverser la salle.

Brock serra les poings pour rester calme.

Au bar, il s'installa sur le tabouret à côté d'elle et dut se retenir de ne pas lui passer un bras autour des épaules pour « marquer son territoire ».

— Cesse de regarder ces types comme si tu avais envie de les tuer, chuchota-t-elle. Tu sais pourquoi je suis là.

Elle avait raison. Il devait penser à Shayna. C'était pour elle qu'ils étaient venus dans cet endroit.

Et puis, Zoe n'était pas à lui. Ou plutôt, elle ne l'était plus depuis longtemps.

— Qu'est-ce que je vous sers ? leur demanda le serveur, qui ne regardait que Zoe.

— Deux bières, répondit-elle avec un sourire.

— Non, un club soda pour moi, intervint-il.

— Tu ne veux pas de bière ? lui demanda Zoe, visiblement surprise.

— Non, je ne bois pas d'alcool, expliqua-t-il le plus naturellement possible.

— Depuis quand ?

Il haussa les épaules. Mais elle continua de le fixer, insistante.

Pour se donner une contenance, il inspecta la salle.

— Vas-y, fais le tour du bar, si tu veux, lui dit-il. Je garde un œil sur toi. Et si tu as le moindre souci, fais-moi signe.

— Je vais aux toilettes, répondit-elle. Et fais attention, tu me parles comme si tu étais mon maquereau, ajouta-t-elle avec un petit sourire.

Elle descendit de son tabouret et, tandis qu'elle traversait la salle, il fut incapable de la quitter du regard, tout comme les autres clients, d'ailleurs.

Une fois qu'elle eut disparu, il sortit son portable, chercha une photo de Shayna et tendit l'appareil au serveur, qui nettoyait des verres.

— Vous avez déjà vu cette femme ?

Le serveur regarda la photo et sourit.

— Oui, bien sûr, c'est Shayna. Une habituée.

— Quand l'avez-vous vue pour la dernière fois ?

Le serveur réfléchit.

— Je ne sais pas. Je dirais que c'était il y a environ une semaine. Je me souviens qu'elle était partie avec Mike, le type qui est là-bas, précisa-t-il en désignant l'autre côté du bar.

Brock regarda dans la même direction. Les tabourets au bout du comptoir étaient tous occupés par des hommes qui semblaient seuls.

— Lequel est-ce ?

— Le troisième en partant de la fin. Celui avec la queue-de-cheval et la barbe.

Quand Zoe revint, il lui fit part de ce qu'il avait appris.

— Bien, fit-elle. Il est plutôt musclé, mais cela ne signifie pas qu'il est méchant.

Elle tira sur sa minijupe pour la remettre en place et il suivit son geste, comme hypnotisé. Zoe ne parut pas s'en apercevoir.

— Allons-y, reprit-elle. Reste bien derrière moi, s'il te plaît.

Elle se dirigea vers le fond de la salle sans attendre de réponse.

— Salut, dit-elle en se glissant à côté du dénommé Mike. Vous êtes seul ?

Le visage de Mike s'éclaira. Comment aurait-il pu en être autrement ? songea Brock avec irritation.

— Absolument, répondit Mike. Je vous paye une bière ? proposa-t-il à Zoe en tapotant le tabouret à côté de lui pour l'inciter à s'asseoir.

— C'est gentil, mais j'aimerais d'abord vous poser une question. Connaissez-vous mon amie Shayna ?

— Shayna ? répéta Mike, qui cherchait manifestement dans sa mémoire. Ouais, je la connais. Une belle blonde. On a… passé une soirée ensemble, il n'y a pas longtemps. Je ne l'ai pas revue depuis.

Il se gratta l'avant-bras puis reprit :

— Elle vous doit de l'argent à vous aussi ?

7

Zoe jeta un bref regard à Brock puis retourna son attention sur Mike.

— C'est ma meilleure amie, dit-elle. Elle vous a emprunté de l'argent ?

Mike inclina la tête, son regard passant de Brock à Zoe, comme s'il se méfiait.

— Pourquoi me posez-vous ces questions au juste ? Vous êtes qui ?

— Je m'appelle Zoe. Et vous ?

— Mike.

Elle se pencha en avant, offrant à Mike une vue plongeante sur son décolleté. Brock détourna les yeux pour garder son calme.

— Laissez-moi vous offrir une autre bière, reprit Zoe d'une voix suave.

— D'accord, répliqua Mike, clairement sous le charme.

Discrètement, Zoe fit signe à Brock que, maintenant, il pouvait s'éloigner. Il obtempéra à contrecœur.

Il s'appuya à un pilier pour ne pas se trouver dans le champ de vision de Mike, tout en restant suffisamment près pour suivre la conversation, au moins en partie.

Zoe commanda deux bières, même si elle avait à peine touché à sa première.

— Mon amie vous devait beaucoup d'argent, Mike ?

Ce dernier secoua la tête et marmonna une réponse qu'il ne comprit pas.

— Je suis désolée, reprit Zoe. Elle fait cela pour s'amuser, vous savez.

— Ouais. Et vous ?

— Pardon ?

Mike se pencha sur elle, son visage à quelques centimètres du sien.

— Vous aimez faire la fête ?

— Oh ! répliqua Zoe avec un petit rire. De temps en temps. Mais quand avez-vous vu Shayna pour la dernière fois ?

Brock tiqua : Zoe ne se montrait pas particulièrement subtile. Mais Mike semblait captivé par sa beauté et ne prêtait plus attention au reste. Il se passa une main dans sa barbe puis répondit :

— C'était il y a une semaine. Nous nous sommes rencontrés ici et, après, nous sommes allés au lac pour prolonger la soirée.

— Au lac ? répéta Zoe, un peu trop fort.

Intérieurement, Brock lui intima de contrôler ses émotions. Sinon, Mike allait finir par trouver ses questions suspectes.

— Ouais, lâcha Mike.

Puis, il termina son verre d'un trait.

— Merci pour la mousse, mais il faut que j'y aille, ajouta-t-il en commençant à se lever.

Mince, s'agaça Brock. Il faillit s'interposer, mais il devait donner à Zoe une chance de le retenir.

— Oh non, ne partez pas, dit-elle en lui posant une main sur le bras. Buvez encore une bière, je vous l'offre.

Mike vacillait légèrement. Apparemment, l'alcool commençait à faire effet sur lui. Il hésita un instant puis sourit :

— D'accord, dit-il finalement en se rasseyant.

Zoe s'approcha tout près de lui et lui glissa quelques mots qui le firent rire.

Brock bouillait intérieurement. Il s'était préparé à passer un moment pénible en voyant Zoe user de ses charmes, mais c'était pire que cela. Il se connaissait vraiment très mal.

Soudain, Zoe lui fit signe de s'approcher.

— Brock, j'ai une question. A quelle heure Cristine a-t-elle dit que Shayna t'avait appelé le soir où elle a disparu ?

A côté d'elle, Mike se raidit.

— Vers minuit, répondit Brock.

— Eh bien, selon Mike, à cette heure-là, ils étaient ensemble au lac. N'est-ce pas, Mike ?

Mike se tourna pour faire face à Brock et croisa les bras.

— On y était vers 23 heures, et même un peu avant. Et alors ?

Brock le dévisagea.

— Shayna n'est pas réapparue depuis.

Le regard de Mike passa de Zoe à lui.

— Où voulez-vous en venir ? Shayna et moi, nous sommes allés passer un peu de bon temps là-bas et ensuite nous sommes partis chacun de notre côté. Je ne l'ai pas revue depuis non plus.

Brock avança d'un pas supplémentaire en prenant soin de garder les bras le long du corps pour ne pas paraître menaçant.

— Vous pouvez nous expliquer exactement comment s'est déroulée la soirée ? demanda-t-il d'une voix calme.

— Bien sûr, je n'ai rien à cacher, répliqua Mike. Nous nous étions installés au bord de l'eau, près de l'embarcadère. J'avais emporté une couverture. Nous avons discuté un peu, bu du vin puis…

Mike sourit avec un air entendu qui porta sur les nerfs de Brock.

— Ensuite ? intervint Zoe pour l'inciter à continuer.

— Ensuite, nous avons encore bavardé un moment puis elle est partie.

— Comment ça ? demanda Zoe. Pourquoi ?

Mike haussa les épaules.

— Aucune idée, je ne sais pas ce qui s'est passé dans sa tête.

— Mais comment est-elle rentrée ? s'enquit Zoe.

— Bonne question. Je lui ai proposé de la raccompagner, mais elle a dit qu'elle préférait marcher et peut-être se baigner. Elle avait bu. Alors je l'ai avertie que ce n'était pas une bonne idée, mais elle m'a rétorqué de ne pas m'en faire pour elle.

— Vous l'avez écoutée ?

— Ouais. J'ai attendu un moment puis je suis rentré. A minuit, j'étais chez moi. Mon colocataire était là, il pourrait vous le confirmer.

— Vous avez suggéré tout à l'heure qu'elle vous devait de l'argent.

Le regard de Mike s'assombrit et il mit quelques secondes à répondre.

— Ouais. Elle voulait que je lui laisse un peu d'herbe. Elle m'a promis de me la payer dans les jours suivants. Mais je ne l'ai pas revue.

Sur ce, il se leva.

— Cette fois, il faut que j'y aille.

Zoe le retint par le bras.

— Puis-je avoir votre numéro, au cas où j'aurais d'autres questions à vous poser ?

Mike lui retourna un regard hostile.

— Non, je ne crois pas.

Il fit un bref signe de tête à Brock et tourna les talons.

— Passez une bonne soirée, tous les deux.

En silence, ils le regardèrent traverser la salle et sortir.

— Nous devons parler de lui à la police pour qu'ils l'interrogent, lança Zoe.

— Du calme, la coupa Brock. Nous n'avons aucune preuve que Mike ne nous a pas dit la vérité.

— Mais tu l'as entendu ! rétorqua Zoe en élevant la voix. C'est la dernière personne à l'avoir vue et il prétend l'avoir laissée au lac. Tu ne trouves pas cela bizarre ?

Des regards se tournèrent vers eux, et Brock la prit par le bras, la tirant vers la sortie. A son grand soulagement, elle ne résista pas. Il était temps de quitter ce bar.

Une fois qu'ils furent dehors, elle se libéra de son emprise et le fixa droit dans les yeux.

— Enfin, Brock, pourquoi refuses-tu que je parle de lui à la police ?

— Je n'ai pas dit que je refusais, seulement qu'il ne fallait pas tirer de conclusions hâtives. Franchement, Zoe, si Mike avait fait du mal à Shayna, tu crois qu'il aurait avoué s'être rendu au lac avec elle ?

Zoe resta plantée face à lui, mains sur les hanches, d'un air buté.

— C'est la meilleure piste que nous ayons. Et nous l'avons obtenue à notre première visite ici.

Son regard brillait de détermination. Elle était tellement belle que Brock dut résister de toutes ses forces pour ne pas la serrer contre lui et l'embrasser.

Soudain, il leva les yeux : quelques clients étaient sortis du bar et les observaient.

— Hé, ce type vous ennuie, ma belle ? les héla un des hommes.

Zoe battit des paupières et se retourna. Elle parut hésiter

un instant puis passa les bras autour du cou de Brock et se plaqua contre lui.

— Oh ! non ! Il ne m'ennuie pas du tout, au contraire.

L'excitation saisit brusquement Brock. Mais les types qui s'étaient rassemblés le regardaient toujours avec suspicion et, pour appuyer ses propos, Zoe l'attira à elle et l'embrassa. Même s'il fut bref, ce ne fut pas un baiser chaste.

Après quelques secondes, Zoe inclina la tête, le regarda et déclara, tout fort, pour que les types à l'entrée l'entendent :

— Viens, mon chéri, j'ai hâte d'être à la maison.

Ils se dirigèrent vers la voiture sous les rires et les sifflements suggestifs. Mais Brock n'y prêta pas attention, occupé qu'il était à recouvrer une respiration normale.

Une fois qu'ils furent à l'intérieur du véhicule, il poussa un long soupir.

— C'était quoi, ça ?

— De la simulation pour t'éviter de te retrouver dans de sales draps. Je m'en suis bien sortie, non ? répliqua Zoe avec un sourire.

Mâchoire serrée, Brock chercha les bonnes paroles mais n'en trouva pas. Alors il exprima ce qu'il ressentait :

— Refais cela encore une fois et je t'arrache sur-le-champ tes vêtements pour te faire l'amour.

Elle poussa un gémissement de surprise.

— Enfin, Brock.

— Si je te choque, tant pis, tu n'avais qu'à réfléchir avant d'agir.

— Mais…

— Laisse-moi quelques minutes, d'accord ? la coupa-t-il.

Elle se tut et changea de position, mais sans lui tourner le dos.

— Je suis désolée, dit-elle enfin.

— Moi aussi, admit-il.

— Essayons d'oublier ce qui s'est passé, d'accord ? suggéra-t-elle, tête basse.

— Je serais ravi d'en être capable.

— Je ne pense pas que ces types s'en seraient pris à toi. Mais je ne voulais pas prendre de risques.

Il ne répondit pas.

— Ce baiser ne signifiait rien d'autre, ajouta-t-elle. Rien du tout.

Voilà, c'était bien là le problème, pensa-t-il. Mais ça non plus, il ne pouvait pas le dire.

— Puis-je te poser une question ? lui demanda-t-elle après quelques instants de silence.

— Oui, tant que ça n'a pas de rapport avec ce baiser.

— Pourquoi ne bois-tu plus d'alcool ?

Aïe.

— J'ai arrêté, c'est tout, je te l'ai déjà dit.

— Mais pourquoi ? insista-t-elle.

Une vieille douleur remonta en lui. Il avait besoin de penser à autre chose pour repousser son désir pour Zoe et, avec cette question, elle lui rappelait exactement pourquoi il ne devait plus la désirer. Car c'était après son départ qu'il avait bu plus que de raison. Certes, d'autres événements difficiles, comme la mort de son père, n'avaient rien arrangé à l'affaire, mais quand même.

— Ça ne te regarde pas, c'est mon problème, répondit-il sèchement.

— Désolée, dit-elle.

Elle leva les mains, paumes ouvertes, pour appuyer ses paroles.

— J'avais oublié que nous n'étions pas amis, reprit-elle.

Amis. Effectivement, il avait du mal à la voir comme une amie.

Mais il ne répliqua pas. Il n'avait pas la force de se lancer dans une discussion pour définir leur relation. Il était épuisé de lutter contre son désir.

— J'irai parler à la police, déclara-t-il pour changer de sujet. Je connais bien Roger et je pense qu'il m'écoutera.

— Merci, répondit-elle doucement. S'il pouvait faire en sorte que le lac soit fouillé, nous saurions une fois pour toutes si Shayna s'est noyée ou pas.

Il y avait de la douleur dans la voix de Zoe, mais il ne dit rien. Toute tentative pour la rassurer serait vaine.

— Je te tiendrai au courant de sa décision.

— D'accord. Avant que tu me déposes chez les Bell, tu veux bien que nous nous arrêtions dans un fast-food en centre-ville pour que je puisse me changer et remettre ma robe longue ?

Il avait complètement oublié cela.

— Oui, bien sûr. Tu veux qu'on en profite pour manger un morceau ?

Elle tourna la tête vers lui, visiblement surprise par sa proposition.

— Pourquoi pas, je crois que manger un peu me ferait du bien.

Il était près de 23 heures.

Mais quel mal y aurait-il à partager un repas rapide avec elle ? Aucun.

Il se gara devant un fast-food ouvert et, une fois à l'intérieur, Zoe fila directement aux toilettes.

Il n'y avait pour seuls clients qu'une femme avec deux enfants. Brock se laissa tomber sur une banquette.

Zoe revint quelques minutes plus tard et s'installa en face de lui.

— Le dîner est pour moi, dit-elle.

Ce matin-là, le soleil faisait scintiller les eaux du lac. Une magnifique journée de printemps s'annonçait, idéale pour une ballade et un pique-nique. Mais l'humeur de Zoe n'était pas au diapason de la météo.

Elle s'était levée très tôt pour rédiger un nouvel article sur son blog, volontairement léger pour se remonter le moral. Elle s'était amusée à y comparer les hommes du Texas et ceux de New York. Une heure après la publication, elle avait déjà reçu de nombreux commentaires, preuve que le ton qu'elle avait adopté plaisait.

Mais, au bord du lac, elle avait le cœur lourd. Des plongeurs étaient censés explorer l'étendue d'eau, à la recherche du corps de Shayna.

Brock avait parlé à Roger Giles, et le shérif était convenu que ces recherches méritaient d'être entreprises.

Trois plongeurs venus de Dallas, en combinaison noire, se tenaient sur le rivage, prêts à entrer dans l'eau. Ils avaient étudié la force du vent et des courants pour déterminer où chercher en priorité.

Brock apparut devant elle.

— Salut, Zoe.

Elle lui répondit d'un petit signe de tête.

— Je vais mettre mon bateau à l'eau, indiqua-t-il. Tu veux m'accompagner ?

Cette perspective lui fit peur.

— Tu as averti la police ?

— Oui. Tant que je reste à bonne distance des plongeurs, je peux y aller. L'un d'eux m'a d'ailleurs dit qu'ils pourraient avoir besoin de mon aide.

Elle hésita. Non seulement, elle craignait une macabre découverte, mais en plus, ce n'était pas très raisonnable de passer du temps avec Brock. D'un autre côté, rester seule à attendre et redouter le pire ne l'enchantait pas. Comme s'il avait lu dans ses pensées, Brock reprit :

— Allez, viens, tu n'as pas envie de rester là à te ronger les sangs.

Pour accompagner ses paroles, il lui tendit la main. Elle hésita quelques secondes puis l'accepta. Dès que ses doigts se refermèrent autour des siens, une douche chaleur la traversa. Elle s'efforça de l'ignorer et suivit Brock en direction de l'embarcadère. Un hors-bord flambant neuf était accroché à sa Chevrolet.

Il surprit son regard et esquissa un petit sourire.

— Il est très rapide sur l'eau. Tu veux bien t'occuper de garer ma voiture une fois que j'aurai décroché le bateau ?

— Bien sûr, pas de problème.

Il décrocha la remorque, la poussa jusqu'au bord de l'eau puis défit les sangles pour laisser le hors-bord glisser. Il faisait tout cela avec une aisance et une facilité qui forcèrent son admiration.

Puis il lui lança ses clés de voiture et elle gara le véhicule sur une place de stationnement.

Quand elle revint, il avait solidement arrimé son bateau à un ponton et l'attendait. Elle monta à bord sans son aide et s'installa au bout de l'embarcation. Il détacha le lien d'arrimage et fit démarrer le moteur, qui se mit en marche au premier essai.

Très vite, ils s'éloignèrent du ponton.

Sentir le soleil et le vent sur son visage lui fit un bien fou. Elle n'était plus remontée sur un bateau depuis le lycée et avait oublié à quel point elle aimait ces sensations. Mais soudain le visage de Shayna s'interposa, et l'idée de trouver son corps dans le lac la glaça d'effroi.

Elle se força à chasser cette pensée et releva la tête, laissant le vent lui fouetter de nouveau le visage.

Brock décrivit un arc de cercle pour contourner la zone des recherches, ralentit progressivement puis s'arrêta complètement et coupa le moteur. Dans le soleil, ses cheveux scintillaient, sa peau prenait une belle teinte hâlée et, à chaque mouvement, ses muscles se contractaient et se détendaient divinement.

Même sans le toucher, son désir pour lui la transportait.

Il fallait qu'elle bouge.

Elle se leva, se protégea les yeux de la main et regarda en direction du bateau des plongeurs. Tous trois étaient sous l'eau, et elle attendit avec appréhension.

— Mme Bell n'est pas au courant des recherches d'aujourd'hui, n'est-ce pas ? intervint Brock derrière elle.

— Non, je ne voulais pas qu'elle se fasse de souci.

— C'est sans doute mieux.

— Oui, répliqua-t-elle, concentrée sur la surface de l'eau. Je souhaite vraiment qu'ils ne trouvent rien.

— J'en suis intimement persuadé, rétorqua-t-il avec certitude.

Elle en fut étonnée. Lui cachait-il quelque chose pour être si sûr de lui ?

Quelques heures plus tard, les trois plongeurs rejoignirent le rivage et Brock s'approcha aussi près que possible d'eux avec son hors-bord.

— Vous avez trouvé quelque chose ? leur lança-t-il.

L'un des trois hommes secoua négativement la tête.

— Non, rien du tout. Nous avons fait le maximum et, étant donné que nous n'avons pas de preuves que la personne recherchée est bien entrée dans l'eau, je pense que nous allons en rester là.

Brock acquiesça puis se tourna vers Zoe. Elle ne sut que lui dire. Devait-elle être soulagée ? Inquiète ? La journée avait été si difficile.

Brock remit le moteur en route et prit la direction du ponton.

— Nous sommes obligés de rentrer maintenant ? lui demanda-t-elle.

— Non, pourquoi ? lui répondit-il, l'air méfiant.

Elle haussa les épaules.

— Cela fait des années que je n'ai pas fait de bateau. J'aimerais bien en profiter un peu pour me détendre.

Brock sembla hésiter quelques secondes.

— Très bien, dit-il finalement. Tu veux que nous restions tranquilles ou que je pousse une pointe de vitesse ?

— Allons-y pour une pointe de vitesse, répliqua-t-elle sans hésiter.

Brock ne passerait certainement pas à côté de l'occasion de tester la puissance de son embarcation. Et en effet, une fois qu'ils furent au milieu du lac, il accéléra.

Elle crut s'envoler et savoura les gouttelettes qui lui fouettaient le visage, la sensation grisante de vitesse. Toutes les tensions de son corps et de son esprit semblaient s'évanouir.

Après avoir effectué quelques virages, Brock ralentit et coupa de nouveau le moteur.

— Ça va ? s'enquit-il.

— Oui, merci beaucoup. J'en avais besoin. C'est la première fois depuis mon retour à Anniversary que, pendant quelques minutes, je cesse de m'inquiéter pour Shayna.

Elle ferma les yeux et inspira profondément.

— Nous devons la retrouver, Brock.

— Je sais. Et j'avoue que, plus le temps passe, plus j'ai du mal à croire que Shayna soit partie de son plein gré.

— Quelque part, ça me soulage que tu penses cela car moi, je suis persuadée qu'elle n'est pas partie d'elle-même. Elle n'a pas emporté d'argent liquide et ses cartes de crédit n'ont pas été utilisées. Et elle ne serait pas partie non plus sans son téléphone.

Brock réfléchit quelques secondes puis répliqua :

— Je vais me faire l'avocat du diable, mais peut-être s'était-elle constitué une réserve d'argent liquide. Peut-être que, tout comme toi, elle a souhaité s'en aller sans laisser de traces. Et elle a pu s'acheter un téléphone à carte prépayée.

Zoe soupira.

— Non, c'est différent car moi j'ai toujours envoyé des nouvelles à Shayna et Mama Bell, même si, pendant quelques mois, elles ignoraient où je me trouvais exactement. C'était plus sûr pour tout le monde, vu les menaces que j'avais reçues.

— Et pourquoi n'es-tu pas allée voir la police ?

— Je ne pouvais pas courir ce risque. La seule personne que j'ai avertie, c'est Shayna, et c'est elle qui m'a aidée à quitter la ville.

— Et tu n'as jamais envisagé de t'adresser à moi ? rétorqua-t-il, l'air infiniment triste.

Cela lui fit mal de le voir si affecté. Elle s'en étrangla presque.

— C'était trop risqué, Brock.

Manifestement, il ne comprenait toujours pas son choix. Mais elle ne lui en voulait pas. Elle s'était résignée à vivre avec ce fardeau.

— Pourtant, ensuite, le type qui a assassiné ta mère a été arrêté, insista Brock.

En effet, un témoin de l'homicide s'était manifesté auprès de la police et, grâce à lui, l'assassin avait été arrêté puis incarcéré, et il était toujours derrière les barreaux.

— Oui, souffla Zoe. Et je vérifie régulièrement qu'il n'a pas obtenu de liberté conditionnelle.

— Mais même après cela tu n'as pas jugé opportun de reprendre contact avec moi.

Elle releva la tête : il semblait terriblement peiné.

— Je ne pouvais pas le faire, Brock. Sinon, tu aurais tenté de me retrouver et tu te serais mis en danger. J'ai jugé que mieux valait que je ne te dise rien.

— Non, Zoe, ce n'est pas ce que je te demande, rétorqua-t-il avec véhémence. Une fois que l'assassin de ta mère a été arrêté, rien ne t'empêchait de revenir puisque le danger était écarté. Pourquoi n'en as-tu rien fait ?

Elle resta silencieuse et serra les poings pour ne pas pleurer. Comment avait-elle pu croire qu'avec le temps Brock ne souffrirait plus, qu'il aurait tout oublié et qu'ils pourraient devenir de simples amis ?

Elle réprima un soupir. Elle ne pouvait pas lui dire la vérité, lui expliquer pourquoi elle était restée à New York. Elle avait bien envisagé de revenir, mais la perte du bébé qu'elle portait lui avait rendu ce retour impossible.

8

Zoe eut envie de pleurer. Personne, pas même Shayna, n'avait su qu'elle était enceinte quand elle était partie d'Anniversary. Et nul n'avait su non plus qu'elle avait fait une fausse couche au bout d'à peine trois mois de grossesse et qu'elle ne pourrait certainement plus jamais avoir d'enfants.

Brock méritait d'avoir une femme qui lui donnerait des enfants, s'était-elle dit à l'époque. Quand ils étaient ensemble, ils avaient maintes fois discuté avec des étoiles dans les yeux de leur désir d'en avoir. Plus que tout, Brock voulait devenir père.

Alors comment aurait-elle pu lui annoncer qu'elle avait perdu leur enfant ?

Elle avait donc entamé une nouvelle vie, changé de personnalité et tenté d'aller de l'avant. De temps en temps, l'amertume revenait, mais c'était le prix à payer.

Brock lui saisit le bras pour l'obliger à lui faire face.

— Tu ne vas pas me répondre ? Pourquoi n'es-tu pas revenue à Anniversary ? Pourquoi n'es-tu pas revenue me voir ?

Elle leva les yeux vers lui, le fixa et s'arma de courage pour répliquer :

— Parce que j'avais changé de vie, Brock. J'étais heureuse à New York. Cette ville est tellement différente d'ici ! Je ne veux pas perdre ce que j'ai découvert là-bas.

— New York, répéta-t-il. Alors tu as choisi une ville au détriment de ceux que tu aimais ? C'est ça ?

Elle était au supplice mais fit tout son possible pour ne pas flancher.

— Assez. Nous devons en revenir à ce qui nous occupe. C'est Shayna qui compte.

— Mais oui, c'est pratique de se servir d'elle pour éviter d'assumer tes actes, n'est-ce pas ?

— Non, rétorqua-t-elle en soutenant son regard. Le passé est le passé, nous ne pouvons pas revenir en arrière. En revanche, nous pouvons encore changer l'avenir. Car si par malheur nous ne retrouvions pas Shayna, Mama Bell aurait beaucoup de mal à s'en remettre. Et je n'ai pas envie que cela se produise.

Brock tourna la tête vers les eaux du lac, la mâchoire contractée.

— Franchement, Zoe, que crois-tu qu'il lui soit arrivé ? Pourquoi t'obstines-tu à refuser de croire qu'elle ait pu faire comme toi et partir du jour au lendemain ?

Zoe soupira. Elle n'en pouvait plus, elle ne voulait pas poursuivre cette conversation. Ce serait continuer à mentir.

— Ramène-moi à l'embarcadère, s'il te plaît.

— Avec joie, répliqua-t-il sèchement en remettant le moteur en marche.

Cette fois-ci, la vitesse ne procura aucun plaisir à Zoe. Elle garda les yeux fixés devant elle, pressée d'être de retour sur le rivage.

Quand ils approchèrent du ponton, Brock ralentit.

— Je vais te laisser ici, déclara-t-il. Je m'occuperai de charger le bateau sur la remorque tout seul, il n'est pas lourd.

Elle acquiesça sans un mot. Elle avait mal, mais mieux valait qu'il lui en veuille. Ainsi, elle souffrirait moins d'avoir encore envie de lui.

Elle posa le pied sur le ponton et s'éloigna sans se retourner.

Brock se sentait déchiré. Il aurait voulu noyer son chagrin dans l'alcool, mais il ne le ferait pas, non.

Une fois le bateau chargé sur la remorque, il rentra chez lui. D'une manière ou d'une autre, il devait chasser Zoe de son esprit et s'occuper de lui-même.

Arrivé à son appartement, il se laissa tomber devant la télévision et tenta de ne plus penser à rien.

Le lendemain matin, Cristine se présenta au magasin. A priori, ce n'était pas pour faire des achats. Que venait-elle faire là ?

— Je dois te parler, lui annonça-t-elle avec une expression troublée.

— De Shayna ? s'enquit-il.

— Oui. Cela me tracasse depuis des jours, reprit-elle avec un soupir. Je sais que Shayna et toi vous aviez des problèmes et…

— Des problèmes ? la coupa-t-il en croisant les bras, irrité. De quoi parles-tu exactement ?

Cristine rougit et baissa les yeux.

— Allons, Brock, Shayna et moi, nous étions les meilleures amies du monde. Tu dois te douter qu'elle n'avait pas de secrets pour moi.

— Sauf que je ne vois pas ce qu'elle aurait bien pu te confier de tellement secret.

Elle le dévisagea avec colère.

— Arrête, Brock. Je sais que tu la frappais. J'ai vu les marques sur son corps.

Il fut complètement abasourdi.

— La frapper ? répéta-t-il, sous le choc. Mais jamais je n'ai frappé une femme de ma vie !

— Tu me le jures ?

— Mais évidemment ! s'exclama-t-il.

Cristine recula de quelques pas, comme si elle avait peur.

— Tu… tu es en colère, Brock. Je vais te laisser.

Il s'efforça de recouvrer son calme. Il se sentait extrêmement mal à l'aise.

— Cristine, attends, s'il te plaît.

Elle avait déjà tourné les talons et s'arrêta net. Elle semblait hésiter entre prendre ses jambes à son cou et rester.

— Cristine, insista-t-il, tu sais que je ne suis pas ce genre d'homme.

Elle pivota sur elle-même et le regarda avec méfiance.

— Brock, j'essaie seulement d'obtenir des réponses, comme tout le monde.

— Je sais.

Elle restait près de la porte, comme pour pouvoir fuir à tout moment. Mais que se passait-il ? Est-ce que tout le monde perdait la tête ? Il ne comprenait plus rien.

— Je suis venue pour une seule raison, reprit Cristine. Je veux savoir si tu as fait du mal à Shayna.

Cette fois, c'était la parole de trop.

— Sors d'ici, Cristine ! Maintenant.

A son grand étonnement, elle ne détala pas. Au contraire, elle releva la tête et esquissa même un demi-sourire.

— Sinon, quoi, Brock ? Tu me feras disparaître à mon tour ?

Sur ces paroles, elle s'en alla.

Il était consterné. Cristine avait-elle perdu l'esprit ?

Comment pouvait-elle croire qu'il ait brutalisé Shayna ? Tout le monde le connaissait, il avait passé sa vie entière à Anniversary.

Il se mit à faire les cent pas. Cristine allait certainement faire part de ses doutes à Zoe.

Il prit le téléphone et composa le numéro des Bell. Mais il se ravisa aussitôt et raccrocha.

Pourquoi se souciait-il autant de ce que Zoe pouvait penser de lui ? En outre, si elle croyait aux allégations de Cristine, alors c'était qu'elle ne le connaissait plus du tout.

Quelques minutes plus tard, il ferma le magasin et partit déjeuner.

De retour l'après-midi, il eut affaire à un flot ininterrompu de clients.

Mais peu avant la fermeture, Mme Bell pénétra dans le magasin. Elle vint droit vers lui, l'air déterminé.

— Bonsoir, Brock. J'aimerais te dire un mot, si ça ne t'ennuie pas.

— Bien sûr, répondit-il avec un sourire, même s'il redoutait le sujet qu'elle souhaitait aborder.

Il s'assura que sa sœur Eve gardait un œil sur la boutique, puis se tourna vers Mme Bell :

— Suivez-moi.

Il la fit entrer dans son bureau et lui proposa un siège.

— Tout va bien, madame ?

— Pas vraiment. Mais je ne suis pas venue pour parler de moi, mais de toi.

Génial.

— Vous avez discuté avec Cristine ? s'enquit-il.

— Certainement pas, répliqua Mme Bell avec une

moue de dégoût. Je ne la supporte pas. Shayna a changé après avoir commencé à la fréquenter. Attends, laisse-moi deviner, elle cherche à te rendre responsable de la disparition de Shayna, c'est ça ?

Il acquiesça. L'appréhension le quittait.

— Cette fille n'a pas toute sa tête, reprit Mme Bell en posant une main sur la sienne, dans un geste de sollicitude. N'aie crainte, Brock, je sais que jamais tu n'aurais fait le moindre mal à ma petite fille.

— Merci, répondit-il, sincèrement touché. Alors de quoi souhaitiez-vous me parler ?

— De Zoe et toi, déclara-t-elle en le fixant droit dans les yeux. Je sais que vos rapports sont difficiles, mais je vous implore de vous entendre. Je suis persuadée que seuls vous deux pouvez retrouver ma fille.

Brock déglutit. Sans doute avait-elle raison, mais elle lui en demandait beaucoup.

Zoe traversait Anniversary en voiture. Quand Cristine lui avait proposé de la retrouver pour dîner, elle n'avait pas franchement été emballée, mais elle avait décidé d'y aller au cas où il y aurait du nouveau. En revanche, elle avait été agréablement surprise que Cristine lui suggère d'aller chez Papa's Pasta, une petite pizzeria où elle allait avec Brock quand ils étaient ensemble. Dans son souvenir, on y mangeait très bien.

Brock. Tout la ramenait à lui. Il fallait vraiment qu'elle boucle cette affaire pour pouvoir retourner au plus vite à New York. Au moins, là-bas, elle pouvait passer des journées entières sans penser à lui.

Elle se gara devant le restaurant et y pénétra. Cristine était déjà arrivée. Zoe s'assit en face d'elle, et à peine fut-elle installée que Cristine déclara sans préambule :

— Je pense avoir fait une percée décisive.

Cristine avait un don pour donner un tour dramatique à ses propos et il ne fallait pas forcément les prendre au pied de la lettre, songea Zoe. Aussi, elle demanda simplement :

— Que se passe-t-il ?

Une serveuse s'approcha pour prendre leur commande, et Cristine parut avoir du mal à attendre qu'elle soit partie pour reprendre le fil de la conversation.

— Je suis allé voir Brock, aujourd'hui, annonça-t-elle finalement, et je lui ai posé des questions directes.

— A quel sujet ?

Cristine se pencha en avant, comme pour éviter que quiconque ne surprenne ses propos.

— Shayna m'a dit que, de temps en temps, il la frappait.

— Brock ? C'est impossible ! s'exclama spontanément Zoe.

— Oui, il a nié également et je dois avouer qu'il a paru sincère. Mais, un jour, j'ai vu Shayna avec des bleus et un œil enflé, et elle m'a expliqué ce qui s'était passé.

Abasourdie, Zoe resta silencieuse.

— J'ai cru comprendre que, dernièrement, Shayna ne disait pas toujours la vérité, reprit-elle prudemment après quelques secondes.

Cristine ouvrit la bouche pour répondre puis se ravisa.

— Peut-être… je ne sais pas, dit-elle finalement.

— Tu dois bien en avoir une idée, insista Zoe. C'est toi qui la voyais le plus fréquemment.

Cristine haussa les épaules.

— Oui, c'est vrai, mais je ne cherchais pas toujours à vérifier tout ce qu'elle me racontait. Enfin, je veux dire, pour quelle raison aurait-elle menti ?

— C'est bien la question que je me pose. Pourtant, à moi, elle a affirmé que Brock et elle étaient fiancés.

— Quoi ? s'exclama Cristine, manifestement déstabilisée. Mais elle ne m'en a jamais parlé !

— Ce n'était pas vrai, précisa doucement Zoe. Du moins c'est ce que répètent Brock et la mère de Shayna. Mais le pire, c'est que Shayna a persisté dans le mensonge. Chaque fois qu'elle me téléphonait, elle revenait sur le sujet. Elle me racontait que Brock et elle étaient allés choisir une bague, qu'elle était à la recherche de la robe qu'elle porterait à son mariage, et j'en passe.

Cristine semblait blessée par ces révélations.

— Tu n'en savais rien, n'est-ce pas ?

— Non, avoua Cristine. Et dire que, ce matin, j'ai accusé Brock d'avoir porté la main sur elle…

— Vraiment ? Comment a-t-il réagi ?

— Il s'est mis en colère et m'a accusée d'être une menteuse. Il semblait choqué, ce qui peut se comprendre. J'imagine que je lui dois des excuses.

— Oui, c'est ce que tu as de mieux à faire, renchérit Zoe.

Cristine soupira.

— Tu as raison. Pourtant, même s'il ne l'a pas frappée, il lui a fait du mal.

— Qu'entends-tu par là ?

— Shayna était très amoureuse de lui, même si elle refusait de l'admettre.

— Oui, à moi, elle me l'a dit également. Mais Brock m'a appris qu'après quelques mois ils étaient redevenus de simples colocataires. Shayna aurait souhaité qu'ils deviennent plus que des amants, mais Brock ne s'y sentait pas prêt.

— Peut-être qu'au départ elle envisageait d'officialiser sa relation avec lui, répliqua Cristine, mais elle a changé d'avis. Et je t'assure que, même s'ils étaient de soi-disant simples colocataires, ils étaient toujours amants. J'ai lu sur le portable de Shayna des messages sans équivoque qui le prouvent.

Zoe fut de nouveau consternée. Qui mentait, cette fois-ci, Cristine ou Brock ?

— Shayna t'a montré ces messages ?

— Non, pas exactement, répondit Cristine, en rougissant légèrement. Mais tu sais que j'ai retrouvé son téléphone… Je n'ai pas pu m'empêcher de regarder ce qu'il y avait dedans, et c'est là que j'ai lu ces messages.

— Mais tu n'as plus son portable, tu l'as transmis à la police, j'espère.

— Oui, oui, je vais le faire mais, avant, je voulais ton avis. Faut-il que j'efface ces messages ou pas ?

C'était un dilemme, reconnut Zoe en elle-même. Ces messages pourraient constituer une preuve, mais ils risquaient aussi de causer des ennuis à Brock.

— Je ne sais pas, reprit-elle finalement. Ces messages pourraient être importants. Ou pas. Je devrais d'abord parler à Brock. Mais sais-tu si quelqu'un d'autre que toi a pu les lire ? S'ils sont d'ordre intime, c'est ennuyeux.

— Je ne sais pas, avoua Cristine.

Zoe soupira. Cette histoire devenait de plus en plus compliquée.

— Brock est-il au courant de leur existence ?

— Je ne sais pas, répéta Cristine.

Brock avait déclaré que sa relation avec Shayna était devenue platonique mais, apparemment, ce n'était pas le cas. Zoe repoussa la pointe de jalousie qui naissait en elle et réfléchit. Pourquoi Brock avait-il menti sur ce point ?

— Je vais tirer les choses au clair, dit-elle avec détermination.

— Que comptes-tu faire ?

— Avoir une discussion avec Brock, répondit-elle en se levant de table.

— Maintenant ? s'exclama Cristine, sidérée. Mais tu n'as même pas dîné !

— Désolée, mais j'ai perdu l'appétit, répliqua-t-elle en posant un billet de vingt dollars sur la table. Mais je t'en prie, toi, ne te prive pas.

Sur ce, elle traversa la salle à grands pas et sortit avec l'intention d'aller trouver Brock sans attendre. Il y en avait assez des mensonges.

A cette heure, le magasin était fermé et elle se rendit directement chez lui. Elle ne savait pas exactement où se situait l'entrée de son immeuble et, après s'être garée, chercha son nom sur les sonnettes. Elle le découvrit rapidement. Elle pressa l'Interphone et il répondit après quelques secondes. Quand elle s'annonça, elle perçut sa surprise mais il lui ouvrit sans hésiter.

Brock rangea en vitesse les restes de son dîner. Zoe ne venait certainement pas passer une nuit torride avec lui, mais son pouls s'emballait à l'idée de la voir. Il ne parvenait pas à se maîtriser.

On sonna à la porte, et il lui ouvrit. Elle portait un jean moulant délavé avec un T-shirt noir ajusté. Franchement, elle n'avait pas le droit d'être aussi sexy.

— Salut, dit-il, incapable de trouver autre chose.

— Puis-je entrer ? lui demanda-t-elle, comme il n'avait pas bougé d'un centimètre.

Elle avait l'air presque en colère.

— Bien sûr, répondit-il en s'écartant. Qu'est-ce qui t'amène ?

— Pourquoi ne m'as-tu pas avoué que Shayna et toi n'aviez jamais cessé d'être amants ?

Amants ? Il la fixa d'un air idiot, complètement perdu. Toute la ville était en train de perdre la tête, ça se confirmait.

Le regard noir, Zoe semblait bouillir de colère.

— Calme-toi, répliqua-t-il pour ne pas laisser la discussion s'envenimer. Je t'ai dit que Shayna et moi nous avions rompu et étions redevenus de simples colocataires.

— Colocataires avec quelques compensations ? rétorqua-t-elle en croisant les bras.

Qu'elle puisse penser cela le scandalisait. Mais il s'efforça de rester calme.

— Non, des colocataires. Pourquoi ces questions, Zoe ? Qu'est-ce qui s'est passé ?

— Je viens de parler à Cristine. Elle m'a dit avoir lu des messages explicites de vous deux sur le portable de Shayna.

Cristine, pesta-t-il intérieurement. Il aurait dû deviner qu'elle était derrière ces nouvelles calomnies.

— Des messages explicites, répéta-t-il. C'est-à-dire ?

— Des messages qui ne laissent pas de doute sur le fait que Shayna et toi faisiez plus que vivre sous le même toit.

Il mit quelques secondes à répondre.

— Elle ment. Shayna et moi n'avons jamais échangé ce genre de messages, je peux te l'assurer.

9

Zoe secoua la tête et soupira.

— Cristine dit une chose, toi tu dis le contraire. Un de vous deux ment. Mais pourquoi ?

— Tu ne me crois pas, répliqua-t-il, l'air terriblement blessé.

— Je ne sais plus quoi penser, Brock. Cristine paraissait tout à fait sincère au sujet de ces messages.

— Très bien, dit-il en sortant son portable. Dans ce cas, appelle-la et demande-lui de venir ici avec le téléphone de Shayna. Au moins, comme ça, tu seras fixée une fois pour toutes.

— Elle doit encore être au restaurant, répondit Zoe, tout en composant son numéro.

Cristine répondit à la troisième sonnerie.

— Les messages ? répéta-t-elle. Je viens de les effacer en rentrant chez moi. Je vais porter le téléphone de Shayna à la police demain matin. Mais, comme tu me l'as dit, ces messages sont d'ordre intime, et Shayna n'aurait pas voulu que n'importe qui puisse les voir. Tu comprends ?

Fataliste, Zoe refusa de se lancer dans une nouvelle querelle.

— Oui, oui, je comprends, conclut-elle.

Puis, elle raccrocha.

— Elle prétend les avoir effacés, reprit-elle à l'intention de Brock.

— Comme par hasard. Et je parie que si tu avais demandé à les voir plus tôt elle t'aurait dit les avoir effacés par mégarde, ou quelque chose dans ce style.

Zoe poussa un juron.

— Tout cela devient absurde. Il semble clair que Shayna avait inventé ces histoires de toutes pièces. Mais, apparemment, elle n'est pas la seule à avoir cette manie.

— Merci, souffla Brock.

— Merci pour quoi ?

— Merci de me croire. Je n'aurais pas supporté de continuer à passer pour le menteur.

— J'aurais dû te croire dès le départ, dit Zoe doucement. Je sais que tu es d'une honnêteté sans failles.

Brock attendit que la boule d'émotion dans sa gorge s'estompe pour reprendre la parole.

— Pour en revenir à Cristine, pas plus tard que ce matin, elle m'a accusé d'avoir frappé Shayna.

— Oui, je sais, elle me l'a dit, répondit Zoe en baissant les yeux. Ecoute, Brock, je sais que tu m'en veux à cause du passé, et c'est normal. Mais si nous n'unissons pas durablement nos forces, nous ne parviendrons jamais à comprendre ce qui est arrivé à Shayna. Il y a trop de mensonges et de tromperies dans cette affaire.

— Tu fais allusion à Cristine.

— A Cristine, mais pas seulement. Shayna a prétendu que vous alliez vous marier, Roger semble tout faire pour ne pas la rechercher activement, et je ne suis pas certaine non plus que Mike nous ait dit toute la vérité.

Brock se passa la main dans les cheveux. Zoe semblait exaspérée, vulnérable, et il avait envie de la prendre dans ses bras pour la réconforter.

— Et moi, je suis toute seule pour tenter de faire le lien entre tout cela, ajouta-t-elle, d'une voix qui n'était plus qu'un murmure.

— Non, tu n'es pas toute seule, répliqua-t-il spontanément. Je t'aiderai à aller au bout de cette histoire.

— Vraiment ? reprit-elle en levant les yeux vers lui. Même si cela t'oblige à passer plus de temps avec moi que tu le voudrais ?

— Oui, nous devons découvrir la vérité une fois pour toutes.

Elle eut un petit rire amer.

— La tâche s'annonce ardue. Même Mama Bell est dans le déni.

Cette dernière affirmation le troubla. Mama Bell comptait tellement pour Zoe.

— Que veux-tu dire ? s'enquit-il.

— Eh bien, ce qui semble clair, c'est que sa fille avait adopté un mode de vie très inquiétant. Mais, même après l'avoir remarqué, Mama Bell n'a rien fait. Elle a déploré que Shayna se soit mise à l'éviter, mais c'est tout.

— Tu sais, l'amour fait parfois adopter des comportements paradoxaux. C'est un peu comme quand tu es partie, on a tous voulu croire que tu reviendrais, alors on n'a rien fait.

Il n'aurait pas dû dire cela, se reprocha-t-il. Mais c'était trop tard.

— Il faut toujours que tu fasses cette comparaison ! Ce n'est pas pareil, rétorqua Zoe.

Il n'insista pas, même si le parallèle ne lui paraissait pas si déplacé que cela.

— En parlant de Mme Bell, elle est passée me voir au magasin en fin de journée.

Zoe haussa les sourcils.

— Tu as eu droit à une visite de Cristine et de Mama Bell dans la même journée ?

— Que veux-tu ? Je suis un type populaire, se justifia-t-il sur un ton léger.

— Je n'en doute pas. Et que voulait Mama Bell ?

— Je suis étonné qu'elle ne te l'ait pas dit. Elle souhaite que nous mettions nos différends de côté et que nous fassions tout notre possible pour retrouver Shayna.

Zoe acquiesça d'un air songeur mais ne fit aucun commentaire.

— Assieds-toi, Zoe, et mettons par écrit tout ce que nous avons appris, d'accord ? lui proposa-t-il.

Elle lui adressa un petit sourire, tira une chaise et s'installa.

— Je pense que nous devons nous concentrer sur les deux dernières personnes à avoir vu Shayna, lança-t-il.

— Le dénommé Mike et…

— Cristine, finit-il pour elle.

— Tu penses qu'elle nous cache quelque chose ?

— C'est possible. Il y a cinq ans, Shayna a prétendu ne rien savoir quand tu as disparu. J'ai eu beau lui poser maintes fois la question, elle n'a jamais rien lâché.

— Shayna l'a fait parce que je le lui avais demandé, s'emporta Zoe. C'était important, pour des raisons qu'à l'époque tu ne pouvais pas comprendre.

Mais aujourd'hui il ne comprenait toujours pas. Ils étaient inséparables à l'époque. Qu'elle ait considéré qu'il ne pourrait pas la protéger alors qu'elle était ce qu'il y avait de plus important dans sa vie…

Il déglutit et se força à revenir au présent.

— Ce que je veux dire, reprit-il, c'est qu'à l'époque Shayna était la seule à savoir où tu étais et pourquoi tu étais partie. Aujourd'hui, nous sommes peut-être dans le même cas de figure, sauf que, cette fois, c'est Shayna qui a demandé à Cristine de ne rien révéler.

Zoe se redressa.

— Si c'est le cas, il faut que Cristine arrête de jouer avec nous.

Son regard brillait de détermination. Elle était tellement belle qu'immédiatement toutes les raisons pour lesquelles il avait été prêt à tout pour elle lui revinrent en cascade.

Hypnotisé par ses grands yeux noisette, il s'approcha d'elle et lui prit le visage entre les mains. Elle avait l'air aussi troublée que lui.

— Brock…, commença-t-elle.

Il ne la laissa pas continuer et couvrit ses lèvres. Un désir ardent l'assaillait, d'une puissance dévastatrice. Il approfondit son baiser, entremêla sa langue à la sienne.

Quand, enfin, il dut s'interrompre pour reprendre son souffle, sa conscience le rappela à l'ordre. S'il se laissait aller et renouait avec elle, il risquait fort de ne pas en sortir indemne. Or, il doutait d'avoir la force de la perdre une seconde fois.

Mais, alors que son désir et ses états d'âme le tiraillaient, Zoe susurra son nom, doucement, comme une complainte.

Il ne lui en fallait pas davantage.

Il aurait voulu se montrer patient, délicat, mais ils commencèrent à se déshabiller, le souffle court. Rapidement, il n'y eut plus aucune barrière entre leurs deux corps.

Il embrassa ses lèvres, son cou, ses seins, et elle ne fut pas en reste. De ses mains douces, elle dessina le contour de ses pectoraux, remonta le long de son dos.

Leurs caresses et leurs baisers étaient intenses, sans retenue.

— Maintenant, dit-elle en l'attirant vers le canapé. Je veux te sentir en moi.

Il déglutit, ahuri. De la lave en fusion coulait dans ses veines.

Elle referma la main autour de sa virilité, et il en perdit la faculté de raisonner. Il la couvrit de son corps. Sans attendre, il vint en elle, lui arrachant un long gémissement de plaisir.

Il commença à aller et venir. Il voulait aller lentement, prendre son temps, mais c'était un combat perdu d'avance. Zoe poussait de longs gémissements de plaisir, son corps était parcouru de frissons, ses halètements se firent de plus en plus forts, de plus en plus saccadés. Enfin, une onde irrépressible monta en lui et il se répandit en elle. Pourtant, il ne bougea pas et continua à la serrer contre lui, respirant bouche ouverte tant leur étreinte avait été frénétique.

Mais, alors qu'il la croyait repue, elle prit son visage entre ses mains et l'embrassa fougueusement, avec une telle passion qu'une seconde vague de désir s'empara de lui.

Il se remit à bouger et elle accompagna ses mouvements. Ensemble, ils atteignirent de nouveau l'orgasme, puis restèrent longuement enlacés. Brock était tellement bouleversé qu'il en aurait presque pleuré. Il n'avait plus vécu un tel moment depuis qu'elle l'avait quitté cinq ans plus tôt, et si elle repartait, il n'en vivrait plus jamais d'autres.

Tandis qu'il s'efforçait de mettre de l'ordre dans ses pensées et cherchait quoi dire, Zoe s'étira et croisa son regard.

— Je ferais mieux d'y aller, dit-elle d'un ton léger.

Elle sortit de ses bras, se mit à rassembler ses vêtements éparpillés un peu partout puis disparut dans la salle de bains. Il la regarda faire. Une fois encore, il s'était conduit comme un imbécile, songea-t-il amèrement.

Quand elle ressortit, il était lui aussi rhabillé et l'attendait.

— Nous devrons éviter que cela se reproduise, déclara-t-il.

— Arrête, Brock, ne songe même pas à me dire que ça ne t'a pas plu car je sais que c'est faux.

Il la fixa d'un air ahuri, et elle parut vaciller.

— Brock, je…

— Non, tais-toi, la coupa-t-il.

— Non, je comprends parfaitement ce que tu peux ressentir. Ecoute, nous étions convenus de nous concentrer sur l'objectif de retrouver Shayna et rien d'autre. Alors pourquoi ne pas nous en tenir à cela et laisser les aspects personnels de côté ?

Des aspects personnels ? C'était ainsi qu'elle appelait ses sentiments pour elle ? Cela lui déplut terriblement. Mais après tout, elle avait raison. S'il ne voulait pas risquer de sombrer corps et âme, il devait mettre ses sentiments derrière lui.

— Entendu, répondit-il en la raccompagnant à la porte.

Au moment de sortir, elle se retourna et lui posa une main sur le bras.

— Je suis désolée.

— Non, ne le sois pas. Quand tu seras rentrée, je te suggère de mettre par écrit ce que nous devrions entreprendre pour retrouver Shayna. Je ferai pareil de mon côté et, demain, nous comparerons nos conclusions.

Sur la route du retour, Zoe refusa de s'appesantir sur ce qui venait de se passer. Mama Bell avait raison. Seule Shayna devait les occuper.

Mais alors pourquoi cette idée lui serrait-elle la gorge aussi fort ?

Quel était son problème ? Elle avait fait l'amour avec Brock, ils avaient vécu un moment fantastique, et alors ? Depuis des années elle savait qu'il ne pourrait plus rien se passer d'autre entre eux. Elle aurait aimé qu'il fasse entièrement partie de sa vie, mais elle n'était pas en mesure de lui offrir ce qu'il méritait.

Des larmes coulèrent sur ses joues. Elle n'avait pas pleuré devant lui, c'était déjà ça. Sans doute avait-il pensé qu'elle avait fait l'amour avec lui seulement par nostalgie et parce qu'elle avait envie de passer un bon moment. Tant mieux. Mieux valait qu'il continue à la croire insensible, dénuée de sentiments. Même si c'était l'inverse.

Elle l'aimait, aujourd'hui comme avant.

Elle essuya ses larmes du revers de la main. Elle devait se le redire encore et encore : Brock méritait le meilleur. Il méritait de rencontrer une femme qui l'aimerait, mais qui pourrait aussi lui donner des enfants.

Elle tourna dans la rue des Bell. La voiture de Marshall était garée dans l'allée. Une pointe de culpabilité la traversa aussitôt. Depuis son retour, une semaine plus tôt, elle n'avait quasiment pas vu M. Bell, qu'elle considérait un peu comme son père adoptif. Elle n'avait pas trop insisté auprès de Mama Bell pour comprendre les raisons qui avaient poussé Marshall à quitter la maison quelque temps : avec la disparition de Shayna, Mama Belle vivait d'ores et déjà des moments difficiles.

Cependant, M. Bell lui avait manqué. C'était un homme au grand cœur qui s'était toujours montré adorable avec elle.

Elle sortit rapidement de sa voiture et entra dans la maison. Marshall était dans la cuisine, dos tourné à la porte.

— Enfin, te voilà ! s'exclama-t-elle avec chaleur en se dirigeant vers lui pour le prendre dans ses bras.

Il lui rendit son accolade d'un seul bras, d'un geste plus mécanique que chaleureux.

Zoe jeta alors un regard de côté : Mama Bell était assise

à la table de la cuisine, le visage dans les mains. De toute évidence, le couple venait de se disputer.

— Je suis désolée, soupira Zoe. Je vois que je vous dérange. Je vais aller faire un tour en ville et je rentrerai plus tard.

— Non, reste, répliqua Mama Bell. Marshall a quelque chose à te dire.

Marshall secoua la tête, visiblement très mal à l'aise.

— Eunice, s'il te plaît…

— Elle a le droit de savoir, le coupa Mama Bell. Dis-lui que…

Incapable de terminer sa phrase, elle se leva et quitta la pièce pour aller s'enfermer dans la salle de bains.

Zoe commençait à regretter d'être arrivée à ce moment précis. Marshall évitait de la regarder, ce qu'elle pouvait comprendre.

— Je vais vous laisser, répéta-t-elle. Je n'ai pas envie de me retrouver au milieu d'une querelle entre vous deux.

Alors qu'elle se préparait à quitter la pièce, M. Bell l'arrêta.

— Non, c'est certainement mieux que tu saches tout. Cela pourrait avoir un rapport avec la disparition de Shayna.

Zoe pivota lentement face à lui, pleine d'appréhension.

— Très bien. Je t'écoute.

— Tu ferais mieux de t'asseoir, lui suggéra Marshall, le visage sombre.

— Non, je te remercie, je préfère rester debout.

M. Bell marcha jusqu'à la fenêtre au-dessus de l'évier et regarda dehors en lui tournant le dos.

— J'ai eu une aventure, déclara-t-il enfin. La plus grosse erreur de ma vie.

Une aventure ? Elle s'était attendue à tout sauf à cela. Et quel était le rapport avec Shayna ?

— C'est arrivé par accident. Je ne l'avais pas du tout prévu, reprit-il en se retournant pour lui faire face. Au début, j'ai cru que ce n'était qu'un jeu sans conséquences, mais elle s'est montrée très insistante.

— Je vois, répliqua Zoe avec le plus de tact possible.

Désormais, elle comprenait mieux la tristesse de Mama Bell.

— Mais tout cela me semble très personnel, dit-elle doucement. Quel est le rapport avec Shayna ?

— Eh bien, ces derniers jours, j'ai beaucoup repensé au moment où son comportement a changé et, même si j'ignore comment, j'ai des raisons de croire qu'elle l'a appris.

L'appréhension de Zoe monta d'un cran.

— Avec qui as-tu eu une aventure ? osa-t-elle demander.

— Cristine.

Elle ne parvint pas à masquer sa surprise.

— Quoi ?

— C'est la vérité, Zoe. J'ai eu une aventure avec la meilleure amie de ma fille. Et, désormais, j'ai la certitude que Shayna l'a appris, qu'elle me déteste et que c'est pour cela qu'elle a disparu. Tu ne peux pas imaginer à quel point je me sens mal.

Zoe ferma les yeux.

— Quand est-ce arrivé ?

— Environ trois semaines avant sa disparition. J'ai immédiatement été pris de remords et j'ai déclaré à Cristine qu'il n'y aurait pas de suite, et elle n'a d'ailleurs pas insisté. J'ignore ce que Cristine a pu raconter à Shayna car, même après cet événement, elles ont continué à se voir et à sortir ensemble régulièrement. Mais Shayna n'était plus la même avec moi. Bref, je n'ai réussi qu'à faire en sorte que ma propre fille me méprise.

— N'oublie pas ton épouse, intervint alors Mama Bell

qui était ressortie de la salle de bains. Marshall, je veux que tu quittes cette maison sur-le-champ. Tu n'es plus le bienvenu ici.

Tête basse, sans un mot, Marshall Bell obtempéra. A peine eut-il fermé la porte derrière lui que Mama Bell actionna sèchement le verrou.

— Mama, déclara Zoe en s'approchant d'elle avec l'intention de la serrer dans ses bras.

— Non, ça va aller, répliqua Mama Bell en levant les mains pour montrer qu'elle n'allait pas s'effondrer. Je veux que tu parles sans attendre à Cristine pour déterminer ce que cette garce nous cache encore.

— Tu as raison. J'y vais tout de suite.

Elle parvint à serrer brièvement Mama Bell contre elle et à lui déposer un baiser sur la joue.

— Je t'aime.

— Moi aussi, je t'aime. Vas-y, maintenant. Il faut que tu retrouves ma Shayna.

Zoe acquiesça et quitta la maison.

Elle remonta en voiture et soupira plusieurs fois pour contenir sa colère. Cette histoire devenait de plus en plus folle. Qu'allait-elle encore apprendre ?

Elle démarra et mit la radio en marche pour se changer les idées. Une bourrasque de vent fit alors vaciller la voiture, tellement fort qu'elle se déporta sur la voie de gauche. Elle rétablit sa trajectoire et leva les yeux. D'énormes nuages noirs s'étaient amoncelés à l'ouest. Même si elle n'était plus revenue à Anniversary depuis cinq ans, elle était née au Texas et savait très bien ce que cela signifiait. Une violente tempête était sur le point de balayer la ville. Elle hésita. Devait-elle faire demi-tour et rentrer chez les Bell ou chercher à se mettre à l'abri en ville ? Elle était plus près de chez Brock et tous les immeubles modernes du Texas étaient équipés d'abris anti-tornades. Elle prit donc la direction de chez lui et fit de son mieux pour rester calme. Il y avait quelques voitures sur la route, mais tout le monde semblait ne pas vouloir s'attarder.

La pluie commença à tomber, très fort, rendant la visibilité difficile, et elle dut ralentir. Elle était presque arrivée. Avec un peu de chance, l'averse attendrait avant de se transformer en grêle.

Elle arriva devant l'immeuble de Brock. Heureusement, il était équipé d'un parking souterrain. Elle s'y engouffra sans hésiter et trouva rapidement une place libre. Elle se gara puis, sans attendre, rejoignit l'escalier pour monter à l'étage de Brock.

Elle sonna et il eut l'air abasourdi en lui ouvrant la porte.

— Viens vite, lui lança-t-il. Il y a un abri au bout du couloir.

Il la prit par la main et la tira derrière lui. A l'extérieur, le vent était de plus en plus fort et un grondement menaçant se faisait entendre.

Ils arrivèrent devant une lourde porte métallique.

— C'est ici, reprit-il.

Il l'ouvrit, l'incita à entrer, la suivit et referma derrière elle. Instantanément, ils se retrouvèrent dans l'obscurité et le silence.

10

Zoe ne put réprimer la panique qui montait en elle. Elle était claustrophobe.

Elle pensait être venue à bout de ce mal en s'habituant à prendre les ascenseurs new-yorkais, mais là, c'était différent. Ils étaient dans une petite pièce sombre, dépourvue de fenêtres. Un véritable espace confiné, duquel il était impossible de s'échapper.

Elle s'appliqua à respirer du mieux possible, comme son médecin lui avait appris à le faire.

— Tu as ton téléphone sur toi ? lui demanda Brock.

Figée sur place, elle tâtonna autour d'elle.

— Je ne trouve pas mon sac. C'est quoi au juste, cet endroit ? interrogea-t-elle à son tour en serrant les bras autour de son buste pour chasser les frissons nerveux qui s'emparaient d'elle.

— Un abri anti-tornades en béton armé, répondit Brock.

Elle chercha à s'accrocher à sa voix pour se rassurer. Espace confiné, obscurité. Non, elle ne devait pas penser à ces termes, sinon elle allait craquer.

— Essaie de respirer moins rapidement, sinon tu vas faire un malaise, reprit Brock.

Il lui passa un bras autour des épaules.

— Tout va bien, Zoe, nous sommes en sécurité.

Elle lui posa une main sur le torse puis y appliqua son

visage. Sentir sa force et sa chaleur lui firent du bien et elle parvint à respirer plus calmement.

— Tu es toujours claustrophobe ?

Elle acquiesça.

— Mais j'ai encore plus peur des tornades.

Il eut un petit rire.

— Nous avons eu de la chance d'avoir pu nous réfugier ici juste avant son arrivée. Il s'en est fallu de peu.

Petit à petit, elle recouvrait une respiration normale et des pensées positives la traversaient. Brock était là, avec elle. Elle ne risquait rien.

Soudain, il changea de position. Manifestement, la sentir contre lui ne le laissait pas de marbre. Elle éprouva une sensation semblable et chercha quoi dire pour ne pas laisser monter son excitation.

— Tu crois qu'une tornade est passée droit sur la ville ?

Il ne répondit pas tout de suite. Il lui avait posé une main en bas du dos et y décrivait de petits cercles. C'était un geste apaisant, presque sensuel.

— Non, je ne pense pas, dit-il enfin. Sinon l'alerte aurait été donnée plus tôt. Mais elle n'a pas dû passer très loin.

Elle voulut s'écarter de lui mais il la retint.

— Attends, c'est trop tôt.

— Brock…

Elle n'eut pas le temps de continuer. De ses lèvres, il effleura les siennes et elle ne put se retenir de se presser contre lui pour s'offrir à son baiser.

Soudain, il y eut un choc sourd à l'extérieur et tous deux sursautèrent.

— Tout va bien, déclara Brock.

Mais Zoe ne put retenir de nouvelles pensées inquiétantes. Un objet lourd était tombé contre la porte, ils étaient pris au piège. Elle recommença à respirer bouche ouverte, trop vite.

— Zoe, du calme, tout va bien se passer, insista Brock en la serrant de nouveau contre lui, mais cette fois-ci en se contentant de la réconforter.

Quelques instants plus tard, la porte de l'abri s'ouvrit en grand.

— Il y a quelqu'un ? Tout va bien ? appela une voix masculine tandis que le faisceau d'une lampe torche balayait les murs de l'abri, puis se fixait sur eux.

Zoe se protégea les yeux. Il s'agissait d'un pompier.

Alors, une odeur de fumée emplit l'abri.

— La tempête a fait chuter une ligne électrique et un incendie s'est déclenché dans l'immeuble, expliqua l'homme. Venez, il faut évacuer au plus vite.

Ils sortirent. La fumée venait du bout du couloir.

— Ton appartement ? s'écria Zoe en se tournant vers Brock.

En réponse, Brock poussa un juron mais suivit le pompier.

Quand ils furent dehors, des flammes sortaient de plusieurs fenêtres mais l'immeuble n'était pas entièrement en feu. D'instinct, Brock fit un pas en avant, mais un autre pompier s'interposa devant lui.

— Ne bougez pas, monsieur, c'est dangereux.

— Mais je vis ici, se justifia Brock.

— Je comprends, mais nous devons d'abord maîtriser complètement l'incendie avant d'autoriser quiconque à pénétrer dans l'immeuble pour récupérer quelques affaires. Ne vous inquiétez pas, ça ne devrait pas prendre trop longtemps.

— D'accord, répliqua Brock, résigné. Et quelle est la situation dans le reste de la ville, y a-t-il eu de gros dégâts ?

— Quelques arbres ont été arrachés sur Main Street,

mais le pire a été évité. A notre connaissance, il n'y a pas eu de victimes.

— Très bien, merci, je ne vous dérange pas plus longtemps.

Le pompier acquiesça puis rejoignit ses collègues.

Brock se retourna et chercha Zoe du regard. Elle était assise sur le hayon arrière d'une ambulance, une couverture autour des épaules. Elle semblait si seule, si frêle qu'il en eut le cœur serré. Il aurait voulu la prendre dans ses bras, mais il n'en fit rien.

Cette tempête était symbolique, songea-t-il. Selon toute vraisemblance, l'appartement où il vivait était au moins partiellement détruit. A terme, il devrait donc repartir de zéro et chercher un nouvel endroit où vivre. Et, avant cela, il faudrait absolument que Zoe et lui se parlent à cœur ouvert, sans rien se cacher.

Il reçut un message rassurant de sa sœur Eve, qui allait bien, puis reconduisit Zoe chez les Bell. Zoe était en effet venue chez lui avec leur voiture et, comme elle l'avait garée dans le parking souterrain de son immeuble, elle n'avait pu la récupérer, même si l'incendie ne s'était pas étendu jusqu'au parking.

Il leur fallut du temps pour atteindre la maison des Bell. De nombreuses rues étaient barrées à cause de chutes d'arbres ou de lignes électriques.

Quand, enfin, ils arrivèrent à destination, Zoe invita Brock à entrer avec elle, et, à leur vue, Mama Bell poussa un grand soupir de soulagement et les serra tous deux contre elle. Puis elle désigna la télévision qui diffusait précisément un reportage sur la tornade. A l'écran apparaissaient des arbres couchés, des bâtiments endommagés, mais d'après le commentaire aucune victime n'était à déplorer.

Zoe se dirigea vers la cuisine et chercha le pot de thé glacé que Mama Bell gardait en permanence dans son réfrigérateur.

— Vous voulez un verre de thé glacé ? proposa-t-elle depuis la cuisine.

Mama Bell la rejoignit.

— Va t'asseoir, Zoe, je m'en occupe. Tu as besoin de te reposer.

A ce moment-là, le téléphone sonna dans la pièce.

— Tu veux bien répondre ? demanda Mama Bell, qui avait trois verres dans les mains.

Zoe décrocha. C'était Marshall qui venait aux nouvelles.

— Nous allons tous bien, lui répondit-elle. Vous voulez parler à Eunice ?

Comme elle s'y attendait, il marmonna une excuse et mit rapidement fin à la communication.

Elle retourna dans le salon. Brock était en train d'y parcourir le répertoire de son téléphone.

— Il va falloir que je trouve un endroit où résider quelque temps, expliqua-t-il. Eve a déjà deux colocataires : elle ne pourra pas me dépanner.

Mama Bell revint à ce moment-là dans le salon.

— Tu peux rester ici, lui proposa-t-elle spontanément. Il y a suffisamment de place.

Zoe fut effrayée par cette perspective. Brock devait absolument dire non. Ils n'allaient quand même pas se retrouver sous le même toit…

— Merci, madame Bell, répondit-il. Je garderai votre proposition à l'esprit.

Il commencerait donc par chercher une autre solution. Zoe fit de son mieux pour ne pas afficher une mine coupable.

Mama Bell leur tendit à chacun un verre de thé puis leur offrit des cookies faits maison.

Zoe ne put résister, et ils discutèrent un petit moment. Puis Brock s'en alla en remerciant encore une fois Mama Bell d'avoir offert de l'héberger. Zoe eut envie de le serrer dans ses bras pour lui dire au revoir, mais elle n'osa pas et se contenta de lui adresser un petit signe de la main.

A peine Mama Bell eut-elle fermé la porte derrière lui qu'elle lui demanda des explications.

— Zoe, comment t'es-tu retrouvée en compagnie de Brock ? Je croyais que tu étais partie voir Cristine.

Elle lui narra brièvement le fil des événements.

— Eh bien, au moins vous en êtes sortis tous deux indemnes, c'est ce qui compte, déclara Mama Bell.

— Oui, c'est vrai, répliqua Zoe qui se sentait épuisée. Si ça ne t'ennuie pas, je vais aller m'allonger.

Elle rejoignit sa chambre et s'effondra sur le lit. Sans trop savoir pourquoi, elle éclata en sanglots. Cette tempête était à l'image de sa vie. Tout avait basculé brutalement, ne laissant que le chaos. Elle avait cru s'être reconstruite, mais elle désirait toujours l'inaccessible.

Brock se gara pour passer quelques coups de fil. Il devait à tout prix trouver une autre solution qu'aller vivre quelque temps chez les Bell. Savoir Zoe dans la chambre d'à côté allait le rendre fou ! Et puis, Zoe n'avait pas eu l'air très enthousiaste à l'idée qu'il vienne s'installer dans la maison. Sans doute parce qu'elle aussi avait songé qu'il leur serait difficile de résister à leur attirance mutuelle. Il fallait qu'il trouve une autre solution. Après tout, c'était lui qui avait déclaré qu'ils devaient résister à leurs pulsions.

Il appela plusieurs de ses proches. Hélas, personne n'était en mesure de l'héberger. D'autres maisons et appartements avaient été endommagés par la tempête et tout le monde avait déjà quelqu'un en plus chez lui.

En désespoir de cause, il roula jusqu'au seul hôtel de la ville. Mais, comme il s'y attendait, il était complet.

Il se résigna donc à appeler chez les Bell et le fit avant de changer d'avis.

— Je suis si heureuse de te rendre service, Brock, s'enthousiasma Mme Bell.

— Merci beaucoup, Eunice, répondit-il. Je vais faire un crochet par mon immeuble. Je pourrai peut-être monter chez moi et récupérer quelques affaires. J'arriverai dans la foulée. Vous pouvez annoncer la nouvelle à Zoe ?

Mme Bell acquiesça, et il reprit la route.

Zoe regardait un nouveau flash d'infos, consternée par l'étendue des dégâts. Ils avaient vraiment eu de la chance.

La sonnette de la porte d'entrée retentit et elle se leva pour aller ouvrir. C'était Brock, un sac à l'épaule. Elle en resta interdite.

— Je peux entrer ? lui demanda-t-il comme elle ne bougeait pas.

— Euh, bien sûr, bafouilla-t-elle en s'écartant du passage. Alors finalement tu vas t'installer ici quelques jours ?

— Mme Bell ne t'a pas avertie ? J'ai accepté son hospitalité jusqu'à ce que je puisse regagner mon appartement.

Elle en eut une boule au ventre. Mais, étrangement, ce n'était pas un malaise qu'elle éprouvait, au contraire, quelque part, elle était heureuse et son moral remontait.

— Salut, Brock ! intervint Mama Bell qui apparut derrière eux. Je t'en prie, entre. Ta chambre est au milieu du couloir. Zoe et toi devrez partager la même salle de bains, mais je ne pense pas que ça causera de soucis, n'est-ce pas ?

— Suis-moi, je vais te montrer où c'est, éluda Zoe qui partit en direction du couloir.

Il marchait juste derrière elle, et cette présence la troublait intensément. Pas de doute, savoir qu'il allait dormir dans la chambre mitoyenne serait une épreuve. Mieux valait s'y préparer.

Elle ouvrit la porte, alluma la lumière et le précéda à l'intérieur. La chambre d'amis était meublée d'un grand lit confortable.

— Je te laisse t'installer, dit-elle en évitant soigneusement de croiser son regard.

Un peu plus tard, Mama Bell ne put s'empêcher de leur préparer une petite collation et discuta avec Brock. Zoe les écouta silencieusement, à la fois heureuse et peinée. Si elle n'avait pas été obligée de fuir à New York et si, ensuite, elle n'avait pas perdu l'enfant qu'elle portait, sa vie aurait pu ressembler à cela. Brock et elle auraient pu se marier, avoir des enfants et partager de semblables moments en famille.

Craignant d'éclater en sanglots, elle s'efforça d'afficher un sourire et se contenta de suivre la conversation.

Quand ils se levèrent de table, Brock insista pour faire la vaisselle, malgré les protestations de Mama Bell. Zoe en profita pour s'excuser et se retirer dans sa chambre.

A peine eut-elle fermé sa porte que ses larmes coulèrent. Le destin s'acharnait contre elle. Elle ne cessait de vivre des moments qui lui rappelaient ce qu'elle avait raté et n'aurait jamais.

Elle inspira longuement pour se reprendre puis choisit un livre et se concentra dessus.

Plus tard, elle passa rapidement à la salle de bains pour éviter de croiser Brock et se prépara à se coucher.

Certes, elle fuyait, se cachait. Elle en avait bien conscience. Mais comment faire autrement ?

Enfin, malgré son tumulte intérieur, elle s'endormit.

Elle rêva de Brock. Des rêves tellement sensuels qu'elle faillit se lever pour aller voir s'il dormait. Mais elle se fit la leçon et retomba dans un profond sommeil.

Quand elle se réveilla le lendemain matin, elle se sentait beaucoup mieux. Elle prêta l'oreille. Etait-elle la première réveillée ? Apparemment, Brock était déjà debout et se préparait dans la salle de bains avant de partir au travail. Elle l'imagina nu sous la douche et le rouge lui monta aux joues. Non, si elle commençait la journée par de telles pensées, elle était fichue. Aujourd'hui, elle devait élaborer une nouvelle stratégie pour reprendre ses recherches de Shayna.

Elle se leva et enfila un jean, puis rejoignit la cuisine. Elle y prit une tasse de café, s'installa à la table et parcourut le journal du jour.

Quand la porte de la salle de bains s'ouvrit, elle se leva pour servir un café à Brock, ce qui lui permettrait de lui tourner le dos. Il aimait prendre son café noir, se souvenait-elle. Mais n'était-ce pas un réflexe d'épouse que d'agir ainsi ? Une légère panique l'envahit et elle s'efforça de rester naturelle quand il entra dans la pièce.

Qu'est-ce qu'il avait belle allure ! Son jean tombait sur ses hanches étroites et son T-shirt soulignait parfaitement son torse musclé.

— Bonjour, dit-il en acceptant la tasse de café qu'elle lui tendait.

Elle sortit des œufs du réfrigérateur pour ne pas avoir à le regarder.

— Tu veux des œufs brouillés ? lui proposa-t-elle. J'allais en préparer.

— Non, merci, répliqua-t-il. Je vais m'arrêter chez Joe's avant d'aller travailler. Eve ouvre le magasin, ce matin.

Zoe acquiesça et masqua sa déception.

— Merci pour le café, reprit-il en posant sa tasse dans l'évier. Nous nous reverrons plus tard dans la journée pour parler de Shayna.

— D'accord, à plus tard, répondit-elle en continuant à casser ses œufs.

Elle ne se retourna pas vers lui. Mais elle ne se détendit que lorsque la porte se referma derrière lui.

Elle fit cuire les œufs, les servit sur une assiette et s'attabla. Que lui arrivait-il ? Cherchait-elle à se convaincre, en dépit du bon sens, qu'il y avait quelque chose entre Brock et elle ? C'était stupide.

Après avoir fini son assiette, elle la déposa dans l'évier puis alluma son ordinateur, consulta ses mails et rédigea un court article sur son blog.

Quand il fut achevé, il était à peine 10 heures. Elle songea à aller parler au shérif mais, avec les dégâts de la tempête, le cas de Shayna devait avoir été relégué encore plus loin dans l'ordre des priorités de la police locale. Sans doute ferait-elle mieux d'aller en ville pour constater l'ampleur des dégâts et, par la même occasion, chercher à bavarder avec des personnes qui connaissaient Shayna et pourraient peut-être lui apprendre quelque chose d'intéressant.

Mama Bell se leva enfin. D'habitude, elle était matinale mais, depuis quelques jours, elle émergeait tard de sa chambre. Tandis qu'elle se servait un café, Zoe lui proposa de lui faire à manger.

— Merci, déclina Mama Bell, mais je vais me contenter d'un bol de céréales.

Elle semblait abattue, sans entrain. La veille, avec Brock, elle s'était montrée joviale, dynamique, mais ce n'était qu'une façade. En vérité, elle était dévorée par le chagrin, songea Zoe.

— Je vais aller faire un tour en ville pour me rendre compte des conséquences de la tempête. Tu veux m'accompagner ? lui proposa-t-elle.

— Non, merci, répliqua Mama Bell. Je veux être là au cas où quelqu'un appellerait au sujet de Shayna.

Zoe n'insista pas.

Mais alors qu'elle sortait, une voiture de police se gara devant la maison.

Une terrible appréhension s'abattit sur elle. Elle resta immobile, à fixer le véhicule.

Le shérif et son adjoint en sortirent, la mine grave.

— Que se passe-t-il ? demanda-t-elle d'une voix tremblante.

Roger Giles continua son chemin en évitant de la regarder.

— Je dois parler aux Bell, dit-il simplement.

— S'il vous plaît, insista-t-elle. C'est Shayna ? Mon Dieu, vous l'avez retrouvée ?

Le shérif n'eut pas le temps de répondre. La porte d'entrée s'ouvrit grand. Mama Bell sortit sur le seuil et regarda le shérif et son adjoint, qui se tenait en retrait.

Roger Giles prit une grande inspiration, ôta son chapeau et déclara d'une voix solennelle :

— Madame Bell, je suis au regret de vous informer que nous avons retrouvé le corps de votre fille.

Mama Bell leva les mains devant elle en un geste défensif, comme si le shérif avait dégainé son arme.

— Non ! cria-t-elle. Pas mon bébé. Pas ma Shayna !

Elle se prit le visage entre les mains et éclata en sanglots.

Une violente douleur transperça Zoe au même moment. Shayna était morte.

11

Sans se soucier de ses propres larmes, Zoe se précipita vers Mama Bell et la prit dans ses bras.

— Viens, Mama, retournons à l'intérieur.

Avec l'aide du shérif, elle la soutint jusqu'au canapé. D'abord, son mari l'avait quittée. Maintenant, elle apprenait que sa fille adorée était morte.

Zoe la serra longuement contre elle. Puis elle se força à regarder le shérif.

— Expliquez-nous ce qui s'est passé. Où l'avez-vous trouvée ?

Le shérif arpenta la pièce, comme pour se donner du courage, puis déclara enfin :

— La tempête a fait chuter des arbres sur l'ancienne route près du lac. Nous avons dû employer un engin de chantier pour la dégager. C'est pendant les manœuvres que nous l'avons retrouvée. Elle avait été sommairement enterrée juste en retrait de la route. Nous avons pu l'identifier grâce à ses papiers qui étaient toujours sur elle, même si le légiste devra confirmer qu'il s'agit bien de Shayna.

Zoe en eut la nausée. Cette ville était maudite. Après sa mère, son amie venait elle aussi d'y trouver la mort.

— Comment est-elle morte ? demanda-t-elle.

— Pour le moment, nous n'en savons rien, répondit

Roger. Tout ce que je peux vous dire, c'est que nous nous acheminons vers l'ouverture d'une enquête pour homicide.

Homicide. Meurtre.

Encore un acte de violence dans cette ville d'apparence si paisible.

Mama Bell tressaillit.

— Où est ma fille ? Je veux la voir !

— Elle est à la morgue du comté d'Henderson, indiqua le shérif, l'air de plus en plus mal à l'aise. Madame Bell, je dois vous avertir que la voir risque d'être une très pénible épreuve car…

— Assez, nous avons compris, le coupa Zoe. Merci beaucoup d'être venu. Je m'occuperai de prévenir le reste de la famille…

Le shérif et son adjoint acquiescèrent, présentèrent une fois de plus leurs condoléances et s'en allèrent.

Après les avoir raccompagnés à la porte, Zoe s'essuya les yeux et rassembla ses forces. Elle avait des appels à passer, à commencer par Marshall.

Les mains tremblantes, elle composa son numéro de portable et, quand il décrocha, elle lui répéta ce que le shérif leur avait appris.

— J'arrive tout de suite, répondit-il d'une voix étranglée.

La seconde personne qu'elle appela fut Brock. Elle avait besoin d'entendre sa voix, besoin de lui. Dès qu'il décrocha, elle ne put se retenir d'éclater de nouveau en larmes et elle lui apprit avec difficulté la terrible nouvelle.

Il lui promit d'arriver sans tarder, à son grand soulagement. Elle le remercia, raccrocha et retourna s'asseoir, trop éprouvée pour en faire davantage.

La mort de Shayna, ou plutôt son assassinat, changeait tout. Jusque-là, à peu près tout le monde s'était fait à l'idée qu'elle avait quitté la ville. Désormais, ils devaient retrouver son meurtrier.

Quelques minutes plus tard, Marshall pénétra dans la maison et, sans hésiter, se dirigea droit vers son épouse pour la prendre dans ses bras.

Zoe ne put retenir un soupir. Les voir de nouveau réunis dans de si affreuses circonstances était une épreuve supplémentaire.

Dix minutes plus tard, Brock, qui devait avoir bravé les limitations de vitesse, arriva à son tour. Son expression était un mélange de profonde tristesse et de colère.

— Une enquête pour homicide ! tonna-t-il en entrant. Alors maintenant que c'est trop tard, ils prennent l'affaire au sérieux ? Bon sang, chaque fois que j'ai parlé à Roger, il me répétait que Shayna était partie d'elle-même, il n'émettait aucun doute. Il était même parvenu à me convaincre.

— Quasiment tout le monde pensait la même chose, lui rappela Zoe.

— C'est vrai. Mais qui a pu la tuer, et pourquoi ?

Il s'exprimait avec fureur et semblait prêt à frapper dans les murs pour se calmer. Elle eut envie de le réconforter, de se serrer contre lui pour qu'ils se consolent mutuellement, comme le faisaient les Bell. Comme l'aurait fait un véritable couple. Ce qu'ils n'étaient pas, hélas. Elle resta sur place, les bras ballants.

— Nous parlerons de cela plus tard, reprit-elle en désignant les Bell de la tête. Pour le moment, nous devons penser à l'organisation des obsèques.

— Pas encore, intervint Mama Bell, d'une voix tremblante mais ferme. D'abord, je veux la voir. Je veux être certaine que ce n'est pas une épouvantable erreur.

Marshall releva à son tour la tête.

— Je suis d'accord, dit-il. Mais je me chargerai moi-même de l'identifier, Eunice.

Mama Bell ne protesta pas.

— Nous devrions prévenir le reste de la famille, proposa Zoe.

— Pas avant que nous l'ayons identifiée, insista Mama Bell.

Mais, cette fois-ci, elle ne put retenir ses larmes.

Zoe, qui luttait contre son chagrin, craqua à son tour. Brock fit un pas vers elle, mais elle le repoussa et quitta la pièce. Elle avait besoin d'être seule.

Le lendemain, Brock reçut un appel de Zoe : elle accompagnait les Bell à la morgue. Immédiatement, il lui proposa de les accompagner. Après une brève hésitation, elle accepta.

La veille, après être parti de la maison des Bell, il avait téléphoné à Roger Giles. Celui-ci lui avait affirmé que Shayna avait pu être identifiée avant tout grâce à ses vêtements et son permis de conduire.

Il se rendit chez les Bell, qui se tenaient côte à côte dans le salon, silencieux et prostrés. Apparemment, ils s'en étaient complètement remis à Zoe pour organiser ce déplacement à la morgue, même si c'étaient eux qui avaient insisté pour s'y rendre. Il était impressionné par sa force de caractère : pour elle aussi, c'était un coup terrible. Il était déterminé à rester près d'elle et à l'épauler du mieux possible.

Ils partirent tous quatre pour le bureau du shérif, Roger leur ayant promis de mettre une escorte à disposition pour les emmener à la morgue du comté de Henderson. Les Bell les attendirent dans la voiture pendant qu'ils se rendaient à l'intérieur. Dès qu'ils passèrent la porte, un agent que Brock connaissait bien vint à leur rencontre.

— Salut, Brock, le salua-t-il. Roger est en déplacement mais il m'a chargé de vous escorter à la morgue. Vous êtes prêts à partir ?

— Oui, nous le sommes, intervint Zoe. Nous vous suivons.

Le policier acquiesça et tous trois sortirent.

Sur la route, Brock réfléchit. Même si Mme Bell avait insisté pour voir Shayna, ils devraient faire leur possible pour lui éviter une vision traumatisante. Un peu plus tôt, Marshall l'avait d'ailleurs pris à part : il pourrait avoir besoin de son aide.

A la morgue, ils furent reçus par le médecin légiste.

— Shana a été formellement identifiée grâce à ses empreintes dentaires, leur apprit celui-ci.

Mais, au lieu de s'effondrer, Mme Bell insista de nouveau pour voir sa fille.

Le médecin leur présenta alors le corps, et Marshall et Brock durent maintenir fermement Mme Bell pour qu'elle tienne le coup.

Sur le chemin du retour, elle s'enfouit le visage dans les mains et sanglota en les ignorant tous.

De retour à la maison, Marshall s'enferma dans la chambre avec elle.

— Mieux vaut que nous les laissions seuls, soupira Zoe à l'intention de Brock.

— Je sais que nous sommes ébranlés et que ma proposition peut paraître déplacée, mais ça ne te dirait pas d'aller manger un morceau ? proposa-t-il alors.

Elle réfléchit un instant avant de répondre.

— Eh bien, c'est étrange mais j'ai tellement de chagrin que j'ai envie de me rouler en boule et de pleurer et, en même temps, je me dis que manger un morceau ne me ferait sans doute pas de mal. Tu avais un endroit en tête ?

Elle adorait le poisson grillé, se rappela-t-il soudain. Depuis qu'elle était revenue à Anniversary, des souvenirs de ce genre remontaient à la surface à l'improviste, sans prévenir.

— Que dirais-tu d'aller chez Sue's ? lança-t-il.

Le visage de Zoe s'éclaira.

— Chez Sue's ? Avec grand plaisir, je m'y suis toujours régalée.

— Alors allons-y, répliqua-t-il en résistant à l'envie de lui prendre la main.

Quand ils pénétrèrent dans le restaurant, d'autres réminiscences lui revinrent. Depuis le départ de Zoe, il avait dû se rendre une fois ou deux chez Sue's mais, en règle générale, il évitait de fréquenter les lieux chargés de souvenirs.

— Hé, Zoe ! s'exclama Tina, une des serveuses, qui vint vers eux et leur donna l'accolade. On m'avait dit que tu étais revenue et je me demandais si tu passerais ici.

— Eh bien, tu vois, je n'ai pas pu résister, répondit Zoe, qui tenta de sourire, sans vraiment y parvenir.

Tina la serra de nouveau contre elle.

— J'ai appris pour Shayna. Je suis sincèrement désolée, j'espérais qu'elle était partie et qu'elle allait bien.

— Oui, moi aussi.

Tina leur chercha une table à l'écart où ils seraient tranquilles. A peine installés et sans même ouvrir le menu, ils commandèrent deux verres de thé glacé et deux filets de poisson grillé.

Une fois que Tina fut repartie, Brock décida d'aborder une question qui le taraudait.

— A propos de ce qui s'est passé l'autre soir…

Zoe lui retourna un regard troublé.

— Enfin, Brock, tu souhaites vraiment parler de cela maintenant ?

— Pourquoi pas ?

— Ce n'est vraiment pas le moment. Et puis, tu as convenu toi-même que c'était une erreur.

Certes, parler de cela dans de telles circonstances était déplacé. Mais, justement, ce chagrin lié à Shayna pourrait prochainement en entraîner un autre.

— Et selon toi, reprit-il, pourquoi était-ce une erreur ?

— Parce que nous avons tous deux éprouvé le besoin de raviver les bons moments que nous avons vécus ensemble.

— Je vois. De toute façon, je suppose qu'après l'enterrement tu vas t'empresser de rentrer à New York.

A son grand étonnement, Zoe le fixa comme s'il venait de déclarer une énormité.

— Je n'irai nulle part tant que nous ne saurons pas qui a tué Shayna, rétorqua-t-elle.

Il déglutit, ébranlé par cette nouvelle.

— Mais le shérif a affirmé qu'une enquête allait être ouverte.

Zoe renifla de dédain.

— Cet idiot que tu appelles le shérif serait incapable de retrouver sa voiture sur un parking de supermarché. C'est un incompétent.

— Je comprends que tu lui en veuilles, d'ailleurs moi aussi je suis en colère contre lui. Mais il ne faut pas le juger trop vite et, de toute façon, nous devons respecter sa fonction.

— Respecter sa fonction ? Enfin, Brock, le shérif est sorti avec Shayna, je te rappelle.

Il haussa les épaules.

— Il est célibataire, il n'a commis aucune faute morale.

— Et tu ne trouves pas que le fait qu'il se retrouve chargé de l'enquête sur sa mort constitue un conflit d'intérêts ?

Il ne répondit pas tout de suite et observa Zoe, les yeux plissés.

— Tu ne sous-entends quand même pas que Roger aurait pu tuer Shayna ?

— Je ne ferais pas de lui le suspect principal mais je considère que tout est possible. Et je compte m'assurer qu'il mènera l'enquête en respectant la procédure et en interrogeant tous les hommes que Shayna…

— Zoe, la coupa-t-il en lui prenant la main. Roger s'est trompé en croyant que Shayna avait quitté la ville, c'est entendu. Mais il connaît son boulot. Alors maintenant qu'il sait qu'un crime a été commis, il va mettre les bouchées doubles. Et il n'est pas tout seul. Mac Riordan, par exemple, l'homme qui nous a escortés à la morgue, a travaillé pendant des années à Los Angeles. Ce n'est pas le premier venu.

Zoe parut se détendre légèrement mais n'en démordit pas.

— Le shérif doit interroger Cristine au plus vite.

— Je suis sûr qu'il le fera.

Soudain, il fixa la main de Zoe qu'il tenait dans la sienne et la lâcha comme si elle était brûlante. Si jamais quelqu'un les avait vus, on croirait qu'ils avaient renoué pour de bon. Il n'était pas certain d'avoir envie que des ragots soient colportés à droite et à gauche.

Il repensa ensuite aux paroles de Zoe. Un détail lui échappait.

— Tu dis que Roger doit interroger Cristine et, évidemment, je suis d'accord. Mais pourquoi, selon toi, doit-il le faire sans attendre ?

Zoe soupira et retira ses mains de la table.

— Avec l'enchaînement des événements, je n'ai pas eu le temps de t'en parler.

— Me parler de quoi ?

Zoe se pencha vers lui.

— Marshall a eu une aventure avec Cristine.

Il en resta bouche bée.

— Quoi ? Tu en es sûre ?

— Oui. Il l'a avoué à Mama Bell l'autre soir, avant que la tempête éclate. Mais le pire, c'est qu'il est persuadé que Shayna l'avait découvert.

— Quand ?

— Quelques semaines avant sa disparition. Marshall m'a dit que Shayna a commencé à l'éviter à peu près au moment où il a eu cette aventure avec Cristine. Cette liaison n'a pas duré et, apparemment, Cristine non plus n'était pas très fière de ce qui s'était passé. Mais, avec elle, on ne sait jamais trop à quoi s'en tenir.

— Je ne te le fais pas dire. Et donc, maintenant, Mme Bell est au courant ?

— Oui, et ils étaient sur le point de se séparer pour de bon avant que…

Elle dut s'y reprendre à deux fois pour finir sa phrase.

— … le corps de Shayna soit découvert.

Brock était complètement abasourdi. Avant la disparition de Shayna, la vie à Anniversary lui semblait tranquille, voire un peu morne. Comment avait-il pu passer à côté de tout ce qui se tramait sous la surface ?

— C'est bien triste, souffla-t-il. Je me sens désolé pour les Bell.

— Moi aussi. Et j'imagine ce que Shayna a pu ressentir si elle a bel et bien découvert que son père avait une liaison avec son amie. Je suppose que c'est Cristine qui lui en a parlé, mais elle n'en a jamais rien dit.

— Maintenant que nous savons que Shayna a été assassinée, je suis d'accord avec toi, il faut que Cristine vide son sac au plus vite.

— Absolument. Et avant l'enterrement, si possible.

Le dimanche suivant fut celui de la cérémonie. En attendant de se rendre au cimetière, Zoe fixa le ciel depuis la fenêtre du salon. Pourquoi était-il si radieux alors qu'on allait enterrer sa meilleure amie ? Le temps était aussi clair que l'atmosphère chez les Bell était sombre.

Marshall était revenu vivre à la maison, même si, implicitement, ce n'était que provisoire. Le soir, il discutait jusque tard dans la nuit avec Eunice. Il y avait encore beaucoup de reproches et d'amertume entre eux. Pour le moment, seul le chagrin les unissait. Zoe serra les poings. Certes, elle ne pouvait plus rien pour Shayna, mais elle pouvait encore faire quelque chose pour les Bell et pour elle-même. Elle retrouverait le meurtrier de son amie, même si elle ignorait comment s'y prendre.

Que sa meilleure amie ne soit plus de ce monde ne lui semblait toujours pas possible. La culpabilité la dévorait. Elle aurait dû lui rendre visite, ou bien faire en sorte qu'elle vienne la voir à New York. Si elle ne s'était pas montrée aussi passive, Shayna serait peut-être encore en vie.

Elle ressassait en boucle le fil des derniers jours. Quand le shérif était allé annoncer la nouvelle de la mort de Shayna à Cristine, cette dernière avait failli s'évanouir. Mais Roger Giles lui avait tout de même annoncé qu'elle devrait être interrogée. Il faisait son travail. Brock avait peut-être raison.

Elle-même avait essayé de joindre Cristine plusieurs fois. Mais, à chaque appel, elle était tombée sur le répondeur, et Cristine n'avait jamais rappelé. D'une manière ou d'une autre, elle avait dû apprendre que Marshall était revenu chez lui et deviné qu'il avait tout avoué à son épouse. Elle ne devait pas se sentir très fière. Mais il lui faudrait bien un jour ou l'autre assumer ses actes, s'agaça Zoe.

De leur côté, les Bell étaient enfermés dans leur douleur et leurs problèmes de couple. Elle n'arrivait presque plus à communiquer avec eux.

Elle essuya une larme. Sans Brock, elle se serait sentie bien seule ces derniers jours. Il ne l'avait pas laissée tomber. Au contraire. Il était toujours là pour la consoler, prêt à l'aider, notamment pour l'organisation des obsèques.

Deux heures plus tard, elle était au cimetière avec lui et les Bell. Presque toute la ville s'était rassemblée pour rendre hommage à Shayna. C'était à la fois émouvant et très éprouvant.

Brock se tenait près d'elle, et elle lui jeta un regard. Il avait l'air si sombre. Il devait être dans le même état d'esprit qu'elle, résolu à retrouver l'assassin. Au fond, c'était la seule chose qui la retenait encore ici. Sinon, elle aurait immédiatement plaqué cette ville maudite.

Après l'enterrement, tout le monde se retrouva pour une collation dans la sacristie de l'église. C'était une tradition à Anniversary. Zoe avait toujours trouvé cela bizarre, et les Bell s'y étaient résignés par souci de remercier tous ceux qui les avaient soutenus.

Mais après tout, se dit Zoe, c'était une occasion de rencontrer les gens qui connaissaient Shayna, de leur parler et, qui sait, de faire avancer l'enquête. Car le meurtrier avait forcément commis une erreur. Le crime parfait n'existait pas.

Elle s'approcha de Brock :

— J'aimerais parler au shérif. Je ne l'ai pas vu à l'enterrement.

— Il est là-bas, lui indiqua-t-il d'un mouvement de la tête. Il connaissait Shayna, il ne pouvait pas manquer d'être présent aujourd'hui.

— Il connaissait Shayna, en effet, au point d'avoir été intime avec elle. J'ai entendu dire qu'il avait commencé ses interrogatoires. Mais lui, qui va l'interroger ?

Brock ne répondit pas tout de suite.

— Je ne pense pas que Roger aurait pu faire du mal à Shayna, mais effectivement, nous ne devons négliger aucune piste.

— Il n'est pas moins suspect qu'un autre, tempêta Zoe. A ce que j'ai compris, Shayna passait d'une relation à une autre. Mais il y a des hommes qui ne supportent pas de se faire jeter du jour au lendemain.

— Je vois où tu veux en venir. Je le garderai à l'œil et j'essaierai moi aussi de lui parler.

— Très bien.

— J'ai repéré Cristine devant le buffet, reprit-il. C'est peut-être également le bon moment pour l'approcher.

— Tu as raison, allons-y.

Ils s'avancèrent doucement et Zoe s'installa sur une chaise libre à côté de Cristine. Celle-ci tenait une tasse de café à la main et, même à l'intérieur, conservait ses grosses lunettes de soleil.

— Je ne sais pas comment je vais supporter cela, déclara-t-elle d'une voix plaintive.

Elle empestait l'alcool, et Zoe eut un mouvement de recul.

— Cristine, tu as bu ? lui demanda directement Brock.

— Evidemment, répliqua-t-elle en leur adressant à tous deux un sourire amer.

Elle sortit une flasque de son sac à main et en versa ostensiblement une rasade dans sa tasse.

— Comment voulez-vous que je tienne autrement ?

Elle semblait sincère.

Brock fronça les sourcils.

— Tu es consciente que ce n'est pas une solution, dit-il avec sollicitude mais néanmoins fermement. Tu devrais en parler à un médecin.

Cristine lui retourna un geste agacé.

— La ferme, Brock McCauley. Depuis que tu ne touches plus une goutte d'alcool, tu es devenu d'un ennui mortel, alors épargne-moi tes sermons. Ce n'est pas le moment. Nous devons affronter cette épreuve du mieux possible, et moi je n'ai pas trouvé de meilleur moyen.

Brock acquiesça, la mâchoire serrée.

— Je te présente mes excuses, déclara-t-il d'un ton qui indiquait tout le contraire.

Puis, il s'éloigna vers la foule des invités.

— Il s'en va, tant mieux, lâcha Cristine à voix basse en se penchant vers Zoe. Je voulais te parler de lui, ajouta-t-elle.

— Cristine, peut-être serait-il préférable d'attendre que tu sois… sobre.

— Non, ça ne peut pas attendre. Je crois que Brock est coupable.

12

Zoe écarquilla les yeux, incapable de prononcer un mot.

— S'il y a bien quelqu'un qui peut le pousser à avouer, c'est toi, reprit Cristine.

Elle se retourna brièvement pour s'assurer que Brock ne pouvait pas l'entendre.

— Mais si tu abordes la question, Zoe, sois prudente. Je ne veux pas que tu deviennes sa prochaine victime.

Zoe réfléchit avant de poursuivre la discussion : elle parlait à une femme ivre.

— Cristine, je sais que tu tenais beaucoup à Shayna, mais…

— Oh oui, énormément, la coupa Cristine, en écrasant une larme.

— Mais jamais Brock ne…

— Chut, il est juste derrière nous, l'interrompit de nouveau Cristine. Il ne faut pas qu'il nous entende.

Elle but une nouvelle gorgée de son café « corsé », alors que Brock revenait vers elles.

— Qu'est-ce qui se passe ? s'enquit-il, sans doute intrigué par les coups d'œil que lui lançait Cristine et son attitude de conspiratrice.

— Oh ! je disais seulement à Cristine que nous aidons le shérif à mettre la main sur le meurtrier de Shayna, répondit Zoe.

— Vraiment ? releva Cristine, l'air intriguée. Et ça se passe comment ?

Brock intervint à son tour :

— Je n'irai pas jusqu'à dire que nous prêtons main-forte au shérif, mais…

— Allons, ne sois pas modeste, le coupa Zoe.

Elle réfléchissait tout en parlant : comment prévenir Brock que Cristine venait de l'accuser du meurtre de Shayna ?

— En fait, reprit-elle, Brock et moi nous sommes rendus au Hitching Post et nous avons parlé à plusieurs clients.

— Vous avez parlé à Mike, alors ? demanda Cristine. Vous pensez que c'est lui qui a fait le coup ?

— Il a un alibi et n'est a priori plus suspect, répondit Zoe.

— Alors vous pensez à quelqu'un d'autre ? insista Cristine.

— Peut-être, rétorqua Zoe, volontairement mystérieuse. Mais, tant que nous n'avons pas de preuves supplémentaires, nous ne pouvons pas en dire davantage.

Interloqué, Brock la fixa. Elle soutint son regard : allait-il enfin comprendre qu'elle bluffait et avait besoin de son soutien ?

Finalement, il acquiesça et resta silencieux.

— Peut-être pourrais-je vous aider, avança Cristine d'un ton un peu hésitant. Je suis une habituée de ce bar et tout le monde m'aime bien là-bas.

— Je garderai ta proposition en tête, la remercia Zoe, sans s'engager. Je pense que je vais aller manger un petit morceau, ajouta-t-elle pour changer de sujet. L'un de vous deux veut quelque chose ?

— Merci, ça ira pour moi, répondit Brock. Je me suis déjà servi.

— Je n'ai pas faim, répliqua Cristine, qui termina sa

tasse et se leva lentement, d'un pas incertain. Il faut que j'y aille.

Ils la regardèrent s'éloigner en silence.

— Je fais de mon mieux pour ne pas la juger trop sévèrement, dit Brock. Chacun se débrouille comme il peut avec son chagrin.

Il ne serait certainement pas aussi bienveillant s'il connaissait les accusations qu'elle venait de porter contre lui, songea Zoe. Mais elle ne dit rien. Ce n'était ni l'endroit ni le moment.

Cependant, elle était inquiète. Cristine était susceptible d'avoir parlé de ses soupçons à d'autres, y compris au shérif. Or, jamais Brock n'aurait touché à un seul cheveu de Shayna. Zoe en était convaincue, et elle ne laisserait pas Brock servir de bouc émissaire. Plus que tout, le meurtrier de Shayna devait payer pour son crime. Le *véritable* meurtrier.

Elle ferait part à Brock des accusations de Cristine dès qu'ils auraient quitté l'église.

Avec compassion, Brock observait les Bell, installés à l'opposé d'où il était. Des gens défilaient sans cesse à leur table pour leur présenter leurs condoléances. Marshall paraissait se lasser de devoir entendre les mêmes paroles et prononcer les mêmes remerciements en retour, tandis que son épouse restait stoïque et silencieuse, les yeux humides.

— Brock ? l'appela Zoe. Pouvons-nous y aller ? Je dois te parler.

— Oui, bien sûr.

Il fit de son mieux pour paraître calme mais, intérieurement, il redoutait ce qu'elle allait lui annoncer.

Elle attendit qu'ils soient en voiture, prêts à partir, pour s'exprimer :

— Cristine m'a dit qu'elle croyait que c'était toi le meurtrier de Shayna.

Il aurait dû s'en douter, mais ce fut néanmoins comme un coup à l'estomac.

— Bon sang, marmonna-t-il. Tu sais déjà qu'elle avait cherché à me rendre responsable de sa disparition, mais je pensais qu'elle s'était calmée, qu'elle était revenue à la raison. Je n'arrive pas à croire que…

— Je suis inquiète, le coupa Zoe en lui posant une main sur le bras.

— Pas moi. Je n'ai aucune raison de l'être.

— Mais tu es conscient qu'il y a de fortes possibilités que je ne sois pas la seule à qui elle ait fait part de ses soupçons.

Il mit le contact et sortit de sa place de stationnement.

— Peu importe. J'ai grandi ici, tout le monde me connaît. On ne la prendra pas au sérieux.

Zoe changea de position, visiblement nerveuse. Il s'efforça de garder les yeux sur la route et de ne penser à rien d'autre.

— Où allons-nous ? s'enquit-elle, comme s'ils allaient passer le reste de la journée ensemble.

— Je vais te déposer chez les Bell. Il faut que je fasse un saut au magasin pour trier quelques factures, mais je reviendrai vite pour que nous parlions de ce que nous pouvons faire pour aider la police.

— Ah, d'accord.

Elle semblait déçue, mais il refusa de revenir sur ses propos. En vérité, il n'avait rien de précis à faire de son après-midi, mais il avait besoin de se retrouver seul.

Quand il se gara devant la maison des Bell, elle se tourna vers lui avant de sortir.

— Merci, lui dit-elle avec solennité.

— Pour quoi ?

Elle se pencha vers lui et lui déposa un baiser sur la joue.

— Pour avoir été là. Je ne sais pas comment j'aurais traversé cette journée sans toi.

Puis, sur ces paroles, elle descendit de voiture et se dirigea vers la maison sans se retourner.

Il redémarra et porta la main à sa joue. Il dut se retenir de faire demi-tour. C'était une torture. Plus Zoe restait à Anniversary, plus il voulait qu'elle fasse définitivement partie de sa vie.

Après ce qu'elle lui avait infligé, il aurait dû la détester. Il la connaissait depuis l'enfance, ils avaient commencé à sortir ensemble quand ils étaient encore au collège. Il était alors persuadé que leur relation était spéciale. Ils avaient tout découvert ensemble, ne s'étaient jamais lassés l'un de l'autre. Elle était plus que sa copine, elle représentait une partie de lui-même.

Et soudain, sans prévenir, elle était partie. Son monde s'était effondré comme un château de cartes.

Pendant de longs mois, il avait cru qu'il ne le surmonterait pas. La vie sans Zoe, il ne savait pas ce que c'était.

Ensuite, son chagrin s'était mué en colère. Il avait refusé de se laisser détruire, il s'était persuadé que, s'il avait connu la passion avec Zoe, il pourrait la connaître avec une autre femme. Mais il avait eu beau essayer, il n'avait jamais retrouvé la même incandescence.

Il avait fini par se faire à l'idée qu'aucune autre femme ne lui ferait revivre ce qu'il avait éprouvé avec Zoe. Peut-être en allait-il de même pour elle.

Mais sans doute pas. Après être partie, elle n'avait jamais cherché à reprendre contact avec lui.

Il avait essayé de la haïr, sans vraiment y parvenir. Ensuite, il avait tenté d'apprendre l'indifférence. Hélas, il suffisait qu'elle lui sourie pour que tout ce qu'il avait enfoui en lui remonte à la surface.

Alors, si Zoe n'avait pas l'intention de rester pour de bon à Anniversary, mieux valait qu'elle s'en aille très vite. Pour cela, il fallait qu'ils mettent la main sans tarder sur le meurtrier de Shayna.

Son téléphone sonna. Il consulta l'écran : c'était Roger Giles, le shérif.

— Tu aurais quelques minutes à m'accorder ? lui demanda Roger. Nous pouvons nous voir au poste ou bien ailleurs si tu le souhaites.

— Je suis en voiture. Je peux être au poste dans cinq minutes.

— Ok, je t'attends.

Au moment de descendre de voiture devant le poste de police, son portable sonna de nouveau.

Cette fois, c'était Zoe.

— Je suis désolée de te déranger, dit-elle, mais je n'arrive pas à me sortir les propos de Cristine de la tête. Non seulement je ne supporte pas qu'elle t'accuse mais, si par malheur elle en a parlé à la police, ce sera une perte de temps supplémentaire qu'ils n'emploieront pas à rechercher le véritable assassin.

Qu'elle ait foi en son innocence lui fit chaud au cœur.

— Eh bien, il se pourrait que nous sachions rapidement à quoi nous en tenir car le shérif vient de m'appeler pour demander à me rencontrer. J'y vais de ce pas.

— Un interrogatoire ? s'exclama Zoe, horrifiée.

— Je ne sais pas. Mais si tu veux mon avis, Roger cherche plutôt à éviter que des rumeurs se mettent à circuler sur mon compte.

— J'espère que tu as raison mais ça ne me plaît pas. Tu veux que je vienne au poste pour te soutenir ?

C'était tentant, mais ça ne servirait pas à grand-chose.

— Non, merci, c'est inutile. Mais j'apprécie ton offre.

— Tu m'appelleras dès que tu seras sorti ? lui demanda-t-elle d'une voix triste.

— Promis.

Il raccrocha et refusa de s'attarder sur l'inquiétude de Zoe. S'il commençait à accorder trop d'importance à ce qu'elle ressentait pour lui, il était fichu.

Le shérif l'attendait à l'accueil du poste de police, flanqué d'un de ses adjoints et d'Agnes, qui l'observa avec un regard de reproche.

— Désolé de t'avoir dérangé, Brock, déclara le shérif. Allons dans mon bureau.

Brock lui emboîta le pas. L'adjoint du shérif restait juste derrière lui, comme s'il s'attendait à ce qu'il prenne la fuite.

Ils entrèrent dans le bureau et Roger lui désigna une chaise métallique.

— Assieds-toi, Brock. Je t'ai demandé de venir pour te parler de Shayna Bell.

Brock acquiesça, attendant la suite.

— Cristine Haywood est passée nous voir. Elle nous a tenu des propos que je juge pour le moins troublants.

Il n'imaginait que trop bien ce que Cristine avait pu raconter.

— Mais encore ? dit Brock, comme le shérif n'ajoutait rien d'autre.

Comme attendu, Cristine avait lancé des accusations contre lui. Son but était clair : le désigner comme responsable de la mort de Shayna.

Mais pourquoi ? Croyait-elle réellement à ses mensonges ? En tout cas, le shérif se voyait obligé d'en tenir compte et de le confronter à ces accusations.

— Premièrement, je n'ai jamais fait de mal à Shayna,

déclara Brock d'un ton calme. Deuxièmement, même si nous avions rompu et qu'elle envisageait de déménager, je le vivais bien. Au moment de sa disparition, nous étions redevenus de simples colocataires, rien de plus. Des amis, à la limite, mais c'est tout. Vous êtes sorti avec elle, alors vous devriez le savoir.

Le shérif lui adressa un sourire contrit mais, de toute évidence, il le considérait désormais comme un suspect.

Brock était écœuré. Il se sentait piégé. Pour la première fois, il avait vraiment peur. Si jamais ça tournait mal, il risquait de se faire arrêter pour un crime qu'il n'avait pas commis.

Et alors le véritable meurtrier passerait à travers les mailles du filet.

Brock l'avait dissuadée de venir au poste de police, mais Zoe ne pouvait rester sans rien faire. Brock était quand même en train de subir un interrogatoire. Cela la révoltait doublement : chercher à lui mettre la mort de Shayna sur le dos était une honte mais, en plus, pendant ce temps, l'assassin était libre comme l'air et personne n'était sur sa trace.

Elle monta en voiture et prit la direction du centre-ville, sans savoir ce qu'elle dirait une fois sur place.

Quand elle entra sur le parking, la voiture de Brock y était toujours garée. Tant mieux.

Elle pénétra dans le poste de police à grands pas. Agnes lui courut après, mais elle l'ignora et se dirigea droit vers le bureau du shérif.

La porte était fermée.

— Tu n'as pas le droit d'entrer, intervint Agnes.

— Je vais me gêner !

Elle prit une grande inspiration, frappa deux coups secs et, sans attendre de réponse, ouvrit la porte.

Roger et Brock tournèrent la tête vers elle. Le shérif parut surpris de la voir. Brock, lui, semblait plutôt résigné.

— Euh, Zoe…, bredouilla le shérif en se levant. Ce n'est pas le moment, je suis occupé.

— Je vois ça. Je suis venue pour parler à Brock.

Elle se tourna vers lui et reprit :

— Ne le laisse pas t'embrouiller. Appeler un avocat serait plus sage.

— Ce n'est pas la peine, Zoe, répondit Brock. D'ailleurs, je t'avais demandé de ne pas venir.

Le shérif parut troublé.

— Ecoutez, je ne fais que poser quelques questions à Brock. Il n'y a pas lieu de vous…

— Vous faites fausse route, le coupa Zoe.

Elle se tourna de nouveau vers Brock. Il avait le visage fermé et se tenait bras croisés, apparemment contrarié de son intervention.

C'était plutôt dur à digérer.

Le shérif se rassit et haussa les sourcils.

— Alors quoi ? Vous allez me dire comment je dois mener une enquête ?

— Pourquoi pas ? rétorqua-t-elle. Au départ, vous n'avez rien fait pour tenter de retrouver Shayna. Si vous vous étiez montré un peu plus entreprenant, elle serait peut-être encore en vie.

A ces paroles, Roger s'empourpra de colère.

— Nous avons fait ce qui était en notre pouvoir en l'inscrivant sur la base de données des personnes disparues et en interrogeant les gens qui la côtoyaient au quotidien. Nous ne pouvions pas faire davantage, je vous ai déjà expliqué pourquoi.

— Je comprends, je peux vous l'assurer, répliqua Zoe. Mais comment pouvez-vous considérer Brock McCauley comme suspect ? Si vous le connaissez un tant soit peu, vous devez être convaincu qu'il est incapable de faire une chose pareille.

— Zoe, déclara Brock, je pense que tu en as dit assez.

— Ce n'est rien, intervint à son tour le shérif, les yeux fixés sur Zoe. Vous devez comprendre que c'est mon travail de ne rien négliger.

Il lui adressa un demi-sourire, qu'elle ne sut interpréter.

— Je suis obligé d'interroger Brock, poursuivit-il. Je dois entendre tous ceux qui pourraient avoir eu un mobile de s'en prendre à Shayna, ma conviction personnelle n'a rien à voir là-dedans. Je suppose que vous ne souhaitez pas que je mène une enquête sélective ?

— Non, en effet, admit Zoe, un peu contrite. Mais j'aimerais vous aider.

Brock soupira, mais elle l'ignora.

Roger Giles croisa les bras et l'observa d'un air songeur.

— M'aider ? De quelle façon ?

— Je ne sais pas mais je dois bien pouvoir faire quelque chose.

Le shérif continua à l'observer et de nouveau un petit sourire s'esquissa sur ses lèvres.

— Que diriez-vous d'aller dîner avec moi ?

— Quoi ? s'exclama-t-elle.

— Je suis sérieux. Même les flics ont besoin de manger.

— Je…

Elle était tellement en colère qu'elle ne sut quoi répondre et jeta un regard à Brock. Lui aussi semblait furieux, mais il se taisait.

Roger Giles la fixait comme si elle était une proie.

— Ecoutez, je ne sais pas, bafouilla-t-elle. Je ne suis pas là pour…

— Vous n'avez aucune raison de refuser, la coupa Roger. A moins que vous ayez renoué avec Brock.

Elle comprit alors son petit jeu. Il avait lancé cette proposition pour déterminer si Brock et elle n'avaient pas renoué. Mais Roger imaginait-il sérieusement que Brock aurait pu tuer Shayna pour cette simple raison ?

— Non, nous ne sommes pas ensemble, dit-elle fermement. Et je veux bien dîner avec vous à condition que vous me teniez informée de la progression de votre enquête.

— Accordé.

Il lui adressa un grand sourire. Non seulement il était bel homme, mais également très retors, remarqua-t-elle alors. Quelle était la nature exacte de sa relation avec Shayna ? Si jamais c'était lui le coupable, pouvoir faire accuser Brock de son crime était le scénario idéal.

— Que diriez-vous de ce soir ? reprit-il.

Elle fut une fois de plus déstabilisée.

— Euh, je… à quelle heure ?

— Je passerai vous prendre à 19 heures.

— En avons-nous terminé ou bien avez-vous d'autres questions ? intervint Brock.

Roger resta songeur quelques instants.

— Non, je crois que ce sera tout pour le moment. Je te rappellerai si j'ai besoin de te demander autre chose.

Brock se leva et invita Zoe à le précéder. Il se tenait juste derrière elle et la colère semblait irradier de son corps.

Une fois qu'ils furent dehors, elle se retourna pour lui faire face.

— Ecoute, j'ai accepté sa proposition seulement parce que je ne savais pas quoi faire d'autre, commença-t-elle.

Il lui retourna un regard froid.

— Ce que tu décides de faire ou pas, ça ne me regarde pas.

Puis, il se dirigea à grands pas vers sa voiture.

Zoe était restée figée sur place, à le regarder s'éloigner, mais Brock refusa de se retourner ou même de jeter le moindre regard dans son rétroviseur.

Elle avait accepté d'aller dîner avec Roger Giles alors qu'elle ne cessait de lui répéter qu'elle ne le supportait pas. Pourquoi ?

Plus que tout, il était furieux de ressentir une telle jalousie. Pourtant, Zoe n'était pas à lui, elle avait le droit de sortir avec qui elle voulait. En outre, une femme aussi belle ne manquait pas d'attirer les convoitises et, en cinq ans, elle avait dû fréquenter un nombre d'hommes conséquent.

Certes, ils avaient refait l'amour ensemble, mais c'était par nostalgie, rien de plus, lui avait-elle affirmé. Sauf que pour lui, ce n'était pas cela, et il en souffrait.

Il soupira. Il allait passer une soirée pénible, à devoir lutter contre son envie de faire le tour de la ville pour chercher à savoir où étaient allés Roger et Zoe.

Il serra le volant et rassembla ses forces pour recouvrer le contrôle de ses émotions. Il y avait bien longtemps qu'il n'avait pas éprouvé une telle colère.

Il alla au magasin mais fut incapable de faire quoi que ce soit le reste de l'après-midi.

Peu après 19 heures, il se retrouva avec ses clés de voiture en main, prêt à retourner en ville. Il n'avait rien d'un voyeur et aurait dû éviter toute possibilité de croiser Zoe et Roger. Mais il avait besoin de se changer les idées d'une manière ou d'une autre : il allait dîner chez Sue's.

Au moins, il était certain de ne pas y rencontrer Roger et Zoe : s'ils voulaient avoir un peu d'intimité, jamais ils n'iraient là-bas. Cette réflexion suffit à lui provoquer une boule au ventre.

Une fois sur place, il commanda un verre de thé glacé, une sole grillée et observa les autres clients du restaurant.

La plupart des gens étaient en famille et, de près ou de loin, il connaissait quasiment tout le monde. Se retrouver au milieu d'une atmosphère bon enfant, dans un de ses endroits préférés de la ville où il avait grandi le calma un peu.

Soudain, Marshall Bell pénétra dans l'établissement. Il semblait tout seul, ce qui intrigua Brock. Depuis la nouvelle du décès de Shayna, Eunice et lui semblaient s'être plus ou moins réconciliés. Pourtant, Marshall était bel et bien tout seul.

Ce dernier le repéra et se dirigea vers sa table.

— Ça t'ennuie si je me joins à toi ?

Marshall avait le visage marqué, comme si le chagrin lui avait provoqué de nouvelles rides.

— Bien sûr que non, asseyez-vous.

A peine fut-il assis que Tina, la serveuse, s'avança vers lui, un menu à la main. Marshall passa commande.

Une fois Tina repartie, il s'installa plus confortablement et poussa un soupir las.

— Vous tenez le coup ? lui demanda Brock.

— Du mieux possible, mais j'ai vécu la pire semaine de ma vie. Et toi, comment ça va ?

Brock haussa les épaules.

— Ça va, dit-il sans s'étendre.

Ça allait à peu près s'il oubliait Zoe. Pourquoi donc avait-elle accepté de sortir avec Roger ?

Marshall l'observait d'un air songeur.

— Je ne suis pas très doué pour parler sentiments, déclara-t-il, alors je n'en ferai rien, Brock. D'autant que je n'ai pas envie de fondre en larmes au beau milieu d'un restaurant bondé.

Brock acquiesça.

— Je ne sais que vous dire.

— Alors ne dis rien, répliqua Marshall, qui s'éclaircit la gorge avant de continuer. Zoe tient un blog, tu sais. Shayna en avait parlé à sa mère et toutes deux le lisaient fréquemment. Je ne suis d'ailleurs pas certain que Zoe soit au courant.

Un blog ? se répéta Brock. Personnellement, il allait sur internet avant tout pour passer ses commandes professionnelles et lire ses mails. Il fronça les sourcils. Que voulait exactement lui apprendre Marshall ?

— D'après mon épouse, reprit celui-ci, ce blog est très populaire. Je suis allé y faire un tour l'autre jour. Zoe y a rédigé un éloge funèbre pour Shayna, mais elle y écrit également de nombreux articles très intéressants. Ce sont avant tout des sujets féminins, mais basés sur son expérience personnelle. Très instructifs, si tu vois ce que je veux dire.

Mais Brock n'en avait aucune idée.

Marshall sortit un papier et un stylo de sa poche, nota quelque chose et lui tendit le papier.

— Tiens, c'est l'adresse de son blog. Tu devrais aller y faire un tour aussi. C'est étonnant comme on découvre qu'on croit connaître une personne et qu'en fait on se trompe.

Sur ce, leurs plats arrivèrent, et la discussion en resta là.

De retour de son dîner avec Roger, Zoe se sentait sale, et surtout coupable.

— Quelle idée de sortir avec cet homme ! lui lança Mama Bell, qui était seule à la maison.

— Je ne suis pas vraiment sortie avec lui, rétorqua Zoe. Je lui ai d'ailleurs très vite fait comprendre qu'il était hors de question qu'il se passe quoi que ce soit entre nous et il ne s'en est pas formalisé. J'ai accepté ce dîner seulement pour tenter de savoir où en était l'enquête sur la mort de Shayna.

Mama Bell parut dubitative.

— Et tu comptes toujours rentrer à New York dès que tu le pourras ?

— Je ne sais pas, confia doucement Zoe. Je me sens tiraillée. J'adore vivre à New York mais, à Anniversary, j'ai l'impression d'être chez moi.

— Et ici il y a Brock, ajouta Mama Bell sans hésiter.

Zoe soupira.

— Brock. Je ne sais pas quoi dire à ce propos.

— Tu l'aimes toujours, n'est-ce pas ? reprit Mama Bell d'une voix douce et apaisante.

Zoe faillit fondre en larmes.

— Je ne sais que penser, répondit-elle d'une voix incertaine. Tu sais, il a sa vie, et moi j'ai la mienne, alors…

— Est-ce qu'il t'a pardonné ?

Cette question la prit de court.

— Je n'en ai pas l'impression. Et puis, je n'arrive pas à aborder directement la question avec lui. En fait, j'espérais que le temps avait fait son œuvre et qu'il ne m'en voulait plus.

Tout en prononçant ces paroles, elle réalisa sa naïveté. Il y avait des blessures trop profondes pour que le temps suffise à les refermer. En outre, elle ne s'était jamais complètement pardonné à elle-même, alors comment Brock aurait-il pu le faire ?

— J'ai provoqué un vrai désastre, ajouta-t-elle avec tristesse.

— Il ne faut pas tout prendre avec une telle gravité, tu sais.

Une fois encore, Zoe fut surprise par les propos de Mama Bell.

— Une telle gravité ? Que veux-tu dire par là ?

— Tu te comportes comme si rien n'était jamais anodin. Mais ce n'est pas parce que vous avez un passé commun que vous ne pouvez pas vous revoir, discuter ensemble, échanger des souvenirs… Ça peut être une simple amitié.

C'était sans doute vrai dans l'absolu, se dit Zoe, mais pas pour eux deux.

— Le problème, c'est que notre relation oscille sans cesse entre amour et haine. Alors je ne vois vraiment pas comment nous pourrions un jour devenir de simples amis.

— Dans ce cas, il faut te poser la question de ce que tu désires réellement. La vie est trop courte pour passer à côté de ses aspirations profondes et je dois t'avouer que j'ai toujours pensé que Brock et toi vous seriez heureux ensemble. Je sais pourquoi tu es partie après le meurtre de ta mère mais, quand l'assassin a été arrêté, j'étais persuadée que tu reviendrais.

C'étaient exactement les mêmes mots que Brock. Elle en eut alors assez de garder son secret pour elle toute seule. Elle avait besoin de se libérer de son fardeau, et elle ne pouvait plus le faire avec Shayna.

Pourtant, le moment était venu.

13

Zoe prit une grande inspiration et se pencha vers Mama Bell.

— Il y a quelque chose que tu ne sais pas et que je dois te dire. Après le meurtre de ma mère, j'ai fui pour échapper aux menaces de son assassin. Mais j'ai également fui parce que Brock me mettait la pression et voulait qu'on se marie au plus vite. Bien sûr, j'étais certaine de l'aimer, mais nous étions très jeunes et j'aurais préféré attendre. Ensuite, j'ai appris que j'étais enceinte. A ce moment-là, j'étais déterminée à revenir pour tout avouer à Brock, j'attendais seulement la fin du procès du meurtrier de ma mère pour être certaine qu'il irait en prison et n'en sortirait pas.

Mama Bell l'écoutait avec une expression égale. Zoe marqua une pause.

— Continue, l'incita Mama Bell.

— Ma grossesse ne s'est pas bien passée et, à environ douze semaines, j'ai perdu le bébé.

Même si cinq ans étaient passés depuis ce douloureux épisode, en parler était toujours une épreuve. Heureusement, le regard de Mama Bell s'emplit de compassion.

— Je suis désolée, Zoe, soupira-t-elle.

— Moi aussi, répliqua Zoe, sans aller plus loin dans son récit.

— Mais je ne comprends pas, reprit Mama Bell comme le silence s'installait. Tu n'es pas revenue parce que tu as perdu l'enfant de Brock ? Pourtant, je le connais bien. Il a lui aussi vécu son lot d'épreuves et il en est ressorti plus fort. Il aurait pu t'aider à surmonter ta douleur et, à deux, ç'aurait été plus facile.

Zoe acquiesça, ce qui laissa Mama Bell perplexe.

— J'imagine que tu en étais toi-même consciente, alors qu'est-ce qui t'a retenue de revenir ?

Zoe fit une grimace de douleur et secoua la tête.

— Eh bien, après ma fausse couche, j'ai appris que… je ne pourrai plus jamais avoir d'enfants.

Spontanément, Mama Bell la prit dans ses bras et la serra fort contre elle.

— Je suis désolée, ma chérie, dit-elle en lui caressant les cheveux. Je sais combien tu avais envie d'avoir des enfants.

— Pas seulement moi, répondit Zoe, sans pouvoir retenir ses larmes. C'est pour cela que je ne suis pas revenue malgré l'incarcération de l'assassin de ma mère. Brock a toujours désiré avoir des enfants, encore plus que moi. Je n'avais le droit de le priver de cette envie.

— Alors tu as préféré rester loin de lui, répliqua Mama Bell en la couvant du regard. Tu as voulu lui épargner une vie sans enfants.

— Oui, exactement, acquiesça Zoe entre deux sanglots.

Un poids énorme la quittait. En parler lui faisait un bien fou, elle n'était plus seule avec son pesant secret. Et Mama Bell semblait la comprendre.

— Pourtant, aujourd'hui, Brock n'a toujours pas d'enfants, lui fit remarquer Mama Bell.

— C'est vrai, reconnut Zoe. J'aurais cru qu'il en aurait déjà deux ou trois.

Mama Bell laissa passer quelques secondes puis reprit :

— Zoe, as-tu pensé à laisser Brock choisir de lui-même ? Dis-lui la vérité, et laisse-le décider de ce qu'il désire en toute connaissance de cause.

— Non, je ne peux pas, répliqua Zoe. Brock a un cœur énorme, et je suis sûre qu'il prendrait sur lui pour ne pas passer pour un égoïste. Mais ce serait un sacrifice et je n'ai pas le droit de lui infliger cela.

— Oh ! ma chérie ! Je pense que tu te trompes. Laisse-lui une chance. Même s'il ne veut pas renoncer à son désir d'enfants, au moins, tu seras fixée.

Ses paroles étaient pleines de sagesse. Zoe acquiesça et promit d'y réfléchir, même si la perspective de tout avouer à Brock la terrorisait.

Ce serait plus facile pour elle de retourner à New York. Et plus lâche, surtout, lui glissa sa petite voix intérieure. Cependant, elle ne se sentait pas la force de tout dire à Brock, au risque de se voir rejetée. Elle finirait par s'en aller. C'était certain.

Le lendemain, Brock fut constamment occupé au magasin. Il avait eu l'intention de lire le blog de Zoe, mais pas l'occasion. Le papier sur lequel Marshall Bell avait noté l'adresse traînait à côté de l'ordinateur du magasin.

Et puis, avait-il vraiment envie de lire les articles de Zoe ? Un blog, c'était un peu comme un journal. Elle avait commencé à le tenir à son arrivée à New York. Soit après son départ d'Anniversary. Ce blog, c'était le symbole de sa vie là-bas, sans lui. Est-ce que ça n'allait pas le faire souffrir de s'y plonger ?

Il préféra se concentrer sur son quotidien, son travail, sur tous les aspects rassurants de sa vie. Il en avait besoin.

Heureusement, les gens lui parlaient normalement et ne cherchaient pas à l'éviter même si, inévitablement, la rumeur de son interrogatoire par le shérif s'était répandue en ville. Il y avait certainement une minorité de gens qui le considéraient comme suspect, voire coupable, mais ça, il n'y pouvait rien.

Tant que les personnes qu'il appréciait, qu'il considérait comme ses amis, ne changeaient pas d'attitude à son égard, il pouvait faire avec.

Dans la journée, certains clients étaient même allés jusqu'à l'assurer de leur soutien en souhaitant que l'enquête progresse vite et que le meurtrier soit mis sous les verrous.

Mais peu avant la fermeture, alors qu'il commençait à compter la caisse, Zoe pénétra dans le magasin. Il fit comme si de rien n'était, même s'il aurait préféré éviter de la voir.

— Salut, dit-elle doucement. Comment ça va ?

— Bien, mentit-il en gardant les yeux baissés sur le tiroir-caisse.

— Tu sais, après avoir dîné avec le shérif…

Elle s'interrompit, comme si elle ne savait pas comment tourner sa phrase.

— Enfin, ce que je voulais te dire, Brock, c'est que tu ne dois pas t'inquiéter. Il ne te considère pas vraiment comme suspect et il ne s'acharnera pas sur toi.

Du calme, McCauley, se dit-il. Des émotions contradictoires le traversaient. Il était toujours en colère qu'elle soit sortie avec Roger Giles et, en même temps, il avait envie de la prendre dans ses bras, de l'embrasser pour lui prouver qu'il n'y avait qu'avec lui qu'elle devrait aller dîner, lui et aucun autre.

— Va-t'en, dit-il, incapable de gérer ce qu'il ressentait.

— Brock, je voulais seulement…

Son cœur battait très fort, il commençait à transpirer.

Il fallait qu'elle s'en aille, sinon il ne répondait plus de ses actes.

— Zoe, va-t'en, s'il te plaît. Maintenant.

Au lieu de lui obéir, elle avança de quelques pas et se campa face à lui, mains sur les hanches.

— Je ne comprends pas ton attitude. Pitié, ne sois pas comme ça.

— Et comment suis-je censé me comporter, alors ? s'emporta-t-il. Tu débarques dans le bureau du shérif, soi-disant pour m'aider, alors que je t'avais demandé de ne pas le faire et, finalement, quand tu repars, c'est avec la promesse d'un dîner en tête à tête avec Roger. Et tu attends de moi que je le vive bien ?

— Un dîner en tête à tête ? répéta-t-elle, sidérée. Enfin, tu crois sincèrement que je suis sortie avec lui pour passer un moment en toute intimité, parce qu'il me plaît ? Tu me fais une crise de jalousie, c'est ça ?

— Non, pas vraiment, prétendit-il, se sentant stupide. Je suis bien conscient que je n'ai pas le droit de te reprocher quoi que ce soit puisque nous ne sommes pas ensemble.

Elle lui retourna un regard blessé qu'il eut du mal à supporter.

— Brock, je préférerais de loin être en termes amicaux avec toi.

Amicaux. Il commençait à détester tous les mots qui se rapportaient à l'amitié. Il n'avait pas envie d'être son ami.

— Tu crois vraiment que c'est facile d'oublier ce que tu m'as fait ? lui asséna-t-il.

Le regard de Zoe brilla de colère et elle s'avança encore plus près de lui.

— Tout ce que j'ai fait, je l'ai fait parce que je n'avais pas le choix. Je suis partie pour protéger ma vie et ne pas mettre les Bell en danger.

Il n'y avait pas que cela, il en était désormais convaincu, mais elle s'obstinait à le lui cacher.

— Oui, je sais, tu me l'as déjà dit, Zoe. Mais il y a autre chose, pas vrai ? Que refuses-tu de me dire ?

Elle resta interdite. La colère refluait d'elle, laissant place à de la peur. Mais que redoutait-elle qu'il apprenne ?

— Tu as raison, acquiesça-t-elle, je ferais mieux de m'en aller.

Elle tourna les talons, mais il fut plus rapide qu'elle et se posta devant la porte pour lui bloquer le passage.

— Zoe, franchement, est-ce que je ne mérite pas la vérité ?

Elle baissa la tête et, quand elle la releva, ses yeux étaient luisants de larmes.

— Il n'y a rien à raconter, affirma-t-elle. Le passé, c'est le passé.

— Sauf que si tu me racontais tout je comprendrais enfin pourquoi tu n'es pas revenue, ce que j'ignore, aujourd'hui comme hier, rétorqua-t-il du ton le plus ferme possible, refusant de se laisser attendrir par ses larmes.

— Non.

Elle prononça ce mot sur un ton définitif et, avec détermination, le poussa pour l'écarter du passage et s'en aller.

Il ne trouva pas la force de l'arrêter et, le cœur lourd, la suivit du regard. Elle courut jusqu'à sa voiture, mit le moteur en route et démarra.

A cet instant, il se fit le serment que, d'une manière ou d'une autre, il percerait le secret de Zoe. Quand le meurtrier de Shayna aurait été arrêté, elle souhaiterait repartir à New York mais, cette fois, il ne la laisserait pas s'en aller sans explications. Si elle devait lui briser le cœur une seconde fois, au moins, il saurait pourquoi.

Après l'humiliante entrevue avec Brock au magasin, Zoe fit tout son possible pour l'éviter quand il était chez les Bell. Chaque fois qu'elle le voyait se garer devant la maison, elle s'enfermait dans sa chambre et sautait même le dîner, prétendant travailler. Ce qui était vrai dans la mesure où elle se consacrait à son blog, rédigeait des articles et programmait à l'avance leur publication. Au moins, ainsi, elle ne culpabiliserait pas de négliger son travail pendant qu'elle cherchait des indices pour remonter au meurtrier de Shayna.

Elle était toujours déterminée à atteindre cet objectif. Mais, pour cela, elle devait se remettre les idées en place. Il y avait tant de problèmes non résolus autour d'elle. Non seulement le meurtrier de Shayna était toujours libre, mais le mariage des Bell était menacé et sa relation avec Brock toujours tendue. Tout cela lui provoquait trop d'émotions qu'elle ne parvenait plus à gérer. Elle en avait la nausée.

Pour ne pas exploser, elle s'appliqua à traiter les problèmes les uns après les autres. Elle ne pouvait pas faire grand-chose pour les Bell, c'était avant tout à eux de décider s'ils avaient envie de se donner une seconde chance ou pas. Quant à ses rapports avec Brock, elle préférait ne pas y penser pour le moment.

Cela lui laissait donc un seul sujet sur lequel se concentrer : la mort de Shayna.

Il serait probablement utile de retourner au Hitching Post. Shayna s'y rendait régulièrement, c'était là-bas qu'on l'avait vue en vie pour la dernière fois. Et même si Mike disait la vérité, rien ne prouvait que d'autres clients n'avaient pas des informations à lui transmettre, d'autant que Shayna n'était plus une personne disparue et que tout le monde savait qu'elle avait été tuée.

Sa décision était prise. Cependant, elle se voyait mal y

retourner seule. Et il n'y avait que deux personnes à qui elle pouvait demander de l'accompagner : Cristine ou Brock.

Brock ne s'attendait pas du tout à ce que Zoe vienne frapper à sa porte au petit matin. Après la scène du magasin, il avait remarqué son petit manège pour l'éviter, et il n'avait rien fait pour que ça change.

Pourtant, quand il lui ouvrit la porte, un soulagement mêlé d'excitation le saisit.

— Bonjour, Brock, lui dit-elle avec un sourire.

— Bonjour, répliqua-t-il en cherchant à adopter un ton sec, sans vraiment y parvenir. Qu'est-ce que tu veux ?

— Ne t'inquiète pas, je te jure que ça n'a rien de personnel, l'avertit-elle en entrant dans la chambre sans même y être invitée.

Il se fourra les mains dans les poches pour se donner une contenance et attendit qu'elle développe.

— Je vais retourner au Hitching Post, dit-elle en le fixant droit dans les yeux, comme pour le mettre au défi de protester. Et j'aimerais que tu viennes avec moi.

Même si l'idée lui déplaisait, il admirait sa ténacité. Sauf qu'il n'y avait probablement plus grand-chose à découvrir là-bas.

Comme il ne disait rien, elle haussa les épaules.

— Si tu ne veux pas m'accompagner, tant pis, j'irai seule.

Elle n'avait pas besoin d'en dire davantage pour le prendre au piège. Jamais il ne la laisserait retourner toute seule dans ce bar. Elle le savait pertinemment.

Sa dernière chance, c'était de la raisonner.

— Allons, Zoe, tu sais que la police s'y est déjà rendue pour interroger les gens qui connaissaient Shayna.

— Je sais, oui. Tout comme je sais qu'il y a des gens qui, par principe ou pour d'autres raisons moins avouables, refusent de collaborer avec les autorités.

Evidemment, ce n'était pas faux.

— Et tu penses que toi, en revanche, tu seras plus à même de les faire parler ?

— En quelque sorte.

Elle faisait preuve d'une telle conviction qu'il n'était pas loin d'être convaincu.

Ils restèrent quelques instants silencieux à se dévisager et une force intangible lui sembla circuler entre eux. Il n'aurait pas su en expliquer la teneur mais elle avait dû la ressentir également, car son regard s'agrandit légèrement.

Il n'osa pas bouger ni s'approcher d'elle et continua de la fixer, mains dans les poches. Elle finit par pousser un petit soupir et tourna les talons, prenant manifestement son silence pour un refus.

— Désolée de t'avoir dérangé, déclara-t-elle.

— Attends, s'écria-t-il alors qu'elle avait déjà la main sur le bouton de la porte. Je viendrai avec toi, Zoe. Je me maudis de te désirer encore, mais je me maudirais davantage si jamais il t'arrivait quoi que ce soit.

— Merci, répondit-elle, la main toujours sur le bouton. Ça me touche énormément. On se retrouve ici vers 19 heures.

Il acquiesça. Au temps pour sa résolution de ne plus la voir.

Quand il quitta la maison des Bell, il fit un crochet par son immeuble pour s'enquérir de l'avancée des travaux de déblaiement. Après réfection, son appartement serait de nouveau habitable mais, pour le moment, il était toujours inaccessible.

Il prit ensuite la direction de la marina, accrocha son

bateau à sa Chevrolet et prit la direction du lac pour aller pêcher. Se retrouver seul au calme lui avait toujours fait du bien. Chaque fois qu'il pensait à Zoe et à la soirée à venir, il se forçait à songer à autre chose.

Quand il retourna chez les Bell, il alla droit dans sa chambre, sauta sous la douche puis passa un jean et une chemise propres. Il était prêt.

Il se prépara à devoir se retrouver face à Zoe en tenue sexy et fut complètement pris de court quand il entra dans le salon. Elle était vêtue d'un simple jean et d'un chemisier uni.

— Quoi, pas de minijupe ni de talons hauts, ce soir ? lui demanda-t-il, faisant de l'humour pour dissimuler sa déception.

Mais il était soulagé, très soulagé, même. Il aurait moins de difficultés à réfléchir normalement.

— Inutile, répliqua-t-elle. Ce soir, je ne compte pas camper un personnage. Je vais là-bas dans le seul but de poser quelques questions.

— Des questions que la police a certainement déjà posées, lui fit-il remarquer.

Elle haussa les épaules.

— Possible, mais on me parlera peut-être plus facilement.

— Et pourquoi donc ? s'enquit-il en inclinant la tête.

— Parce que Shayna était mon amie, déclara-t-elle solennellement.

Il ne trouva rien à répondre et n'insista pas.

— Bien, alors allons-y, déclara-t-il en lui tendant spontanément la main.

Quand elle la prit, une sensation familière de bien-être le réchauffa. Il avait envie de la serrer contre lui. Cela le contrariait, mais c'était ainsi.

Ils montèrent en voiture. Puis il démarra et mit la radio : il n'avait pas très envie de faire la conversation.

A son grand soulagement, elle tourna la tête pour regarder par la vitre et écouta la musique. Mais quand un standard de blues démarra, des larmes perlèrent à ses yeux noisette, remarqua-t-il.

Mince.

Il se gratta la nuque et lui jeta un nouveau regard.

— Euh, Zoe, ça va ?

— Oui. Enfin, non, dit-elle en reniflant. C'était la chanson favorite de Shayna.

— Ah, désolé, répliqua-t-il en coupant la radio.

Il n'eut pas le cœur de lui avouer la vérité : Shayna avait depuis longtemps cessé d'écouter du blues et de la country. Elle préférait le hard-rock.

— Quelles questions comptes-tu poser exactement ? Le shérif a déjà interrogé Mike. Nous savons que c'est la dernière personne à avoir vu Shayna vivante mais nous n'avons aucune preuve qu'il lui a fait du mal. Shayna a été retrouvée près du lac mais le colocataire de Mike a témoigné qu'il était rentré chez lui au moment où Shayna a passé un appel. Donc, à ce moment-là, elle était encore en vie.

— Je sais. Mais nous ignorons si elle a appelé quelqu'un d'autre que toi pour qu'on vienne la chercher. Comme tu n'as pas répondu, c'est fort possible. L'autre soir, je n'ai pas pensé à demander au shérif si Cristine lui avait remis le téléphone de Shayna.

— Si, elle l'a fait. Mais je suis le dernier qu'elle a appelé et c'est en partie pour cela qu'il a souhaité m'interroger. Il voulait savoir si j'étais allé chercher Shayna ou pas.

Zoe soupira.

— Quelqu'un est certainement allé la chercher. Il a toujours le téléphone ?

— Je pense, oui. Mais tu sais, si Shayna était ivre, elle a très bien pu faire du stop et tomber sur un déséquilibré.

— J'y ai songé, admit-elle en se mordant la lèvre inférieure.

Ils se garèrent devant le bar. Il était tôt mais le parking était déjà bondé.

— Ils doivent faire des happy-hours pour qu'il y ait autant de monde, suggéra Brock en se garant.

— Oui, j'imagine. Vas-tu m'expliquer pourquoi tu ne bois plus une goutte d'alcool ? lui demanda-t-elle en lui adressant un regard en coin.

Il poussa un long soupir. Il en avait assez des secrets. Mais lui parler de cela…

Il déglutit et se lança.

— A une époque, je m'étais mis à boire trop et c'était devenu un problème.

Il ne précisa pas pourquoi il s'était mis à boire. Zoe devinerait sans problème…

— Quand j'ai compris que j'étais sur la mauvaise pente, je suis allé voir un médecin pour obtenir quelques conseils et j'ai réussi à redevenir sobre. Depuis, je ne me risque plus à tenter le diable.

Dans son esprit, il n'y avait rien de plus à ajouter, et à sa grande satisfaction, Zoe ne posa pas d'autre question. Elle ouvrit sa portière sans un mot.

Il s'empressa d'en faire de même, sortit, contourna le véhicule et l'aida à descendre. D'où ils étaient, la musique à l'intérieur du bar résonnait déjà.

Mais tandis qu'ils se dirigeaient vers l'entrée, Zoe lui demanda :

— N'est-ce pas difficile pour toi de te rendre dans un bar et de te retrouver entouré de gens qui boivent de l'alcool ?

— Si, avoua-t-il sans s'étendre.

Elle acquiesça.

— Je comprends. Si j'avais su, jamais je n'aurais osé te demander de m'accompagner.

— Non, ne dis pas ça, s'empressa-t-il de répliquer. Je n'ai aucune envie d'être traité différemment des autres.

— Pourquoi ne m'en as-tu pas parlé avant ?

Aussitôt elle se mit à rougir, comprenant certainement le piège qu'elle venait de se tendre.

— Pour la même raison que toi tu ne me dis pas tout, je suppose, rétorqua-t-il sans hésiter.

Elle détourna le regard et il poussa un soupir las. Il aurait aimé savoir ce qu'elle lui dissimulait, mais ce n'était pas du tout le moment.

Ils atteignirent la porte du bar, et il la tint ouverte pour elle.

Cette fois-ci, personne ne prêta attention à leur arrivée. Quelques types observèrent Zoe mais Brock leur retourna un regard sévère et ils n'insistèrent pas.

Mike était installé à la même place au bout du comptoir que le premier soir et Zoe se dirigea droit vers lui.

Quand Mike l'aperçut, il parut avoir envie d'être ailleurs. Leur avait-il caché quelque chose ? se demanda Brock.

En tout cas, Mike se leva, termina la bière qu'il avait devant lui et posa un billet sur le comptoir. Mais Zoe le retint par le bras. Il fit alors volte-face et leva la main, comme s'il s'apprêtait à la frapper.

Brock s'empressa de se poster à côté de Zoe.

— Encore un geste comme celui-ci et vous le regretterez.

— Alors dites à votre copine de ne pas me toucher, riposta Mike, nullement impressionné.

— Excusez-moi, intervint Zoe, je souhaitais seulement vous dire un mot.

— Je vous ai déjà dit tout ce que je savais, répliqua

Mike, sur un ton définitivement hostile. J'ai dû m'expliquer plusieurs fois à la police. A cause de cette femme, c'est le bazar dans ma vie !

— Vous parlez de Shayna ? s'indigna Zoe. La femme avec qui vous avez passé la soirée, que vous avez laissée partir et qui s'est fait assassiner ? C'est elle que vous appelez *cette* femme ? Ma meilleure amie ?

Mike baissa les yeux, visiblement conscient d'avoir été maladroit.

— Ecoutez, je suis désolé pour votre amie, mais je vous jure que je ne suis pour rien dans ce qui lui est arrivé. La police m'a innocenté.

— Je sais. Je voulais seulement savoir si un détail de ce qui s'était passé ce soir-là vous était revenu.

Mike secoua négativement la tête.

— J'ai déjà tout dit à la police, je n'ai rien à ajouter.

— Je vous offre une bière, proposa Brock. Vous comprenez, Shayna était non seulement la meilleure amie de Zoe, mais c'était aussi ma colocataire.

Mike avait apparemment du mal à résister quand on lui offrait une bière. Il acquiesça et répliqua :

— Très bien. Mais vite. Après, il faut vraiment que j'y aille.

Un quart d'heure plus tard, ils laissèrent Mike terminer son verre et s'éloignèrent.

— C'était une totale perte de temps, déclara Brock.

— Pas tout à fait, contra Zoe. Il a répété plusieurs fois que Cristine suivait Shayna partout. Alors où était-elle le soir de sa disparition ?

— Je suppose que Roger lui a posé la question mais, effectivement, j'aimerais bien le savoir.

A ce moment-là, Zoe tressaillit.

— Eh bien, le moment est peut-être venu d'en avoir le cœur net. Regarde qui vient d'entrer.

Il le devina avant même de se retourner. Cristine traversait la salle à grands pas.

— Tu vois, nous ne sommes pas venus pour rien, reprit Zoe, il y a plein de monde à qui parler.

— Allons-y, lança-t-il, résigné.

Mais Zoe le retint.

— Attends un peu. Elle ne nous a pas vus et j'aimerais d'abord regarder comment elle va se comporter.

Cristine approcha du bar et s'adressa au serveur. Elle ne cessait de se lisser les cheveux et d'adresser des sourires aux hommes qui passaient près d'elle. Soudain, elle repéra Mike, qui n'était finalement pas parti et était toujours installé sur son tabouret. Sans hésiter, Cristine se dirigea vers lui et le salua en lui déposant un baiser sur la joue. Mike lui dit quelques mots. Cristine se retourna vivement et se mit à regarder de tous côtés. Fatalement, elle finit par les voir.

Son expression changea radicalement et elle s'avança vers eux.

— Qu'est-ce que vous faites là, vous deux ? leur demanda-t-elle.

Brock répliqua le premier.

— Qu'est-ce qu'il y a, Cristine ? Zoe et moi, nous sommes venus boire un verre, c'est tout. Pourquoi ?

Cristine les observa alternativement en plissant les yeux et semblait chercher ses mots.

— C'est seulement qu'ici c'était notre endroit favori, à Shayna et moi. Alors vous y voir me fait un peu bizarre.

— D'accord, mais il y a assez de place pour tout le monde, nous ne te dérangeons pas, insista Brock.

— Non, répliqua Cristine, mais Mike m'a dit que vous lui aviez cassé les pieds avec des questions.

Zoe lui opposa un sourire.

— Nous ne resterons pas longtemps, n'aie crainte. Mais puisque tu es là, j'aurais une seule question à te poser. Apparemment, Shayna et toi, vous sortiez toujours ensemble. Alors, où étais-tu le soir de sa mort ?

14

Cristine eut un mouvement de recul, nota Brock, comme si Zoe l'avait giflée.

— Ecoute, Zoe, tu n'as aucune idée du style de vie que Shayna et moi menons… enfin, menions. Si l'une d'entre nous rencontrait quelqu'un, l'autre la laissait tranquille. C'était un accord entre nous.

— Donc, si je comprends bien, répliqua Zoe, toi tu étais partie avec quelqu'un et Shayna était toute seule ici quand Mike l'a abordée ? C'est ça ?

— C'est exactement cela. Maintenant, si l'interrogatoire est terminé, excuse-moi, j'ai des gens à voir.

Sans attendre de réponse, elle tourna les talons.

Ils la regardèrent tous deux s'éloigner en silence.

— Et maintenant ? demanda-t-il à Zoe.

— Je veux savoir avec qui était Cristine le soir où Shayna a été tuée.

— Moi aussi, renchérit-il. Après toutes les accusations qu'elle a proférées contre moi, je ne vais pas la lâcher. Et puis, elle ne l'a certainement pas fait par hasard. Elle en sait davantage qu'elle le prétend, c'est sûr.

— Oui, je suis d'accord. Je ne pense pas que Cristine soit directement responsable de la mort de Shayna, mais elle a au minimum une idée de l'identité du meurtrier.

— Possible. Viens, allons-y, lança Brock en se dirigeant vers la porte.

Mais Zoe le retint.

— Non, pas encore. Asseyons-nous, il y a une table libre, dit-elle en s'y installant, un sourire aux lèvres.

Il tira la chaise à côté d'elle et l'observa avec méfiance.

— Qu'est-ce que tu as encore en tête ?

— J'aimerais prendre un verre et observer les allées et venues. On ne sait jamais ce qui peut arriver.

Ce n'était pas faux. Il héla une serveuse, à qui il commanda un soda et Zoe un verre de shiraz.

Ils sirotèrent leur verre pendant au moins trois quarts d'heure, mais Cristine ne revint pas et il ne se passa rien de particulier.

Brock se sentait un peu idiot de rester avec Zoe à bavarder du magasin, des Bell et d'autres sujets encore, mais en même temps il y prenait un certain plaisir. Ils ressemblaient presque à un couple comme les autres, sorti se détendre.

Enfin, Zoe but une dernière gorgée et déclara :

— Tu es prêt à partir ?

Il acquiesça d'un petit signe de tête et se leva.

Tandis qu'ils se dirigeaient vers la sortie, Zoe resta juste à côté de lui, et cela suffit à le bouleverser. La vie ne pouvait-elle être plus simple ? Et eux un couple venu se changer les idées, sur le point de rentrer à la maison ?

Alors qu'ils traversaient la salle, il chercha Cristine du regard mais elle n'était nulle part. Apparemment, leur présence dans son « antre » l'avait tellement contrariée qu'elle était partie sans tarder. Mike semblait avoir fait de même.

Il jeta un regard à Zoe. Elle aussi tournait les yeux dans toutes les directions.

— On dirait que nous avons fait fuir Cristine.

— Peut-être que Mike et elle sont allés se réfugier dans un endroit plus discret.

— Oh ! répliqua Zoe en faisant la grimace. Tu crois réellement qu'elle serait capable de coucher avec lui alors qu'il est le dernier à avoir vu Shayna vivante ?

— Qui sait ? Elle est tellement spéciale.

Elle acquiesça d'un air songeur.

Ils sortirent du bar, traversèrent le parking et étaient presque arrivés à la voiture quand, soudain, une silhouette émergea de l'ombre. C'était un homme avec un chapeau de cow-boy et une grosse veste, alors que la température était très clémente. Ce détail mit Brock en alerte.

— Zoe, dit-il tout bas.

— Quoi ? demanda-t-elle en s'arrêtant net.

Il lui posa une main en bas du dos.

— Avance et ne te retourne pas.

Il continuait à surveiller l'homme derrière eux du coin de l'œil. Alors qu'ils arrivaient à hauteur de sa voiture, celui-ci s'agita et tendit le bras. Il tenait une arme et la pointait sur eux !

— Baisse-toi ! s'exclama-t-il, prenant Zoe par les épaules pour plonger au sol avec elle et la protéger de son corps.

Un coup de feu retentit et la lunette arrière de la voiture vola en éclats.

— Ça va ? s'enquit-il.

— Oui, ça va, répondit Zoe qui s'était seulement égratigné les coudes.

Mais au moment où elle voulut se relever, un second coup de feu résonna.

— Ne bouge surtout pas, lui ordonna Brock. Si jamais nous nous retrouvons à découvert, nous sommes fichus.

Zoe l'observa, les yeux agrandis d'effroi.

— Le meurtrier de Shayna devait être dans le bar, il n'y a pas d'autre explication possible. As-tu vu le visage de ce type ?

— Non, répliqua-t-il.

Ils étaient juste à côté de la portière côté conducteur.

— Je vais ouvrir la portière, chuchota-t-il. Monte dans la voiture, mais en restant sur le plancher. Je vais essayer de démarrer le moteur et de nous faire détaler au plus vite. D'accord ?

— D'accord.

— Bien. A trois, j'ouvre la portière. Un, deux, trois !

Il tendit le bras, ouvrit le plus grand possible et aida Zoe à se glisser dans le véhicule. Puis il monta à son tour et inséra la clé de contact. Il la tourna et le moteur se mit en route du premier coup.

Mais le plus dur restait à faire. Il devait réussir à conduire quasiment à l'aveugle. Une autre voiture entra alors sur le parking et se gara sur une place libre. Très vite, plusieurs personnes en descendirent en riant. C'était leur chance. Le tireur ne prendrait certainement pas le risque d'être repéré, escompta Brock.

Il se redressa de quelques centimètres, enclencha la marche arrière, donna un coup de volant, passa la première et enfin repartit en marche avant sur les chapeaux de roue, dans un crissement de pneus.

Il n'y eut pas de nouveaux tirs.

— Appelle le shérif, dit-il à Zoe une fois qu'ils furent à plus de deux cents mètres du bar. Il faut qu'il envoie des hommes au Hitching Post sans tarder.

— Tu ne crois pas que nous devrions les attendre ? interrogea-t-elle.

— Non, hors de question que nous restions dans les parages alors qu'un type nous a tiré dessus.

— Où allons-nous, alors ?

— Au bureau du shérif. Comme ça, pendant que des policiers seront sur place, nous ferons notre déposition. Ça gagnera du temps.

Zoe put enfin se rasseoir normalement sur son siège, mais elle se mit à trembler de tous ses membres. Elle était incapable de se contrôler.

— Tu es en état de choc, déclara Brock, en se garant devant le bureau du shérif. Viens-là, ajouta-t-il en débouclant sa ceinture de sécurité.

Il la prit dans ses bras et la tint contre lui en silence. La tête posée sur son torse musclé, elle retrouva son calme : la tension reflua de son corps et ses tremblements se calmèrent.

— Ça va mieux ? s'enquit-il.

— Oui, répondit-elle. Allons faire notre déposition.

Au poste, l'agent au standard leur apprit que Roger était parti avec plusieurs hommes au Hitching Post dès que leur appel avait été transmis, puis un autre agent que Brock connaissait les conduisit dans son bureau pour prendre leur déposition. Le temps qu'ils répondent à ses questions et que tout soit consigné par écrit, près d'une heure était passée. Quand ils en eurent terminé, Zoe était épuisée et ne put s'en cacher. Brock lui offrit son bras lorsqu'ils quittèrent le poste et elle l'accepta de bonne grâce pour rejoindre la voiture.

De retour à la maison, Zoe s'excusa et rejoignit sa chambre au plus vite. Elle s'allongea tout habillée sur son lit, se roula en boule et ferma les yeux.

Quand elle se réveilla, il était plus de 10 heures le lendemain matin. Brock était déjà parti travailler et Mama Bell regardait la télévision dans sa chambre.

Depuis l'enterrement de Zoe, c'était le même rituel : Mama Bell passait la majeure partie de la journée dans sa chambre et Marshall partait le matin et revenait le soir, quasiment sans dire un mot et semblant traîner sa peine comme un boulet.

Jamais l'atmosphère chez les Bell n'avait été aussi sombre et Zoe commençait à avoir du mal à le supporter. Toutefois, se rassurait-elle, la situation s'améliorerait quand le meurtrier de Shayna aurait été arrêté.

Qu'on ait tiré sur eux la veille au soir prouvait que la clé de l'énigme était bel et bien le Hitching Post. Si elle n'obtenait pas rapidement de nouvelles du bureau du shérif, elle appellerait elle-même pour en avoir.

En attendant, elle s'assit à la table de la cuisine, pour travailler à son blog, tout en restant disponible au cas où Mama Bell éprouverait le besoin de parler.

Elle pensait également beaucoup à Brock et, plusieurs fois, elle prit son téléphone pour l'appeler. Mais, chaque fois, elle renonça au dernier moment.

Soudain, son téléphone sonna. Elle consulta l'écran : il s'agissait de la responsable d'une maison d'édition de New York, avec qui elle était en contact et qui souhaitait publier un livre à partir de son blog. Le projet avait été validé par ses supérieurs et verrait prochainement le jour, lui apprit-elle.

C'était une nouvelle fantastique. Dans d'autres circonstances, Zoe en aurait hurlé de joie.

Mais là, une fois qu'elle eut raccroché, elle eut envie de pleurer. A New York, elle aurait pu appeler ses amis pour leur apprendre la nouvelle et fêter cela avec eux. Ici, à Anniversary, sa meilleure amie n'était plus là et la seule personne à qui elle avait envie d'en parler, c'était Brock. Mais elle ne pouvait pas le faire. Bien sûr, Mama

Bell s'était toujours intéressée à elle mais, étant donné ce qu'elle vivait en ce moment, elle n'avait aucune envie de la déranger avec cela.

Zoe releva la tête. Après tout, cette nouvelle lui mettrait peut-être du baume au cœur et pourrait l'aider à oublier un peu son chagrin.

Elle traversa la maison et frappa doucement à la porte de Mama Bell. Celle-ci lui répondit d'entrer d'une voix sans éclat.

Zoe ouvrit la porte. Mama Bell était assise sur son lit, toujours vêtue de son pyjama et les yeux gonflés, comme si elle venait de pleurer.

Zoe faillit renoncer à lui annoncer la bonne nouvelle mais pénétra quand même dans la pièce et alla s'asseoir à côté d'elle.

— Viens déjeuner avec moi, lui dit Zoe doucement en lui passant un bras autour des épaules.

— Je n'ai pas faim.

— Et depuis quand n'as-tu rien avalé ?

Mama Bell se contenta d'un haussement d'épaules.

— Je t'interdis de me dire non, insista Zoe. Allez, va te préparer et ensuite, nous irons déjeuner où tu voudras.

— A l'extérieur ? s'exclama Mama Bell, horrifiée. Hors de question, je ne quitte pas la maison. Si nous rencontrons des gens que je connais, ils viendront m'assurer de leur soutien, me redire combien ils sont désolés pour Shayna, et j'en passe. Je n'y suis pas prête.

C'était effectivement prématuré, songea Zoe.

— D'accord, acquiesça-t-elle, nous resterons ici. Je vais nous préparer à manger. Qu'en dis-tu ?

Mama Bell lui retourna un regard perplexe.

— Toi, cuisiner ? Tu as pris des cours à New York ?

Parce que, autant que je me souvienne, tu savais à peine faire bouillir une casserole d'eau.

Zoe ne prit pas ombrage de cette réflexion. Au moins, elle avait obtenu une réaction, c'était mieux que rien.

— Et si j'allais nous chercher un plat tout prêt, alors ? Nous pourrions manger sur la terrasse, il fait beau. D'accord ?

Mama Bell finit par accepter. Zoe éteignit la télévision, lui fit promettre de prendre une douche et de s'habiller puis partit en ville, de meilleure humeur que ces derniers jours.

Même si elle n'avait pas fait part de la bonne nouvelle à Mama Bell, elle avait de quoi se réjouir. Et même si elle regrettait de ne pouvoir partager cette nouvelle avec Brock, cela lui rappelait qu'elle avait une vie loin d'Anniversary, qui lui apportait son lot de satisfactions.

Elle ne devait pas l'oublier.

Brock avait laissé Eve s'occuper des clients du magasin et rangeait la réserve. Ou plutôt, il essayait, car il avait du mal à se concentrer. Il ne pouvait s'empêcher de ressasser. Si par malheur Roger ne coinçait pas rapidement le type qui leur avait tiré dessus la veille, il se mettrait lui-même en chasse.

Zoe aurait pu y laisser la vie, et cette pensée le mettait en rage. Et puis, ce tireur était peut-être aussi le tueur de Shayna.

Aussi, quand Roger l'appela pour lui demander de venir au poste, il ne se fit pas prier.

Quand il sortit de voiture, Zoe arrivait également.

— Roger t'a appelée ? interrogea-t-il, étonné.

Elle acquiesça.

— J'espère qu'il ne nous a pas fait venir pour rien.

— Oui, moi aussi.

Ils pénétrèrent ensemble dans le bâtiment et Agnes

leur indiqua immédiatement que le shérif les attendait dans son bureau.

— Je crois que nous tenons le type qui s'en est pris à vous hier soir, leur apprit Roger après les avoir fait entrer.

Il arpentait son bureau de long en large, mains dans les poches.

— Vous l'avez arrêté ? lui demanda Zoe, manifestement stupéfaite devant un tel succès.

Roger échangea un regard avec Brock, l'air amusé par le scepticisme de Zoe à son égard.

— Oui.

— Qui est-ce ? s'enquit Zoe. Et comment a-t-il expliqué son geste ?

— C'est un type déjà connu de nos services pour consommation de stupéfiants. Il s'est montré incapable de justifier ses actes. Il prétend ne même plus savoir comment il s'est procuré l'arme.

— Mais vous avez les moyens de déterminer sa provenance ? intervint Brock.

— On y travaille. Le numéro de série de l'arme a été effacé, mais nous avons d'autres possibilités de remonter jusqu'au vendeur. Quant au tireur, nous sommes encore en train de l'interroger et nous allons lui proposer un allègement de peine en échange de son accord pour livrer le nom de la personne qui l'a engagé.

Brock et Zoe se dévisagèrent, abasourdis.

— Engagé ? répétèrent-ils en chœur.

— Oui, il est évident que ce type n'aurait jamais agi seul. Nous avons épluché son compte en banque et nous avons tout de suite repéré un encaissement récent. Quand nous le lui avons fait savoir, il a admis avoir touché une somme d'argent, qu'il a utilisée pour se procurer de la drogue. Quelqu'un l'a payé pour se débarrasser de vous deux.

— Mais pourquoi ? voulut savoir Zoe.

— Ça, c'est ce qu'il nous faut déterminer. Mais il se pourrait que vos allées et venues au Hitching Post ne soient pas du goût de tout le monde. A partir de maintenant, je vous demande de ne plus y retourner. Laissez-nous faire notre travail, je vous jure que nous coincerons le meurtrier de Shayna.

Zoe croisa les bras.

— Vous n'avez aucun doute que Brock et moi étions bien les cibles de cet homme ?

— Oui, je suis catégorique, répliqua Roger. Au cours de la fouille, nous avons trouvé sur lui un papier avec votre description physique.

Brock poussa un juron. Puis, il jeta un regard à Zoe : elle, au contraire, semblait satisfaite de cette précision.

— Ce n'est pas une bonne nouvelle, ajouta Roger, qui avait lui aussi remarqué la réaction de Zoe.

— D'une certaine façon, c'en est une, rétorqua Zoe, car cela prouve que nous sommes proches de découvrir la vérité. Le meurtrier commence à paniquer, nous ne pouvons pas nous arrêter maintenant.

Le shérif poussa à son tour un juron ; Brock, lui, ne put s'empêcher de sourire. Zoe pouvait se montrer tellement bornée. Elle avait toujours autant de tempérament.

— Je vous interdis de retourner dans ce bar ! s'exclama Roger en les dévisageant alternativement. Je n'ai aucune envie de me retrouver avec deux morts de plus sur les bras. Alors, par pitié, promettez-moi de ne plus mettre les pieds au Hitching Post, ajouta-t-il sur un ton plus calme.

Sa requête fut accueillie par un long silence. Brock ne disait rien car, s'il promettait au shérif d'obéir, Zoe s'empresserait de faire l'inverse. Il la connaissait suffisamment.

— Zoe ? intervint le shérif pour l'inciter à répondre.

Elle leva la tête et fixa le shérif droit dans les yeux.

— Très bien. Faites votre boulot et trouvez l'assassin de Shayna.

Sans autre forme de procès, elle se leva et quitta la pièce.

— Mais elle ne se rend pas compte qu'on fait notre possible pour y parvenir ? Elle est sérieuse, là ? demanda Roger à Brock.

— J'en ai bien peur, répliqua Brock avec ironie. Alors vous feriez mieux de vous remettre au boulot parce que vous avez un meurtrier à attraper.

Sur ce, il se leva à son tour et suivit Zoe.

Une fois qu'ils furent sortis, Zoe se retourna brusquement. Surpris, il entra en collision avec elle et ils se retrouvèrent l'un contre l'autre. D'instinct, il passa les bras autour d'elle pour la retenir. C'était si bon de la sentir ainsi contre lui. Il ne put se retenir de l'embrasser.

A moi, se dit-il, *elle est à moi et à personne d'autre.*

Il fallut plusieurs secondes à Zoe pour prendre conscience de ce qu'elle faisait : elle embrassait Brock sur le pas de la porte du bureau de police, où n'importe qui pouvait les voir.

Elle mit fin à ce baiser et le fixa droit dans les yeux. A son expression, il n'avait fait que céder à son instinct. Et elle aussi, en lui rendant son baiser. Jamais ils ne parviendraient à rester indifférents l'un à l'autre, c'était une évidence.

Le cœur serré, elle fit un pas en arrière.

— Ce n'est pas terminé, Zoe, même si le tireur a été arrêté, dit-il.

— Je sais, répondit-elle, incapable de bouger.

Anniversary était une petite ville et si jamais quelqu'un les voyait ainsi, à quelques centimètres l'un de l'autre, les rumeurs ne tarderaient pas à aller bon train.

Mais, à bien y réfléchir, elle s'en fichait un peu. Si elle avait eu le choix, elle se serait donnée à Brock sans hésiter. Cette réflexion suffit à réveiller la douleur obsédante qui l'habitait sans cesse. Elle trouva la force de tourner les talons et se dirigea vers sa voiture. Heureusement, Brock ne chercha pas à la retenir, sinon, elle n'aurait pas eu la force de lui résister. Elle monta en voiture et leva les yeux vers l'entrée du bureau du shérif. Brock n'était plus là. Peut-être était-il retourné à l'intérieur pour toucher encore un mot à Roger.

Elle se détendit un peu.

Elle sortit de sa place de stationnement : elle devait toujours aller acheter à manger pour le déjeuner avec Mama Bell, qui allait finir par se demander ce qu'elle faisait. Elle se rendit au commerce le plus proche, acheta du poulet au romarin et reprit le chemin de la maison.

Au moment où elle se garait devant chez les Bell, son portable sonna. Elle consulta l'écran : c'était Cristine. Elle faillit laisser sonner mais, finalement, inspira profondément et décrocha.

— Zoe ?

La voix de Cristine était étouffée, comme si elle venait de pleurer.

Ou alors, elle avait bu.

— Qu'est-ce qu'il y a, Cristine ? demanda Zoe en s'efforçant de ne pas être trop sèche. Je ne peux pas te parler très longtemps car je suis sur le point de sortir, mentit-elle pour inciter Cristine à être brève.

— Oh ! tant mieux pour toi, répliqua Cristine avec un rire amer. Quelque part, c'est symbolique, car moi aussi je suis sur le point de m'en aller.

Instinctivement, Zoe s'inquiéta.

— Où vas-tu ?

— Je vais en finir une fois pour toutes. Je n'en peux plus, je n'ai plus de raison de vivre.

Zoe en arrêta de respirer. Elle prit deux secondes pour s'assurer d'avoir un ton normal.

— Où es-tu à l'instant ?

— Chez moi. Je veux mourir chez moi.

Mon Dieu.

— Ecoute, que dirais-tu que je passe te voir pour que nous puissions discuter ?

Il y eut un silence.

— Cristine ? Tu es là ?

— Oui.

Sa voix semblait de plus en plus lointaine et une nouvelle angoisse envahit Zoe.

— Cristine, as-tu pris quelque chose ?

— Comme quoi ? Ah, tu veux savoir si j'ai pris des médicaments.

— Oui. Tu en as pris ?

— Non, je ne veux pas me rater, rétorqua Cristine avec un nouveau rire amer. Les médicaments, c'est trop aléatoire.

Zoe remit le moteur en marche.

— Cristine, promets-moi de ne rien faire avant mon arrivée, d'accord ?

Il y eut un nouveau silence.

— Cristine !

Zoe serra si fort son portable qu'elle redouta de le casser. Elle enclencha la marche arrière puis s'engagea dans la rue. Si ses souvenirs étaient bons, Cristine habitait près du lycée.

— Cristine, par pitié, attends-moi, il faut qu'on parle.

— Tu ne sais même pas où j'habite.

— Ton adresse figurait sur le papier distribué un peu

partout pour demander aux gens de participer aux recherches de Shayna. C'est tout près du lycée, n'est-ce pas ?

Cristine confirma mollement et Zoe enfonça la pédale d'accélérateur. Toutefois, elle devait rester prudente car, pour s'assurer que Cristine ne ferait pas de bêtises, elle devait continuer à lui parler au téléphone tout en conduisant.

Alors qu'elle cherchait quoi dire, Cristine fondit en larmes. Au milieu de ses sanglots, elle marmonna quelque chose d'incompréhensible.

Puis, brusquement, elle mit fin à la communication.

Sans attendre, Zoe pressa la touche de rappel mais tomba sur le répondeur. Cristine avait coupé son téléphone.

Le cœur battant, Zoe appela le 911 et, quand elle eut une standardiste en ligne, lui expliqua ce qui se passait.

— Le shérif connaît cette personne, précisa-t-elle. Il sait où elle habite. Dites-lui d'envoyer quelqu'un chez elle.

Elle raccrocha et accéléra encore, sans plus se préoccuper des limitations de vitesse.

15

Zoe s'arrêta devant le bâtiment de brique rouge et prit une profonde inspiration. Cristine avait-elle une arme ? Devait-elle attendre la police ? Elle n'avait pas le temps de tergiverser et décida d'entrer.

Quand elle atteignit la porte, elle frappa doucement puis tenta de tourner la poignée. La porte n'était pas verrouillée.

Elle entra, ferma derrière elle et mit quelques secondes à s'habituer à l'obscurité, car tous les rideaux étaient tirés. Une silhouette se dessina au milieu du salon.

— Cristine ? dit-elle doucement.

Cette dernière leva à peine les yeux. Elle était affalée dans un fauteuil, en tenue négligée et les cheveux en désordre.

— Ça va ? s'enquit Zoe.

— Bientôt, ça ira mieux, répondit Cristine en changeant de position.

Elle tenait un revolver contre elle. Le cœur de Zoe se mit à battre à tout rompre.

— Qu'est-ce que tu fais, Cristine ?

Celle-ci releva la tête. Sa lèvre inférieure tremblait. Elle fixa l'arme qu'elle tenait puis dévisagea de nouveau Zoe.

— J'essaie de trouver le courage de mettre fin à ce calvaire.

Zoe déglutit et chercha quoi dire. Si par malheur elle tenait des propos maladroits, le pire surviendrait.

— Pourquoi ? demanda-t-elle timidement, avec le plus d'empathie possible.

Cristine continuait à la regarder et fit une grimace de douleur.

— Tu sais que j'ai eu une aventure avec Marshall Bell ? Et maintenant, il ne veut même plus me parler.

Etait-ce pour cela que Cristine était désespérée ?

— Et Shayna ? lança Zoe. Vous êtes restées amies, même après ta liaison avec Marshall. Pourtant, il est persuadé que Shayna savait pour vous.

Cristine essuya les larmes qui avaient coulé sur son visage.

— Oui, elle savait mais elle ne m'en a rien dit. Je ne l'ai appris que plus tard.

A ces derniers mots, elle éclata en sanglots.

Zoe s'approcha de Cristine. Devait-elle tenter de lui arracher son arme des mains ? C'était extrêmement périlleux : Cristine avait le doigt sur la détente.

— Elle me manque tellement, geignit Cristine. Elle était unique.

— Shayna était géniale, renchérit Zoe dans l'espoir de gagner du temps. Moi aussi je l'aimais comme une sœur. Je comprends ce que tu ressens.

Mais que faisait la police ?

L'expression de Cristine s'assombrit, et Zoe déglutit : elle venait de commettre un impair.

— Non, tu n'as aucune idée de ce que j'éprouve ! hurla Cristine en levant son arme.

Elle la pointa brièvement sur sa tête puis, soudain, la braqua droit sur Zoe.

Zoe se figea, un frisson glacé lui parcourut l'échine.

— Pitié, ne pointe pas cette arme sur moi, dit-elle tout bas. Ça me fait peur.

A son grand soulagement, Cristine reposa son arme sur ses genoux, mais sans la lâcher.

Zoe réfléchit à grande vitesse.

— Tu as raison, dit-elle, je ne sais pas ce que tu ressens. Shayna et toi, vous étiez très proches alors que moi, je ne l'avais plus revue depuis cinq ans. Ce que je voulais dire, c'est que… je l'aimais beaucoup.

Cristine s'effondra complètement.

— Je l'aimais encore plus ! Pour moi, Shayna était tout. Nous étions plus que des amies, c'était… mon idole. J'aurais fait n'importe quoi pour elle. Jamais je n'aurais voulu lui faire de mal. Cette histoire avec son père était une bêtise totale, je ne sais pas ce qui m'est passé par la tête. Après, j'ai éprouvé une énorme honte, je t'assure.

— Pas suffisamment honte pour lui dire la vérité ?

Cristine releva brusquement la tête.

— Ne me juge pas, tu ne sais rien de moi.

— Pardon, répliqua prudemment Zoe. Je sais que Shayna t'aimait beaucoup aussi et, pour moi, c'est tout ce qui compte, mentit-elle pour l'apaiser.

Cristine parut plus calme et acquiesça.

— Ma pauvre Shayna. Ce qui s'est passé était un accident, je n'ai jamais souhaité sa mort.

Un terrible soupçon s'immisça en Zoe. Cristine s'exprimait comme si elle était sur le point de se confesser. Avait-elle tué Shayna ? Mais non, ce n'était pas possible !

Cristine se mit de nouveau à sangloter.

— Elle me manque tellement.

Zoe la laissa pleurer. Elle-même se sentait bouleversée. Mais, si elle voulait en apprendre davantage, elle devait pousser Cristine à se confier. Avec beaucoup de prudence cependant.

— Je me demande ce qui est vraiment arrivé à Shayna,

se lança-t-elle. Mme Bell est effondrée, ne pas savoir qui l'a tuée la ronge de l'intérieur. Et le médecin légiste n'est pas parvenu à établir clairement ce qui avait provoqué sa mort. Il a seulement dit qu'elle avait dû être percutée ou frappée très violemment.

A ces mots, Cristine se mit à gémir et à sangloter encore plus fort.

— Je suis tellement désolée. Je ne voulais pas faire ça.

— Qu'est-ce que tu as fait ? lui demanda doucement Zoe.

Cristine ne répondit pas et continua de pleurer. Zoe songea brièvement lui arracher son arme, mais c'était définitivement trop risqué. Elle n'avait plus qu'à continuer de gagner du temps. Avec un peu de chance, Cristine ne commettrait pas l'irréparable.

Enfin, les sanglots de Cristine se calmèrent un peu et elle s'essuya les yeux.

— De tout mon être, je jure que je ne voulais pas lui faire de mal. Elle m'a appelée depuis le lac après avoir quitté Mike. J'étais ivre, trop ivre pour conduire, aujourd'hui je m'en rends compte. Mais elle avait besoin qu'on vienne la chercher, alors j'y suis allée.

— Mais je croyais que Shayna avait oublié son téléphone au bar et que la dernière personne qu'elle avait appelée, c'était Brock !

— J'ai menti. J'ai récupéré son téléphone au lac et j'ai effacé toute trace de l'appel qu'elle m'avait passé. Mais je suis sûre que Roger a demandé à l'opérateur de lui transmettre le détail des derniers appels passés sur le téléphone de Shayna. Il ne va pas tarder à découvrir que je suis la dernière à lui avoir parlé.

Un affreux vertige s'empara de Zoe et elle posa la main contre le mur pour ne pas vaciller.

— Que s'est-il passé ensuite, Cristine ?

Au loin, un bruit de sirènes retentit. Enfin, la police arrivait. Pourquoi avaient-ils mis aussi longtemps ?

Cristine dut entendre également le bruit qui se rapprochait, car elle se raidit.

— Tu as appelé la police ? lui demanda-t-elle d'une voix menaçante.

— Oui, répondit Zoe. J'avais peur que tu fasses une bêtise, alors j'ai appelé le 911 en venant ici.

— Rappelle-les, lui ordonna Cristine.

— Pour leur dire quoi ?

— De ne pas chercher à intervenir, rétorqua Cristine, qui pointa son revolver sur elle. Il est chargé et j'ai ôté la sécurité. Rappelle-les, sinon je tire.

Une fois que Zoe fut remontée en voiture, Brock était retourné voir le shérif. Maintenant que le type qui leur avait tiré dessus avait été arrêté, apprendre qui était le commanditaire ne devrait pas prendre trop de temps, à condition de faire le nécessaire.

Certes, jusque-là, il avait considéré Roger comme un type bien et compétent, du moins s'il mettait à part le fait qu'il avait invité Zoe à sortir avec lui l'autre soir. Mais Renee, l'ancien shérif, n'aurait pas du tout agi de la même façon pour retrouver le meurtrier de Shayna. Renee aurait fait une conférence de presse, lancé un vaste appel à témoins pour donner du retentissement à l'affaire et mettre la pression sur le tueur. Roger, lui, préférait la discrétion. Sauf que, désormais, la discrétion n'était plus de mise : il fallait au contraire aller vite.

Quand il revint dans le bureau, Roger était en train de classer des papiers.

— Que puis-je faire d'autre pour toi, Brock ? lui

demanda Roger en levant la tête. Je pensais que nous en avions terminé.

— Eh bien, en fait, j'ai un peu réfléchi et j'aimerais vous faire part de quelques suggestions sur l'affaire.

— Très bien, je t'écoute.

Brock allait répondre, mais Agnes fit irruption dans le bureau.

— Shérif, Zoe Onella vient d'appeler le 911. Elle affirme que Cristine Haywood menace de se suicider. Zoe se rend chez elle en ce moment-même.

Roger se leva brusquement.

— Bon sang, envoyez des voitures et dites à tout le monde d'attendre mon arrivée. J'y vais aussi.

— Je vous accompagne, déclara Brock d'un ton qui ne souffrait pas de contestation.

Le shérif l'observa et acquiesça.

— Allons-y.

Il leur fallut dix minutes pour traverser la ville, toutes sirènes hurlantes.

Quand ils arrivèrent devant chez Cristine, deux voitures attendaient déjà.

— Vous avez pu établir le contact ? demanda le shérif en descendant de son véhicule.

— Non, monsieur, répondit un des agents. Nous avons appelé la ligne fixe, mais ça sonne dans le vide. Quant au portable de Cristine Haywood, nous tombons directement sur la messagerie.

— Appelez Zoe, intervint Brock. Ou bien laissez-moi le faire, ajouta-t-il tandis qu'il cherchait déjà son numéro dans son portable.

Zoe répondit à la quatrième sonnerie. Elle semblait nerveuse et tendue.

— Tout va bien ? s'enquit Brock.

— Non.

Brock déglutit.

— Je suis devant l'immeuble avec le shérif et ses hommes. Pouvons-nous entrer ?

— Je…

Cristine s'empara du téléphone de Zoe :

— Qui est-ce ? demanda-t-elle.

Brock s'identifia.

— Dis aux flics de rester dehors, répliqua Cristine. Je suis armée. S'ils tentent d'entrer, je tue Zoe.

Elle mit fin à la communication avant qu'il puisse rétorquer quoi que ce soit.

— Bon sang ! lâcha-t-il.

Il se passa la main dans les cheveux et se mit à faire les cent pas pour se retenir de se précipiter à l'intérieur de l'immeuble.

— Qu'a-t-elle dit ? voulut savoir le shérif.

— Que nous devons rester là, sinon, elle tirera sur Zoe.

— Elle lui tirera dessus ? répéta le shérif. Elle est armée ?

— On dirait bien, oui.

Brock jeta un nouveau regard sur la façade de l'immeuble.

— N'y pense même pas, l'avertit le shérif qui avait deviné ses pensées. Pour le moment, il faut attendre et laisser à Zoe le temps d'apaiser Cristine. Si tu pénètres dans l'appartement, ce sera la catastrophe.

— Je ne veux pas que Zoe soit blessée, ou pire…, rétorqua Brock, mâchoire serrée.

— Aucun de nous ne le souhaite.

— Shérif, intervint un des agents, si c'est une prise d'otage, nous devons appeler des renforts.

— Pas encore, répliqua le shérif. Déployez-vous autour de l'immeuble, mais ne tentez rien, compris ?

L'agent acquiesça et tourna les talons pour rejoindre ses collègues.

— Et maintenant ? gronda Brock.

— On attend. Et n'essaie pas de bouger, sinon je te passe les menottes.

Brock renifla de dédain.

— J'aimerais vous y voir.

— Ne bouge pas, c'est tout, insista Roger.

Un silence pesant s'abattit sur la rue. Plusieurs habitants du quartier, curieux, étaient sortis pour savoir ce qui se passait et le shérif ordonna à un de ses hommes de demander aux gens de rester chez eux.

— C'est trop calme, reprit Roger. Je déteste ne pas savoir ce qui se passe à l'intérieur.

— Moi aussi, renchérit Brock. Hé, regardez, il n'y a pas de fenêtres qui donnent sur l'arrière de l'immeuble, je pourrais passer par-derrière sans qu'on me voie.

Roger resta pensif quelques secondes.

— Tu es un civil, je ne peux pas te laisser risquer ta vie, dit-il finalement. J'irai moi-même.

— Non, c'est ma Zoe qui est à l'intérieur, je ne peux laisser Cristine lui faire du mal.

— *Ta* Zoe ?

— Absolument, insista Brock, avec un regard de défi.

— Je vois, dit Roger. Il me semblait bien que tu n'avais pas apprécié que je l'invite à dîner l'autre soir. Mais je ne peux pas te laisser y aller. Tu ne fais pas partie des forces de l'ordre et, en tant que policier, je n'ai pas le droit de laisser un civil faire mon boulot à ma place.

Il y eut alors un grésillement dans son talkie-walkie, et le shérif lui tourna à moitié le dos pour écouter ce qui se disait.

C'était l'occasion que Brock attendait. Discrètement,

il recula d'un pas puis partit en courant vers l'arrière de l'immeuble avant que le shérif puisse l'arrêter.

Quand il fut de l'autre côté, il chercha à déterminer l'agencement de l'appartement. Zoe n'avait pas précisé dans quelle pièce elles se trouvaient, il devait se montrer extrêmement prudent.

Il atteignit la porte arrière : elle n'était pas fermée. Il l'entrouvrit, se glissa à l'intérieur, referma tout doucement, puis une seconde porte lui fit face. Il prêta l'oreille.

Des voix féminines lui parvinrent mais, apparemment, elles venaient de l'opposé d'où il se trouvait. Il tenta d'ouvrir la seconde porte. A sa grande surprise, elle n'était pas verrouillée non plus. Comme si Cristine avait voulu que quelqu'un intervienne.

Lentement, il avança dans l'appartement aux rideaux tirés et se dirigea vers les deux voix. La porte du salon était entrouverte. Cristine était assise dans un fauteuil. Elle lui tournait le dos et braquait un revolver sur Zoe, qui se tenait immobile face à elle. Aucune émotion ne transparut sur le visage de Zoe, mais elle l'avait repéré. Il le sentait.

— Cristine, disait Zoe, tu n'arriveras à rien ainsi.

— Si, justice sera rendue !

— Non, pas de cette façon.

— C'est la seule et unique façon, rétorqua Cristine en s'agitant.

Brock prit peur. Cristine était instable et il suffirait d'une impulsion pour qu'elle craque. Il fallait qu'il intervienne. Il avança de quelques pas le plus silencieusement possible.

— Je n'en peux plus, reprit Cristine entre deux pleurs.

— Sois forte, Cristine, tu vas t'en sortir, l'encouragea Zoe. Quand tu expliqueras que ce qui est arrivé était un accident…

— Ça ne compte pas.

— Mais si car…

— J'étais ivre, tu comprends ? *Ivre !* s'exclama Cristine, en se levant.

Brock s'immobilisa. Si jamais Cristine se retournait, il était fichu.

— Je serai accusée de meurtre. J'irai en prison, et ça, je ne le supporterai pas. Je n'y survivrai pas.

Accusée de meurtre ? s'étonna Brock. Qu'est-ce que c'était que cette histoire ?

— Cristine, assieds-toi, s'il te plaît, proposa doucement Zoe. Raconte-moi ce qui s'est passé exactement.

Au grand soulagement de Brock, Cristine obtempéra.

— J'ai raconté tellement de mensonges, dit-elle. Shayna aussi mentait et moi, je me suis mise à l'imiter. Pour moi, c'était un jeu, je n'ai pas compris que Shayna le faisait parce qu'elle était malheureuse. Quand je t'ai dit que j'avais trouvé des messages sur le portable de Shayna qui prouvaient que Brock et elle étaient toujours restés amants, ce n'était pas vrai. Il n'y a jamais eu le moindre message.

— Ce n'est pas grave, répondit Zoe d'une voix calme.

— Vraiment ? Qu'est-ce que tu dis de ça, alors : c'est moi qui ai payé un type pour vous tirer dessus sur le parking du Hitching Post.

— Mais… pourquoi ? bafouilla Zoe.

— Je ne voulais pas que vous continuiez à mettre votre nez partout, j'ai pris peur. Avant que vous ne retourniez au Hitching Post, je comptais piéger Mike pour que ce soit lui qui soit accusé.

— Je vois, dit Zoe, d'une voix plus posée. Mais tu étais en train de m'expliquer ce qui s'était passé avec Shayna.

Pendant que Cristine parlait, Brock en avait profité

pour s'allonger et avancer en rampant. Ainsi, si Cristine se levait de nouveau, elle ne le verrait pas.

— Ce soir-là, Shayna et moi avions commencé à boire quelques verres ici. Ensuite, nous sommes allées au Hitching Post.

Elle s'interrompit et Zoe l'incita à continuer.

— Et, là-bas, elle a commencé à flirter avec Mike, c'est ça ?

— Exactement. Je n'arrivais pas à croire qu'elle fasse ça. Et quand elle est partie avec Mike, j'étais folle de rage. Car elle savait parfaitement que Mike me plaisait et que cela faisait des mois que je tentais de le séduire. Et elle, elle l'a dragué, comme ça, pour s'amuser, sous mon nez. Je me suis sentie humiliée. Mais ensuite, j'ai compris : elle avait découvert que j'avais eu une aventure avec son père, et c'était une manière de me le faire payer. Après leur départ, je suis rentrée chez moi. Et tu imagines ce que j'ai pu ressentir quand elle a eu l'audace de m'appeler pour me demander de venir la chercher au lac.

— Oui, j'imagine que tu étais dans une colère noire.

— Tu peux le dire. Mais nous étions amies et je me suis dit que c'était l'opportunité pour que nous réglions nos comptes. Alors je suis allée la chercher.

Brock avait du mal à en croire ses oreilles. Cristine était en train d'avouer avoir tué Shayna ! Jamais il ne l'en aurait crue capable, en dépit de tout le mal qu'il pensait d'elle.

— Et que s'est-il passé quand tu as retrouvé Shayna ? voulut savoir Zoe.

— Elle est montée dans ma voiture et nous sommes reparties.

Cristine marqua une nouvelle pause mais, cette fois, Zoe ne la relança pas. Elle craignait certainement l'issue du récit, songea Brock.

16

Brock tendit l'oreille pour suivre la confession de Cristine.

— Shayna et moi, nous avons discuté et le ton est rapidement monté. C'est là qu'elle m'a avoué ce que je soupçonnais. Elle avait vu son père sortir de chez moi, elle a compris ce qui s'était passé. Au lieu de m'en parler, elle a fait comme si de rien n'était, mais elle était décidée à me rendre la monnaie de ma pièce avec Mike. Je lui ai répondu que j'étais désolée, mais qu'elle aurait dû me parler directement, pas m'humilier. Et, comme nous avions bu toutes les deux, nous nous sommes échauffées et, à un moment, elle m'a demandé d'arrêter la voiture. J'ai refusé mais, quand j'ai dû ralentir à proximité d'un carrefour, elle a ouvert sa portière pour sauter en marche. J'étais tellement ivre et folle de rage que j'ai freiné brusquement et enclenché la marche arrière. Je voulais seulement la convaincre de remonter, mais j'ai enfoncé la pédale d'accélérateur et j'ai perdu le contrôle et…

— … tu l'as écrasée, finit Zoe pour elle, d'un ton sinistre. Oh ! mon Dieu ! Cristine !

Celle-ci se leva alors brusquement et brandit son arme.

— Tu vois, je n'ai pas le choix. Je dois en finir. J'ai vécu toute ma vie ici, je refuse de continuer à vivre alors que tout le monde saura ce que j'ai fait.

Zoe fit alors un pas en avant vers Cristine. Brock serra les dents et l'implora silencieusement de ne pas bouger.

— Tu as besoin d'aide, déclara Zoe. Je ne sais même pas comment tu as fait pour porter ce fardeau jusqu'à aujourd'hui.

— Un fardeau, oui, c'est bien le mot.

Apparemment, Cristine ne s'était pas attendue à susciter de l'empathie et, sans même s'en rendre compte, elle avait abaissé son arme et ne la pointait plus sur Zoe.

— Un fardeau beaucoup trop lourd pour que tu le portes seule, reprit Zoe qui fit un nouveau pas en avant et serra Cristine contre elle.

Cristine eut le réflexe de se débattre pour se libérer de l'étreinte de Zoe mais, soudain, elle se détendit et se laissa aller.

C'était maintenant ou jamais, se dit Brock. Il se leva et saisit le bras de Cristine.

— Lâche ton arme.

Cristine poussa un cri.

— Qu'est-ce que…

L'arme lui échappa mais elle avait eu le réflexe de serrer les doigts et un coup partit au moment où le revolver tombait au sol. Une balle alla se ficher dans le parquet.

En un instant, la porte d'entrée s'ouvrit violemment et les policiers firent irruption dans la pièce.

— Ne bougez pas !

Brock ramassa le revolver de Cristine et le fit glisser au sol en direction des policiers.

— Merci, dit-il. Vous pouvez l'arrêter, ajouta-t-il en désignant Cristine. Elle vient d'avouer avoir tué Shayna.

L'arrestation de Cristine Haywood créa beaucoup d'émoi en ville et, à la grande surprise de Zoe, Mama Bell elle-même demanda à pouvoir parler à celle qui était la dernière à avoir vu sa fille en vie.

Cristine était détenue dans une cellule du poste de police d'Anniversary jusqu'à l'audience qui déterminerait la date de son procès.

Cristine accepta de rencontrer Mama Bell. Le shérif les avertit néanmoins qu'elles ne pourraient pas être seules et qu'un policier devrait rester dans la cellule le temps de l'entrevue.

Le jour venu, Zoe proposa à Mama Bell de l'emmener en ville, pour qu'elle n'ait pas à conduire elle-même. Elle comprenait son besoin de parler à Cristine, même si elle ignorait ce qu'elle comptait lui demander. En tout cas, elle n'avait pas cherché à l'en dissuader.

Roger les accueillit à l'entrée du poste de police, fit preuve d'une grande bienveillance avec Mama Bell et la conduisit à la cellule de Cristine, pendant que Zoe allait s'installer dans la salle d'attente. Il ne sortirait peut-être pas grand-chose de cette rencontre, mais si Mama Bell pouvait en revenir plus apaisée, c'était l'essentiel.

Enfin, Mama Bell et le shérif réapparurent. Mama Bell s'essuyait les yeux avec un mouchoir. Roger les salua toutes deux, les assurant une fois encore de son entier soutien, puis les laissa repartir.

Sans un mot, elles remontèrent en voiture et reprirent le chemin de la maison.

Alors qu'elles étaient presque arrivées, Mama Bell déclara :

— Cristine était désolée, tu sais. Elle ne voulait pas faire de mal à Shayna. Je ne l'ai jamais appréciée, mais ses remords sont sincères et elle aimait Shayna. Quelque part, ça me rend sa disparition un petit peu moins difficile à supporter.

Zore acquiesça, sans trop savoir que répondre. Depuis la mort de Shayna, Mama Bell avait paru vieillir subitement et était devenue plus renfermée.

Zoe descendit de voiture et la contourna pour aider Mama Bell à sortir.

A peine eurent-elles passé la porte de la maison que Mama Bell fondit de nouveau en larmes et la prit dans ses bras. Elle lui rendit son étreinte et laissa elle aussi couler ses larmes.

— Je lui ai pardonné, tu sais, dit Mama Bell entre deux sanglots. Ça a certainement été la plus dure épreuve de ma vie, mais je lui ai pardonné.

Zoe resta silencieuse et continua de l'étreindre.

Enfin, Mama Bell recula d'un pas pour la dévisager.

— Zoe, j'ai une faveur à te demander. Viens, allons nous asseoir.

Toutes deux s'installèrent sur le canapé. Mama Bell lui prit la main dans les siennes et déclara :

— Je sais que ce ne sont pas mes affaires, mais la vie est trop courte. Je ne veux pas te voir passer à côté du bonheur, Zoe et, pour que cela n'arrive pas, tu dois le saisir à deux mains.

Zoe esquissa un timide sourire.

— Je ne suis pas sûre de très bien comprendre ce que tu cherches à me dire.

— Brock. Je sais qu'il t'aime toujours et je suppose que tu ne lui as toujours pas avoué pourquoi tu continues à le repousser. Pourtant, vous méritez d'avoir une seconde chance.

— Je vais y réfléchir, mentit Zoe.

Elle était touchée par les propos de Mama Bell.

A court terme, Brock parviendrait sans doute à se convaincre qu'il pourrait être heureux sans enfants. Mais, tôt ou tard, son désir d'en avoir resurgirait et, alors, il aurait des regrets.

Elle ne voulait pas lui infliger cela, elle n'en avait pas le droit. Elle l'aimait trop pour cela.

Puisque Cristine avait tout avoué, Zoe ne tarderait plus à quitter Anniversary, présumait Brock. Elle devait même être impatiente de retrouver sa chère grande ville.

Pourtant, il ne pouvait se résoudre à la laisser partir sans rien faire. Le destin les avait de nouveau réunis, il n'avait pas le droit de la laisser s'en aller une seconde fois.

Il lui téléphona donc et lui proposa un rendez-vous dans le parc du centre-ville. A sa grande surprise, elle accepta sans la moindre hésitation. Mais c'était probablement pour lui dire au revoir, s'alarma-t-il en se rendant au rendez-vous.

Assis sur un banc à l'entrée du parc, il l'attendit. Quand elle apparut dans l'allée, il fit de son mieux pour maîtriser les émotions qui s'emparèrent de lui.

Ils bavardèrent pendant quelques minutes, puis il lui demanda :

— Alors, quels sont tes projets, maintenant ?

Zoe parut pensive. Le soleil produisait des reflets cuivrés dans ses cheveux et mettait en valeur son teint clair. Elle était tellement belle qu'il avait bien du mal à se contenter de la regarder sans rien faire.

— Je ne sais pas trop. Je suppose que je vais finir par retourner à New York.

Cette dernière phrase lui fit très mal, mais il refusa de se laisser abattre.

— Pourquoi ? Rien ne t'oblige à repartir maintenant. Anniversary, c'est chez toi. Et je suis là.

Elle fixa un point droit devant elle, comme si elle refusait de le regarder. Ce n'était pas bon signe.

— Toutes mes affaires sont à New York, j'y ai un appartement. Et j'adore cette ville.

— Autant qu'Anniversary ? *Autant que moi ?*

Elle secoua lentement la tête.

— Ça ne marchera pas. Je ne peux pas.

Il eut tellement mal qu'il dut fermer les yeux quelques secondes. Il ne la supplierait pas, il avait trop d'orgueil. Mais il devait lui dire la vérité. Il prit une grande inspiration.

— Si jamais tu souhaites un jour nous offrir une seconde chance, sache que je serai toujours là.

— Oh ! Brock ! Il n'y a rien que j'aimerais davantage que pouvoir rester à Anniversary avec toi. Mais…

Elle s'interrompit d'elle-même.

Il refusait qu'elle s'arrête là, sans lui expliquer ce qui la retenait de le faire.

— Si c'est la vérité, pourquoi ne restes-tu pas ? insista-t-il.

Elle secoua la tête avec obstination.

— Je ne peux pas, Brock. C'est tout. Restons-en là.

Toujours ces satanés secrets. Il allait lui demander de cesser de lui cacher la vérité, mais elle leva la main pour l'arrêter.

— S'il te plaît. Ne rends pas les choses encore plus difficiles.

Avant qu'il ait le temps de répondre, elle se leva et s'éloigna.

Et, comme il l'avait déjà fait, il la regarda partir, loin de lui, et se maudit d'être incapable de la détester.

Néanmoins, il se fit la promesse de ne plus jamais replonger. Il y avait des limites à tout, il devait se protéger.

Il retourna au magasin et, le reste de la journée, s'occupa comme il put, se livrant à un inventaire inutile de ses stocks.

Finalement, l'heure de la fermeture arriva et il se prépara à devoir affronter une longue et pénible nuit sans sommeil.

— Brock ? l'appela Eve depuis le bureau au fond du magasin.

Elle était installée devant l'ordinateur, visiblement bouleversée.

— Qu'est-ce qui se passe ? lui demanda-t-il, inquiet.

— J'ai trouvé l'adresse de ce site à côté de l'ordinateur, expliqua-t-elle en exhibant le papier sur lequel Marshall Bell avait noté les références du blog de Zoe. Je suis allée faire un tour et ce site est génial. Je ne sais pas qui est cette femme, mais ses articles sont tellement touchants !

Eve avait lu le blog de Zoe. Il en eut le cœur serré.

— C'est le blog de Zoe, lui révéla-t-il.

Le regard de sa sœur s'agrandit.

— Le blog de Zoe ? Alors il faut absolument que tu le lises sans attendre. Beaucoup de choses vont devenir plus claires pour toi.

Sans rien ajouter, elle se leva, alla chercher sa veste et revint lui dire au revoir.

— A demain, dit-elle, le laissant interloqué.

Il resta quelques secondes à fixer l'écran de l'ordinateur, comme si celui-ci allait se mettre à parler. Puis il finit par s'asseoir et entama sa lecture.

Zoe était devant son ordinateur, perdue dans ses pensées. Elle n'arrivait pas à se décider à réserver son billet d'avion de retour pour New York. Elle n'était pas prête. Elle avait déjà demandé à Mama Bell si elle pouvait rester encore quelques jours et cette dernière avait accueilli la requête avec joie.

Elle se connecta à son blog et rédigea un nouvel article. Spontanément, elle parla à cœur ouvert de la douleur que représentait le fait d'aimer un homme mais de ne pas pouvoir s'offrir à lui. Et elle alla même jusqu'à expliquer pourquoi, sans rien dissimuler.

Son article ne tarda pas à déclencher de très nombreux commentaires. Jamais il n'y en avait eu autant, et la plupart exprimaient leur sympathie : elle ne devait pas renoncer au bonheur.

Elle en fut extrêmement touchée, mais, soudain, un commentaire, signé d'un simple B, retint particulièrement son attention :

Crois-tu sincèrement qu'une vie sans toi est préférable à une vie sans enfants ? As-tu oublié toutes les promesses et les serments que nous nous sommes faits l'un à l'autre il y a cinq ans ? Ne nous étions-nous pas promis de tout traverser ensemble, les bons moments comme les épreuves ? Tu n'es pas seule, mon amour, tu ne le seras jamais. Et même si nous ne pouvons pas avoir d'enfants ensemble, qu'est-ce qui nous empêche d'adopter ? Je ne veux pas te perdre. C'est toi que j'aime. Toi, et pas une quelconque représentation de la famille idéale. Je n'ai rien d'autre à ajouter. Si tu souhaites nous donner une nouvelle chance, si tu crois que nous avons un avenir, je t'attends, les bras grands ouverts, sur le même banc qu'hier.

Elle en eut le souffle coupé. Brock avait découvert qu'elle tenait un blog et l'avait lu ! Il savait tout, elle n'avait plus de secrets pour lui.

Ses yeux s'emplirent de larmes. Elle relut son commentaire pour être certaine qu'elle ne l'avait pas mal compris. Mais non, il parlait d'amour, il lui disait qu'elle n'était pas seule, qu'il l'attendait les bras ouverts, qu'il voulait une seconde chance.

Elle pleura et rit en même temps et, finalement, s'empara de ses clés de voiture et sortit de la maison en courant.

Comme il l'avait promis, Brock était assis sur le banc à l'entrée du parc. Quand son regard se posa sur elle, plus rien d'autre au monde ne compta. L'espoir et l'amour gonflaient en elle, son cœur battait à tout rompre.

Il se leva et, sans attendre, se précipita vers elle. Elle lui sourit, ouvrit les bras, et ils s'étreignirent longuement. Mais, en dépit de ce qu'il avait écrit, elle avait besoin de l'entendre lui tenir le même discours de vive voix.

— Tu es sûr de toi ? Car tu as toujours voulu avoir une famille, tu disais même que tu voulais six enfants, et moi, je… je ne pourrai jamais te les donner.

— Tu crois vraiment que c'est le plus important ? Non, tu es ce qui m'est arrivé de mieux dans ma vie, Zoe. Sans toi, je me sens vide, je ne suis pas vraiment moi-même.

Elle était tellement bouleversée qu'elle en avait le vertige. Après tant d'années à se dire que vivre avec lui n'était pas possible, tout était sur le point de basculer.

Il la regardait de ses grands yeux bleus pleins d'amour : lui aussi attendait qu'elle s'exprime, qu'elle lui livre son cœur.

— Brock McCauley, je t'aime. Veux-tu m'épouser et passer le restant de tes jours auprès de moi ?

Un grand sourire éclaira son visage.

— Bien sûr. Plus que jamais. Moi aussi je t'aime, Zoe, rien n'est impossible, au contraire.

Un bonheur immense s'empara d'elle, comme elle n'en avait jamais connu.

Épilogue

— C'est exactement ce dont cette ville a besoin, déclara Mama Bell avec un sourire, tandis qu'elle ajustait le voile de mariée de Zoe. Enfin un événement heureux après tous ces mois de tristesse.

— Arrête, répliqua Zoe, émue. Sinon, tu vas ruiner mon maquillage.

— Ah non, surtout pas ! Regarde-toi, reprit Mama Bell, qui se tenait juste derrière elle, les mains sur ses épaules, face au miroir. Tu rayonnes de bonheur. Tu es magnifique.

Zoe observa son reflet avec émotion.

— Tu sais, jamais je n'aurais cru que ce jour finirait par arriver.

Mama Bell acquiesça. Toutes deux se comprenaient si bien, songea Zoe. Enfin, le passé, le présent et l'avenir se rejoignaient. Seule Shayna manquait.

— Là où elle est, elle te regarde et t'accompagne, ajouta Mama Bell, qui avait deviné ses pensées.

— Elle aurait dû être mon témoin.

Mama Bell la serra contre elle.

— Je sais, ma chérie. Je sais.

Il y eut un petit coup frappé à la porte. Il était temps pour Zoe de remonter l'allée centrale de l'église, pour rejoindre Brock au pied de l'autel.

Son cœur s'emballa. Elle prit une grande inspiration pour se calmer, leva la tête et avança vers son avenir.

Retrouvez prochainement,
dans votre collection

BLACK ROSE

La mémoire brisée, de Kimberly Van Meter - N°734

Abasourdi, Clint fixe la femme qui vient de lui proposer de l'héberger. Puis, hésitant, il finit par accepter sa proposition. Mais quel autre choix a-t-il ? Il vient de se réveiller dans un hôpital, totalement amnésique. Et cette jolie policière est la seule à savoir qui il est, puisque c'est en se rendant à sa convocation qu'il a été sauvagement agressé…

Le mystère de la mine, de Cindi Myers

En acceptant de rechercher Cash, le neveu de Rebecca Whitlow, disparu près de la mine de Full Moon, Wes Landry sait qu'il s'engage dans une voie dangereuse. D'abord parce que la mine, depuis peu, est devenue le théâtre de trafics inquiétants. Ensuite, et surtout, parce que son désir de rassurer Rebecca risque bien de transformer sa quête en piège mortel…

Un garde du corps à l'épreuve, de Carol Ericson - N°735

En acceptant de se faire passer pour le fiancé de Claire Chadwick, Mike n'a qu'une idée en tête : la protéger des menaces qui pèsent sur elle depuis la mort de son mari. Très vite, pourtant, il se rend compte que sa tâche sera compliquée. En effet, dès le premier regard, il tombe sous le charme de la belle héritière. Une attirance qui risque de le distraire de sa mission de garde du corps…

Dangereux hiver, de Paula Graves

Janelle est-elle encore en vie ? Laney Hanvey est rongée par la peur depuis que sa sœur a disparu en montagne avec deux amies… dont l'une vient d'être retrouvée morte, tuée de deux balles dans le dos. Qui a pris en chasse les trois jeunes filles ? Laney décide de partir à la recherche de sa sœur, malgré la tempête qui menace. Et la résistance que lui oppose Doyle Massey, le chef de la police…

Retrouvez prochainement,
dans votre collection

BLACK ROSE

À la recherche de son bébé, de Delores Fossen - N°736

« Je t'en supplie, retrouve notre bébé… » La voix d'April s'étrangle, et Chase comprend que c'est sa vie à lui qui vient de basculer. Bien sûr, il savait qu'April était enceinte après la nuit d'amour qu'ils avaient partagée lorsqu'elle était sous sa protection. Mais jamais il n'avait imaginé qu'il devrait un jour partir à la recherche de son bébé, âgé de deux mois et qu'il ne connaît pas encore.

Un précieux allié, de Marie Ferrarella

Destiny le sait : sa sœur ne s'est pas suicidée, elle a été assassinée. Voilà pourquoi elle doit convaincre le lieutenant Logan Cavanaugh d'approfondir ses recherches. Et, même si elle n'a pas une haute opinion de Logan qui collectionne les conquêtes sans lendemain, elle est prête à tout pour qu'il l'écoute… Même à jouer de son charme auprès de lui…